JENNA WOOD

BLACK HEARTS

im.press

© privat

Jenna Wood wurde in Frankfurt am Main geboren. Sie hat ein Händchen dafür, in unangebrachten Situationen zu lachen, und eine Vorliebe für Katzen und Serien. 2014 fing sie an unter dem Namen »Silberschnee« ihren ersten Fantasy-Roman auf einer Schreibplattform zu posten, während sie parallel die Schule abschloss. Sie lebt momentan noch mit ihrer fetten Katze Malaysia in Frankfurt und strebt einen kreativen Beruf an. PS: Diese Katze ist wirklich fett.

Für all meine Katzen, die ich später als Katzenomi besitzen und so mit Katzenminze vollstopfen werde, dass sie gar nicht mehr wissen, wo oben und unten ist. Und für meinen Dad, weil er halt doch irgendwie cool ist.

KAPITEL 1

Ich werde heute nicht sterben.

Angst schnürte mir meine Kehle zu, als ich die Schatten wahrnahm, die mir hinterherjagten. Ich riss mir das Klebeband vom Mund und warf es beiseite. Sofort schmeckte ich etwas Metallisches. Wahrscheinlich hatte der Kleber meine Lippe aufgerissen. Hektisch sah ich mich um. Ich stand an einer Wegkreuzung. Vor mir breiteten sich drei weitere Gänge aus und alle schienen in komplette Dunkelheit zu führen.

Verdammt, wo geht es hier raus?

Ich blickte hastig hin und her, versuchte einen Ausgang am Ende der Gänge zu erspähen. Doch ich hatte keine Zeit mehr. Ich hörte ihre Stimmen. Sie kamen näher, suchten mich, aber ich wollte auf keinen Fall zurück! Sie waren schon zu nah. Mein Hals schnürte sich bei dem Gedanken zu und ich sah mich nach einem Versteck um.

Schnell huschte ich um die Ecke und drückte mich gegen die Wand. Hoffentlich verriet mich mein laut pochendes Herz nicht. Schritte. Leise, dennoch konnte ich sie deutlich hören.

Sekunden später packte mich jemand gewaltsam an den Schultern, drückte die Klinge eines scharfen Messers an meinen Hals.

»Na, meine Hübsche!«, raunte er mir ins Ohr und berührte es dabei mit seinen Lippen.

»Lass mich los!« Ich versuchte vergeblich, mich loszureißen, doch der Mann hatte eine Hand um mein Handgelenk geklammert und es schmerzte tierisch. Schließlich hatte ich mich gerade erst von den Fesseln befreit.

»Ihr Mund ist nicht mehr zugeklebt, Kyle«, bemerkte ein anderer und weitere Männer umstellten mich. Fürchteten sie sich vor mir?

»Das ist scheißegal! War wahrscheinlich nur, damit sie nicht zu laut schreit«, erwiderte der Typ, der mich festhielt, und grinste dreckig. »Aber der Chef sagte, sie sollte auf jeden Fall das Klebeband ...«

»Halt jetzt die Klappe! Dann hätte er uns sagen sollen, was er mit der kleinen Göre hier vorhat. Notfalls bringen wir sie anders zum Schweigen. Hier, halt sie mal fest!«

Er schubste mich grob in die Arme des anderen, der mir Mund und Augen zuhielt und mich an sich drückte, sodass ich nicht sah, was mein Gegenüber vorhatte.

Panik kroch in mir hoch und nahm mir den Atem. Ich konnte mich nicht mehr kontrollieren, riss mich los und drehte mich blitzschnell um. Einen Augenblick später hatte ich sein tropfendes Herz in der Hand. Schockiert blickte ich auf und sah nur noch, wie der Typ zu Boden fiel.

»Du kleine ...«, kreischte sein Kollege und wollte mich packen, doch ich schrie so laut ich konnte. Sofort fielen alle zu Boden, hielten sich die Ohren zu und krümmten sich. Irgendwann zuckten sie nur noch und starrten mich mit angsterfülltem Blick an.

Ich hob das zu Boden gefallene Messer auf und stach wie wild auf denjenigen ein, der mich zuvor noch hatte berühren wollen. Erst als auch sein Blut an meinen Händen klebte, hörte ich auf und wandte mich dem Nächsten zu.

»Was bist du?«, fragte er leise, seine Augen glasig vor Furcht.

»Dein schlimmster Albtraum«, flüsterte ich und holte aus.

***

Gerade als ich aus der alten Fabrik trat, hielt ein Truck in der Einfahrt. Mein Vater stürzte aus dem Auto und umarmte mich. Er hatte vor einiger Zeit extra einen Notknopf an meinem Handy eingerichtet, damit ich ihn sofort verständigen konnte, falls ich in Gefahr geriet. Er war ein ziemlicher Technikfreak. Doch er kam meistens zu spät.

Ich drückte mich an ihn und fing an zu weinen.

»Daddy, sie ... Sie haben mich angegriffen! Jetzt sind sie ... Jetzt sind sie alle tot!«

Die Erkenntnis, was ich angerichtet hatte, kam meistens zu spät. Es war eine Art Trance, in die ich fiel, sowie mir jemand zu nahe kam und Panik meinen Verstand lähmte.

Mein Vater seufzte. Das war nicht das erste Mal, dass ich ein riesiges Blutbad angerichtet hatte. Und es war auch nicht das erste Mal, dass ich in der Gewalt irgendeines Fremden gewesen war. Kam ein normaler Mensch erst einmal hinter mein Geheimnis, war ich für ihn sehr wertvoll. Ein unerforschtes Experiment. Eine Todesfee. Und ich war nicht die einzige.

Vor vielen tausend Jahren waren Wesen der Anderswelt auf die Erde gekommen und hatten sich mit Menschen gepaart. Halbdämonen mit unterschiedlichen Fähigkeiten waren entstanden und von Zeit zu Zeit setzten sich bei einem Kind die Gene eines solchen Vorfahren durch und es wurde dadurch zu einem Halbdämon. Es war sehr selten und musste geheim gehalten werden. Eine Legende, an die nur diejenigen glaubten, die wussten, dass es keine Legende war.

Bis zu meinem sechsten Lebensjahr hatte ich auch nichts von meiner Abstammung gewusst. Doch als ein Mann es nicht gut mit mir gemeint hatte, streckte mein Panikschrei ihn nieder, und ich hatte die Möglichkeit zu fliehen. Seitdem behandelte mein Vater mich wie seinen Augapfel.

»Setz dich ins Auto. Ich erledige alles«, erwiderte mein Dad sanft, nahm einen Benzinkanister aus dem Kofferraum und ein Feuerzeug und verschwand in der Fabrik.

Ich erledige alles. Man könnte meinen, er wolle einkaufen gehen. Er war ein Meister darin, seine Gefühle zu überspielen. Egal wie beunruhigt er war, er zeigte es nie. Er verschwand immer schweigend und kehrte meistens auch ohne ein Wort zurück. Ich wusste nicht, wie er es tat oder was er tat. Wie er meine Spuren so verwischte, dass keiner etwas bemerkte. Verbrannte er die Leichen und warf die Asche einfach in den Mülleimer? Als ich mich umsah, erblickte ich nichts als Felder. Ich befand mich mitten im Nirgendwo. Die Abendsonne blendete mich, weswegen ich die Autotür aufmachte und mich auf den Beifahrersitz fallen ließ.

Ich klappte den Spiegel nach unten, nahm ein Tuch aus dem Handschuhfach, das dort schon lag, seit wir das Auto hatten, und begann das klebrige Blut von meinem Gesicht abzuwischen. Meine Augen leuchteten noch immer in einem intensiven Orange. Es dauerte immer eine Weile, bis sie wieder braun wurden. Normalerweise bekam ich neben meiner enormen Kraft und dem lähmenden Schrei auch dunkle, transparente Flügel. Sie bildeten sich aber nur, wenn ich mich wirklich konzentrierte, und das konnte ich mir in manchen Situationen einfach nicht leisten. Außerdem musste ich den Umgang mit ihnen noch lernen. Ich war eine Todesfee, die das Fliegen nicht beherrschte. Welche Ironie! Allerdings mochte ich Höhen noch nie sonderlich, weswegen ich es auch nie ausprobierte. Schließlich hatte ich mir meine Fähigkeiten nicht ausgesucht.

Ich fuhr mit einer Bürste durch meine verklebten, langen Haare, doch es brachte nichts. Durch das Schwarz konnte man das Blut glücklicherweise nicht sehen, aber fühlen konnte ich es, und es brachte mich zum Würgen, wenn ich nur daran dachte. Sowie ich fertig war, trommelte ich nervös mit den Fingerspitzen auf der Ablage.

Nach ungefähr einer Stunde wurde die Autotür geöffnet und mein Vater setzte sich zu mir.

»Es tut mir leid, Dad!«, flüsterte ich und blickte zu Boden. Ich spürte seinen Blick auf mir und erwiderte ihn. Seine braunen Augen sahen müde aus, sein dunkles, kurzes Haar wirkte ungepflegt. Als hätte er den gleichen Gedanken, fuhr er sich durch die Strähnen, sodass alles etwas ordentlicher aussah.

»Es ist schon gut«, sagte er schließlich und tätschelte liebevoll mein Bein. »Aber so geht es einfach nicht weiter.«

Ohne mir richtig zu erklären, was er meinte, startete er den Motor und wir traten den Heimweg an. Die einsame Fabrik ließen wir hinter uns.

***

Das Wasser prasselte auf meinen Nacken und entspannte meine Muskeln. Es tat gut, all die Schuld, den Schmutz und die letzten Spuren der Berührungen dieser widerlichen Leute von mir abwaschen zu können. Ich rieb meine Handgelenke, die blau geworden waren. Sie würden schnell verheilen. Wir Halbdämonen heilten immer rasch. Zum Glück war Kera nicht zu dem gekommen, was er anscheinend mit mir vorgehabt hatte. Ich hatte schon viele Experimente und Folterungen ertragen und mittlerweile nagte es an meinem Verstand. Kera war derjenige, dem ich diese blauen Flecken zu verdanken hatte. Er hatte mir nach der Schule aufgelauert und mich in diese Fabrik verschleppt. Als ich aufgewacht war, waren meine Arme und Beine an eine Liege gefesselt gewesen. Dazu wurde mir Blut abgenommen und davon nicht zu wenig. Was Kera mit mir vorgehabt hatte, hatte ich nicht mehr herausgefunden, da ich die erste Gelegenheit genutzt hatte, um zu fliehen. Und nun war ich wieder zurück. In Sicherheit. Wenn man das so nennen konnte.

Während ich unter der Dusche stand, hörte ich meine Eltern laut diskutieren. Ich stellte das Wasser ab, wickelte mir ein Handtuch um und verließ das dampfende Bad. Kühle Luft schlug mir entgegen, als ich in den Flur tippelte, und ließ mich frösteln. Ohne ein Geräusch lehnte ich mich gegen das Treppengeländer und versuchte die Worte meiner Eltern zu verstehen.

»Du kannst sie nicht einfach dort hinschicken! Du weißt, wie sie auf so etwas reagiert«, hörte ich meine Mutter sagen.

»Diese Schule kann unsere Tochter besser beschützen, als wir es können. Sie haben extra ausgebildete Bodyguards, die ausschließlich für sie zuständig sind. Und so lernt Ezra endlich andere ihrer Art kennen. Das wird diesem kleinen Sturkopf guttun.«

»Du weißt doch, wie sie ist«, erwiderte meine Mom. »Sie kommt nie gut mit Fremden zurecht. Wer weiß, ob sie sich dort unter Kontrolle hat!«

»Ich gehe nirgendwo hin! Was fällt euch ein, mich von Zuhause wegzuschicken?« Ich stürzte die Treppen hinunter, das Handtuch fest umklammert. Meine Eltern starrten mich erschrocken an.

»Ezra, du bist siebzehn. Da kannst du durchaus auch mal alleine leb…«

»Ganz genau! Ich bin siebzehn! Und ich will nicht weg von hier!«

Der Blick meines Vaters verwandelte sich von purer Gutherzigkeit in eine steinharte Fassade.

»Ezra, du wirst auf dieses Internat gehen. Ich habe schon mit Mike gesprochen. Er ist der Schulleiter der Forest High. Hier bist du einfach nicht sicher!«

»Ich bekomme doch dort nur einen Platz, weil ich deine Tochter bin und Mike wieder irgendein Freund von dir ist, der dir in den Arsch kriechen will!«

»Ezra!«, rief meine Mutter entsetzt.

»Du gehst«, zischte mein Vater und ließ mich und Mom allein im Flur stehen.

KAPITEL 2

Wütend warf ich die Kleider in meinen Koffer. Vor zwei Wochen hatte Dad beschlossen, mich auf ein Internat weit weg von meinem Zuhause zu schicken. Natürlich hatte Mike Harries alle nötigen Formulare unterschrieben und mein Vater hatte keine Kosten gescheut, um mir das Bestmögliche bieten zu können. Wir waren nichts Besonderes, aber wir hatten, dank der Firma meines Vaters, Geld wie Heu. Viel mitnehmen konnte ich nicht. Meine Eltern hatten mir versichert, dass sie mir alles nachschicken würden, was ich brauchte, oder dass ich in den Ferien mehr Kleidung holen könne.

Seufzend ließ ich mich auf mein Bett sinken, sah mich in meinem Zimmer um und versuchte mir die Einzelheiten noch einmal einzuprägen. Das Morgenlicht fiel durch das große Fenster neben mir und beschien die lila Wand und den flauschigen Teppichboden. Ich musste mich von niemandem verabschieden. Es gab keine Person, die mich vermissen würde. Außer vielleicht Cary-Ann, aber auch sie hatte nur selten etwas mit mir unternommen. Ich konnte nicht bestreiten, dass ich eine Einzelgängerin war, ob ich wollte oder nicht. Vielleicht wäre es wirklich ganz gut, von hier wegzukommen und Leute kennenzulernen, die mich besser verstehen würden als die gewöhnlichen Menschen in meiner Umgebung. Auch wenn ich nicht sonderlich gut darin war, Freundschaften zu schließen.

***

Eine Stunde später saß ich mit gepacktem Koffer neben meiner Mom im Auto und wir machten uns auf den Weg zum Bahnhof. Sie begleitete mich noch bis zum Gleis und verabschiedete sich dann von mir.

»Es tut mir leid, mein Schatz! Wir werden dich besuchen, sobald es geht, okay? Bald sind Herbstferien, dann kommst du schon wieder heim«, wisperte sie. Es klang eher, als wollte sie sich selbst überzeugen.

»Ist gut, Mom.« Ich umarmte sie fest. »Hab dich lieb.«

Es schien, als wollte sie mich gar nicht mehr loslassen, doch letztendlich ließ sie von mir ab und winkte mir schweren Herzens hinterher.

»Pass auf dich auf, verstanden? Und mach keinen Unsinn. Sei nett zu den Lehrern und versuch, nicht so zickig zu sein.«

»Mom! Ich schaffe das schon.« Ich rollte gespielt genervt mit den Augen und lächelte, bevor ich ihr einen letzten Kuss auf die Wange gab und in den Zug stieg.

»Schreib mir, wenn du da bist!«, rief sie, dann schlossen sich die Türen.

Jetzt war ich wohl oder übel auf mich allein gestellt. Ich suchte mir schnell einen Sitzplatz und machte es mir gemütlich. Es war elf Uhr am Vormittag und der Zug daher nicht sonderlich voll, sodass ich mit Leichtigkeit einen Fensterplatz fand. Die Landschaft zog an mir vorbei, die Bäume verschwammen irgendwann zu einem großen grünen Balken.

Schon bald hatte ich Wolfeboro hinter mir gelassen und befand mich auf dem Weg nach Cape Elizabeth. Siebzig Meilen entfernt von meiner Heimatstadt. Ich hatte Schlimmeres befürchtet. Meine Gefühle waren gemischt, aber trotzdem war es mir nicht allzu schwergefallen, mich von meinen Eltern zu trennen. Meine Mom und ich redeten nie sonderlich viel. Und Dad? Ich atmete einmal tief durch und kramte meine Kopfhörer aus der Tasche. Mit Musik verging die Zeit meist viel schneller.

***

Am Nachmittag erreichte ich endlich Cape Elizabeth und konnte nach einer gefühlten Ewigkeit endlich wieder aufstehen. Dabei hatte die Zugfahrt nur zweieinhalb Stunden gedauert. Ich stieg aus, hievte meinen Koffer aus dem Zug und sah mich um. Der Bahnhof war recht klein und sauber, nur wenige Menschen waren zu sehen.

»Sind Sie Miss Kuhn?« Ein kleiner älterer Mann kam in mein Sichtfeld, der auf dem Bahnsteig umherrannte und jedem jungen Mädchen mit Koffer ein Schild mit der Aufschrift »Ezra Kuhn« vor die Nase hielt.

Ich seufzte und ging zu ihm.

»Hallo, Sir, ich bin Ezra Kuhn.«

Er musterte mich kurz, doch sein kritischer Blick verwandelte sich dann gleich in ein warmes Lächeln.

»Jaja, sie sehen ihrer Mutter sehr ähnlich.«

Bevor ich ihn fragen konnte, woher er meine Mutter kannte, kam er ein Stück näher und ergänzte: »Zum Glück ähneln sie nicht ihrem Vater!«

Er lachte über seinen eigenen Witz und stellte sich schließlich vor: »Ich bin Luis Wid, Chauffeur an der Forest High. Mein Auftrag ist, Sie sicher in die Schule zu bringen.«

Ich folgte ihm argwöhnisch. Seit wann hatten Schulen einen Chauffeur? Verblüfft blieb ich vor der Limousine stehen, die uns am Straßenrand erwartete.

»Damit fahren wir?« Ich zeigte auf den schwarzen Wagen.

»Aber sicher. Ist sie Ihnen zu klein?«, ächzte Luis Wid, während er meinen Koffer im Kofferraum verstaute.

»Machen Sie Witze?«

Bevor ich den Türgriff erreichen konnte, hastete er vor mich und öffnete mir die Tür. Ich ließ mich auf die Rückbank sinken und verkniff mir ein Kichern.

Trotz meiner Zweifel fuhr Luis Wid mich zum Internat, wie ihm geheißen. Die Fahrt dauerte nicht sonderlich lang und es war ein schöner Weg. Viel Grün, wenige Straßen und Zivilisation. Irgendwann tauchte das Internat hinter dichten Bäumen auf. Ein großer Kasten, mit einer Unmenge an Blumen geschmückt und umgeben von einem dichten Wald. Es erinnerte mich an ein Hotel und vor dem großen Kiesweg, der zum Eingang führte, stand tatsächlich ein leuchtendes Schild mit der Aufschrift »Forest High«.

Meine Laune sank. Für mich sah dieser Platz eher wie ein Schnöselhotel aus als wie eine Schule. Was hatte Dad da nur wieder ausgesucht?

»Die Schule ist hochmodern und bietet jedem Schüler große Sicherheit. Ihnen wird es hier an nichts fehlen«, schwärmte Luis. »Die Einwohner von Cape Elizabeth wissen zwar, dass diese Schule existiert, aber sie ist doch recht abgelegen. Es verirren sich nur selten Menschen hierher.« Er fuhr die Auffahrt hinauf und hielt direkt vor dem Eingang, der mit Büschen gesäumt war, die menschlichen Gestalten ähnelten. Ein Diener kam auf uns zu, begrüßte uns höflich und trug meine Sachen ins Haus.

Wo zur Hölle war ich hier?

»Miss Kuhn«, meldete sich Luis Wid zu Wort und tippte auf meine Schulter. »Ich werde Sie noch schnell zum Direktor führen.«

Ich folgte ihm schweigend. Die Halle, die wir betraten, war riesig und pompös. Weiße, mit Gold verzierte Säulen ragten an den Wänden bis zur Decke. Die Vorhänge, die die großen ovalen Fenster etwas versteckten, waren aus dunklem Samt und sogar das Sofa, welches neben der Eingangstür stand, war mit hübschen Ornamenten bestickt. Trotzdem wirkte die Halle trotz ihrer Größe gemütlich. Der Chauffeur führte mich durch einen langen Gang bis zu einer dunkelbraunen Tür. Wie groß war eigentlich dieses Gebäude? Von außen sah es viel kleiner aus, aber hier drinnen kam es mir riesig vor. Luis verabschiedete sich höflich und klopfte noch für mich an, bevor er verschwand.

»Herein«, ertönte es.

Als ich den kleinen Raum betrat, hatte ich einen jungen Mann vor mir, der mich freundlich anlächelte.

»H... Hallo«, begrüßte ich ihn schüchtern und gab ihm die Hand.

Na, Ezra, wo ist dein Selbstvertrauen jetzt?

Er sah gut aus mit seinen blauen Augen, die mich an den kalten Atlantik denken ließen, und den pechschwarzen Haaren, die im Nacken etwas zu lang waren. Ich erwischte mich dabei, dass ich ihn anstarrte. Peinlich berührt sah ich rasch aus dem Fenster, als ich merkte, dass meine Wangen zu glühen begannen. Er sah ganz anders aus, als ich ihn mir vorgestellt hatte. Man hätte denken können, dass er Mitte zwanzig war, aber ich war mir sicher, dass ich mich irrte. Denn das dämonische Alter konnte nicht allzu selten stark täuschen. Wir alterten erheblich langsamer und wurden deswegen um einiges älter als normale Menschen. So war es möglich, dass ein Fünfzigjähriger mit etwas Glück aussehen konnte wie Anfang zwanzig.

»Ich bin Mike Harries, der Direktor der Schule. Vielleicht erinnerst du dich noch an mich.«

Warum in Gottes Namen sollte ich dich kennen?

Aber ich wollte nicht unhöflich wirken. »Ich bin Ezra Kuhn, Sir. Es tut mir leid, aber ich weiß nicht, woher ich Sie kennen sollte.«

Er runzelte die Stirn für einen Moment, als hätte ich eine Erinnerung in ihm geweckt, doch dann lächelte er wieder. Seine Augen wechselten zwischen meinen, dann seufzte er tief.

»Kein Problem. Aber sicher hast du gehört, dass ich ein guter Freund deines Vaters bin. Er sagte mir, dass du eine fleißige Schülerin bist. Hoffentlich wirst du uns dies hier demonstrieren. Dein Vater hat mich bereits genauestens über deine Lage informiert. Wie du vielleicht weißt, bekommt jeder Schüler einen persönlichen Bodyguard, denn niemand will, dass dir noch einmal etwas zustößt.«

Was? Das mit den Bodyguards ist deren Ernst? Ganz ruhig, Ezra. Beruhige dich!

»Das Schulgebäude befindet sich hinter dem Internat am Waldrand«, fuhr Direktor Harries fort. »Ich werde jemanden schicken, der dir alles zeigt und erklärt.«

Ich nickte nur, wobei ich schon überlegte, wie ich am besten flüchten konnte. Ich würde es hier keinen Tag aushalten.

»Zu deinem Apartment fährst du einfach mit dem Fahrstuhl hier gegenüber in den dritten Stock. Du wirst dein Zimmer gleich finden, denn davor wartet bereits dein Bodyguard. Er wird dir deine Karte geben und dich einweisen. Zero ist schon einige Jahre im Amt, er wird dich also gut beschützen. Solltest du noch Fragen haben, kannst du jederzeit zu mir kommen.«

»Okay, danke.« Ich lächelte und verschwand ohne ein weiteres Wort aus seinem Büro.

***

Ich stellte mich in den Aufzug und drückte den Knopf mit der Drei. Warten, bis das *Bing* ertönt, und dann auf den Bodyguard achten. Klang recht einfach, das würde sogar ich schaffen. Er hätte mir aber mal die Zimmernummer sagen können, also ehrlich! Andererseits hatte er ja kaum Zeit dazu gehabt, da ich förmlich aus seinem Büro geflohen war.

Der Aufzug stoppte und ich lugte in den Flur. Der Gang schien mir unendlich lang, aber ich entschied mich, erst einmal nach links zu gehen. Als ich um die Ecke bog, stieß ich beinahe mit einem jungen Mann zusammen.

»Ups, sorry«, murmelte ich, doch als ich sein Outfit sah, blieb ich stehen. Anzug, Stöpsel im Ohr, Krawatte. »Ähm, Verzeihung, aber bist du einer der Bodyguards?«, fragte ich, und es war mir verdammt peinlich.

»Ja, ich warte auf einen neuen Schüler. Ezra Kuhn.«

Er würdigte mich keines Blickes.

»Du meinst wohl: Schülerin. Ezra ist ein Mädchenname«, erwiderte ich mit einem Anflug von Schärfe.

»Ich diskutiere darüber nicht.«

Was für ein Idiot!

»Tja, dann bin ich wohl ein Junge. Ich bin Ezra Kuhn. Freut mich sehr, dich kennenzulernen.«

Das »sehr« betonte ich besonders gehässig. Jetzt sah er mich das erste Mal an. Er war hübsch! Verdammt hübsch sogar! Ich konnte ihn nicht weiter betrachten, denn er riss mich aus den Gedanken.

»Soll ich dir dann dein Zimmer zeigen?«, fragte er freundlicher und zog eine Karte hervor.

Ach, plötzlich kannst du nett sein?

Ich kniff die Augen zusammen und war wieder so mies gelaunt wie zuvor. Trotzdem beschloss ich, mich zusammenzureißen. Ich würde mir hier mehr Mühe geben und mein Temperament zügeln. Der Typ schloss auf und ging voraus. Mit offenem Mund blieb ich im Türrahmen stehen und sah mich um. Das sollte ein Zimmer sein? Das war ein verdammter Palast! Der Wohnraum hatte mindestens fünfzig Quadratmeter.

Im Wohnraum stand ein großes Doppelbett, außerdem ein Tisch, eine Schrankwand und mehrere Kommoden. Vor der riesigen Fensterfront war ein cremefarbenes Sofa platziert, vor dem jemand meine Koffer abgestellt hatte.

»Es gibt noch ein Bad«, sagte der Mann, als er meinen erstaunten Blick bemerkte, und führte mich weiter. Das Badezimmer war luxuriös eingerichtet. Dusche, Badewanne, zwei Waschbecken, Duschgel und alles Mögliche an Badezusätzen. Ich ging zurück in den Wohnraum, setzte mich auf das vom Abendrot geflutete Bett und blickte aus dem großen Fenster zu meiner Linken. Erst konnte ich nur ein paar Bäume sehen, dann fiel mein Blick auf das Schulgebäude. Ein Räuspern. Der Typ stand immer noch an der Tür.

»Okay«, seufzte ich. »Jetzt erzähl mir mal etwas über dich. Über mich weißt du ja bestimmt schon alles.«

Er schaute mich nur verwirrt an, setzte sich aber schließlich doch auf das dem Bett gegenüberliegende Sofa. »Wie heißt du?«, fing ich an und schlug die Beine übereinander.

»Ist das von Bedeutung?«

War das ein Witz?

»Ja, ist es. Du arbeitest nun für mich und ich kann dich ja schlecht ›Bodyguard‹ oder ›Typ im schwarzen Anzug‹ nennen«, antwortete ich trocken.

»Mein Name ist Zero Fox.«

»Aha, und wie alt bist du?«

»Fünfundzwanzig.«

»Und wieso wurdest du mir zugeteilt? Ich bin eine Todesfee und bin bisher immer alleine zurechtgekommen«, hakte ich nach.

»Das ist mir bekannt. Ich bin aber trotzdem für Sie zuständig, damit Ihre Identität geheim bleibt und Sie nicht mehr in Gefahr geraten.«

»Bitte«, stöhnte ich. »Sag Ezra zu mir! Ich hasse es, wenn mich jemand siezt!« Ich wartete auf seine Bestätigung, und als keine Antwort kam, fuhr ich fort: »Wo wohnst du?«

»Bei Ihnen, äh, dir, hier nebenan«, antwortete Zero, ging zu einem der Regale und schob es mit Leichtigkeit beiseite. »Eine einfache Schiebetür«, erklärte er mit einem charmanten Lächeln und ging durch den Türrahmen. Ich folgte ihm. Sein Zimmer sah nicht viel anders aus als meins, nur …

»Und dein Bad? Gibts da so ne Gemeinschaftsdusche für Bodyguards oder so?«, fragte ich vorsichtig.

»Wir müssen uns ein Bad teilen.«

»Was?«

Wofür zahlte mein Vater so viel Geld?

»Keine Angst. Du wirst mich nie sehen.«

Er lächelte, wirkte aber selbst nicht glücklich bei dem Gedanken, sich mit mir ein Apartment teilen zu müssen. So viel zu einem guten ersten Eindruck.

»Und wieso hast du kein eigenes Zimmer? Du kannst jederzeit in mein Zimmer kommen oder musst hier durchgehen, um in deines zu kommen«, stellte ich empört fest.

Er seufzte genervt.

»Damit ich sofort bei dir bin, falls du angegriffen wirst. Und außerdem hat mein Zimmer noch eine eigene Tür.«

»Na wenigstens etwas.«

Klang logisch. War aber unzumutbar.

»Ich verschwinde nun. Falls etwas passiert, ruf mich einfach, indem du diesen Knopf drückst.«

Zero gab mir eine kleine Fernbedienung mit nur einem roten Knopf. Schließlich verzog er sich in sein Zimmer und zog das Regal vor den Eingang.

Willkommen in der WG, Ezra!

Ich fing an, meine Sachen auszupacken, schrieb meiner Mom eine SMS und machte mich schließlich bettfertig.

KAPITEL 3

»Okay, hier die Regeln«, sagte ich am nächsten Morgen zu Zero, als wir auf dem Weg zum Frühstückssaal waren. »Erstens: Du betrittst meinen Raum nicht mehr nach zehn Uhr abends! Zweitens: Wenn du mich noch einmal siezt, werde ich wütend, und drittens wirst du mir nicht überallhin folgen!«

Sein Lachen verwirrte mich etwas, jedoch antwortete er deutlich: »Nummer eins lässt sich machen. Nummer zwei auch, nur mit Nummer drei gibt es ein Problem. Denn wenn dir etwas passiert, ist es meine Schuld.«

Ich schnaubte verächtlich. Ich kam mir vor wie in einem Gefängnis. Aber was sollte ich schon dagegen tun? Mir fiel nichts ein, also ließ ich das Thema erst einmal fallen und folgte ihm schweigend. Zero brachte mich bis zum Speisesaal, dann verabschiedete er sich.

Na geht doch!

Aber als ich den Saal betrat, standen überall weitere Bodyguards. Ein Schnauben entfuhr mir.

»Ich werde dich nach der Schule wieder abholen«, sagte Zero und sah sich prüfend um, als wolle er kontrollieren, ob auch wirklich genug Bodyguards anwesend waren.

»Aber … das sind doch nur zwanzig Meter!«

Er sah mich mit einem ernsten Blick an, der zeigte, dass er keine Widerrede duldete, und ich verstummte.

Ich befand mich in einem riesigen Saal, der nicht besonders voll war. Ungefähr hundert Schüler oder ein paar mehr. Ein Mädchen kam zielstrebig auf mich zu und begrüßte mich mit einem freudigen Lächeln.

»Hi, ich bin Alena. Du musst Ezra sein. Falls du dich wunderst, woher ich das weiß, wir sind eine kleine Schule. Jeder kennt hier jeden. Ich bin in der nächsten Woche für dich zuständig.«

Ihre blonden Haare fielen in sanften Wellen um ihr rundes Gesicht und betonten ihre blauen Augen. Sie war hübsch. So wie alle hier. Das war der Vorteil daran, ein Halbdämon zu sein. Man war mit Schönheit gesegnet, wurde seltener krank und um einiges älter als normale Menschen.

»Also, die Bücher liegen schon in deinem Fach und hier ist der Schlüssel dafür.«

Lächelnd hielt sie ihn mir vor die Nase. »Komm, ich stell dir meine Freunde vor.«

Ich folgte ihr an einen Tisch, an dem noch zwei andere Schüler saßen.

»Hi, ich bin Liam.«

Dunkelblonde, kurze Haare. Graue Augen. Charmantes Lächeln. Der andere Junge würdigte mich keines Blickes. Er hatte dunkelbraune Haare, seine Augen waren auf sein Essen gerichtet.

»Und das ist Bran. Er ist manchmal etwas schüchtern«, feixte Liam und stieß ihm mit dem Ellbogen in die Seite, sodass Bran protestierend aufsah.

»Komm, wir holen uns etwas zu essen. Ich sterbe gleich vor Hunger«, schlug Alena vor. Ich nickte und folgte ihr. Das Buffet war riesig.

»Was für ein Luxus, nicht?«, schwärmte sie, während sie Cornflakes in eine Schüssel schaufelte.

»Bis auf das Teilen des Zimmers mit dem Bodyguard«, ergänzte ich und bekam ein überraschtes Lachen als Antwort.

»Also, ich finde das cool. Ich meine, wer will sich nicht mit einem gut aussehenden Typen das Apartment teilen, hm?«

Damit hatte sie nicht ganz unrecht. Zero hatte tatsächlich etwas an sich, mit seinem braunen Haar und den dunklen Augen. Er hatte volle Lippen und um seine Mundwinkel immer ein zaghaftes Lächeln. Außerdem hatte er tolle Wangenknochen.

Moment mal! Wer dachte denn bitte über Wangenknochen nach? Und vom Äußerlichen mal ganz abgesehen wirkte er außerdem total kalt.

Ich schüttelte den Kopf, um Zero aus meinen Gedanken zu bekommen, nahm mir zwei Marmeladenbrote vom Buffet und setzte mich mit Alena wieder zurück an den Tisch.

»Leute, ich habe die Lösungen für die Klassenarbeiten!«

Ein hübsches Mädchen mit kirschrotem Haar gesellte sich zu uns.

»Was? Du machst Witze! Woher hast du die, Kat?«

»Oh, hi, dich kenne ich nicht. Bist du die Neue? Mitten im Jahr? Wie kommt's?«

Sie hatte ein wirklich süßes Lächeln.

»Ja, ich bin Ezra. Mein Dad hat es mit mir anscheinend nicht mehr ausgehalten, nun ja ...«

»Was sind deine Fähigkeiten?«, meldete sich Liam zu Wort.

Ich zögerte. Sollte ich völlig fremden Leuten meine Stärken anvertrauen?

»Ich bin eine Todesfee«, antwortete ich kurz. Jetzt sah mich auch Bran interessiert an. »Mein Schrei lähmt.«

»Bekommst du auch Flügel?«

»Manchmal. Ich weiß noch nicht genau, wie ich sie bewusst einsetze.«

»Na ja, dafür bist du schließlich hier. Zweimal die Woche bekommst du Kampftraining«, fügte Bran hinzu.

»Was seid ihr für ... Dämonen?«, fragte ich vorsichtig.

»Ich bin eine Höllenkatze.« Kat grinste. »Mein Biss ist giftig und mein Katzenschwanz so scharf wie ein Schwert.«

»Cool.« Katzenschwanz? Es passte zu ihr.

»Ich bin ein Schattengeist. Ist schwer zu beschreiben«, antwortete Liam.

»Er kann sich in eine Art Schatten verwandeln, dann sieht man ihn kaum, und er kann einfach so jemanden beobachten oder sogar umbringen. Er ist also eine Art Spion«, warf Alena ein.

»Wenn du es so sagst, klingt es ziemlich grausam«, sagte er. »Wir sind Halbdämonen. Wir können schlecht flauschig sein.«

Wir lachten. Die waren doch eigentlich ganz nett, oder? Fühlte es sich so an, mit seiner Clique zu frühstücken und herumzualbern?

»Ich bin übrigens eine Sirene.« Alena zwinkerte mir zu.

»Lass mich raten: Dein Gesang bringt alle Männer dazu, dir zu folgen, und deine Schönheit ist noch atemberaubender?«, riet ich.

Mein Vater hatte mir mal von einer Sirene erzählt, die er kannte. Wenn sie sich verwandelte, bekam sie lange, blaue Haare und die längsten Beine, die er je gesehen hatte.

»Wow, ja. Das stimmt.« Sie sah mich verblüfft an.

»Ich muss los«, meinte Bran plötzlich »Bis nachher in der Schule.« Er lächelte kurz und stand auf. Er hatte mir seine Fähigkeiten nicht verraten. Interessiert sah ich ihm nach. Er schien geheimnisvoll und verschlossen, aber er hatte bestimmt einen guten Kern.

»Wir gehen auch mal. In fünfzehn Minuten beginnt der Unterricht«, sagte Alena.

Wir stellten unsere Teller auf das Fließband, das das dreckige Geschirr in die Küche brachte, und machten uns auf den Weg ins Schulgebäude. An jeder Tür standen Bodyguards.

»Gehören die zu jemandem?« Ich zeigte auf die Männer.

»Nein. Die stehen hier überall, da wir zur Schulzeit unsere Bodyguards nicht an unserer Seite haben«, erklärte Kat.

»Und was machen sie, wenn wir weg sind?«

»Dann haben sie frei. Feiern wahrscheinlich.« Alena grinste.

Sie erklärte mir noch ein paar weitere Sachen und ich versuchte mir alles zu merken. Danach wusste ich, wo sich die Spinde und die Toiletten befanden, wo der beste Platz zum Lernen war und welche Plätze ich besser meiden sollte.

***

Der erste Schultag war anstrengend. Das Schulgebäude war nicht sonderlich groß und trotzdem verirrte ich mich gefühlt zehn Mal. Man kam sich vor wie in einem Dorf. Von allen Seiten wurde ich angestarrt und wie Frischfleisch analysiert. Ich war erleichtert, als die Klingel die letzte Stunde beendete und ich mich auf den Weg zum Internatsgebäude machen konnte. An der Treppe wartete ich mindestens zehn Minuten auf Zero, bis ich feststellen musste, dass er wohl nicht kommen würde, und allein zurück zu meinem Zimmer schlenderte.

»Und, wie war dein erster Schultag? Hattest du Spaß?«, begrüßte Zero mich grinsend, als ich die Tür zum Apartment öffnete.

»Ich dachte, du holst mich ab? Was machst du in meinem Zimmer?«

Er erhob sich vom Sofa.

»Ich wollte testen, ob du allein zurückfindest, und ich habe nur ein winziges Zimmer. Hier ist es viel heller.«

»Du scheinst deinen Job ja richtig ernst zu nehmen, wenn du mich allein herumgeistern lässt.« Ich warf meinen Rucksack lieblos neben die Couch und sah aus dem Fenster. Die Sonne schien und ich konnte etwas frische Luft gebrauchen. »Ich gehe spazieren. Will mich mal umsehen. Bis später.«

»Ich komme mit dir«, sagte er und kam auf mich zu.

Na ja, einen Versuch war es wert gewesen. Zusammen machten wir uns auf den Weg nach unten, standen im Aufzug schweigend nebeneinander. Ab und zu schielte ich zu ihm hoch. Wie er da stand in seinem Anzug, mit den Händen vorne überkreuzt und starrem Blick geradeaus.

»Hast du irgendwelche Hobbys?«, fragte ich, um die Stille zu brechen.

»Ich passe auf, dass kleine Kinder ihre Fähigkeiten unter Kontrolle haben.«

»Danke, so genau wollte ich es gar nicht wissen«, schnaubte ich.

Er lächelte, wahrscheinlich darüber, dass ich mich über seine Antwort ärgerte. Die Aufzugtüren öffneten sich wieder und wir traten nach draußen. Die Sonne wärmte nicht sonderlich, trotzdem schloss ich die Augen und genoss die Strahlen, die meine Nase kitzelten.

»Ich will in den Wald«, sagte ich und steuerte auf den kleinen Weg zu, der in das dunkle Gebirge führte.

»Kommt nicht infrage.« Zero packte mein Handgelenk.

»Hey! Wenn du nicht mitkommen willst, dann geh! Ich brauch keinen Babysitter!«

Wie ein Kleinkind riss ich mich los und rannte, so schnell ich konnte, in das düstere Gestrüpp. Ich hörte Zero meinen Namen rufen, aber ich hatte einen guten Vorsprung. Auf gewisse Weise fand ich es lustig, wie er verzweifelt versuchte, seinen Job zu machen. Plötzlich hörte ich einen Knall, etwas streifte mich. Ein Schuss!

KAPITEL 4

Schreiend fiel ich zu Boden und umklammerte meinen Arm. Dumpfe Stimmen. Jemand zog mich grob nach oben. Ein Mann. Schwarze Haare und … schwarze Augen! Ich erschrak, wollte mich aus seinem Griff winden, aber er war zu fest.

»Ah, was ein bezaubernder Zufall! Ich hatte gehofft, dich hier zu treffen. Vorerst war ich etwas geschockt, als ich meine Freunde verbrannt in der alten Fabrik fand. Ich schätze mal, wir hatten dich unterschätzt. Aber ich glaube, du bist nicht mehr ganz so stark, wenn du nicht mehr schreien kannst, oder?«

Seine Augen färbten sich rot, er näherte sich meinem Hals, hielt mir den Mund zu, sodass ich nicht schreien konnte. Die Männer, die um uns herum auftauchten, sahen uns lüstern zu, und ich bekam noch mehr Panik. Plötzlich durchfuhr mich ein stechender Schmerz. Er trank mein Blut! Wie ein Vampir! War er auch ein Halbdämon? Ich wurde schwächer und auch meine Kraft wirkte gegen ihn nicht. Er war mächtig. Ich fiel einfach zu Boden. Hatte er mich losgelassen? Geschrei und der Geruch nach Blut folgten. Dann war alles still.

»Ezra! Hey!«

Ich öffnete die Augen.

»Bleib da! Komm schon!«

Meine Sicht wurde klarer. Vor mir stand Zero, seine Augen glühend lila und er war vollkommen in Schwarz gekleidet. Aus seinem Rücken ragten zwei große, gefiederte Flügel. Er war ein Todesengel!

»Und ich hab dir noch gesagt, geh nicht in den Wald. Aber nein, Miss Perfect muss ihr eigenes Ding durchziehen! Der Typ heißt Kera, ich kann nicht fassen, dass er sich traut, hier aufzukreuzen. Er wird schon seit Langem gesucht. Er ist ein Blutwolf. Blut macht ihn mächtig und Dämonenblut noch viel mehr. Ich werde sofort Mr Harries davon berichten, wenn wir zurück sind.«

Er half mir hoch, langsam konnte ich wieder klar denken.

»Ich kenne ihn«, wisperte ich. »Er hat mich schon einmal gejagt.«

»Was will er von dir?«

Ich zuckte mit den Schultern. »Ich weiß es nicht. Das letzte Mal hat er mein Blut abgezapft und eben hat er mir doch tatsächlich in den Hals gebissen. Wo ist er?«

Zero seufzte. »Abgehauen. Er hat die Zeit genutzt, in der ich mich verwandelt habe. Er war wohl nicht auf einen Kampf aus.«

Ich blieb stehen und lächelte ihn aufrichtig an.

»Danke, Zero.«

»Das ist doch mein Job.«

Das war ja mal etwas ganz Neues! Zero antwortete nicht sarkastisch oder beleidigend.

»Aber beim nächsten Mal hörst du auf mich, klar? Ich fühle mich wirklich wie ein Babysitter.«

Und da war er wieder.

Als wir wieder im Apartment waren, verarztete Zero mich zunächst. Er hatte wieder seine menschliche Gestalt angenommen. Als er sich meinen Biss genauer angesehen hatte, war er nach draußen geeilt und erst einige Zeit später zurückgekommen.

»Wo warst du?«, fragte ich, als er sich neben mich setzte und eine Kompresse an meinen Hals drückte. Ein brennender Schmerz durchzuckte mich.

»Au! Was ist das?«

»Halt jetzt still!« Er strich konzentriert über meine Wunde. »Das Mittel hilft gegen Entzündungen. So ein Biss ist gefährlich. Hier ...« Er zückte eine kleine Kette mit einem Amulett in der Form eines Sichelmondes. »Diese Kette wurde in Agrimonia getränkt. Sie wird dich vor unerwarteten Flüchen schützen.«

»Flüchen?«

Hatte Kera gezaubert?

»Ja, der Biss ist ein Fluch.«

Zero fragte mit einer Handbewegung, ob er mir die Kette umlegen dürfte. »Trage sie immer. Und wenn es nur in deiner Hosentasche ist. Lege sie nie länger als zwanzig Minuten ab. Hast du mich verstanden?«

Oje, auf etwas so Kleines aufpassen? Darin war ich noch nie gut gewesen.

»Hey, hast du verstanden?«, wiederholte er ernst.

»Ja, habe ich«, murmelte ich zurück.

Um Punkt zehn zog er sich in sein Zimmer zurück. Ich zog mich um und legte mich in das große Bett. Nun war ich bereits zwei Tage hier. Kurz bevor ich einschlief, strich ich noch einmal über das kühle Metall der Kette und betrachtete sie genauer. Im Mond waren einzelne Muster zu erkennen, die sich wie ein Faden durch ihn hindurchzogen. In der Mitte war ein kleiner blauer Stein befestigt, der kaum auffiel. Ich merkte, wie meine Augenlider schwerer wurden, und kuschelte mich in mein Kissen.

***

»Man ist aber auch wirklich nirgendwo sicher!«, schimpfte Alena am nächsten Morgen beim Frühstück. Ich hatte ihr erzählt, dass Kera mich am Tag zuvor angegriffen hatte.

»Ist dir das schon häufiger passiert?« Kats Stimme hatte einen besorgten Unterton.

Ich bejahte.

»Dann ist es ja gut, dass du jetzt hier bist. Ich wurde schon als Kind in meinen Fähigkeiten trainiert, damit sie mal so ausgeprägt sind wie jetzt«, gab Alena an und warf ihre blonden Haare zurück.

»Ach ja, und warum bist du dann noch hier?«, fragte Bran. Ich musste mir ein Lachen verkneifen.

»Morgen ist Kampfstunde. Das ist übrigens jeden Mittwoch. Da es mehrere Neue gibt, wird der Kampfplan erst heute Abend ausgehängt«, erklärte Kat.

»Kampfplan?«, fragte ich verwundert.

»Wir können nicht alle gleichzeitig trainieren, aus Sicherheitsgründen.

Deshalb werden wir immer in Zweierteams eingeteilt, die zu bestimmten Zeiten üben. Das kann sich von dreizehn bis zwanzig Uhr ziehen.«

»Okay. Ich hoffe, ich kann mir das alles merken«, seufzte ich und wir machten uns auf zum Unterricht. Abgesehen von den Bodyguards, den Sondertrainingseinheiten und der Überschönheit der Halbdämonen war es doch immer noch ein normales Internat.

Als die letzte Stunde ausfiel, beschloss ich, in mein Zimmer zurückzukehren, um den fehlenden Stoff nachzuholen. Alena und Kat wurden von ihren Bodyguards abgeholt. Ich würde Zero nicht zu mir rufen, denn ich war froh darüber, kurz allein zu sein. Trotz des ausgefallenen Unterrichts war es bereits vier Uhr.

»Und du willst wirklich nicht mit in den Park?«, fragte Kat noch einmal und umarmte mich zum Abschied.

»Nein, ich will noch ein bisschen was für die Schule machen.« Ich umarmte auch Alena.

»Aber das kannst du doch auch in den Herbstferien. Die fangen schon in zwei Wochen an.«

»Ich mach das lieber heute. Aber ein anderes Mal komme ich gerne mit euch.«

Ich fand es schön, dass wir uns nach zwei Tagen schon recht vertraut waren. Es war ungewöhnlich. Und noch ungewöhnlicher war es für mich, dass ich so schnell Vertrauen gefasst hatte. An meiner alten Schule hatte sich niemand für mich interessiert außer meinem Geschichtslehrer, der immer ein bisschen auf mich geachtet hatte, und Cary-Ann. Aber sie hatte sich nicht einmal gemeldet, seit ich fortgegangen war. Anscheinend war ich ihr doch nicht so wichtig gewesen, wie ich gedacht hatte, aber um ehrlich zu sein kümmerte es mich kaum. Ich hatte mich selten meinen Mitschülern verbunden gefühlt und manchmal war es mir vorgekommen, als merkten sie, dass ich anders war.

Gedankenverloren blickte ich den beiden Mädchen und ihren Bodyguards, ziemlich aufgeweckten und humorvollen Zwillingen, hinterher.

Ich stieg in den Aufzug und drückte den Knopf für die dritte Etage.

Die sollten wirklich die Aufzugsmusik ändern!

Oben angekommen lief ich den Flur entlang. Der rote Teppich, der sich durch den gesamten Gang zog, wirkte sauber und edel, wie auch der Rest des Internats. Ich zog die Schlüsselkarte hervor. Ein Klicken ertönte und die Tür öffnete sich. Der Raum war leer, mein Bett war gemacht und die Rollläden waren nach oben gezogen worden. Von Zero gab es keine Spur. Leise schob ich das Regal beiseite und betrat sein Reich.

»Zero?« Ich lugte um die Ecke zu seinem Bett und konnte sein braunblondes Haar zwischen der weißen Bettwäsche entdecken. So ein fauler Sack! Ich ging ein paar Schritte vor und wiederholte seinen Namen etwas lauter. Erst jetzt erkannte ich, dass er nicht allein war. Eine junge Frau rekelte sich in seiner Umarmung und blickte auf.

»Ezra!«, rief Zero entsetzt und schreckte hoch. »Was machst du schon hier?«

»Ich ... Sorry!«, stotterte ich und hielt mir eine Hand vor die Augen, um nicht auf seinen nackten Oberkörper zu starren. Ich tippelte rückwärts aus dem Zimmer und schob hastig das Regal wieder an seinen Platz. Sowie ich allein war, konnte ich mein Kichern nicht mehr unterdrücken.

Einige Zeit später stürmte Zero wütend in mein Zimmer. Mittlerweile lag ich ausgestreckt auf meinem Bett und war in ein Buch vertieft. Ich hatte schon einiges aufgeholt und ruhte mich nun ein wenig aus. »Wie wärs beim nächsten Mal mit Anklopfen? Und warum warst du nicht in der Schule? Laut meinem Plan hättest du bis fünf Unterricht gehabt«, fragte er, eine Zornesfalte auf seiner Stirn.

»Die letzte Stunde ist ausgefallen. Und wie soll ich bitte an ein Regal anklopfen, hm?«

Als er noch einen Schritt auf mich zumachte, schob ich nach: »Was? Hat dir eine nicht gereicht?«

Mit angespanntem Kiefer blieb er stehen und schnaubte verächtlich. Schließlich drehte er sich um und verschwand ohne ein weiteres Wort in seinem Zimmer. Oder hatte ich da gerade doch das Wort »Zicke« gehört? Ich konnte über seine offensichtliche Abneigung mir gegenüber nur lachen und zog eine Jogginghose und mein Schlafshirt für die Nacht an.

KAPITEL 5

»Die Kampfpläne sind da«, rief Kat freudig und rannte zum Schwarzen Brett im Flur. Einige Schüler tummelten sich bereits davor, um selbst zu sehen, wer ihnen als Partner für das Kampftraining zugeteilt worden war.

»Ja! Alena, wir sind zusammen! Und Liam, du mit Bran!«

»Und ich?«

Meine Hoffnung schwand, da alle, die ich kannte, nun vergeben waren.

»Bei dir ein Jack Frost«, las Liam laut vor. Ich blickte ihn verwirrt an.

»Haha, Scherz, ein Conan Foster ist dein Partner.«

Ich stöhnte auf. »Wer ist das?«

Alenas belustigter Blick verwirrte mich.

»Er ist ein richtig guter Kämpfer, aber normalerweise hat er immer dieselbe Partnerin. Ich weiß nicht, ob du glücklich sein solltest oder besorgt. Er ist sehr ehrgeizig, aber wir haben nicht viel mit ihm zu tun.«

Sie zuckte mit den Schultern.

»Na super! Woher wisst ihr von seinen Kampfkünsten?«

»Glaub mir, Ezra: Diese Schule ist wie ein Dorf. Weiß es einer, weiß es jeder!«

***

»Kommt schon Leute, Bücher aufschlagen!«, rief Mr Adams und klatschte zweimal in die Hände. Der Geschichtslehrer war ein eher zierlicher Mann mit kurzen, blonden Haaren, die bereits langsam einer Glatze wichen, und einem liebenswürdigen Lächeln. Dazu trug er seltsamerweise jeden Tag eine Sonnenbrille. Mr Adams drehte sich zur Tafel und schrieb das Geschichtsthema an.

»Mr Fitz, denken Sie, ich sehe Sie nicht?«

Eine Sekunde später tauchte er hinter Liam auf und riss ihm sein Handy aus der Hand. Mr Adams war ein Teleporter!

»Man könnte meinen, dass Sie es nach zwei Jahren endlich begriffen hätten«, knurrte er und schaltete das Handy aus, legte es dann auf das Lehrerpult und drehte sich wieder zur Tafel.

Am Ende der Stunde flüsterte Kat mir zu: »Achtung, gleich kommts ... Drei, zwei, eins.«

In dem Moment löste sich Liam in eine Art Schatten auf, der langsam über den Boden in Richtung Pult schlich. Er umhüllte das Handy und ließ es langsam zurück zu seinem Tisch wandern.

»Krass!«

»Aber so was von«, stimmte Kat mir zu.

Als die Schulklingel ertönte, standen alle Schüler erleichtert auf.

»Was machst du jetzt noch?«, fragte Alena, als wir den Flur entlanggingen.

»Ich schätze, Zero holt mich ab. Dann erledige ich den riesigen Berg an Hausaufgaben und später gehe ich zu meiner ersten Kampfstunde.«

»Wow, du bist ja eine echte Streberin.« Alena lachte.

»Nein, nur ... im Moment. Komm schon!«

»Morgen. Park. Keine Widerrede!« Sie lächelte mich frech an.

Seufzend stimmte ich also zu und hielt nach Zero Ausschau. Schon von Weitem konnte ich ihn und Mirko, Alenas Bodyguard, warten sehen.

Ich verabschiedete mich von meiner Freundin.

»Wie war dein Schultag?«, fragte Zero, nachdem wir uns begrüßt hatten.

»Tu nicht so, als würdest du dich für mich interessieren«, murrte ich, als wir in den Fahrstuhl einstiegen. Es ging mir tierisch auf die Nerven, dass ich kaum eine Minute für mich hatte.

»Wann lässt du endlich mal die Leine locker? Ich schaff diese paar Meter auch allein.«

Plötzlich lachte er leise, was mich etwas verwirrte. »Du bist die Einzige, die sich so dagegen wehrt«, sagte er und schaute immer noch mit einem amüsierten Lächeln geradeaus an die Fahrstuhlwand.

Gut, mich anzugucken war natürlich auch sehr schwierig.

»Warum sollte ich wie ein Hund auf dich hören? Weil du älter bist? Oder stärker? Oder am besten noch, weil du ein Mann bist?«

»Nein. Weil du noch schwach und unerfahren bist!«

Endlich sah er mich an, sein Gesicht war ernst.

Touché.

Trotzdem war er ein Idiot! Aber ich hielt meinen Mund.

Als wir oben angekommen waren, warf ich die Schulsachen auf mein Bett und zog meine Jacke aus.

»Darf ich mich wenigstens alleine umziehen?«, fragte ich scharf, als ich merkte, dass Zero sich gegen das Sofa lehnte und mich ansah.

Er hob resignierend die Hände, verzog sich dann aber hinter das Regal, ohne zu widersprechen. Seitdem ich ihn gestern mit dieser Frau erwischt hatte, war er recht kühl zu mir. Egal.

Ich zog mich aus bis auf die Unterhose. Zum Training würde ich Leggins und ein enges Top tragen. Schließlich war das ja eine Art Sport, oder?

***

Zero begleitete mich nach unten in das Schulgebäude und von dort in den Keller. Es war ein einziges Labyrinth dort unten, aber er lief so flink, als wäre er jeden Tag hier.

»Wohin? Welcher Raum?«, fragte er im Gehen und schaute auf die Schilder an den Türen.

»319, glaub ich.«

»Glaubst du.« Er rollte mit den Augen und suchte weiter, bis er vor einer der Türen stehen blieb.

»Hier ist Raum 319. Drück den Knopf, wenn ich wiederkommen soll!«

Ich nickte und klopfte an die Tür, ehe ich sie öffnete. Ich musste zugeben, dass ich aufgeregt war. Ich war nicht besonders talentiert darin, neue Freunde zu finden oder überhaupt auf fremde Menschen zuzugehen. Das machte die ganze Situation ziemlich schwierig für mich.

Der Raum war recht groß. Die Wände waren ausgepolstert und auch auf dem Boden lagen dünne, blaue Matten. An einer Ecke befand sich ein großes Fenster, vor dem ein Junge auf einer Bank gegen das Fenstersims gelehnt saß und etwas auf einen Block schrieb.

»Hallo?« Es war zwar eher eine Frage als eine Begrüßung, aber er sah auf.

»Hi«, antwortete er und lächelte kurz. »Du bist dann wohl meine neue Trainingspartnerin, was? Ezra, richtig?«

»Ja, Ezra Kuhn. Und du bist vermutlich Conan!«

Er nickte. »Hast du schon oft trainiert?«

»Nein. Ehrlich gesagt noch nie. Ich bin neu hier.«

»Und davor?«

Mittlerweile war ich zu ihm gegangen und setzte mich neben ihn.

»Auch nicht. Mein Vater hat mich in diese Schule gesteckt, weil er der Meinung ist, dass ich mich nicht wehren könne. Dabei habe ich das fast immer geschafft, nur manchmal ist es etwas eskaliert.«

»Okay. Ich schätze, Daniel wird bald kommen.«

»Daniel?«

»Unser Trainer. Ich bin auch noch in der Lehre. Aber er ist cooler als im Unterricht. Glaub mir.«

In diesem Moment ging die Tür auf und Mr Adams trat ein.

»Sorry, Leute, aber ich sag euch, diese Katze, die immer die Fische aus dem Teich stiehlt, ist stärker, als sie aussieht … Oh, hallo, Claire! Hast du einen neuen Haarschnitt? Und ein neues Gesicht?« Er starrte mich an.

»Haha, sehr lustig, Daniel. Das ist Ezra. Ich habe dir doch gestern schon gesagt, dass Claire die Schule gewechselt hat.« Conan klang etwas genervt.

»Moment mal, das ist unser Trainer? Und du duzt ihn?«

»Wie du siehst, bin ich sehr vielfältig.«

Mr Adams grinste. Wie immer trug er seine Sonnenbrille, dazu nun ein schwarzes T-Shirt und Jeans.

»Ja, unter anderem ist er auch mein Onkel«, gab Conan mit einem verlegenen Grinsen zu, und Mr Adams setzte sich zu uns.

»Hi, ich bin Daniel Adams. Kennen wir uns schon?«, lächelnd reichte er mir die Hand, und ich schüttelte sie zögerlich.

»Ezra Kuhn. Ich habe Sie in Geschichte.«

»Ah ja, ich erinnere mich! Nenn mich ruhig Daniel, aber das bleibt unter uns, das heißt, in der Schule zu keinem einen Mucks, okay?«

Ich nickte sprachlos.

Daniel sprang auf und klatschte fröhlich in die Hände. »Auf gehts, Ladys, dann zeigt mir mal, was ihr könnt!«

»Sie kann noch gar nichts.«

Musste Conan das sofort petzen?

»Wie, noch gar nichts? Dann wird es aber Zeit! Also zuerst die klassische Selbstverteidigungsposition.«

Conan stellte sich breitbeinig ans Ende der Matte und spannte seine Arme an. Ich tat es ihm gleich und positionierte mich ihm gegenüber.

»Gut. Conan wird dich jetzt angreifen, Ezra. Du musst einfach nur versuchen, ihn abzuwehren, okay?«

»Okay«, gab ich etwas schwächer zurück, als ich beabsichtigt hatte.

»Los.« Er nickte Conan zu, der sich schnell auf mich zubewegte und mich packte. Ich versuchte auszuweichen, aber er packte flink meine Handgelenke, hielt sie fest und schon lag ich auf der Matte.

Verdammt, das hatte echt wehgetan!

»Nun, das war ziemlich schwach. Versuchen wir es mal andersherum. Wie würdest du einen Feind angreifen? Mach es einfach mal vor.«

Wieder stellten wir uns in Position und ich rannte auf Conan zu. Noch bevor ich auch nur seinen Arm berühren konnte, lag ich wieder auf dem Boden und keuchte.

»Okay, Ezra, meine Liebe.« Daniel kam mit gefalteten Händen auf mich zu und lächelte liebevoll. »Du musst immer darauf achten, dass dein Gegner nicht deine Arme oder Beine zu packen bekommt, sonst bist so gut wie tot.«

Wofür brauchte ich den ganzen Mist, wenn ich doch übernatürliche Kräfte hatte?

»Du fragst dich jetzt sicher, wofür du den ganzen Mist brauchst, wenn du doch übernatürliche Kräfte hast, nicht wahr?«

O Gott. Kann er jetzt auch noch Gedanken lesen?

Das war gruselig. Was sollte ich dann machen? Meinen Geist verschließen? An rosa Einhörner denken?

»Nun, es gibt Phasen, in denen man seine Kräfte auf die Schnelle nicht entfalten kann oder unfähig ist, sie umzusetzen. Daher musst du immer vorbereitet sein. Ich will jetzt mal sehen, ob es mit euren Kräften besser klappt. Los, verwandelt euch!«

Ich sah ihn erwartungsvoll an, doch er nickte mir aufmunternd zu.

Conan schnellte bereits mit seinen Händen nach unten und unter seinen Handflächen ragten plötzlich zwei lange silberne Messer aus der Haut hervor.

Autsch, das stellte ich mir schmerzhaft vor.

»Bist du Wolverine oder was?«

Bei meiner Frage fing Daniel herzhaft an zu lachen.

»Nein, ich bin eine Art Assassine. So nennt man mich zumindest.« Conan grinste und hob eine Hand, um das Messer, das aus seinem Handgelenk ragte, noch einmal zu demonstrieren.

»Natürlich bringt er keine Leute um«, ergänzte Daniel. »Und jetzt du, Ezra.«

»Ich … kann nicht. Mir hat nie jemand beigebracht, wie man sich verwandelt. Bei mir tritt das einfach auf, wenn ich in Panik gerate.«

Ich blickte auf den Boden. Einen Augenblick später war Daniel zu mir teleportiert und stand dicht neben mir.

»Konzentriere dich, blicke auf einen Punkt und sammle all deine Kraft.«

Ich suchte mir einen Punkt auf Conans Gesicht. Er hatte rote Augen, die zuvor noch blaugrün gewesen waren und schwarze, kurze Haare. Dazu ein kantiges Gesicht und volle Lippen.

»Ezra.« Die Stimme meines Trainers riss mich aus den Gedanken. »Konzentrieren. Nicht gaffen!«

Skeptisch schaute ich zu ihm und dann wieder zu Conan, der nun grinste.

»Also, noch mal!«

Ich schloss die Augen. Worauf sollte ich mich dieses Mal konzentrieren?

»Am besten stellst du dir vor, wie deine Flügel wachsen und du deine Kraft entfaltest.«

Okay, Daniel Adams konnte zu hundert Prozent Gedanken lesen! Und woher wusste er von meinen Fähigkeiten?

Mit geschlossenen Augen stellte ich mir vor, wie meine Flügel glänzend aus meinem Rücken ragten und meine Kraft sich durch meinen Körper bahnte. Anschließend öffnete ich die Augen wieder und blickte zu Daniel.

»Super. Deine Augen sind schon orange. Siehst du! Und da sind sie auch schon, deine Flügel.«

Ich drehte mich um, betrachtete sie stolz und flatterte ein wenig damit.

»Fliegst du oft damit?«, fragte Conan plötzlich.

»Nein, um ehrlich zu sein, bin ich noch nie geflogen«, antwortete ich beschämt.

»Wie kannst du Flügel haben und damit nicht fliegen?«

»Ich habe Angst vor der Höhe. Und selbst dafür sorgen zu müssen, dass ich in der Luft bleibe, macht mir noch mehr Angst.«

Conan prustete los und ich biss mir nur auf die Lippe. Er lachte mich aus.

»Jetzt hör aber auf, Conan! Niemand kann sich seine Fähigkeiten aussuchen. Sei froh, dass du keine Metallallergie hast. Und jetzt reißt euch zusammen und macht die gleiche Übung noch einmal!«

Conan trat flink wie zuvor auf mich zu. Diesmal konnte ich seine Angriffe geschickt abwehren, aber auch er war verwandelt stärker und so lag ich schnell doch wieder auf der Matte. Ich stand auf, richtete meine Flügel und meine Kleidung und wir versuchten es gleich noch einmal. Die restliche Kampfstunde übten wir immer und immer wieder dasselbe Angriffsmanöver. Am Ende war ich nicht nur fertig mit der Welt, sondern auch frustriert. »Wir sehen uns nächste Woche.«

Daniel verabschiedete sich und auch Conan verließ den Raum. Ich würde also allein auf Zero warten müssen. Doch keine zwei Minuten später war er auch schon da und wir machten uns auf den Weg zurück in unser Apartment. Ich traute mich gar nicht zu fragen, wie er es geschafft hatte, so schnell bei mir zu sein.

»Und wie war deine erste Kampfstunde?«, fragte er, während wir im Aufzug warteten.

»Interessant«, erwiderte ich zögernd, da ich nicht zugeben wollte, wie mies ich mich tatsächlich gemacht hatte.

»Ich hätte zu gerne gesehen, wie oft du auf die Matte gelegt wurdest.« Mein Bodyguard grinste und ich rollte mit den Augen.

»Warum wusste ich das?« Am liebsten hätte ich ihm die Zunge herausgestreckt.

Oben angekommen zog ich mich um und fiel schließlich todmüde ins Bett. Ich bekam am Rande mit, wie Zero das Bad benutzte, aber noch bevor das Licht ausging, hatte ich mich schon ins Land der Träume aufgemacht.

KAPITEL 6

Am nächsten Morgen wachte ich auf, bevor mein Wecker klingelte. Ich versuchte wieder einzuschlafen, bis ich schließlich resigniert aufgab und beschloss zu duschen, da ich tags davor zu müde dafür gewesen war und mich schrecklich unwohl fühlte. Schlaftrunken tapste ich ins Bad, zog mich aus und stieg in die Dusche. Das warme Wasser tat gut, es kitzelte den letzten Schlaf aus meinen Muskeln. Nachdem ich fertig war, band ich mir ein Handtuch um und putzte mir die Zähne. Plötzlich wurde die Tür aufgerissen. Zero starrte mich an. Verdattert musterte er mich, ging einen Schritt rückwärts und blickte auf mein Bett, um dann wieder seinen Blick auf mich zu richten, als wollte er sichergehen, dass auch wirklich ich es war, die vor ihm im Bad stand.

»Warum bist du schon so früh wach?«, fragte er.

Ich spürte, wie mir die Röte ins Gesicht schoss. »Ich bin eben aufgewacht und konnte nicht mehr schlafen.«

»Okay, aber du musst jetzt kurz raus. Ich muss mich beeilen, sonst schaff ich meinen Plan nicht!«

Flink schob Zero mich aus dem Bad und schlug mir die Tür vor der Nase zu.

Da stand ich nun. Mit der Zahnbürste im Mund, nur einem Handtuch um und ordentlich Wut im Bauch.

»Was hast du denn bitte für einen Plan?«, rief ich, gedämpft durch meine Zahnbürste und den Zahnpastaschaum, aber ich bekam sowieso keine Antwort.

Er hatte mich ernsthaft aus dem Bad geschmissen. In meinem Apartment! Und ich dachte, ich wäre die nervige Zicke von uns beiden.

»Hat er nicht!« Alena und Kat konnten sich nicht mehr halten und lagen sich vor Lachen heulend in den Armen, als ich ihnen von meinem Morgen erzählte. Nachdem ich endlich ins Bad gekonnt hatte, hatte ich Zero keines Blickes mehr gewürdigt, besonders, da er seine Tat danach noch einmal mit ›Wer zuerst kommt, mahlt zuerst‹, begründet hatte.

Der Frühstückssaal war heute erstaunlich voll. Vor dem Ausgang hatte ich sogar Conan entdeckt, wie er sich mit ein paar Jungs unterhielt. Die Sonne schien uns durch die Fenster grüßen zu wollen und legte die hinteren Tische in ein wundervoll warmes Licht.

»Seid ihr jetzt fertig?« Ich nahm einen weiteren Bissen von meinem Marmeladenbrot.

Schlagartig hörten sie beide auf.

»Warte, noch eine Sekunde«, prustete Kat und sie fingen wieder an.

Ich wollte so tun, als sei ich empört, aber ihre gute Laune steckte mich an und ich lachte mit den beiden.

»Na, ihr hübschen Prinzessinnen«, begrüßte uns Liam, setzte sich neben Alena und knallte sein Tablett auf den Tisch.

»Was gibts, Liam Lame?« Ihre Stimme hatte einen genervten Unterton.

»Das liebe ich so an dir!« Er grinste.

»Du weißt genau, warum ich sauer bin. Wir hatten ausgemacht, dass du mir bei Mathe hilfst, und du bist einfach nicht aufgetaucht. Jetzt habe ich weder die Hausaufgaben noch irgendeinen Plan von irgendwas«, schnauzte Alena ihn an, aber ihre Augen glänzten belustigt.

»Komm schon, du weißt, wie ich bin …«

»Jap. Leider.«

»Und heute werde ich dir helfen. Ich hatte gestern einfach viel zu tun, okay?« Er zog einen Schmollmund und als ich anfing zu lachen, stiegen die anderen wieder mit ein.

»Vielen Dank, Ezra. Mit dir als Stütze kann nichts schiefgehen«, sagte Alena, bemüht um einen ernsten Gesichtsausdruck, und ich lachte nur noch mehr.

»Hi, Leute.« Bran gesellte sich zu uns und so war unsere Clique wieder komplett. »Habt ihr schon gehört: Mrs Allenor will aufhören! Sie verlässt tatsächlich die Schule«, berichtete er und stocherte mit dem Löffel in seinen Cornflakes. Mich würdigte er mal wieder keines Blickes. Was hatte er nur gegen mich?

»O nein. Was für eine Schande!« In Liams Stimme lag eher Freude als Trauer.

»Warum? Was ist mit ihr?«, fragte ich interessiert.

»Ach, Allenor ist total durchgeknallt. Sie war die einzige Lehrerin an unserer Schule, die keine Fähigkeiten hatte, und natürlich wurde sie deshalb von keinem Schüler ernst genommen. Warum auch? Sie war absolut verrückt.«

»Und creeepyy«, fügte Kat hinzu und sagte das letzte Wort in etwas höherer Stimmlage.

»Jemand hat mal erzählt, dass sie ausgerastet ist und die Tafel aus ihren Angeln gerissen hat. Bis heute weiß keiner, wie sie das geschafft hat«, erklärte Alena.

»Mysteriös, mysteriös«, sagte Bran. »Na ja, jedenfalls soll ein neuer Lehrer kommen.«

***

Nachdem wir alle fertig gegessen hatten, begaben wir uns lustlos in die Klassenräume. Den ersten Kurs hatte ich allein und ich konnte mir bisher nicht erklären, warum ich mich genau dort eingeschrieben hatte. Pflanzenkunde! Aber nicht irgendeine. Magische Pflanzenkunde. Da gab es wahrhaftig Wolfswurz und Eisenkraut und so ein Zeug. Anfangs kam ich mir tatsächlich vor wie bei Harry Potter in Hogwarts.

»Miss Kuhn, wachen Sie auf! Und hören Sie auf, an Harry Potter zu denken!« Mrs Jenson riss mich aus den Gedanken, und der ganze Kurs lachte. Ihre Fähigkeit hasste ich am meisten. Sie konnte ernsthaft Gedanken lesen. Die unangenehmste Fähigkeit, die es gab. Zumindest für denjenigen, der gerade neben ihr stand.

Zwar konnte Mrs Jenson meine Gedanken nicht genau lesen, aber sie konnte das, woran ich gerade dachte, über meinem Kopf schweben sehen. Als eine Art Bildergeschichte. Also in dem Fall die Geschichte von Harry Potter.

Mrs Jenson hatte uns das in der ersten Stunde erklärt. Wahrscheinlich, um uns Angst zu machen. Es gab einige, die mittlerweile geübt darin waren, ihre Gedanken so zu blockieren, dass sie keinen Zugriff hatte, aber ich war damit ja noch völlig unerfahren. Es war verdammt nervtötend, dass man in ihrer Gegenwart nicht an irgendetwas Komisches denken durfte.

»Also, was passiert denn jetzt, wenn man Drachenasche in Dillsaft rührt?« Sie sah mich eindringlich an.

Was zur Hölle war Dillsaft? Ich wusste noch nicht einmal, dass es den überhaupt gab.

»Keine Ahnung. Es explodiert?«, antwortete ich achselzuckend. Ihre rechte Braue schnellte nach oben und der Kurs lachte wieder.

»Nein, es passiert nichts. Es gibt keine Drachen. Einen schönen Tag noch. Sie können gehen.«

Wie auf Knopfdruck erklang die Schulklingel und ich packte schnell meine Sachen zusammen, um zur nächsten Stunde zu eilen. Ich hatte Geschichte und seltsamerweise freute ich mich heute darauf.

Keine fünf Minuten später war diese Freude jedoch schon wieder verflogen. Ich langweilte mich noch mehr, als wenn meine Tante Annie mir eine von ihren Kindergeschichten erzählte. Und *das* sollte etwas heißen. Da konnte der Lehrer noch so cool sein, Geschichte war und blieb langweilig. Mr Adams – Daniel – erzählte gerade irgendwas über die Französische Revolution, aber ich hörte nicht richtig zu. Ich ließ meinen Blick aus dem Fenster und über die saftige, grüne Wiese schweifen, bis hin zu dem dichten dunklen Wald. Etwas bewegte sich im Schatten der Bäume. Ich kniff die Augen zusammen. Zwei rote Augen, die in der Dunkelheit leuchteten, blickten mir entgegen und ich fiel beinahe vom Stuhl vor Schreck. Jemand beobachtete die Schule!

Ein Bodyguard konnte es nicht sein, denn die entfernten sich nie weit vom Schulgebäude. Auf einmal fühlte ich mich unbehaglich. Etwas Schlimmes würde passieren.

KAPITEL 7

Das Augenpaar, das ich im Geschichtsunterricht im Wald erspäht hatte, ging mir den ganzen Schultag über nicht mehr aus dem Kopf. Selbst als Kat nach der letzten Stunde auf mich zukam und fröhlich auf mich einredete, verließ mich dieses mulmige Gefühl nicht.

»Ich habe mir Conan mal angeguckt. Das ist ein totaler Schnucki und ... Ezra? Hey!« Sie wedelte wie wild vor meinem Gesicht herum und stellte sich so vor mich, dass ich stehen bleiben musste. »Du hörst mir gar nicht zu. Ist alles in Ordnung?«

Sollte ich ihr davon erzählen? Ach, sie würde mir sowieso nicht glauben.

»Natürlich, ich habe nur etwas Kopfschmerzen. Es war ein anstrengender Tag«, erwiderte ich lächelnd und fasste mir demonstrativ gegen die Stirn.

Ein Windstoß kam auf und ließ mich frösteln. Es wurde langsam kühler, die Blätter begannen ihre Reise zum Boden. Es roch nach Regen und als ich in den Himmel sah, hatten sich bereits dunkle Wolken über uns aufgetürmt. Der kleine Park war relativ leer. Er befand sich hinter dem Internat und war eine Art Zwischenraum zwischen dem Gebäude und dem Wald. Ein paar Bänke und Bäume standen auf einem gepflegten Rasen, neben einem kleinen, halb verfallenen Brunnen. Im Sommer konnte man dort sicher gut im Gras sitzen und lernen oder sich in der Sonne rekeln. Hier und da sah man sogar ein Eichhörnchen durch die Baumwipfel hüpfen oder einen Hasen, der nach Futter suchte. Kieswege führten über die einzelnen Rasenflächen und die Seiten waren mit perfekt geschnittenen Hecken verziert.

Wir streiften am Waldrand entlang und beobachteten die Natur. Nicht gerade eine typische Aktivität für unser Alter, aber manchmal brauchten wir einfach mal diese Ruhe und es machte Spaß, sie mit jemandem zu teilen. Wir hatten unseren Bodyguards natürlich nicht Bescheid gegeben. Sie warteten wahrscheinlich immer noch auf uns.

Wir unterhielten uns ein wenig über unsere Familien. Kat hatte mehrere Geschwister, aber sie war die einzige Übernatürliche. Ihre Mom hatte ihren Vater zusammen mit den Kindern verlassen, als dieser alkoholabhängig geworden war, und er hatte nie von ihren Fähigkeiten erfahren. Ihre zwei jüngeren Brüder waren anfangs ziemlich eifersüchtig gewesen, aber nachdem sich Kat einige Male mit ihrem Schwert verletzt hatte, weil sie sich aus Versehen verwandelt hatte, legte sich das ganz schnell.

»Und bei dir?«, fragte Kat.

»Ich habe mit meinen Eltern keinen sonderlich guten Kontakt mehr. Früher hatte ich mit meiner Mutter eine sehr enge Beziehung, aber in letzter Zeit hat sich das irgendwie verändert. Mein Dad ist zu einem Kontrollfreak geworden, seitdem meine Schwester verschwunden ist und …«

»Du hast eine Schwester?«, fragt Kat verblüfft.

Ich nickte. »Hatte. Sie ist verschwunden, als ich fünf war.«

»O nein, das tut mir unendlich leid! Wie alt war sie?«

Ich mochte es nicht, darüber zu reden. Insbesondere da ich nicht viele Erinnerungen an sie hatte und mich dafür schämte. Nach den Erzählungen meiner Mutter hatten wir ein sehr enges Verhältnis gehabt, aber es schien, als wären alle Bilder von ihr aus meinem Kopf ausradiert worden.

»Sie war zehn Monate jünger als ich«, erwiderte ich mit einem gezwungenen Lächeln.

Kat legte mir mitleidig eine Hand auf die Schulter. »Das ist schrecklich. Deine armen Eltern! Ein Kind zu verlieren, ist das Schlimmste, was einem passieren kann.«

Plötzlich verharrte Kat, kniff die Augen zusammen und deutete in den Wald. »Ezra, was ist das?«

Auf den ersten Blick sah ich nichts Ungewöhnliches. Dann erkannte ich ein paar Meter von uns einen vagen Umriss am Boden.

»Keine Ahnung, lass uns nachsehen«, murmelte ich und zog Kat hinter mir her. Anfangs sträubte sie sich etwas, aber schließlich folgte sie mir über die raschelnden Blätter tiefer in den Wald.

Je mehr wir uns dem Umriss näherten, desto mehr ähnelte dieser dem eines Menschen.

»O mein Gott, Ezra, das ist …«

Wir schlugen gleichzeitig die Hände vor den Mund und rannten zu dem leblosen Körper. Es war ein Mädchen, mit dem Gesicht nach unten. Vorsichtig drehte Kat sie auf den Rücken. Die Augen waren weit aufgerissen und man konnte noch immer einen Funken Angst darin erkennen. Die gelockten Haare waren dreckig und zerzaust und an den Beinen hatte sie große Schnittwunden, die sich bis hoch unter den Schulrock zogen. Aus einer Wunde am Kopf tropfte Blut auf die bunt gefärbten Blätter. Ich sah zu Kat, doch sie war unfähig, sich zu bewegen, und starrte den toten Körper mit glasigen Augen an.

»Kat!« Als ich sie rüttelte, erwachte sie aus ihrer Erstarrung.

»Wer tut so etwas?«, wisperte sie durch ihre Hand, den Tränen nahe.

»Kat, du musst Hilfe holen! Jetzt!« Ich schüttelte sie wieder. Plötzlich hatte sie sich wieder gefangen, nickte kurz und rannte los. Ich wollte nicht allein mit der Leiche bleiben, aber befürchtete, dass sie letztendlich verschwinden könnte wie in den Horrorfilmen, die ich ab und zu mit meinem Dad ansah. Ich untersuchte sie nach weiteren Wunden, ging aber sicher, dass ich sie nicht weiter berührte. Als ich an ihrem Handgelenk ankam, hielt ich inne. Da stand etwas, tief in ihre Haut geritzt. Es war sauber geschnitten und auch kein Blut war zu sehen, als wollte der Mörder, dass man es gut lesen konnte. Meine Kehle wurde eng, hastig fiel ich zurück auf den Waldboden und kauerte mich vor dem nächsten Baum zusammen wie ein kleines Kind.

Auf ihrer Haut stand eine Zahl. Eine Eins. Und sie war durchgestrichen.

KAPITEL 8

Nach einer gefühlten Ewigkeit hörte ich, wie mehrere Personen auf mich zugerannt kamen. Ich erkannte Mr Harries, Kat und Zero unter ihnen. Den jungen Mann und das andere Mädchen kannte ich nicht. Als das Mädchen die Leiche sah, fing es an, zu weinen und rannte zu ihr. »Marrison!«

»Was ist passiert?«, fragte mein Direktor fassungslos und lief auch auf Marrisons Leiche zu.

»Ich weiß es nicht. Wir haben sie nur gefunden.« Meine Stimme zitterte. Ich saß noch immer zusammengekauert vor dem Baumstamm und starrte zu Mr Harries, der sich die Leiche genauer ansah. Vorsichtig kniete er auf dem Waldboden nieder und begutachtete Marrisons Handgelenk, in das die Zahl eingeritzt worden war. Ein Taschentuch hatte er um die eigene Hand gewickelt. Seine Augenbrauen trafen sich fast in der Mitte, als er die Stirn runzelte.

»Wo bist du gewesen, Leith? Warum warst du nicht bei ihr?«, fragte der Direktor scharf und sah den rothaarigen Mann an, der sich fassungslos eine Hand vor den Mund hielt.

»Ich ... war kurz fort, um ihre Bücher zu holen, die sie im Schulgebäude vergessen hatte. Als ich zurückkam, war sie verschwunden. Es ist höchstens eine halbe Stunde her.«

»Warum hast du mich nicht informiert?« Mr Harries erhob sich und trat langsam auf den Bodyguard zu, welcher eingeschüchtert rückwärts stolperte.

»Ich habe Marrison gesucht, dann haben Sie schon gerufen, bevor ich irgendjemanden informieren konnte.« Er fuhr sich durch die Haare, sodass sie in alle Richtungen abstanden.

Mr Harries schnaubte und sagte schließlich etwas ruhiger zu mir: »Ich würde sagen, du und Miss Grimms, ihr geht euch jetzt erst einmal ausruhen. Wir werden morgen darüber reden.«

Ich biss mir auf die Lippe und ließ mir von ihm aufhelfen. Mit gesenktem Kopf ging ich zu Zero. Ich konnte seinen wütenden Blick förmlich spüren, als ich vor ihm stand. Jedoch sagte er nichts. Zusammen mit Kat machten wir uns zurück auf den Weg zum Internat. Das Mädchen, der Bodyguard und Mr Harries, der gerade versuchte, es zu beruhigen, blieben zurück.

Auf dem Rasen hatten sich ein paar Schüler versammelt, die sich fast die Hälse verrenkten, um einen Blick auf das Geschehen zu erhaschen.

***

»Ich fasse es nicht, dass du schon wieder abgehauen bist!«, brüllte Zero, als die Tür zu unserem Apartment ins Schloss gefallen war. Wir waren nur kurze Zeit zuvor von einem besorgten Jacob abgefangen worden, der sich mit Kat schließlich auf den Weg in ihr Apartment gemacht hatte. Er hatte nicht viel glücklicher gewirkt und ich fragte mich, ob sie sich gerade auch eine Predigt anhören musste.

»Hör auf, mich anzuschreien!«, keifte ich zurück.

»Ich kann schreien, wann mir danach ist. Da draußen ist jemand ums Leben gekommen!«

»Ich weiß. *Ich* habe sie ja schließlich gefunden. Du bist nicht mein Babysitter!«

»Irgendwie schon, da du ja immer abhaust!«

»Ich kann machen, was ich will!«

»Werd endlich mal erwachsen!«

»Und geh du dich endlich vergraben! Ich besorg dir liebend gerne eine Schaufel.«

»Ich kann mir schon denken, wieso deine Eltern dich loswerden wollten!«

Das war zu viel. Ich stürzte mich auf Zero und wir fielen beide zu Boden, während ich versuchte, ihm ins Gesicht zu schlagen. Grob hielt er meine Arme fest, drehte sich einmal so um, dass ich unter ihm lag, und fixierte meine Hände am Boden.

»Hör auf, verdammt!«, rief Zero. Anscheinend kannten wir keine andere Tonlage mehr. »Wenn wir uns die ganze Zeit streiten, bringt uns das auch nicht weiter.«

»Aber du hast angefangen«, erwiderte ich trotzig und atmete schwer. Irgendwie machte es mich nervös, dass sein Gesicht so nahe an meinem war. Vielleicht lag es aber auch daran, dass er auf mir saß. Als hätte er meine Gedanken gelesen, stieg er von mir herunter, stand auf, räusperte sich und hielt mir seine Hand hin, um mir aufzuhelfen. Ich ignorierte seine Hand, rappelte mich ebenfalls auf, richtete meine Bluse und stolzierte mit hocherhobenem Kopf ins Bad. Immer noch kochend vor Wut zog ich mich aus und stieg in die Dusche. Unter dem prasselnden Wasser fiel meine Fassade zusammen und ich fing an, kläglich zu weinen.

Ich saß bestimmt seit zehn Minuten zusammengekauert in der Duschwanne, als es klopfte.

»Ezra? Alles in Ordnung?«, fragte Zero durch die Tür.

»Alles super«, schluchzte ich und drehte das Wasser ab.

»Ich weiß, dass das bestimmt ein großer Schock für dich war. Und ich wollte dich vorhin nicht gleich so anschreien.« Seine Stimme klang jetzt sanfter.

Schnell stieg ich aus der Dusche, wickelte mir ein Handtuch um und wischte meine Tränen ab, so gut es ging. Nach kurzem Durchatmen öffnete ich vorsichtig die Tür.

»Ja, ist schon okay. Ich verstehe dich ja. Ich hätte auch ein bisschen weniger zickig sein können.«

Seine braunen Augen sahen besorgt aus. Er hatte seinen Anzug gegen ein T-Shirt mit V-Ausschnitt und eine Jogginghose eingetauscht.

»Okay«, seufzte er schließlich. »Es ist zehn Uhr. Wenn es dir besser geht, ziehe ich mich jetzt zurück.«

Kurz wirkte es, als wollte Zero mir über den Arm streichen, er ließ seine Hand aber wieder sinken und machte sich auf den Weg in sein Zimmer.

»Gute Nacht«, rief ich ihm hinterher.

»Danke, dir auch«, erwiderte Zero, drehte sich noch einmal um und lächelte mich an. Dieses Mal war sein Lächeln warm.

In dieser Nacht konnte ich kaum schlafen. Ständig wälzte ich mich im Bett hin und her und dachte über das Geschehene nach. Vorher war noch alles normal gewesen – soweit man Dämonen und magische Kräfte als normal bezeichnen konnte – und nun würde sich alles verändern. Ich war verwirrt und traurig und geschockt und müde. Ja, vor allem müde. Ich fragte mich, wann meine Eltern davon erfahren würden und wie es nun weitergehen würde. Es sah nicht so aus, als hätte Mr Harries die Polizei eingeschaltet. So würde es sicherlich keine Spurensicherung oder Ähnliches geben. Aber irgendeine Lösung musste er doch gefunden haben, oder etwa nicht? Schließlich war das doch die erste Priorität an dieser Schule: die Sicherheit der Schüler.

***

Das Frühstück am nächsten Tag verlief um einiges unruhiger als sonst. Mr Harries hielt zuvor eine Ansprache und erklärte, was am gestrigen Tag passiert war. Das mit der eingeritzten Ziffer und welche Verletzungen Marrison genau hatte, verschwieg er jedoch.

»Deswegen wiederhole ich noch einmal, dass ihr ausschließlich mit euren Bodyguards eure Apartments verlassen dürft! Wir wissen nicht, wer das war und ob der Täter noch einmal zuschlagen wird. Wir wollen nichts riskieren! Ab heute wird das Training drei Mal pro Woche stattfinden. Wenn die Trainer keine Zeit haben, müssen die Partner notfalls allein üben, aber Genaueres werden wir noch klären. Nun, einen schönen Tag und guten Appetit!«

Mit diesen Worten verschwand Mr Harris aus dem Saal, aber der Appetit war uns eindeutig vergangen. Viele Schüler fingen an, aufgeregt zu reden, andere starrten nur schockiert ins Leere.

»Warum hat er nichts von der eingeritzten Ziffer gesagt?«, flüsterte mir Kat zu. Ihr Gesicht sah genauso müde aus wie meines, das ich vorhin im Spiegel begutachtet hatte.

»Ich weiß es nicht!«

»Vielleicht hat es ja mehr zu bedeuten, als wir denken«, mischte sich Bran ein. »Aber was? Was bedeutet diese Eins?«

Kat sah uns mit großen Augen an. »Vielleicht, dass es noch nicht vorbei ist!«

KAPITEL 9

Kat starrte abwesend auf ihr Essen.

»Was?«, riefen wir alle im Chor.

»Was?«, murmelte Kat und lachte verlegen. »Habe ich etwas gesagt?«

»Ja, dass es noch nicht zu Ende ist«, wiederholte ich ihre Worte. Konnte sie sich wirklich nicht erinnern?

»Oh, habe ich gar nicht bemerkt. Aber wenn ich so darüber nachdenke, könnte das wirklich sein. Stellt euch doch mal vor, dass es sich um eine Art Liste handeln könnte. Dann müssen wir nur herausfinden, nach welchem Prinzip sie aufgestellt wurde.«

»Das werde ich übernehmen. Ich liebe es zu recherchieren«, sagte Alena. Sie strahlte und es wirkte fast so, als wäre das für sie wie eine Hausarbeit.

»Ich würde sagen, wir gehen jetzt erst einmal zum Unterricht«, warf Liam ein und wir stimmten alle zu.

In der Schule herrschte noch mehr Unruhe als vorher im Speisesaal. Die Schüler wollten gar nicht mehr aufhören, Theorien zu entwickeln, wer Marrison das angetan hatte und warum.

»Ich sagte doch, sie war eine falsche Schlange, die Dreck am Stecken hatte!«, sagte Lauren, ein Mädchen mit hellen, braunen Haaren. Ich saß im Matheunterricht direkt hinter ihr. Wir hatten noch nie ein Wort gewechselt und ich war froh darum. Auch jetzt versuchte ich sie und ihre Lästereien zu ignorieren.

»Sag so etwas nicht!« Ihre Freundin klang schockiert.

»Na ja, vielleicht kann uns die Neue etwas darüber erzählen. Schließlich war sie doch dabei, wie ich gehört habe.«

Süß lächelnd drehte Lauren sich zu mir um.

»Also, Neue, was ist passiert?«

Verblüfft ließ ich meinen Stift sinken und sah sie an.

»Erstens: Ihr Name ist Ezra. Und zweitens: Hättest du höflich gefragt, hätte sie es dir vielleicht erzählt, aber jetzt ...«, mischte Kat sich ein, beugte sich über den Tisch und lächelte Lauren genauso übertrieben süß an, wie sie zuvor mich.

»Oh, das Schmusekätzchen. Bitte verschone mich mit deinem ach so gefährlichen Katzenschwanz.« Lauren hob die Hände kapitulierend nach oben. Kat sah aus, als würde sie sich jeden Moment auf sie stürzen.

»Lass dich nicht ärgern, das will sie doch bloß erreichen«, sagte ich leise. Sanft legte ich eine Hand auf ihre Schulter und drückte sie zurück in den Stuhl neben mich.

»Ich hasse sie einfach. Sie ist das Klischee aller Klischees«, zischte Kat und warf energisch eine ihrer roten Haarsträhnen zurück.

Sie hatte recht. Lauren war ein Klischee. Eines, das man aber auch einfach ignorieren konnte.

***

»Alles in Ordnung?«, fragte Zero, als er und Jacob uns vor dem Schulgebäude abholten.

»Natürlich, was sollte sein?«

»Nichts, nichts.« Er winkte ab und schritt voran in den Aufzug.

»Ich muss mich beeilen. Ich habe eben erfahren, dass ich jetzt Training habe.«

Im Zimmer angekommen streifte ich mein Top über den Kopf und tauschte es gegen ein anderes, ohne auf Zero zu achten. Das Gleiche tat ich mit meiner Jeans und band meine langen, dunklen Haare wieder zu einem Zopf. Als ich auf die Uhr schaute, war es bereits kurz vor fünf.

»Können wir?«, rief ich gegen das Regal, das sich einige Sekunden später öffnete.

»Hmm«, sagte Zero mampfend und biss noch einmal von seinem Cookie ab.

»Hey, Moment mal, sind das etwa Kekse? Du hast Kekse? Ich will auch Kekse!« Ich quetschte mich an ihm vorbei in sein Zimmer und sah mich um. Herr im Himmel, aufgeräumt konnte man das nicht nennen. Demonstrativ ging ich zu seinem Bett, lugte einmal kurz darunter und unter die Bettdecke und rief: »Hallo?«

»Haha, sehr witzig«, sagte Zero mit mittlerweile leerem Mund.

Ich lachte. Dann machte ich mich auf die Suche nach den Keksen. »Also, wo hast du sie versteckt? Ich habe schon echt lange keine mehr gegessen.«

»Erst raubst du mir meine Nerven und dann meine Kekse?«

»Bitte, nur einen! Man bekommt hier fast gar keine Süßigkeiten und du bist mit mir noch nie zum Supermarkt gegangen!«

Widerwillig ging er zu seinem Schrank, öffnete ihn, holte eine Dose heraus und gab mir einen Keks. Als ich mich bedankte, grunzte er nur mürrisch als Antwort und ich lachte über unser uns. Ich begann an meinem Keks zu mümmeln, der köstlicher schmeckte als alle Kekse jemals zuvor, und machte mich dann mit Zero auf den Weg in den Keller.

»Geht es dir wirklich gut? Soll ich lieber hier bei dir bleiben?«, fragte Zero noch einmal besorgt, aber ich winkte ab.

»Ich schaffe das. Danke, Zero, aber du kannst gehen.«

Er verabschiedete sich und ließ mich allein vor der Tür stehen.

Ich betrat den Trainingsraum. Daniel und Conan waren bereits da und übten offenbar schon. Conan war nicht verwandelt, versuchte aber, sich auf seinen Onkel zu stürzen, der im letzten Moment teleportierte, woraufhin Conan mit einem dumpfen Schlag auf den Rücken fiel. Ächzend blieb er liegen, lachte jedoch dabei.

»Hi«, begrüßte ich sie mit einem zaghaften Lächeln.

»Na, ein bisschen spät, findest du nicht?«, antwortete Daniel, lächelte jedoch zurück.

»Tut mir leid, ich hatte lange Schule und habe eben erst erfahren, dass heute Training ist.«

Conan war mittlerweile wieder aufgestanden, richtete seine schwarzen Haare und setzte sich auf das Fenstersims.

»Du brauchst dich gar nicht erst hinzusetzen, mein Lieber«, sagte Daniel und drehte sich zu ihm um.

»Komm schon, eine kurze Pause«, murrte Conan.

»Nein. Ezra. Conan. In Position. Wir haben viel zu tun!«

Wie auch beim letzten Mal gingen wir in die Verteidigungsstellung. Conan griff mich an und ich hätte schwören können, dass es dieses Mal mindestens drei Sekunden länger dauerte, bis ich auf der Matte lag.

»Okay, Leute. Ich sehe schon, das wird wie beim letzten Mal.« Mit einer unwirschen Handbewegung unterbrach Daniel unser Tun. Zählten die drei Sekunden etwa nicht?

»Ezra, ich hatte dir beim letzten Mal schon gesagt, dass Conan nicht deine Beine oder Arme in die Hände bekommen sollte. Du kannst dich dann auch nicht mehr verwandeln. Wenn du ausweichst, nimm sofort deine Arme etwas nach hinten, nur kurz, und dann schlägst du ihm auf den Rücken.«

Ich nickte und stellte mich wieder aufrecht hin. Conan seufzte kurz, dann rannte er auf mich zu. Diesmal ging ich flink einen Schritt zur Seite, während ich einen Arm hinter meinen Rücken hielt, und schlug Conan dann mit dem anderen gegen sein Kreuz, sodass er neben mir auf den Boden sackte.

»Das war doch schon um einiges besser. Wenn du jetzt bitte nicht zuschlagen würdest, als ob du eine Stechmücke platt hauen willst, wäre es perfekt. Du musst bedenken, dass du deinen Gegner schwächen musst, da du, besonders du, Zeit brauchst, um dich zu verwandeln. Schließlich ist man am ehesten angreifbar, während man sich verwandelt.«

Ich nickte und half Conan auf.

»Greif du jetzt noch einmal Conan an. Conan, für dich gilt das Gleiche!«

Moment, er durfte mich auch schlagen?

Ängstlich nahm ich Anlauf und stürzte mich auf ihn. Schnell wich er meinem mickrigen Angriff aus. Ich taumelte und er schlug mich mit einem Schlag gegen die Schulterblätter endgültig zu Boden. Wimmernd blieb ich liegen und krümmte mich zu einer Kugel.

»Ist dir etwas passiert? Komm, steh wieder auf«, sagte Conan und kniete sich neben mich.

»Nein, aber ich hab nicht so fest geschlagen wie du!«

»Tut mir leid. Komm, ich helf dir.«

Ich zog eine Grimasse, während er meine Hände nahm und mich auf die Beine zog. Als sich unsere Finger berührten, durchströmte mich eine gewaltige Hitze und der Schmerz war schlagartig vergessen.

»Du bist ganz heiß. Alles okay? Hast du Fieber?«

Sofort legte ich eine Hand auf seine Stirn. Auch die war warm. Er hatte eindeutig erhöhte Temperatur.

»Daniel! Conan ist ganz heiß, ich glaube, er hat Fieber.«

Als ich wieder zu Conan sah, sah er mich nur mit hochgezogenen Augenbrauen an. Von unserem Trainer hörte ich ein Lachen.

»Nein, nein Ezra. Das ist bei ihm so. Er hat immer diese Temperatur«, erklärte er. Verlegen zog ich meine Hand zurück und richtete Conans Frisur, die ich durch mein stürmisches Handauflegen etwas platt gedrückt hatte, murmelte eine Entschuldigung und ging einen Schritt zurück.

Wie peinlich!

Conan schaute amüsiert zu mir herab. »Ich fühle mich geehrt, dass du dir solche Sorgen um mich machst«, sagte er und ich konnte nichts weiter tun, als sein Grinsen zu erwidern.

»Gut, Mädels«, sagte Daniel zum Schluss und klatschte wie immer in die Hände.

»Könntest du bitte aufhören, Mädels zu sagen. Du weißt, dass das nervt«, sagte Conan und rollte mit den Augen. Wir setzten uns beide auf die Matten.

Unser Trainer fuhr unbeirrt fort. »Also, wie ihr vielleicht bereits wisst, habt ihr jetzt dreimal die Woche Training. Was gar nicht schlecht ist, denn ihr habt es dringend nötig. Wir werden aber auch einige Male joggen gehen oder was anderes machen, damit ihr nicht immer nur in diesem kleinen Räumchen seid. Falls ihr über irgendetwas reden wollt, könnt ihr immer zu mir kommen, verstanden?«

Aus irgendeinem Grund war ich zutiefst gerührt. Meine Eltern hatten so etwas noch nie zu mir gesagt. Ich hatte mit meiner Mom früher viel geredet, aber seit dem Vorfall hatte sich alles geändert. Unsere Familie war auseinandergebrochen und als sie wieder zusammengefügt wurde, war sie nicht mehr komplett.

»Gut, dann könnt ihr jetzt gehen. Ich schätze, zwei Stunden üben reicht für heute. Wir sehen uns zur nächsten Stunde.«

Wir verabschiedeten uns und gingen gemeinsam nach draußen.

»Wirst du nicht von deinem Bodyguard abgeholt?«, fragte ich, während Conan mit mir auf Zero wartete. Mir war aufgefallen, dass er meistens allein durch die Gänge zurücklief.

»Eigentlich nicht. Sie vertraut mir normalerweise. Heute aber schon, wegen des Vorfalls im Wald. Du bist echt dabei gewesen?«

»Moment mal, dein Bodyguard ist eine Sie?«, fragte ich ungläubig.

»Ja klar. Manchmal haben wir auch Frauen, aber nur welche mit sehr mächtigen Fähigkeiten.«

In diesem Moment erkannte ich in der Dunkelheit des Ganges zwei leuchtend rote Augen.

»Conan ... da ... hinten!« Ich rüttelte an seinem Ärmel. Die Augen schlossen sich und waren wieder verschwunden.

»Da ist doch nichts«, erwiderte er nur und sah mich skeptisch an.

»Doch, ich schwöre es, es waren zwei rote Punkte«, wimmerte ich. Aber nichts war mehr zu sehen. Ich blieb mit einer Gänsehaut und einer Heidenangst neben Conan im Gang stehen.

KAPITEL 10

Schritte hinter uns ließen mich erschrocken herumfahren. Ich klammerte mich noch fester an Conans Arm, doch als ich den auf uns zukommenden Schatten identifiziert hatte, ließ ich ihn los und entspannte mich etwas.

»Was ist los? Du siehst aus, als hättest du einen Geist gesehen«, fragte Zero besorgt. Er winkte Conan kurz zu und der erwiderte seine Geste.

»Tut mir leid! Hier bin ich! Noch pünktlich, oder?«, ertönte eine Stimme hinter Zero. Eine junge Frau kam hinter ihm zum Vorschein und gesellte sich zu ihrem Schützling.

Kannte ich sie nicht? Das war doch die Frau, die ich mit Zero in seinem Zimmer erwischt hatte! Jetzt konnte ich mir ein Kichern nicht verkneifen.

»Ah, Zero, sie erinnert sich«, stellte sie grinsend fest und durchbohrte mich fast mit ihren grünen Augen. Sofort verstummte ich. Belustigt tätschelte sie meine Wange.

»Keine Angst, ich werde mich von deinen schmutzigen Gedanken fernhalten«, kicherte sie.

Ich vernahm ein leises Lachen von Conan. Scheiße! Die konnte auch Gedanken lesen! Verdammt! Ohne es zu wollen, dachte ich an ihn und wie er wohl damit klarkam, dass sie immer wusste, was in seinem Kopf vorging.

»Ach, das ist eigentlich ganz einfach«, antwortete sie auf meine Gedanken. »Irgendwann gewöhnt man sich daran, seine Gedanken zu zügeln. Und ich sehe sie auch nur, wenn er vor mir steht, nicht wahr, Conan? Wie süß, du dachtest auch, er hätte Fieber. Da wäre ich nur zu gern dabei gewesen!«

Langsam nervte es mich ein wenig, dass sie in meinem Kopf herumwühlte. Vielleicht sollte ich einfach aufhören, an Conan zu denken, das würde die Sache vereinfachen.

»Zero? Können wir gehen?«

Er nickte aufmunternd und wir verabschiedeten uns. Sobald wir außer Sichtweite waren, seufzte ich erleichtert auf.

»Meine Güte, redet die viel. Wie hast du es mit ihr nur ausgehalten? Ich meine, das ist doch total unpraktisch, wenn sie die ganze Zeit weiß, an was du denkst«, sagte ich.

»Du bist echt unmöglich«, antwortete er nur, doch ein Lächeln umspielte seine Lippen.

Ich trottete hinter Zero her, der mich wie immer sicher durch das unterirdische Labyrinth führte. Nur ein schwaches Licht beleuchtete den Gang und warf unheimliche Schatten auf den roten Teppich.

»Wo führt dieser hier hin?« Ich zeigte auf den dunklen Gang rechts von uns.

»Keine Ahnung, wahrscheinlich zu weiteren Übungsräumen«, antwortete Zero und ging weiter. Ich wollte ihm folgen, als ich wieder zwei rote Punkte am Ende des Ganges bemerkte.

»Hey, Zero, siehst du das?«, flüsterte ich und ging einen Schritt in den dämmrigen Flur hinein.

»Hör auf zu trödeln. Ich dachte, du wolltest zurück in dein Zimmer?« Zeros Stimme klang genervt, doch ich ging weiter in den Gang und ließ die roten Punkte dabei nicht aus den Augen.

»Warte, ich möchte nachsehen, was ...« In dem Moment stolperte ich über etwas und landete auf dem Boden. Sofort war Zero bei mir.

»Hast du dich verletzt?«, fragte er besorgt und half mir auf.

Ich hielt mir die Hüfte, auf die ich gefallen war. »Ich glaube nicht, aber hier ist etwas. Kannst du das Licht einschalten?«

Mit großen Schritten lief Zero zurück und betätigte den Schalter, der die kleinen Lampen knarzend zum Leben erweckte.

Ich fuhr mit einem lauten Schrei zurück. Vor mir lag ein Junge, halb gegen die Wand gelehnt. Über ihm eine lang gezogene Blutspur. Seine Arme hingen schlaff nach unten, die Handflächen zeigten nach oben. In seiner Kehle war ein gigantischer Riss, aus dem Blut über seine Kleider auf den Boden floss.

Zero stand mittlerweile wieder neben mir und starrte mit schockiertem Gesichtsausdruck auf die Leiche. Genau wie ich.

»O Gott. Verdammt. O Gott!«, wiederholte ich immer wieder, dreht mich zu Zero und presste mein Gesicht gegen seine Brust. Ohne zu zögern, schlang er seine Arme um mich. Tränen kullerten über meine Wangen und auf sein Hemd. Meine Hände klebten. Ich hatte kaum wahrgenommen, dass ich bei meinem Sturz in der großen Blutlache gelandet war. Ich spürte, wie Zero seinen Arm bewegte, dann hörte ich ihn sagen: »Ja, Jake? Hier ist Zero. Hol bitte sofort Direktor Harries, verstanden? Wir haben eine weitere Leiche gefunden. Wir sind im Keller der Schule bei den Übungsräumen, ungefähr bei Zimmer Nummer 314.«

Ich sah ihm zu, wie er nervös in seine Armbanduhr sprach. Er konnte mit seiner Uhr telefonieren? Ich schüttelte den Kopf. Über so etwas wollte ich jetzt nicht nachdenken. Ich blickte wieder zu dem Jungen und suchte nach Ähnlichkeiten zu Marrison, dem Mädchen von gestern.

»Sein Handgelenk.« Ich rüttelte am Ärmel seines Anzugs. Zero beugte sich langsam hinunter und sah sich das rechte Handgelenk des Opfers genauer an, dann richtete er sich auf und blickte zu mir. In seinen Augen blitzte Angst auf, eine Falte stand auf seiner Stirn.

»Eine Zwei. Durchgestrichen«, murmelte er leise.

Wie aus dem Nichts erschien Daniel direkt neben mir und ich sprang erschrocken zur Seite. Er bückte sich sofort zu dem Jungen und sah uns dann ernst an.

»Mike kommt gleich. Jetzt sagt mir doch mal bitte, was ihr beide hier in diesem Korridor macht. Das liegt doch überhaupt nicht auf eurem Weg.« Seine Stimme klang scharf. Er blickte abwechselnd zwischen mir und Zero hin und her.

»Ezra sagte, sie hätte etwas gesehen und ist hier reingelaufen. Sie ist über ihn gestolpert und erst, als wir das Licht angemacht haben, haben wir ihn entdeckt.« Zero knetete seine Hände.

»Okay«, seufzte Mr Adams schließlich. »Ihr beide verschwindet jetzt ganz schnell von hier, verstanden? Wir regeln das.«

Zero nickte gehorsam und zog mich hinter sich her. Die Tränen waren zwar getrocknet, aber meine Wangen fühlten sich heiß und klebrig an.

In unserem Zimmer verschwand ich im Bad und wusch mir das Blut von den Händen, das ich abbekommen hatte. Fassungslos starrte ich dem rot gefärbten Wasser nach, das im Abfluss verschwand, und versuchte meine Gedanken zu ordnen.

Es war noch jemand gestorben. Ein weiteres Leben war einfach so beendet worden und keiner wusste warum.

Ich trocknete meine Hände, zog meine Schlafsachen an und setzte mich aufs Bett. Schluchzend fuhr ich mir durch die Haare und schlang die Arme um meine Knie. In diesem Moment erschien Zero hinter dem Regal. Er kam auf mich zu, setzte sich neben mich und nahm mich in den Arm. Ich umarmte ihn fester und vergrub mein Gesicht in seiner Halsbeuge. Sein Geruch nach Shampoo und Aftershave und sein regelmäßiger Atem beruhigten mich ein wenig, aber es war nur die Ruhe vor dem Sturm weiterer Tränen. Seine Wärme tat mir gut, sie war das Einzige, das ich in diesem Moment brauchte. Ich weiß nicht, wie lange wir so dasaßen, aber es kam mir vor wie eine Ewigkeit.

KAPITEL 11

»Gehts wieder?«, fragte Zero nach einer Weile und löste sich von mir.

Ich wischte über meine Wangen und nickte schwach. Auf seinem grauen T-Shirt hatte sich ein dunkler Fleck von meinen Tränen gebildet.

»Ich hab dich nass gemacht«, sagte ich leise und rubbelte an seiner Schulter herum, aber natürlich brachte das nichts.

»Ist schon okay.« Zero lachte leise. Er stand auf und zog mit einem Mal sein Shirt aus. Dann machte er sich auf den Weg in sein Zimmer. »Du solltest schlafen. Morgen ist Schule«, meinte er pflichtbewusst, dann schob er das Regal leise vor seine Tür.

Mach den Mund wieder zu, Ezra!

Sprachlos ließ ich mich nach hinten sinken. Wie konnte er nur mit einem Mal so einfühlsam sein, wenn er doch sonst so … Zero war? Vielleicht war er auch auf den Kopf gefallen, während ich fort war, wer weiß? Nach dem langen Weinen fühlte ich mich leer, aber auch ein wenig besser. Ich versuchte, nicht mehr daran zu denken, aber das Bild des blutverschmierten Jungen spukte mir andauernd durch den Kopf. Und ich kannte nicht einmal seinen Namen. Irgendwo würden jetzt Eltern einen Anruf bekommen, dass ihr Sohn in der anscheinend sichersten übernatürlichen Schule in den gesamten USA brutal ermordet worden war, und sie konnten nichts dagegen tun. Der Gedanke ließ mich frösteln. Am liebsten hätte ich wieder angefangen zu weinen, aber ich hielt meine Tränen zurück. Ich brauchte dringend etwas Schlaf und meine Heulerei würde niemanden zurückbringen.

***

Tags darauf saß ich nervös im Matheunterricht und versuchte mich auf die Arbeit zu konzentrieren. Schließlich hatte ich immer noch ganz normal

Unterricht, trotz des ganzen Trubels, aber in meinem Kopf gab es wirklich keinen Platz für Formeln oder Parabeln. Fiebernd saß ich über der Aufgabe und versuchte sie so gut es ging zu lösen. Eigentlich war ich immer gut in der Schule gewesen. Ich war selten ausgegangen, weil ich kaum Freunde gehabt hatte. Da ich sonst nichts mit mir anzufangen gewusst hatte, verbrachte ich meine Zeit meist mit Lernen, Lesen und Malen. Aber die letzten Tage machten mir echt zu schaffen. Zum Unterricht zu gehen und so zu tun, als sei nichts passiert, kam mir völlig lächerlich vor.

»Okay, Kinder. Reicht eure Tests bitte nach vorne durch, damit ich sie einsammeln kann!«, befahl Mr Mason. Gehetzt versuchte ich die restlichen Zahlen auf das Papier zu kritzeln, aber der Mitschüler hinter mir hielt mir schon seinen Test vor die Nase und ich war gezwungen, ihn mit meinem weiter nach vorne zu reichen. Passend zur Abgabe ertönte der Gong. Ich schulterte meine Tasche und schlenderte zur nächsten Stunde, als ich fast mit Mr Harries zusammenstieß.

»Ah, da bist du ja«, sagte er. Sein Blick war kalt.

Was war denn jetzt los?

»Folge mir bitte in mein Büro.«

Eingeschüchtert versuchte ich mit seinem schnellen Gang Schritt zu halten und war erleichtert, als ich mich endlich in den breiten Ledersessel gegenüber seinem Schreibtisch setzen konnte. In der Ecke des Raums saß Daniel Adams, der mir einen beruhigenden Blick zuwarf. Warum war Daniel hier? Ich wandte mich wieder Mr Harries zu und musterte sein Gesicht, um vielleicht irgendeinen Hinweis zu bekommen. Doch in diesem Moment wirkte er ganz und gar kühl und fachmännisch.

»Also, Ezra, ich spreche es ganz direkt an. Es geht um die Mordfälle in den letzten Tagen.«

Ich hielt die Luft an. Verdächtigte er mich? Dachte er, ich hätte die zwei Teenager getötet? Verzweifelt sah ich zu Daniel.

»Findest du es nicht merkwürdig, dass gerade du immer die Leichen findest?«, fragte Mr Harries.

»Ich … Ich weiß nicht. Es waren zwei. Es waren nur Zufälle«, stotterte ich. Mist! Es klang viel zu unsicher.

»Ich will keine voreiligen Schlüsse ziehen, aber hast du uns vielleicht irgendetwas zu sagen? Weißt du mehr als wir?«

Ich schüttelte hastig den Kopf.

»Bist du dir sicher?«, hakte der Direktor nach. »Weißt du, ich hatte mir schon überlegt, einen Gedankenleser mitzubringen, aber es gibt immer mehr Teenager, die ihre Gedanken blockieren können, also kommen wir damit nicht weiter. Falls du etwas weißt, werde ich es auf andere Weise herausfinden, also sag es mir lieber jetzt, Ezra.«

Ich schluckte und versuchte meine Tränen zu unterdrücken. Verdammt, ich hasste es, so emotional zu sein!

»Nun lassen Sie sie doch in Ruhe«, mischte sich Daniel ein. »Warum sollte Ezra lügen? Sehen Sie sie sich doch an. Sie wirkt total verunsichert und verängstigt. Miss Kuhn, am besten gehen Sie wieder zurück in die Schule. Schließlich haben Sie noch eine Stunde Unterricht und wir wollen doch nicht, dass Sie zu viel verpassen.« Er nickte ernst in Richtung Tür. »Nun gehen Sie schon, wir sehen uns heute Abend beim Training, alles klar?«

Ich lächelte schüchtern.

»Danke, Mr Adams. Auf Wiedersehen, Mr Harries.« Hastig stand ich auf und stürmte aus dem Büro. Ich empfand in diesem Moment tiefe Dankbarkeit für Daniel. Trotzdem hätte ich genauso gut zurück in mein Zimmer gehen können, da ich während des restlichen Unterrichts nur auf meinem Stift herumkaute, aus dem Fenster starrte und hoffte, dass Mr Harries mich nicht weiterhin verdächtigen würde.

Wie immer holte Zero mich ab. Von meinen Freunden hatte ich heute den ganzen Tag noch keinen gesehen.

»Wie geht es dir?«, fragte er höflich, als wir im Aufzug standen. Dabei stand er kerzengerade, in seinem tadellosen schwarzen Anzug, die Hände vor den Hüften zusammengefaltet.

»Ganz okay. Ich wurde heute vom Direktor ausgefragt«, erzählte ich, als wäre es nichts Besonderes. »Er denkt, ich hätte etwas mit den Morden zu tun.«.

Zero blieb stumm. Warum sagte er dazu nichts? Gott! Die machten mich alle ganz kirre! Ich sagte nichts weiter dazu, denn ich wollte mir nicht auch noch von ihm anhören müssen, dass er mich verdächtigte. Er musste doch am besten wissen, dass ich nichts mit dieser Sache zu tun hatte, schließlich war er mein Bodyguard.

In unserem Apartment angekommen warf ich meine Sachen aufs Bett und mich gleich hinterher.

»So anstrengend?« Zero lachte und setzte sich auf das Sofa.

»Ja, ich will endlich Ferien!«

»Wie war die Mathearbeit?«

»Du weißt von meiner Mathearbeit?«

»Klar, ich muss deinen Plan auswendig kennen.«

Ich richtete mich auf, sah ihn an und kommentierte das nur mit einem »Creepy«.

Es klopfte an der Tür. Ich stand auf und öffnete. Vor mir stand Alena und sah mich besorgt an.

»Hi, Ez, ich wollte nur mal nachsehen, wie es dir geht. Kat hat gesagt, sie hätte beobachtet, wie du in Mr Harries' Büro gegangen bist.«

Sie trat ein und folgte mir zu meinem Bett, begrüßte Zero und setzte sich. Ihr Bodyguard Mirko gesellte sich zu ihm und beide unterhielten sich leise.

»Ja, er verdächtigt mich des Mordes«, sagte ich ausdruckslos.

»Wie bitte?« Sie sah schockiert aus. »Wie kann er nur so etwas sagen? Du hast doch nichts damit zu tun, oder?«

»Natürlich nicht! Was kann ich denn dafür, wenn ich jedes Mal zur falschen Zeit am falschen Ort bin«, keifte ich, milderte meinen Ton dann aber wieder. »Mach dir keine Sorgen. Ich halte mich ab jetzt von allem Bösen fern.«

Sie seufzte erleichtert auf. »Dann bin ich beruhigt, obwohl das langsam wirklich gruselig wird. Meine Eltern haben mich schon ganz besorgt angerufen und gefragt, ob sie mich nach Hause holen sollen.« Erst jetzt begann sie, sich in meiner Wohnung umzusehen. »Wow, es sieht fast genauso aus wie bei mir«, stellte sie fest. »Kommst du mit in den Versammlungsraum?«

Ich schüttelte den Kopf. »Hab heute Training. Daniel, äh, Mr Adams hat es jetzt für dreimal die Woche angeordnet.«

»Stimmt. Ich hab erst morgen wieder Training. Wie auch immer, wir sehen uns morgen in der Schule, oder?«

»Natürlich.«

»Okay, dann gehen wir besser wieder. Bis dann, Ezra. Ciao, Zero!« Alena warf ihm einen koketten Blick zu und verschwand schließlich mit Mirko durch die Tür.

Ich sah zu Zero, der nur mit den Schultern zuckte. Dann kramte ich schließlich meine Hausaufgaben aus meiner Tasche hervor.

***

Um kurz vor sechs zog ich mich um und band meine Haare zu einem Zopf zusammen. Dann machten Zero und ich uns auf den Weg zu Raum 319. Als wir die Eingangshalle durchqueren wollten, stießen wir auf Mr Harries, der gerade leise mit einem Mann und einer Frau redete. Wir blieben stehen und beobachteten das Geschehen.

Ab und zu strich Mr Harries der Frau mitfühlend über den Arm. Sie versuchte etwas zu sagen, brach aber schließlich immer wieder in ein heftiges Schluchzen aus und vergrub ihr Gesicht in der Halsbeuge des Mannes. Der redete behutsam auf die zierliche Gestalt in seinen Armen ein und der Direktor gab einem der herumstehenden Bodyguards ein Signal, woraufhin dieser in einem der vielen Gänge verschwand. Kurze Zeit später kam er zurück, mit Michael im Schlepptau, der eine Pritsche hinter sich herzog, auf der ein großer, schwarzer Sack lag.

Mr Harries schob die Pritsche mitsamt der Ladung in eines der nebenliegenden Zimmer und das Paar folgte ihm. Zero und ich schauten uns ernst an, als ein Aufschrei ertönte, gefolgt von lautem Weinen und den hysterischen Rufen »Nicht mein Baby!« und »Warum mein Junge?«.

Mr Harries kam gerade aus dem Raum, als wir weitergingen.

»Ezra, Zero! Was macht ihr hier? Haut ab, sofort! Du solltest beim Training sein, junge Lady!« Er sah mich streng an und ich schrumpfte in mich zusammen.

»Waren das ...« Ich räusperte mich und versuchte die richtigen Worte zu finden. »Waren das die Eltern des Jungen?«

Mr Harries nickte beklommen und warf Zero einen besorgten Blick zu. »Er wird jetzt nach Hause in ein Bestattungsinstitut überführt. Es wird problematisch sein, den Todesfall aufzuklären, ohne viel Aufsehen zu erregen. Deswegen wäre es nicht klug, ihn hier zu beerdigen.«

Ich nickte langsam und wollte meinen Weg fortsetzen, als ich Mr Harries noch murmeln hörte: »Ich hoffe nur, sie schalten die Polizei nicht ein, denn das wäre unser Ende.«

Ich schluckte und hastete aus seinem Blickfeld. Zero war mir dicht auf den Fersen. Schweigend brachte er mich zur Tür des Übungsraums, verabschiedete sich und ließ mich allein. Wir wussten offenbar beide nicht, was wir sagen könnten, um einander zu beruhigen.

Conan war noch nicht da, nur Daniel saß vor dem Fenster und blickte in den Wald.

Ich begrüßte ihn heiser und er drehte sich zu mir um. Wie immer trug er seine getönte Brille.

»Hallo, Ezra«, lächelte er.

»Danke, dass du mich vorhin gerettet hast.«

»Ich habe dich nicht gerettet. Ich habe nur die Wahrheit gesagt«, verbesserte er, immer noch lächelnd. »Und ich hoffe, dass ich damit recht behalte.«

Ich tat, als hätte ich das nicht gehört, und fragte: »Wo ist Conan?«

»Dem habe ich schon gesagt, dass er draußen warten soll. Wir gehen heute Joggen. Also lass deine Trainingsjacke an und folge mir.«

Im Nu teleportierte er sich zur Tür und schwebte förmlich hinaus. Schweigend folgte ich ihm über die Treppen, dann zweimal rechts und schließlich nach draußen. Es wurde langsam frisch und ich zog die dünne Sportjacke enger um meinen Körper. Ich sah Conan schon von Weitem auf der kleinen Mauer sitzen, die den Kiesweg von der großen Wiese abtrennte. Er trug ein graues T-Shirt und eine schwarze Jogginghose. Seine dunklen Haare waren wie immer nach oben gegelt. Als er uns sah, sprang er elegant auf den Boden und kam uns entgegen.

»Da seid ihr ja endlich. Ich warte hier schon seit einer Viertelstunde!« Er lächelte uns an und ich konnte es nur erwidern.

»Jaja, der Überpünktliche, du machst deinem Ruf alle Ehre«, sagte Daniel.

»Solltest du nicht überglücklich sein, da Lily morgen kommt?« Conan grinste und stupste seinen Onkel kumpelhaft an.

»War ich, aber dann kamst du«, sagte Daniel ernst. Dann brachen beide in Gelächter aus. Manchmal vergaß ich, dass Daniel Adams Lehrer war. »Okay, Mädels.« Er klatschte in die Hände.

»Daniel!«, knurrte Conan.

»Okay, Mädels und Möchtegernjungs.« Er warf Conan ein verschmitztes Lächeln zu, der daraufhin die Augen verdrehte.

»Wann verstehst du endlich, dass du nicht lustig bist, Onkel, so sehr du es auch versuchst.«

Ich verkniff mir ein Kichern.

»Also, die Route ist folgende: Wir rennen einmal um die Schule, machen dort ein paar Dehnübungen und biegen dann in den kleinen Waldweg gegenüber dem Brunnen am Park ein.«

Im Kopf ging ich den Weg nach und versuchte mich auf der imaginären Karte zurechtzufinden. »Okay. Los!«

Gemäßigt begannen Conan und ich zu laufen, doch Daniel teleportierte sich vor uns und verschränkte die Arme. »So was nennt ihr laufen? Rennen! Hopp! Hopp! Hopp!«, rief er und wedelte mit den Armen.

Kichernd begannen wir zu rennen und joggten gleichmäßig an den Schulwänden entlang. Daniel teleportierte sich immer ein Stück vor uns.

»Und du darfst dich teleportieren? Findest du das nicht ein wenig unfair?«, keuchte Conan.

Doch Daniel rief nur: »Keine Fragen! Weiter, los!«

Ein paar Schüler gingen auf dem Rasen spazieren oder spielten Fußball. Sie schauten uns verwirrt an, wendeten sich aber schließlich wieder ihrem eigenen Kram zu. Ich musste mich wirklich zusammenreißen, nicht loszuprusten. Nachdem wir den Brunnen passiert hatten, widmeten wir uns den Dehnübungen. Angestrengt versuchte ich meine Zehen zu erreichen, was nicht sonderlich gut funktionierte. Dann ging es weiter in den kleinen Waldweg. Schon nach kurzer Zeit war ich vollkommen aus der Puste. Ich war es definitiv nicht gewohnt, so viel Sport zu machen. Schwer atmend blieb ich stehen und stützte mich auf meine Oberschenkel, während Conan und Daniel quatschend weiterliefen.

O Gott! Luft, verlass mich nicht, dachte ich, als ich etwas aus dem Augenwinkel wahrnahm. Ich richtete mich auf und kniff die Augen zusammen.

Da waren sie wieder! Die roten Punkte! Und diesmal war ich mir zu einhundert Prozent sicher: Es waren Augen und sie waren ganz nah. Zielstrebig rannte ich ins Gestrüpp, schlug mich durch die Dornen und landete auf einer Lichtung. Sie wurde fast vollständig von Baumkronen überragt und kaum Tageslicht drang durch die Wipfel. Als ich durch die Büsche auf den Weg lugte, auf dem ich eben noch gelaufen war, sah ich das Sonnenlicht fröhlich darauf scheinen. Ich hörte ein Knurren. Hastig suchte ich mit den Augen meine Umgebung ab und hievte mich zurück auf die Beine. Hinter einem der Bäume kam etwas Dunkles hervor. Nach genauerem Hinsehen blieb mir der Atem weg. Es war ein großer, schwarzer Wolf mit glühend roten Augen.

Verdammt, warum muss ich immer so neugierig sein?, schoss es mir durch den Kopf.

***

Schnell nahm ich die Kampfposition ein, die ich so oft im Training geübt hatte. Aus irgendeinem Grund glaubte ich nicht, dass das da ein normaler Wolf war. Ein normaler Wolf würde mich nicht beschatten oder gar Anstalten machen, mich anzugreifen. Außerdem hatte er unnatürlich glühende Augen, was eher auf einen Dämon hinwies. Er knurrte wieder. Ich versuchte zurückzuknurren, bekam aber nur ein armseliges Fauchen zustande.

Als er seine Hinterläufe anspannte, sprang ich ihn an, bevor er mir zuvorkommen konnte. Ich stürzte mich auf ihn und drückte ihn mit aller Kraft zu Boden. Der Wolf wand sich unter mir, schlug mit den Läufen um sich, erwischte mich am Bauch und ich fiel schreiend zur Seite. Er war natürlich um einiges stärker als ich. Ich spürte das Blut an meinen Händen. Jetzt wurde ich richtig wütend. Mir blieb nicht einmal die Zeit, mich über meinen Mut zu wundern. Ich schloss für einen winzigen Moment die Augen, um mich auf meine Flügel zu konzentrieren. Ein gewaltiger Fehler. Der Wolf sprang mich an, riss mich zu Boden und drückte mich auf die harte Erde. Verzweifelt versuchte ich seine langen Zähne von meinem Gesicht fernzuhalten und trat ihm mit all meiner Kraft in den Magen, sodass er nach hinten geschleudert wurde und gegen einen Baum knallte. Meine Kräfte waren da! War der Wolf ein Junge? Mein Schrei würde nur bei einem Jungen funktionieren. Ich würde es gleich herausfinden. Ich blickte ihn böse an und fing an zu schreien. Es klappte! Das schwarze Wesen brach zusammen und zuckte unter den schrillen Tönen. Ich blieb atemlos stehen. Plötzlich schien der Wolf sich zu verwandeln. Seine Flanken wurden kleiner und verwandelten sich in Füße. Sein Fell ging zurück, nackte Haut kam zum Vorschein, und aus seiner Schnauze wurde eine kleine Stupsnase. Nach kurzer Zeit lag vor mir ein Junge, schwer atmend und ächzend vor Schmerzen. Sein schwarzes Haar klebte an seiner Stirn und die roten Augen sahen mich ängstlich an. Fassungslos erwiderte ich seinen Blick. Es war Bran!

KAPITEL 12

Wie sollte ich mich verhalten? Sollte ich zu ihm laufen oder geradewegs wieder zurück zum Weg? Ich stand wie angewurzelt vor dem bebenden Körper. Bran war der geheimnisvolle Beobachter! Hatte er auch die Schüler getötet? Ich merkte, wie mein Herz heftig in meiner Brust pochte. In meinem Kopf spielten sich bereits tausende Szenarien ab, wie Bran seine Opfer in den Wald lockte, um ihnen schließlich an die Kehle zu springen. Meine Brust hob und senkte sich viel zu schnell. Hoffentlich bekam ich keine Panikattacke!

Ich hörte ein Rascheln und Rufe. Kurz darauf zwängten sich Daniel und Conan zwischen den Büschen hervor und sahen zwischen Bran und mir hin und her.

»Was ist los? Warum bist du uns nicht gefolgt!«, schrie Daniel mich an.

»Wer ist das?« Conan wirkte ebenfalls schockiert und stand in seiner Assassinengestalt bereit zum Kampf, die Hände zu Fäusten geballt. Die Hand immer noch auf meinen Bauch gepresst, entschied ich schließlich, mich zu Bran zu wagen.

»Das ist Bran, er hat mich die ganze Zeit beobachtet. Ich bin ihm gefolgt und er hat mich angegriffen. Oder ich ihn, ich weiß es nicht mehr«, sagte ich mit zitternder Stimme, während ich mich zu ihm hinunterbeugte. Ich versuchte die Tränen zu unterdrücken, die in meine Augen stiegen. Es fühlte sich an, als ob mein halber Bauch aufgeschlitzt worden wäre. Ich hörte, wie mein Trainer auf mich zukam. Er schob mich zur Seite und begutachtete Bran. Conan zog mich sanft an meinem Arm zurück und schob mein T-Shirt nach oben.

»Hey! Was machst du da?«, fiepte ich.

Daniel drehte sich um, doch als er sah, dass Conan mir half, ignorierte er uns wieder.

»Halt still, ich will nach deiner Wunde schauen«, wies Conan mich an und drückte meine Hand beiseite, die ich zwischen ihn und mich schieben wollte. Ich hasste Untersuchungen, hatte es schon immer gehasst, mich von jemand Fremdem anfassen zu lassen.

»Was hast du mit ihm gemacht? Er kann kaum atmen«, stellte Daniel fest und drehte Bran auf die Seite, der immer noch schwer keuchend vor uns kauerte. Daniel legte ihm seine Trainingsjacke über, die den größten Teil seines Körpers bedeckte.

»Bran, kannst du reden?« Er sprach langsam und wedelte mit seiner Hand vor Brans Gesicht. »Ich hole Hilfe. Ihr bleibt hier und bewegt euch nicht von der Stelle, ist das klar?« Dann zeigte er auf mich und kniff die Augen zusammen. »Besonders du, junge Lady!«

Mit einem Mal war er verschwunden.

»Dieser Schnitt ist verdammt tief«, raunte Conan und zückte seine Wasserflasche, aus der er ein wenig Wasser über die Wunde auf meinen Bauch fließen ließ. Ich zog scharf die Luft ein. Es brannte fürchterlich.

»Halt still«, herrschte er mich an.

Besorgt sah ich zu Bran, dessen Atem sich mittlerweile wieder etwas beruhigt hatte. Er hatte die Augen fest zusammengekniffen und die Lippen aufeinandergepresst. So hilflos hatte ich ihn noch nie erlebt. Okay, nach drei Wochen konnte ich nicht viel erwarten. Mich begann ein schlechtes Gewissen zu plagen. Ich war eindeutig zu übereifrig gewesen. Mal wieder hatte ich mich nicht unter Kontrolle gehabt und nun schämte ich mich dafür. »Tut mir leid, Bran, ich wollte nicht …«

Daniel tauchte neben ihm auf, mit einem Verbandskasten in der Hand. »Sie werden in wenigen Minuten eintreffen. Conan, kümmere dich um Ezra, du weißt, was du zu tun hast«, wies er ihn an.

Conan nickte und übernahm den Verbandskasten. Keine zwei Minuten später trafen zwei Sanitäter und Mr Harries ein, der mir sofort einen eisigen Blick zuwarf.

»Ezra, was für ein Zufall, dich hier zu treffen«, funkelte er mich an.

Ich funkelte zurück.

»Was ist passiert?«

Ich erzählte die ganze Geschichte ein weiteres Mal und er lauschte aufmerksam meinen Worten.

»Wenn Sie mir nicht glauben, fragen sie Bran, sobald er wieder fähig ist zu sprechen«, fügte ich noch hinzu. Conan und ich sahen Daniel und Mr Harries zu, wie sie den Sanitätern mit Bran zurück zum Schulgebäude folgten.

»Verarzte Ezra und komm sofort nach!«, rief Mr Adams noch, bevor sie außer Sichtweite waren.

Seufzend öffnete Conan den Verbandskoffer und holte Desinfektionsmittel, eine Kompresse und einen Verband heraus. Er desinfizierte sich kurz die Hände, bevor er etwas von dem Mittel auf ein Wattepad tröpfelte und anfing, meine Wunde damit abzutupfen. Schon wieder brannte es wie Feuer.

»Au, das tut weh!«, jammerte ich.

»Hör auf rumzuheulen. Du hast es dir doch selbst eingebrockt! Wer greift denn bitte einfach einen übergroßen Wolf an?«

»Hab etwas mehr Mitgefühl!«

»Hab du etwas mehr Verstand!«

Empört starrte ich ihn an, während er schweigend einen Verband um meinen Bauch wickelte.

»Der ist zu fest!«

Conan rollte mit den Augen und wickelte ihn wieder ab. »Manchmal kannst du echt zickig sein«, brummte er und band ihn neu. Sowie er fertig war, packte er alles wieder in den Koffer und klappte ihn zusammen. »Beeilen wir uns, sonst ziehst du nur noch mehr Unheil an.«

»Jetzt halt aber mal den Rand, okay!«, rief ich und stampfte hinter ihm her. Hatte er etwa gerade gegrinst?

***

In der Eingangshalle des Internats kam uns Daniel entgegen.

»Wie geht es Bran?«, fragte ich besorgt. Wir folgten ihm die Treppen hinauf in den Sanitätsraum.

»Ihm geht es besser. Er stand einfach unter Schock. Was zur Hölle hast du mit dem armen Kerl gemacht?« Ein kaum merkbares Grinsen lag auf seinen Lippen.

»Ich habe mich nur gewehrt«, entgegnete ich achselzuckend.

»Laut Bran hast du ihn angegriffen«, sagte Daniel streng.

Ich senkte reumütig den Kopf. »Ich weiß, tut mir leid. Ich habe Angst bekommen.«

Mein Trainer seufzte einmal kurz und nickte dann in Richtung meines Verbandes. »Geht es dir gut?«

Mein Shirt hatte ich noch nicht wieder nach unten gezogen, holte es aber sofort nach. »Ja, das wird schon. Kann ich Bran sehen? Kann er wieder sprechen?«

»Ja, du kannst zu ihm gehen«, antwortete Daniel.

Ich warf Conan ein flüchtiges Lächeln zu und verschwand schließlich im Krankenzimmer.

Bran saß auf der Pritsche gegen die Wand gelehnt. Sein rechter Arm ruhte auf seinem Bauch. Als er mich hörte, sah er auf. »Ich hab mich schon gefragt, wann du kommst«, sagte er heiser und blickte zum Fenster.

»Wie gehts deinem Magen?«, fragte ich beschämt und setzte mich neben ihn.

»Es geht. Wenigstens kann ich wieder richtig atmen.«

Ich seufzte hörbar. »Ich wollte dich nicht fast ohnmächtig schlagen, aber ich hatte Angst, okay? Du hast mich die ganze Zeit verfolgt! Ich war sowieso schon total angespannt wegen der ganzen mysteriösen Vorfälle. Ich brauche nicht noch zwei leuchtend rote Augen, die mich beobachten. Warum hast du mich verfolgt? Und warum wolltest du mich angreifen? Hast du etwa die Schüler getötet?«

Bran schloss einmal kurz die Augen, als wolle er sich sammeln. Eine seiner dunklen Strähnen fiel ihm ins Gesicht, aber er beachtete sie nicht. »Es stimmt, ich bin dir gefolgt.«

»Ach was!«

Sein scharfer Blick brachte mein vorlautes Mundwerk zum Schweigen.

»Ich habe keinen dieser Schüler getötet, nur damit das klar ist! Ich wollte sichergehen, dass du nicht all diese Morde begangen hast und wirklich nur unglücklicherweise immer zur falschen Zeit am falschen Ort gewesen bist«, erklärte er schnell.

»Ja, genau so war es«, beteuerte ich und kniff die Augen zusammen.

»Nein. Genauso war es eben nicht. Ich glaube, du hast eine Fähigkeit, die dir und anderen noch nicht bewusst ist. Ob sie gut oder schlecht ist, entscheidest letztendlich du selbst. Du bist eine Todesfee! Denk doch mal nach.«

Ich gab mir wirklich Mühe, aber ich wurde aus seinen Worten einfach nicht schlau.

»Ezra, du wirst immer da sein, wo auch der Tod ist. Das ist deine Bestimmung.«

KAPITEL 13

Ezra, du wirst immer da sein, wo auch der Tod ist. Das ist deine Bestimmung.

Die Worte schwirrten durch meinen Kopf wie lästige Fliegen. Stocksteif saß ich da und sah Bran an. »Meine ... Meine Bestimmung?« Ich kniff die Augen ein wenig zusammen.

»Findest du es denn nicht merkwürdig, dass genau du immer die toten Körper findest?«, hakte er nach.

»Nein, mit Kat war es ein Zufall. Wir sind spazieren gegangen und konnten das Mädchen von der Wiese aus sehen. Und im Flur unten, da hat mich nur interessiert, was in diesem Flur war.«

»Warum hat es dich interessiert?«

»Ich ... Ich weiß nicht mehr.«

»Genau, du weißt es nicht!«

Ruckartig stand ich auf. »Moment! Ich habe zwei rote Augen gesehen. *Deine* roten Augen! Du hast mich dorthin geführt! Du wolltest, dass ich die Körper finde!«

Jetzt setzte auch Bran sich auf und funkelte mich wütend an. »Wieso sollte ich dir das alles erzählen, wenn ich dir einen Mord anhängen will, hm?«

Gut, da war was Wahres dran.

Wir wurden von einer älteren, etwas rundlichen Krankenschwester unterbrochen. »Junger Mann, Sie müssen sich doch hinlegen. Kommen Sie. Ich hole Ihnen eine Decke.«

»Mir geht es gut, danke!«, herrschte er sie an, sodass sie kaum merklich zusammenzuckte. Sofort wurde Brans Ton sanfter. »Mir ist warm genug, danke. Dürfte ich vielleicht auf mein Zimmer gehen?« Er zwang sich zu einem höflichen Lächeln. Erst jetzt fiel mir auf, dass ich Bran noch nie hatte lächeln sehen. Oder lachen. Er wirkte so verdammt ... kalt.

»Wir müssen noch auf Ihren Bodyguard warten. Aber er wird jeden Moment hier sein«, erwiderte sie. In diesem Moment schwang die Tür auf und ein groß gewachsener, muskulöser Mann kam herein.

»Wo bist du gewesen?«, fragte er seinen Schützling mit tiefer Stimme.

»Nirgendwo, Mason, beruhige dich. Ich erkläre dir alles nachher. Können wir gehen?«

Mason sagte nichts weiter und nickte. Bran bedankte sich bei der Krankenschwester und stolzierte an mir vorbei. Ohne sich zu verabschieden, verließ er den Raum und ließ mich und die nette Frau zurück.

»Hm, seltsamer Junge«, hörte ich sie noch brummeln, während sie die Liege desinfizierte. Dann wandte sie sich zu mir. »Wie ich hörte, wurden Sie auch verletzt. Lassen Sie mich mal sehen.«

Die Schwester deutete auf die Liege, auf der Bran eben noch gelegen hatte, und ich ließ mich langsam darauf nieder. Vorsichtig schob die Frau mein T-Shirt nach oben. »Es ist schon verbunden, das ist gut. Haben Sie es desinfiziert?«, fragte sie, während sie an mir herumtastete und nach weiteren Wunden oder Prellungen suchte.

Ich nickte.

»Gut, ich wechsle Ihnen trotzdem noch einmal den Verband.« Langsam zog sie das Tape ab und begann den Stoff von meiner Haut zu trennen. Je mehr Schichten sie abwickelte, desto roter wurde er.

»Es blutet immer noch«, murmelte sie nachdenklich und holte ein paar Sachen zur Versorgung der Wunde. Sie reinigte sie und verband sie schließlich wieder.

»Wechseln Sie den Verband vor dem Schlafengehen noch einmal. Trotzdem sollte das vorerst reichen. Und er drückt auch nicht?«

Bevor mir klar wurde, dass sie mir eine Frage gestellt hatte, flog die Tür auf und Zero stürmte ins Zimmer. »Ezra, geht es dir gut?«

Als er mich wohlauf am Fenster entdeckte, ließ er erleichtert die Schultern fallen.

»Ja. Meine Wunde brennt nur ein bisschen, aber sonst geht es mir gut«, antwortete ich.

Die Krankenschwester schob mein T-Shirt wieder nach unten und klopfte kurz auf meinen Oberschenkel. »Sie können gehen. Falls die Schmerzen schlimmer werden oder die Blutung nicht aufhört, kommen Sie noch einmal zu mir, verstanden?«

Ich nickte mit einem Lächeln, das sie erwiderte. »Sie soll den Verband heute Abend wechseln«, wiederholte sie an Zero gewandt und er nickte gewissenhaft.

»Wir werden das später tun, aber jetzt solltest du dich erst einmal ausruhen«, sagte er und half mir von der Pritsche herunter, um mich Richtung Tür zu schieben. »Danke, Nancy. Bis dann!«

Die Krankenschwester lächelte ihn strahlend an. »Immer doch, mein Junge!«, rief sie hinterher.

Ich warf Zero einen amüsierten Blick zu, aber er rollte nur belustigt mit den Augen.

***

Am nächsten Tag wurde ich von einem Stechen im Bauch geweckt. Ich blickte auf und erschrak. Unter mir hatte sich ein kleiner Blutfleck auf meinem Bettlaken gebildet.

»Zero!«, rief ich ängstlich und sah mich in dem lichtdurchfluteten Raum um. Auf der Couch regte sich etwas und ein völlig verschlafener Zero kam unter der dicken Decke zum Vorschein. Hatte er etwa die ganze Nacht Wache gehalten? Wenn ja, war ihm das nicht gelungen.

»Was ist los?«, brummelte er.

Ich zeigte auf mein Bettlaken und er sprang auf, sofort hellwach. Schnell huschte er ins Bad und kam mit einem Erste-Hilfe-Koffer zurück. Er breitete den Inhalt auf meinem Bett aus, zog mir ohne meine Erlaubnis mein Top über den Kopf, sodass ich nur noch im BH vor ihm saß. Nun war ich froh, dass ich letzte Nacht zu faul gewesen war, ihn auszuziehen. Doch bevor ich etwas sagen konnte, schnitt er an meinem Verband herum, was ordentlich schmerzte. Ich biss mir auf die Unterlippe.

»Verdammter Mist, wir hätten ihn doch gestern wechseln sollen. Wieso hört das nicht auf zu bluten? So groß war der Schnitt jetzt auch wieder nicht«, murmelte er vor sich hin, während er den blutgetränkten Verband achtlos neben sich warf. Er drückte mit einem Tuch auf die Wunde. Tränen begannen, meine Wangen hinunterzulaufen.

Reiß dich zusammen, Ezra! Du hast schon Schlimmeres erlebt!

Und das hatte ich wirklich. Warum konnte ich nicht einfach zu Hause bleiben? Ich hatte mir mein eigenes kleines Loch gegraben und mich wohl darin gefühlt. Keine Probleme. Keine Morde und keine Wunden, die nicht aufhören wollten wehzutun!

»Tut mir leid, aber ich muss die Blutung stoppen«, sagte er, als er meine Tränen bemerkte.

Mit einer laschen Handbewegung winkte ich ab, als sei alles halb so schlimm. Ich musste mich einfach mal zusammenreißen. Sonst war ich doch auch nicht so eine Heulsuse. Zero bemühte sich, ein wenig sanfter zu sein, was meine Schmerzen etwas linderte.

»Woher kannst du das alles?«, fragte ich, als er begann, mit einem Wattestäbchen und einem undefinierbaren Mittel den tiefen Schnitt zu reinigen.

»Meine Mutter war früher Krankenschwester. Sie hatte nicht genug Geld, um mir ein Kindermädchen zu besorgen, also war ich die meiste Zeit mit ihr im Krankenhaus. Irgendwann habe ich begonnen, mich für die Wunden zu interessieren und dafür, wie man sie behandeln konnte. Als ich vierzehn war, habe ich freiwillig an ihrem Arbeitsplatz mitgeholfen. Ich habe schon viele Leiden gesehen. Vielleicht hat mich das auch ein bisschen geprägt. Aber das Gefühl, wenn man weiß, dass man wenigstens einer Handvoll Menschen helfen kann, ist das Beste, was es gibt.«

Er blickte nicht einmal auf, als er mir das erzählte. Oder versuchte er mit Absicht mich nicht anzusehen? Doch dann sah er mir direkt in die Augen und ich meinte, etwas sehen zu können. Traurigkeit, Leere, aber auch Fröhlichkeit und die Seele eines Kindes. Doch noch etwas anderes schien mir neben all dem zuzuwinken. Der Tod. Zero hatte den Tod schon öfter gesehen, als ich es jemals getan hatte. Und nicht nur im Krankenhaus.

KAPITEL 14

Warme Sonnenstrahlen streichelten durch das Fenster meinen Rücken, als ich ein paar Tage später mit Kat, Alena und Liam beim Frühstück saß. Erstaunlich für Ende September.

»Endlich Ferien. Ich sags euch, Leute: Eine Woche länger, und ich hätte mir eine Schaufel geholt und mich begraben. Ich kenne gar nichts anderes mehr als Lernen!«, seufzte Kat, während sie an ihrem Sandwich mümmelte.

»Wann lernst du denn bitte?« Liam grinste und Kat schlug ihm gegen die Schulter.

»Hallo! Ich bin eine einzige Wissensmaschine!«, protestierte sie.

»Okay, wann ist Napoleon gestorben?«

Sie überlegte kurz, schließlich rollte sie mit den Augen. »Ach, halt doch die Klappe!«

»Ich hol mir was zu trinken. Soll ich euch was mitbringen?«, fragte ich und stand auf. Alle schüttelten den Kopf. Ich zuckte mit den Schultern und lief zum Buffet.

Ich war gerade auf dem Rückweg und schlängelte mich durch die Tischreihen, als ich mit einem Mädchen zusammenstieß. Vor Schreck ließ ich das Glas fallen, dessen Inhalt sich über den ganzen Boden ergoss. Zerbrochen war es zum Glück nicht, sondern rollte unter einen der Tische.

»O mein Gott! Tut mir leid! Ich habe heute einen meiner Trampeltage, da sollte man mir nicht näher als fünf Meter kommen!« Sie lächelte mich schüchtern an.

»Kein Problem. Ich habe ja auch nicht aufgepasst«, erwiderte ich und versuchte meinen Ärger zu verbergen.

»Warte, ich mach das schon.« Sie hob das Glas auf und hielt ihre flache Hand über die Orangensaftpfütze am Boden. Dann machte sie eine flinke

Handbewegung. Viele einzelne Tröpfchen flogen in die Luft und geradewegs in das Glas zurück, bis sich schließlich der gesamte Inhalt wieder darin befand.

»Hier!« Sie reichte mir das Glas. »Ich würde es aber nicht mehr trinken, wer weiß, wer hier schon hingekotzt hat oder so.« Sie grinste.

Ich lachte, stellte das Glas auf einen leeren Tisch und reichte ihr meine Hand. »Hi, ich bin Ezra. Deine Fähigkeiten sind echt cool. Kannst du das mit allen Flüssigkeiten?«

»Ja klar. Ich bin eine Hexe. Na ja, also eher eine Naturhexe, das heißt, ich beherrsche die Elemente, aber am meisten geübt bin ich im Wasserbändigen. Ach ja, sorry, mein Name ist Kassandra, aber nenn mich ruhig Kassy.«

Ihre Lippen formten sich wieder zu einem Lächeln, die Sommersprossen auf ihrer Nase tanzten. Kassandra war klein und zierlich. Sie hatte glatte, rote Haare, die ihr bis zur Hüfte reichten. Dazu hatte sie leuchtend grüne Augen. Sie wirkte wie ein Kind, das der Sommer geschaffen hatte. Sie war atemberaubend schön.

»Bist du neu hier? Ich habe dich noch nie gesehen«, fragte ich und begann mir ein frisches Glas Orangensaft einzuschenken.

»Ja, ich bin heute angekommen. Mein Vater meinte, er wolle mich unbedingt in Sicherheit wissen, aber ich glaube, er hatte einfach keine Lust mehr auf mich. Er will mich loswerden, bis ich meine Pubertät überwunden habe. Dabei bin ich schon siebzehn. Also, hallo?!«

»Ich bin auch erst ein paar Wochen hier. Und ich hätte nicht gedacht, dass ich das mal sage, aber es ist nicht so schlimm, wie es aussieht. Abgesehen von den Morden.« Ich schlug die Hand vor den Mund. Das hätte ich vielleicht nicht sagen sollen.

»Wow, Morde? Krasse Sache. Davon wusste ich nichts. Ich muss nach dem Frühstück sowieso zum Direktor, der wird mir sicher einiges erklären. Auch wenn ich keine Ahnung habe, wo der ist.«

»Wenn du willst, kann ich dich nachher zu ihm bringen. Ich habe den ganzen Tag frei und erst heute Abend Training.«

»Oh, das wäre perfekt, danke.« Ihre Augen strahlten.

»Komm, setz dich doch zu uns.« Ich zog sie in Richtung meiner Freunde. Schnell schnappte sie sich ihr Tablett und folgte mir.

»Leute, das ist Kassandra. Sie ist neu an der Schule und würde uns gerne Gesellschaft leisten«, stellte ich sie vor und wir setzten uns.

»Hi, ich bin Kat. Was bist du?«, fragte Kat keck und ich rollte mit den Augen.

»Tut mir leid. Kat muss immer erst mal alle nach ihren Fähigkeiten ausfragen!« Ich warf ihr einen bösen Blick zu und sah schließlich zu Kassandra, die sich schüchtern neben mich gesetzt hatte.

»Ähm, ich bin eine Naturhexe«, sagte sie und fing an sich nervös eine ihrer Haarsträhnen um den Finger zu wickeln.

»Okay, und wo kommst du her?«

»Kalifornien.«

»Woher genau?«

»L. A.«

»Bist wohl nicht so gesprächig, was?«

Schnell mischte ich mich ein und stellte Kassy alle vor: »Na ja, also das sind auf jeden Fall Liam, Kat und Alena.«

»Willkommen auf der Forest High, Kassandra.« Liam warf ihr ein umwerfendes Lächeln zu, das sie auf eine seltsame Weise erwiderte. Es war wie ein Stimmungswechsel. Als wir alleine waren, war sie offen und witzig gewesen. Jetzt wirkte sie fast schüchtern und distanziert. Ich seufzte und wandte mich wieder meinem Frühstück zu.

***

»Also, hier ist es. Soll ich draußen warten?«, fragte ich Kassy, als wir an Mr Harries' Büro angekommen waren.

»Ja, das wäre nett. Danke, Ezra.« Sie lächelte mir noch einmal zu, bevor sie klopfte und eintrat.

»Ah, Kassy, setz dich doch ...«, hörte ich unseren Schulleiter noch sagen, dann schloss sich die Tür. Hatte er sie gerade wirklich Kassy genannt?

Eine gefühlte Ewigkeit später trat Kassandra wieder aus dem Zimmer und strahlte mich an. »Wow, ich bekomme einen Bodyguard und Kampftraining.

Und Mr Harries ist wirklich so nett. Und heiß. Ich wusste nicht, dass Schulleiter auch heiß sein können. Mannomann! Also mein Zimmer hat die Nummer 124. Kommst du mit?«

Ich nickte schmunzelnd und folgte ihr.

»Wo ist dein Bodyguard?«, fragte sie mich im Aufzug.

»Zero ist noch in meinem Apartment. Bodyguards haben immer frei, während wir in der Schule sind und wenn wir frühstücken. Ich werd gleich mal zu ihm gehen müssen, sonst schickt er einen Suchtrupp los.«

»Also ein Kontrollfreak?«

»Jeder Bodyguard hier ist ein Kontrollfreak!«

Sie seufzte hörbar. »Oje, na das kann ja was werden.«

Das vertraute *Bing* ertönte und wir liefen den Flur entlang. Von Weitem sah man schon einen jungen Mann vor einer Tür stehen. Die Hände vorne zusammengefaltet. Im Anzug. So wie Zero auch immer. Als er uns hörte, wandte er den Kopf und sah uns an. Aus seinen braunen Augen musterte er uns kurz, bevor er zur Begrüßung den Kopf neigte.

»Ah, hier ist es. Zimmer 124. Und hallo ... Du bist dann sicher mein Bodyguard.« Sie pfiff kurz und ich musste mir ein Kichern verkneifen. »Hi, ich bin Kassandra, aber nenn mich ruhig Kassy!«

Vorerst schien der Mann etwas überfordert, aber schließlich nahm er ihre Hand und antwortete lächelnd: »Dylan. Soll ich Ihnen ihr Zimmer zeigen?«

Sie sah mich an und zog die Brauen nach oben. »Oh, ich werde sogar gesiezt.« Dann klopfte sie ihm auf die Schulter, während er die Tür aufschloss, und fügte hinzu: »Du musst mich nicht siezen. So alt bin ich jetzt auch noch nicht.«

Kaum zu glauben, dass sie eben noch so schüchtern und abweisend vor meinen Freunden gewesen war. War sie so oder spielte sie eine Rolle? Ich hatte keine Ahnung.

»Ich werde jetzt besser gehen, damit ihr euch beschnuppern könnt«, flüsterte ich und grinste.

»O ja, das werden wir. Sehen wir uns morgen beim Frühstück? Vielleicht kannst du mir das Schulgebäude zeigen. Ich bin froh, heute nicht ganz hilflos hier herumgeirrt zu sein.«

»Klar, gerne. Ciao!« Ich drehte mich um und hörte das Klicken der Tür, die ins Schloss fiel.

Gedankenverloren stellte ich mich in den Aufzug und drückte auf den »Etage 3«-Knopf. Die Tür öffnete sich und ich lief in die Richtung, in der sich auch sonst immer meine Zimmertür befand. Den Flur entlang und dann sofort die erste Tür hinter der ersten Ecke. Als ich die Karte einstecken wollte, schwang die Tür einen kleinen Spalt auf. Verwundert sah ich auf die Zimmernummer und stockte. Das war gar nicht mein Zimmer. Wieso bin ich nicht in Etage drei? Und wieso stand diese Tür offen? Mein Puls schoss in die Höhe. Zögernd trat ich in das Apartment und machte das Licht an. Ein mulmiges Gefühl überkam mich.

Die Rollläden waren heruntergelassen und es war stockdunkel. Schnell schaltete ich das Licht an.

»Hallo?«, rief ich zaghaft und sah mich um. Mir stockte der Atem. Das ganze Zimmer war verwüstet. Die Regale waren umgeworfen, die Couch zerfleddert und an den Wänden waren Blutspritzer.

Blutspritzer?!

Panisch sah ich mich um und wurde schnell fündig. Auf dem zerschlissenen Bett lag ein junges Mädchen, die Arme von sich gestreckt, die Beine halb auf dem Boden. Ich rannte zu ihr. Ihre blonden Haare waren an manchen Stellen blutgetränkt und ihre Augen starrten leer Richtung Decke.

Zitternd griff ich nach ihrem Handgelenk und schob den Ärmel etwas nach oben. Sauber und ordentlich war die Zahl 3 in ihre Haut eingeritzt worden. Auch sie war durchgestrichen. Und mir wurde klar, dass ich mal wieder nicht zufällig an diesem Ort war. Ängstlich sah ich mich um, aber niemand war zu sehen.

Bran hatte recht!

KAPITEL 15

»Ich komme mir langsam nutzlos vor!«, sagte Zero, nachdem er unsere Zimmertür geschlossen hatte.

»Sie hat gekämpft«, murmelte ich abwesend und setzte mich nachdenklich auf das cremefarbene Sofa. »Ist so was vorher auch schon mal passiert?« Ich hob meinen Kopf, um Zero ansehen zu können.

»Nein, erst, seit du hier bist. Normalerweise gelten wir als eine der sichersten Dämonenschulen in den USA.« Er legte einen Arm hinter mich auf den Sofarücken. Ohne ihn zu fragen, lehnte ich mich an ihn und blickte durchs Fenster auf das Schulgebäude, das über die Ferien wie ein Geisterhaus wirkte. Er versteifte sich kurz, wehrte sich jedoch nicht dagegen.

»Weißt du, was verrückt ist?«, fragte ich abwesend, aber es war eher rhetorisch gemeint. »Ich habe auch schon Leute umgebracht, weißt du. Sogar mehr, als ich zählen kann.« Meine Stimme sank, als ich merkte, dass er mich ansah. Wahrscheinlich total schockiert. »Das waren aber keine Unschuldigen wie hier. Sie alle wollten mir wehtun. Wenn nicht noch schlimmer. Ich kam immer in Gefangenschaft, was einer der Gründe war, warum meine Eltern mich hierhergeschickt haben. Aber trotzdem schockiert es mich, dass alle um mich herum sterben. Dass jemand sie alle *ermordet*. Aber noch mehr schockiert mich, dass ich nicht mal mehr weinen kann, wenn ich einen Toten sehe.«

Ich sah wehmütig zu ihm hoch. Unsere Augen trafen sich.

»Hasst du mich jetzt?«

Zero schüttelte den Kopf. Aber er wirkte nachdenklich. »Wieso hast du sie dann getötet?«, fragte er und sah schnell wieder in Richtung Schule, doch ich hielt meinen Blick auf ihn gerichtet.

»Eigentlich konnte ich nichts dafür. Immer wenn mich jemand verletzen will oder jemanden, der mir etwas bedeutet, falle ich in eine Art Trance. Dann werde ich förmlich zu einer Killermaschine.«

Zero lachte.

»Wow, du lachst? Ich dachte schon, dein Gesicht wäre gelähmt oder so.«

Sofort sah er mich an. »Halt die Klappe, Killermaschine.« Er lächelte, und ich erwiderte es.

»Na ja, wenn das dein Humor ist«, stichelte ich weiter.

»In der Zeit gibt es nicht viel zu lachen. Außerdem lächele ich oft!«

»Lachen ist das Einzige, was man großzügig verschwenden sollte!«, erklärte ich förmlich und wieder umspielte ein Lächeln seine Lippen.

»Aha, eine Poetin also. Eine ganz neue Seite.«

»Tja, ich bin sehr vielseitig.«

Doch meine Heiterkeit verschwand so schnell, wie sie gekommen war. »Hat Mr Harries dir gesagt, wo der Bodyguard des Mädchens war?«

Zero schüttelte den Kopf. »Falls er gefunden wird, ist er jedenfalls seinen Job los. Diesmal befand sich das Opfer im eigenen Zimmer. Er hätte da sein und auf sie aufpassen sollen.«

»Mr Harries denkt bestimmt wieder, dass ich es gewesen bin. Ich habe es in seinen Augen gesehen.« Ich schluckte.

»Mach dir keine Gedanken. Mike ist ein kluger Mann, er wird bemerkt haben, dass du es nicht sein kannst und das Ganze etwas mit deinen Fähigkeiten zu tun hat. Du bist eine Todesfee, Ezra, ihr tragt diesen Namen nicht ohne Grund.«

Zeros Worte beruhigten mich ein wenig, jedoch kreisten meine Gedanken weiterhin um die Leiche.

***

Am Abend brachte Zero mich zu meinem gewohnten Trainingsraum. Bis dahin hatte ich mit Alena und Kat auf dem Bett gefläzt und Zeitschriften gelesen, die Alena von ihrer großen Schwester für die Ferien geschickt bekommen hatte. Als wir uns kichernd Berichte vorlasen und Bilder zeigten, hatte ich ihnen erzählt, wie sehr mir der Kontakt zur Außenwelt fehlte. Daraufhin hatten wir beschlossen, in den Ferien mindestens einmal die Mall in der nächsten Stadt zu besuchen oder wenigstens ins Kino zu gehen oder an den Strand.

»Drück einfach den Knopf«, erinnerte Zero mich, bevor er um die Ecke verschwand und mich vor der Tür mit dem Schild »319« alleine ließ. Ich öffnete die Tür und das grelle Licht der Lampen ließ mich meine Augen etwas zusammenkneifen. Draußen war es schon stockduster.

»Hey, Leute«, begrüßte ich Daniel und Conan, dann erst bemerkte ich, dass noch jemand anwesend war. Es war ein kleines Mädchen. Die blonden Haare hingen lieblich gelockt über ihre Schultern. Sie trug ein himmelblaues Kleid, das zu ihren Augen passte, die richtig strahlten. Als sie mich sah, sprang sie fröhlich vom Tisch, umklammerte ihr Kuscheltier und hopste auf mich zu. Ich sah fragend zu Mr Adams, doch seine Augen waren nur auf die Kleine gerichtet. Direkt vor mir blieb sie stehen, hielt mir die Hand hin und sagte keck: »Hallo, mein Name ist Lily. Und wie heißt du?« Dann ging sie auf die Zehenspitzen und flüsterte: »Daddy sagt, dass ich immer allen größeren Menschen die Hand geben soll, da das alle Prinzessinnen so machen.«

Ach, den alten Wenn-du-das-nicht-tust-kannst-du-aber-niemals-Prinzessin-werden-Trick hatten meine Eltern bei mir früher auch angewandt. Entzückt nahm ich ihre kleine Hand und schüttelte sie sachte. »Mein Name ist Ezra. Und das ist wirklich sehr höflich von dir, mir die Hand zu geben. Du wärst sicher eine tolle Prinzessin.«

»Daddy, hast du das gehört? Ezra meint auch, ich sei eine super Prinzessin. Und ich dachte, ich wäre die Einzige!«

Verwundert sah ich zu Daniel. Das Mädchen war also seine Tochter. Lily rannte zu ihm und sprang auf seinen Schoß. Dann wechselte sie von seinem zu Conans, indem sie sich umständlich um seine Schulter herumhangelte. Ich ging auf alle drei zu und setzte mich vor ihnen auf die Matte.

»Du hast ja eine süße Tochter«, sagte ich lächelnd und beobachtete Lily, wie sie durch Conans Haare wuschelte.

»Ja, sie ist ein kleiner Wirbelwind«, erwiderte Daniel liebevoll.

»Wie alt ist sie?«

»Fünf. Leider sehe ich sie in letzter Zeit nicht oft. Meine Frau geht wieder arbeiten, seitdem Lily die Schule besucht und ich hier vollzeitbeschäftigt bin.«

»An einer Schule für Dämonen«, warf Lily ein.

»Ja, genau. Für Dämonen.«

»Aber jetzt bin ich ja da«, wisperte sie und kletterte wieder auf die Beine ihres Vaters. »Und jetzt können wir ganz viel spielen. Wie Einhorn oder Peter Pan ...«

»Peter Pan?«, warf ich lachend ein.

»Ja, mit Peter. Den habe ich hier. Und Papa ist dann immer der böse Pirat!«, quiekte sie und zeigte mir ihr Kuscheltier, das sich als ein Peter Pan aus Plüsch entpuppte.

Conan und ich lachten. Daniel als böser Pirat? Oder als Einhorn? Unvorstellbar!

»Okay, Lily, jetzt ist aber Schluss. Wir hatten ausgemacht, dass du beim Training zugucken darfst, wenn du uns nicht die ganze Zeit unterbrichst«, ermahnte Daniel sie und sie setzte sich auf der Stelle kerzengerade hin.

»Ich bin still. Ihr könnt üben.«

Sie war wirklich niedlich. Und sie hatte genau die gleiche liebevolle Art wie ihr Vater.

»Nun, Mädels! Aufstellen!«, rief Daniel und klatschte in die Hände.

»Aber Daddy, Conan ist doch kein Mädchen!«, warf Lily altklug ein und ich musste mir ein Kichern verkneifen.

»Danke, Lil, endlich hat es mal jemand verstanden!«, sagte Conan, grinste aber dabei.

Daniel schüttelte nur den Kopf und sprach weiter. »Also, Positionen einnehmen!«

Wir stellten uns wie gewohnt einander gegenüber auf. »Und konzentrieren! Heute will ich, dass ihr euch innerhalb weniger Sekunden verwandelt! Ihr werdet euch im Kampf nicht an die Seite stellen können und vom Gegner verlangen, dass er wartet, bis ihr in eurer dämonischen Gestalt seid! Okay, los!«

Im nächsten Moment schnellte Conan mit seinen Händen nach unten, die Messer unter seinen Handgelenken schossen heraus. Als er aufblickte, waren seine Augen rot. Ich hingegen stand noch da in voller Menschengestalt. Ich schloss die Augen, stellte mir meine Flügel vor und nach weiteren Sekunden spürte ich sie. Als ich die Augen wieder öffnete, sah Mr Adams uns zufrieden an.

»Schon besser. Aber, Ezra, immer noch zu langsam! Du sollst Conan nicht zugucken, sondern die Gelegenheit nutzen, während er sich verwandelt, um dich entweder auch zu verwandeln oder ihn anzugreifen.«

Als Lily, die gerade mit Wachsmalstiften ein Blatt Papier bearbeitete, meine Flügel sah, wurden ihre Augen groß. Sie sprang vom Tisch und rannte auf mich zu.

»Woah! Bist du etwa eine Fee? Kennst du Tinkerbell? Kann ich deine Flügel mal anfassen?« Ihre Augen strahlten.

»Na klar!« Ich lachte und ging in die Knie, damit sie meine Flügel berühren konnte.

»Lily, sei vorsichtig, nicht dass du sie brichst! Feenflügel sind sehr empfindlich«, ermahnte Daniel sie.

Seine Tochter rollte mit den Augen. »Ja, Daddy, ich würde doch niemals Tinkerbells Freundin wehtun.«

Ich sagte ihr lieber nicht, dass ich eine Todesfee war und keinesfalls eine Fee aus einem Kinderbuch.

»Und roll ja nicht noch einmal mit den Augen, wenn ich mit dir spreche, junge Dame.«

»Tut mir leid, Daddy.« Sanft streichelte sie meine Flügel, als wären sie ein Kätzchen. »Ich wünschte, ich hätte auch Flügel. Kannst du damit auch fliegen?«

»Noch nicht«, antwortete ich und richtete mich wieder auf.

»Okay, Liebling, jetzt lass uns bitte weiter trainieren«, befahl Daniel, aber mit einem liebevollen Ton, doch sie sprang auf Conans Rücken und flüsterte ihm etwas ins Ohr, was ich trotzdem deutlich hören konnte: »Sie ist der hübscheste Dämon, den ich in meinem ganzen Leben gesehen habe. Findest du nicht auch?«

»Da hast du recht«, erwiderte er genauso leise und sie grinste. Als sie wieder zu uns schauten, tat ich so, als hätte ich sie nicht gehört.

»Lily!«, ermahnte Daniel sie streng und Lily huschte geräuschlos zurück zu ihrem Platz. Sie setzte sich aber nicht wieder an ihre Bilder, sondern schaute uns von nun an zu.

Die ganze restliche Stunde stellte ich mir unentwegt eine Frage: Hatte Conan das wirklich ernst gemeint oder hatte er das nur seiner Cousine zuliebe gesagt?

KAPITEL 16

Erschöpft lag ich neben Conan auf den Matten im Trainingsraum.

»Sag mal, bilde ich mir das nur ein oder wird das Training von Tag zu Tag anstrengender?«, keuchte ich und blickte zu Conan, der an die Decke sah.

Mittlerweile hatten wir wieder unsere normale Gestalt angenommen, nachdem wir uns drei- oder viermal verwandelt hatten.

»Hört auf rumzuheulen!«, unterbrach Daniel uns und grinste süffisant. »Auf euch kommt noch viel härteres Training zu!«

»Was?«, riefen wir beide gleichzeitig und richteten uns auf.

Lily fing an zu lachen. »Ihr wart genau gleichzeitig, ihr dürft euch etwas wünschen!«, verkündete sie und rannte auf uns zu, um sich auf Conan zu werfen, der unter ihrem Gewicht erschöpft nach hinten fiel. Sie lachte noch lauter.

»Können wir spazieren gehen?«, fragte sie und legte sich auf seine Brust. »Bitte, Conny! Bitte! Bitte! Bitte!« Sie sah abwechselnd zu mir und dann wieder zu ihm.

»Wir müssen auf unsere Bodyguards warten. In letzter Zeit dürfen wir kaum noch alleine raus«, erklärte er, während er sich aufrichtete und sie auf seinen Schoß nahm.

»Dann warten wir. Schließlich bist du mein Lieblingscousin!« Stürmisch umarmte sie ihn wieder.

»Ich bin ja auch dein einziger Cousin«, erwiderte er lachend. Es war so unglaublich süß zu beobachten.

»Und wenn Daddy mitkommt? Der kann doch verschwinden und wieder auftauchen und notfalls Hilfe holen!« Sie sah mit einem bettelnden Blick zu Mr Adams. Der überlegte kurz und antwortete schließlich seufzend: »Okay. Aber nicht lang und ihr geht nur da hin, wo es ganz hell ist, okay?«

Lily nickte eifrig, nahm meine und Conans Hand und zog uns aus dem Raum. Wir hetzten ihr förmlich durch die Flure hinterher, die Treppen hinauf und aus dem Gebäude. Sowie die Tür hinter mir zufiel, umhüllte mich ein eisiger Wind und ich fing an zu zittern.

Heilige Maria, ist das kalt!

Ich hatte meine Jacke vergessen und dass ich verschwitzt vom Training war, machte die Situation auch nicht besser. Ich rubbelte mir einmal kurz über die Arme und sah schließlich zu Lily.

»Ist dir kalt?«, fragte sie keck.

»Ach Quatsch«, lächelte ich und sah zu Conan, der sich zufrieden in seine Jacke kuschelte.

Verdammter Idiot.

»Conan, du musst ihr deine Jacke geben! So machen das wohlerzogene Prinzen!«, wies Lily ihren Cousin an. Ich sah entschuldigend zu Conan und schüttelte den Kopf, als er tatsächlich Anstalten machte, seine Jacke von den Armen zu streifen.

»Hey, das musst du wirklich nicht. Mir ist warm genug«, versuchte ich mich rauszureden. Mittlerweile hatte Daniel uns eingeholt und versuchte seinen Atem hinter uns zu kontrollieren. Lachend lief Lily zu ihrem Dad und beachtete uns nicht mehr.

»Lily hat recht, hier nimm sie.« Conan lächelte und legte mir die Jacke einfach um die Schultern. Kaum zu glauben, dass eine Fünfjährige ihrem großen Cousin beibrachte, wie man sich als wahrer Gentleman zu benehmen hatte.

»Toll, jetzt ist dir doch kalt«, protestierte ich, doch Conan nahm meine Hand und hielt sie gegen seinen Arm. Hitze durchströmte mich und fast wäre ich wieder darauf reingefallen. Hätte er mir letztens nicht erklärt, dass das zu seiner Art gehörte, hätte ich ihn wieder angefallen und behauptet, er hätte Fieber. Ich realisierte, was er mir sagen wollte, und zog meine Hand schnell wieder zurück. »Habs verstanden, danke«, nuschelte ich schnell und zog die Jacke enger um mich. Sein Duft umhüllte mich und ich spürte dieses verwirrende Kribbeln im Bauch, das ich schnell wieder loswerden wollte. Er roch ein wenig nach Minze und ich fragte mich, ob das von seinem Shampoo kam oder ob er einfach ein umherlaufendes Minzblatt war. Ich schüttelte den Kopf über meine absurden Selbstgespräche.

Ein Kreischen riss mich aus meinen Gedanken, aber es war nur Lily, die von Daniel gerade über die Schulter geworfen worden war.

»Er muss sie wirklich abgöttisch lieben«, stellte ich verzaubert fest und wandte mich zu Conan, der neben mir herschlenderte.

»Ja, wie kann man sie nicht lieben.«

»Ein Junge, der mit seiner kleinen Cousine spielt. Erlebt man auch selten.«

»Na ja, sie zwingt mich eher dazu. Ich habe auch schon versucht mit ihr ›Herr der Ringe‹ auf der PS3 zu spielen, aber das Einzige, was sie dazu sagte, war, dass sie unbedingt mal diesen kleinen Gnom knuddeln wolle. Ich schätze, Gimli wäre beleidigt gewesen, hätte er das gehört.«

Ich lachte. Ich wusste gar nicht, dass Conan auch Humor hatte. Zumindest ein bisschen.

»Wie lange bist du bereits hier?«, fragte ich und sah mich um. Heute waren keine Sterne zu sehen, nur die Straßenlaternen brachten ein kleines Stück Hoffnung in diese düstere Nacht und leuchteten uns den Weg durch den kleinen Park.

»Seit der neunten Klasse. Ich bin aber regelmäßig in den Ferien zu Hause. Nur diese nicht, da meine Mom eine Kurzreise macht.«

»Fehlt einem nicht irgendwann die Außenwelt? Ich fühle mich hier so ... abgeschottet.«

»Na ja, ich habe ein Motorrad. Wenn ich mit dem eine halbe Stunde die Straße hinauffahre, komme ich in die nächste Kleinstadt. Es ist wirklich schön dort.«

»Du hast ein Motorrad?«, rief ich aufgeregt. Daniel und Lily sahen zu uns.

»Pscht! Du weißt schon, dass hier eigene Fahrzeuge verboten sind, oder? Also keinen Mucks in der Gegenwart meines Onkels!«, wies Conan mich an und ich verstummte augenblicklich.

Kurz blickten wir schweigend in den dunklen Wald, der sich mittlerweile vor uns aufbaute, bis Conan mit einem Thema anfing, mit dem ich nicht gerechnet hatte.

»Findest du es nicht seltsam, dass wir extra auf eine Schule für Dämonen geschickt wurden, die uns beschützen soll, und die Schüler trotzdem sterben wie die Fliegen?«

Schockiert sah ich ihn an. »Wie meinst du das?«

Ich sah mich nach Daniel und seiner Tochter um, aber sie waren weit hinter uns und unterhielten sich.

»Jeder hat hier einen Bodyguard, damit ihm nichts passiert. Wo waren diese Bodyguards, während all diese Schüler getötet wurden?«

Ich schaute ihn nachdenklich an. Er hatte recht!

»Was war eigentlich mit dem Mädchen los, das tot in ihrem Zimmer lag? Weißt du etwas darüber?«

Ich beobachtete Conan, der seine Augen über das Gelände huschen ließ, bis sie schließlich auf mir ruhten.

»Müsstest du das nicht besser wissen? Du findest doch immer die Leichen.«

Ich warf ihm einen vernichtenden Blick zu. »Du weißt, dass ich mit den Morden nichts zu tun habe! Ich habe mir das nicht ausgesucht und kann mir selbst nicht erklären, warum gerade ich immer die toten Körper finde.«

Wieso verdächtigt immer jeder mich? Steht auf meiner Stirn »Ich wars!« geschrieben oder was?

»Ich glaube, du weißt es ganz genau und willst es mir nur nicht sagen«, stichelte er und grinste mich an.

»Und ich glaube, dass du denkst, du hättest Ahnung, aber in Wahrheit gar nichts weißt«, erwiderte ich und stupste ihn leicht in die Seite.

»Man kann nur Scherze darüber machen, solange man nicht involviert ist, hm?«, seufzte er wieder ernst.

»Die armen Familien. Was die wohl durchmachen.«

Er zuckte mit den Schultern. »Jeder hat seinen eigenen Schicksalsschlag. Bei den einen ist er größer und bei den anderen kleiner. Die einen kommen gut damit klar und die anderen zerbrechen daran.«

»Ach ja? Hast du denn einen erlebt?« Ich kniff die Augen zusammen. Wie konnte man nur so kalt über so etwas reden?

Plötzlich wurde sein Blick traurig, seine Augen wurden dunkler. »Mein Vater war bei der Marine. Er kam vor einem Jahr von einem Einsatz nicht mehr zurück. Seitdem ist meine Mom in Therapie und ich bin meistens bei Daniel und Marie, meiner Tante. Meine Mom braucht etwas Zeit für sich, um wieder auf die Beine zu kommen. Außerdem muss ich in die Schule. Deswegen macht sie die Kur dieses Jahr.« Er sah zu Boden und ich musste schlucken. Plötzlich erwachte er wie aus einer Starre und sah mir in die Augen.

»Und was ist deins?«

Nervös fuhr ich mir mit der Zunge über meine Lippen. Ich hatte schon so lange nicht mehr über diesen Vorfall geredet.

»Meine ... meine Schwester. Sie ist mit drei Jahren gestorben. Also, besser gesagt, wurde sie entführt. Sie war nur zehn Monate jünger als ich und Dad sagte immer, dass wir bis zu dem Zeitpunkt der Entführung unzertrennlich waren.« Ich setzte ein Lächeln auf, das aber eindeutig an einer Klippe in einem Schaukelstuhl saß, der halb über dem Abgrund hing. »Danach veränderte sich alles ... Aber, na ja, ich kann mich mittlerweile nicht einmal mehr richtig an sie erinnern. Sie war meine Schwester und es war schlimm, dass die Erinnerungen an sie einfach so verschwanden. Von Tag zu Tag mehr.«

»Das tut mir leid, Ezra.« Conan sah mich aufrichtig bestürzt an, doch gerade als ich etwas erwidern wollte, stürzte sich Lily zwischen uns und nahm uns an den Händen.

»Über was redet ihr?«, fragte sie lächelnd und sah zwischen uns hin und her.

»Über nichts Besonderes, Lil. Nur über die Geister, die in diesem gruseligen Wald leben!« Conan fing an sie zu kitzeln und sie schrie vor Lachen und rannte vor ihm weg. Plötzlich blieb sie stehen und starrte in die Dunkelheit, die die hinteren Bäume verschluckte. Erst hatten wir nicht bemerkt, dass sie stehen geblieben war.

»Lily? Alles in Ordnung?«, fragte ich besorgt und beugte mich zu ihr runter.

Daniel nahm sie auf den Arm und sah sie fragend an.

»Ja, da war nur wieder der schwarze Mann«, flüsterte sie und vergrub ihr Gesicht in Daniels Halsbeuge.

»Welcher schwarze Mann?«, fragte er besorgt, doch sie schüttelte nur den Kopf.

»Lasst uns zurückgehen«, schlug Conan schließlich vor und warf einen letzten prüfenden Blick auf den Wald.

Mit schnellen Schritten liefen wir zurück zum Schulgebäude, wo wir bereits ungeduldig von unseren Bodyguards erwartet wurden.

»Verdammt, wo wart ihr?«, fragte Conans Bodyguard besorgt.

»Wir waren nur spazieren, Lisa. Und Daniel war die ganze Zeit dabei«, beruhigte Conan sie und ich merkte, wie auch Zeros Gesichtszüge sich entspannten.

»Okay, lass uns einfach zurück ins Apartment gehen«, sagte er deutlich erleichtert und ging voraus.

»Ciao, Leute, viel Spaß noch«, verabschiedete ich mich und zur Überraschung aller umarmte mich Lily.

»Auf Wiedersehen, Ezra, ich werde dich nie vergessen!«, wisperte sie leise in mein Ohr.

Ich kicherte. »Aber wir sehen uns doch morgen wieder, Lily.«

Unsere Gesichter waren ganz nah beieinander und sie lächelte kurz. Plötzlich sah sie viel älter aus.

»Ich weiß.« Dann knuddelte sie sich wieder an ihren Daddy. Ein wenig abwesend folgte ich Zero zurück in unser Zimmer.

Ich war todmüde und schaffte es mit letzter Kraft, mir die Zähne zu putzen und mich umzuziehen, bevor ich ins Bett fiel. Ich schlief sofort ein.

***

»Hast du sie gefunden?«, fragte der Mann panisch.

Der Junge schüttelte den Kopf.

»Wo könnte sie bloß sein?« Er lief ein weiteres Mal die Gänge zurück und rief ihren Namen. Tränen rannen über seine Wangen. Es war schon spät. So spät. Wahrscheinlich schon zwei Uhr in der Nacht. Alles war dunkel und verlassen. Eine gespenstige Stille lag über dem Gebäude und jagte ihm einen Schauer über den Rücken. Beide waren sie müde, aber sie konnten nicht schlafen gehen.

»Beruhige dich!«, redete der Junge sanft und legte dem Mann eine Hand auf die Schulter, doch der riss sich los.

»Nein! Wir müssen sie finden! Wenn ihr etwas zugestoßen ist! Sie ist mein Ein und Alles! Wenn ich sie verliere! Bitte, Conan ... Wir müssen Lily finden!«

KAPITEL 17

Stimmen rissen mich aus meinem unruhigen Schlaf. Ich blinzelte gegen schwaches Licht und schaute mich um. Im Apartment war es dunkel. Es lugte nur ein kleiner Lichtspalt hinter Zeros Regal hervor.

»Bitte, wir müssen zu ihr!«, hörte ich eine verzweifelte Stimme. Sie klang sehr nach Daniel.

»Warum zu ihr?« Das war Zero. Da war ich mir ganz sicher.

»Sie hat diese besonderen Fähigkeiten. Diese Verbindung zum ... zum ...«

»... Tod«, ergänzte Conans Stimme.

Warum sind sie hier? Es ist mitten in der Nacht!

Ich blickte auf meinen Wecker. Viertel vor drei. Es musste etwas Schlimmes passiert sein, wenn sie so spät hier aufkreuzten. Ich streifte mir schnell eine Jacke über mein Schlaftop und tapste in Richtung Regal. Sachte schob ich es beiseite und wurde von drei Personen mit besorgten Gesichtern erwartet. Zero trug selbst noch seine Schlafsachen und seine Haare waren ziemlich durcheinander.

»Ezra, da bist du ja«, begrüßte mich Daniel erleichtert und kam auf mich zu.

»Was ist passiert?«, fragte ich und zog die Jacke enger um meine Brust.

»Lily ist weg!«

»Wie, sie ist weg? In der Nacht abgehauen?«

»Nein, sie ist in den Gängen verschwunden. Gestern Abend ist ihr eingefallen, dass sie ihren Peter Pan im Trainingsraum liegen gelassen hat. Sie wollte unbedingt zurück. Unten in den Gängen ist sie vorgelaufen, aber als wir am Raum ankamen, war sie nicht da. Wir haben alle Gänge durchsucht, haben sie aber nicht gefunden.«

Mein Puls wurde schneller. Wo könnte sie sein? Ein mulmiges Gefühl kroch in mir empor und ließ mich das Schlimmste ahnen.

»Wie kann ich helfen?«, fragte ich schließlich und versuchte ruhig zu atmen und meinen Puls wieder nach unten zu bringen.

»Wir dachten, dass du sie irgendwie aufspüren könntest. Mit deinen Fähigkeiten«, sagte Daniel.

»Das Einzige, was ich kann, ist kämpfen und schreien«, erwiderte ich.

Daniel kam zu mir und packte meine Schultern. Er drückte sie so fest, dass es wehtat.

»Ezra, wir wissen beide, dass du zu mehr fähig bist! Du hast eine Gabe, von der du selbst noch nichts weißt! Also bitte, hilf mir!« Eine Träne kullerte unter seiner Sonnenbrille hervor.

Schließlich nickte ich. »Okay, lasst uns gehen!«

Barfuß hetzte ich die Flure entlang. Ich hatte keine Geduld, auf den Aufzug zu warten, und raste die Treppen hinunter, Conan, Daniel und Zero dicht auf den Fersen. Die kalten Fliesen bereiteten mir Gänsehaut, die sich über meinen ganzen Körper zog. Als wir am Eingang zum Schulgebäude ankamen, wirkte es fast gespenstisch. Keine Menschenseele trieb sich um diese Uhrzeit hier herum. Verständlicherweise. Das gedämmte Licht erhellte die Vorhalle nur ein klein wenig. Die rot-goldenen Vorhänge waren zugezogen und man konnte einzig und allein das Ticken der großen Wanduhr hören, die über einer Bank hing. Ich riss die Tür auf und rannte die Kellertreppen hinunter, dann blieb ich stehen und schloss die Augen.

Ich spürte nichts. Gar nichts. Sollte ich nicht etwas fühlen? Irgendeine Anziehungskraft, irgendein Licht, das mich vielleicht zu Lily führen könnte? Panik stieg in mir auf, mir blieb die Luft weg. Was, wenn ich ihnen nicht helfen konnte? Ich hetzte weiter durch die Gänge, rüttelte an jeder Tür. Übelkeit breitete sich in meinem Magen aus und es wurde immer schlimmer. Die anderen lagen weit zurück. Alle Räume waren abgeschlossen. Ich lehnte mich an die Wand, ließ mich langsam hinabsinken und fing an zu weinen.

Ich wollte hier nicht sein. Ich wollte kein verschwundenes süßes Mädchen suchen und ich wollte keinen weinenden Vater sehen. Ich wollte ein ganz normales Leben mit Liebeserklärungen und Schulstress. Ich wollte lieber darüber nachdenken, was ich später mal machen will oder wo ich heiraten werde.

Ich wollte mit einer Freundin meinen perfekten Traummann finden. Stattdessen befand ich mich in dieser Hölle auf Erden!

Ich spürte, wie sich jemand neben mich setzte und einen Arm um mich legte.

»Ezra ...«, fing Conan an, aber er fand selbst keine Worte.

Ich richtete mich auf und wischte mir die Tränen weg. »Bitte, ich brauche kurz meine Ruhe«, schluchzte ich, sprang auf und lief weiter den Gang entlang. Ich schluchzte, riss an der nächstbesten Tür und stutzte. Sie war nicht abgeschlossen. Ich trat in den dahinterliegenden Raum und schaltete ängstlich das Licht an. Die Glühbirnen knisterten und blendeten mich. Ich hörte, wie hinter mir Daniel, Conan und Zero angerannt kamen. Daniels Schrei bestätigte meine Vermutung, bevor ich es selbst sehen konnte.

Auf einer der Matten vor uns lag Lily, auf der Seite, die Augen weit geöffnet, und starrte direkt in unsere Richtung. Eine kleine Blutpfütze hatte sich neben ihrem Hals gebildet. Auch ihr Kleid war in Blut getränkt. Der Schnitt in ihrem Hals war groß und ich musste mir die Hand vor den Mund halten, um mich nicht zu übergeben.

Daniel stieß einen Schrei aus, rannte zu ihr, nahm sie in den Arm und wiegte sie hin und her. Er redete auf sie ein und seine Tränen fielen auf den befleckten Stoff ihres Kleids. Er drückte ihren leblosen Körper an sich und schluchzte hinein.

»Bitte, mein Engel, wach auf! Mein verlorenes Mädchen! Du bist doch mein verlorenes Mädchen! Bitte tu Daddy das nicht an. Bitte, bitte, bitte!« Er schrie, als hoffte er, dass Gott seine Bitte erhörte. Sein Schluchzen hallte von den kahlen Wänden wider. Seine Sonnenbrille fiel ihm von der Nase und landete klappernd auf dem Boden.

Erst jetzt bemerkte ich, dass wir alle drei nur reglos dastanden. Als ich an meine Wange fasste, war sie klitschnass. In dem Moment sah Daniel zu mir hoch und ich sah das erste Mal seine Augen. Sie waren dunkelgrau und trafen mich wie ein Blitz. Ein unheimlicher Schmerz durchfuhr mich, den ich noch nie zuvor verspürt hatte. Es war eine Mischung aus Wut, Hass, Trauer und Verzweiflung, ein Feuer, das mich von innen aufzufressen drohte. Dieses Gefühl übermannte mich so schlagartig, dass ich ohnmächtig zu Boden fiel.

***

Als ich meine Augen aufschlug, befand ich mich wieder in meinem Zimmer. War das alles nur ein Traum gewesen? Ich hoffte es.

Doch als ich mich umblickte, sah ich Conan auf dem Stuhl neben mir sitzen. Er schaute mich mit verquollenen Augen an. »Hi«, krächzte er und setzte sich neben mich auf mein Bett.

»Was ist passiert? Warum bin ich hier? Wo ist Zero?« Ich schlug hektisch die Decke zurück. Mir wurde schwarz vor Augen, deshalb ließ ich mich zurück ins Kissen sinken.

Conan schniefte einmal kurz. »Zero ist mit Daniel ins Krankenhaus gefahren. Ich soll auf dich aufpassen. Ich konnte sie nicht so sehen.« Eine Träne ließ sich aus seinem Augenwinkel fallen. Weinend nahm ich ihn in den Arm und er drückte mich fest an sich.

»Sie wusste es, Conan«, flüsterte ich. »Sie hat sich von mir verabschiedet.«

»Ich weiß, von mir auch. Aber ich sah keinen Grund, deswegen besorgt zu sein. Sie hat manchmal einfach so komische Sachen gesagt.«

Ich fing wieder an zu schluchzen und konnte kaum reden. »Wo ist Lisa?«

»Sie schläft in Zeros Bett. Daniel hat ihr gesagt, sie solle ins Bett gehen.« Er ließ kurz von mir ab und sah mich eindringlich an. »Ezra, sie hatte keine Zahl auf der Hand.«

Keine Zahl? Aber warum wurde sie dann getötet? Ich wollte darüber jetzt nicht nachdenken, aber so vieles ging mir durch den Kopf.

»Was sollen wir jetzt tun?«, wisperte ich.

»Ich schätze, wir müssen abwarten. Daniel hofft immer noch, dass ein kleiner Funken Leben in ihr steckt«, erklärte er leise und lehnte sich gegen die Rückwand meines Bettes. Ich legte mich in seinen Arm und bettete meinen Kopf auf seine Brust.

»Wer weiß schon Bescheid?« Ich starrte auf das cremefarbene Sofa, das in der Dunkelheit eher dunkelgrau war.

»Nur Mr Harries und Marie. Sie ist auf dem Weg hierher«, antwortete er matt.

Kurz schwiegen wir. Ich wusste nicht, ob die Frage angemessen war, aber ich musste sie stellen.

»Warum bin ich ohnmächtig geworden?«

»Daniels Augen. Deshalb trägt er immer eine Sonnenbrille. Seine Augen spiegeln seine Gefühle wider. Wenn er dich ansieht, fühlst du, was er fühlt. Ist er glücklich, würdest du es auch sein. Ist er wütend, würdest du das Gleiche fühlen. Er hat dich seinen Schmerz spüren lassen. Es muss dich so überwältigt haben, dass du ohnmächtig geworden bist«, erklärte er.

»Was ist passiert, nachdem ich zusammengebrochen bin?«, fragte ich weiter.

»Daniel hat es gar nicht mitbekommen. Zero war der Einzige, der noch bei Verstand war. Ich stand nur in der Ecke und konnte mich nicht bewegen. Er hat mir befohlen, dich nach oben zu bringen, und hat gesagt, dass er sich um Daniel kümmern würde. Der hat immer nur ›Wir müssen sie ins Krankenhaus fahren!‹ gewimmert, was sie dann auch getan haben. Daniels Welt wird zusammenbrechen. Sie war das Einzige, das ihm Halt gegeben hat.«

Stille legte sich über uns. Das Zimmer wurde nur vom Licht aus Zeros Zimmer beleuchtet. Doch ich sah alles klar und deutlich.

Jeder hat seinen Schicksalsschlag. Und jetzt hat Daniel Adams seinen. Das Leben ist unfair. Die Menschen sind unfair. Einfach alles.

Ich kuschelte mich fester an Conan und spürte, wie seine Tränen auf mein Haar fielen.

Und wie viel wird Conan noch durchmachen müssen?

KAPITEL 18

Als ich aufwachte, schien schwaches Licht in mein Zimmer. Mein Blick fiel auf Conan, der immer noch neben mir lag und schlief. Seine Augenlider zuckten und es sah aus, als ob er leiden würde. Hatte er einen Albtraum?

Irgendjemand hatte mir mal gesagt, dass man Menschen bei Albträumen nicht wecken sollte. Aber wir waren keine normalen Menschen und ich konnte nicht weiter zusehen, wie sich sein Gesicht vor Grauen verzog.

»Conan«, flüsterte ich leise und rüttelte sanft an seiner Schulter. Mit einem Mal schreckte er auf und fuhr seine Messer aus. Hilfe! Ich machte einen Satz nach hinten und wäre beinahe aus dem Bett gefallen. Als er mich erkannte, schloss er wieder die Augen.

»Ach, du bist es nur«, murmelte er matt und ließ sich zurück ins Kissen fallen. Abgesehen davon, dass es mein Bett war? Jemand hatte uns in der Nacht zugedeckt und das Regal war vorgeschoben. Zero musste zurückgekehrt sein.

»Hast du mitbekommen, wann Zero und Daniel zurückgekommen sind?«, fragte ich ihn.

Er lugte zerzaust unter dem Kissen hervor. »Nein, ich hatte eigentlich erwartet, dass sie uns wecken. Oder zumindest mich. Schließlich war sie meine Cousine. Ich sollte zu ihm gehen.« Er schlug die Decke zur Seite und zog sich seine Schuhe an. Dann fuhr er sich durch die Haare.

»Tut mir leid, dass ich heute Nacht dein Bett eingenommen habe.« Er zuckte mit den Schultern, dann verschwand er.

Seufzend ließ ich mich nach hinten sinken. Wie es Daniel jetzt wohl ging?

Ich überlegte, frühstücken zu gehen, aber ich wollte niemanden sehen. Trotzdem entschied ich, kurz nach Zero zu sehen und ihn wegen gestern, oder besser heute Nacht, zu befragen.

Sachte klopfte ich gegen das Regal und schob es langsam beiseite. »Zero?«, fragte ich zaghaft. Ich hörte ein Brummen aus seinem Bett. Ein Blick auf die Uhr bestätigte mir, dass es schon neun war. Lisa war nirgends zu sehen. Sie musste in ihr eigenes Zimmer zurückgekehrt sein, als Zero in der Nacht zurückgekommen war.

»Was ist gestern noch passiert? Ihr habt uns gar nicht geweckt.«

Ich lief zu seinem Bett und legte mich neben ihn. Seine braunen Augen stachen aus seinem blassen Gesicht hervor. »Sie ist tot«, sagte er langsam. »Michael konnte nichts mehr tun.«

»Michael?«

»Unser persönlicher Arzt. Er weiß von unserer Spezies. Wenn andere Ärzte sie untersucht hätten, hätten wir hier bald eine verdammte Morduntersuchung am Hals gehabt.«

Ich schluckte. »Wie ... Wie geht es ihm?«

Zero stand auf und begann seinen Anzug über die Boxershorts zu ziehen. »Nicht gut. Marie kam gestern Abend an. Sie ist jetzt bei ihm.«

Ich seufzte noch einmal laut.

»Gehen wir etwas frühstücken? Wir sollten uns ein wenig aufmuntern«, schlug er vor.

»Ich will mich nicht aufmuntern. Ich will zurück in mein Bett und über das Leben klagen und genau das werde ich jetzt auch tun. Gute Nacht!«

Murrend ging ich wieder zurück zu meinem Bett und ließ mich hineinfallen. Als ich mich hin und her wälzte, schwebte mir Conans Duft in die Nase, und ich bekam sofort eine Gänsehaut.

Ich will jetzt keine Hormonschübe bekommen, verdammte Scheiße!

Also wechselte ich vom Bett zur Couch und zog meine Bettwäsche hinter mir her. Den kühlen Stoff bis zur Nase gezogen starrte ich aus dem Fenster in den kalten Samstagmorgenregen und wünschte mir das erste Mal ein wenig Sonne.

Normalerweise tröstete mich Regen immer und ich zog ihn Sonnenstrahlen vor, aber diesmal machte er alles nur noch schlimmer und dramatischer.

***

Gegen Nachmittag klopfte es an der Tür. Zero öffnete und Alena, Bran, Liam und Kat kamen herein.

»Ez, wir haben es schon gehört. Wie hast du sie bloß gefunden? Armer Mr Adams und armer Conan und du Arme! Wie geht es dir?«, schoss Alena los und umarmte mich.

Alle nahmen neben mir auf dem Sofa Platz und sogar Bran sah mich mitleidig an.

»Wir sind für dich da«, fügte Kat noch hinzu und lächelte aufmunternd.

»Ich kannte sie gar nicht richtig, aber trotzdem wirkte sie so vertraut. Ihr hättet sie sehen müssen. Ihre Fröhlichkeit. Ihr Lächeln. Wie sie Daniel, äh, Mr Adams, glücklich gemacht hat«, flüsterte ich leise vor mich hin und starrte ins Leere. Immer noch war ich in meine Decke eingewickelt wie ein Burrito.

»Hatte sie ... eine Zahl an ihrer Hand?«, fragte Kat zögernd.

Ich schüttelte den Kopf. »Genau das verstehe ich nicht.« Ich beschloss, ihnen nicht zu sagen, dass sie sich indirekt von mir verabschiedet hatte.

»Wo hast du sie gefunden?«, fragte Bran.

»Unten in einem der Trainingsräume.«

»Aber sind die nicht abgeschlossen?«

»Ja, sind sie, aber dieser eine Raum nicht.« Ich sah erwartungsvoll zwischen meinen Freunden hin und her, als könnten sie mir das alles erklären.

»Willst du nicht herausfinden, was du noch alles kannst?«, fragte Bran plötzlich und ich sah ihn verwirrt an. Er starrte konzentriert in die Ferne, seine blauen Augen glänzten. »Dein Schrei lähmt, du hast enorme Kraft und wie es aussieht, kannst du Tote aufspüren. Was kannst du noch?«

»Ich ... Ich weiß es nicht!«

»Bran, jetzt lass sie!« Alena schlug ihm gegen den Arm und warf ihm einen bösen Blick zu. »Süße, nimm dir Zeit. Wir lassen dich erst einmal in Ruhe. Wenn du etwas brauchst, ich bin immer für dich da, okay? Wir sind in der Bücherei. Liam will mir mit Mathe helfen.« Sie warf Liam einen Blick zu, den ich nicht deuten konnte. Er grinste zurück.

»Kommt, wir gehen jetzt besser«, wies Kat ihre Freunde an und alle standen gleichzeitig auf und gingen zur Tür, wo ihre Bodyguards auf sie warteten.

»Gute Besserung!«, sagte sie und so schnell, wie sie hineingeschneit waren, waren sie auch verschwunden und ich war wieder allein. Ich wollte mich wieder hinlegen, als es abermals klopfte. Kassandra stand vor der Tür, grinste mich an und lief sofort an mir vorbei zum Sofa, Dylan im Schlepptau.

»Hi, da sagst du mir gestern: ›Ich warte auf dich beim Frühstück, um dich herumzuführen.‹ Und wo warst du? Nicht da!«

»Es tut mir leid, es gab einen Zwischenfall«, sagte ich knapp. Wahrscheinlich sah sie mir meine Traurigkeit an, denn sie nahm sofort meine Hände und wies Dylan an, draußen zu warten. »Was ist passiert?«

»Hast du es nicht mitbekommen?«

Sie schüttelte den Kopf. »Ich habe noch nicht allzu viele Freunde hier. Nur Mary, aber die ist auch neu.«

»Die Tochter meines Trainers wurde getötet. Und ich habe sie gefunden. Mal wieder. Mein Trainingspartner war ihr Cousin«, erklärte ich und schluckte, weil mein Hals eng wurde.

»O nein, das ist wirklich schlimm!« Ihre grünen Augen trübten sich langsam.

»Und ich trample hier herein und fange sofort an zu labern.«

»Du konntest es ja nicht wissen.«

»Brauchst du eine Umarmung? Du kennst mich noch nicht richtig, aber ich kann eine gute Freundin sein.«

Bevor ich antworten konnte, zog sie mich in eine feste Umarmung und ihr süßer Duft umhüllte mich. Es beruhigte mich sogar ein wenig.

Als Kassy mich wieder losließ, zwang ich mir ein kleines Lächeln auf. »Also, willst du jetzt noch die Schule sehen oder nicht?«

***

»Hier ist die Bücherei.«

Zusammen traten wir mit Dylan und Zero im Schlepptau in den großen

Raum. Er war vollgepackt mit Regalen und vor den altmodischen Fenstern waren einige Sessel zu einer kleinen Runde aufgestellt. Es roch modrig und es war totenstill. Liam und Alena waren anscheinend bereits gegangen oder noch gar nicht da gewesen. Ich traute ihnen auch zu, dass sie es einfach verschoben hatten und in die Stadt gegangen waren.

»Wow, hier werde ich mich bestimmt den ganzen Tag aufhalten!« Kassys Stimme klang sarkastisch.

Ich schaute nach hinten zu Dylan, der mit Zero leise tuschelte, aber beide hörten auf zu reden, als sie meinen Blick bemerkten.

»Okay, Ezra. Vielen Dank, dass du dir trotz deines Zustands Zeit für mich genommen hast. Dank dir werde ich nicht mehr herumirren wie eine Blinde und die Räume suchen. Und notfalls habe ich Dylan. Obwohl er fast orientierungsloser ist als ich.«

»Hey!«

»Ich schätze, wir lassen dich jetzt besser in Ruhe. Es war ein harter Tag für dich.« Kassandra umarmte mich zum Abschied. Ihre Sommersprossen tanzten bei dem Lächeln, das sie mir zuwarf, dann wandte sie sich zum Ausgang. »Komm, Dylan. Tschüss, Ez, gute Besserung!«

Dylan nickte mir kurz zu, dann verschwanden sie beide.

***

Eine Woche später fand Lilys Beerdigung statt. Daniel hatte alles allein organisiert und wir waren nur eine kleine Truppe. Ich hatte ein schwarzes Kleid und meine Ballerinas angezogen. Es war ein dunkler, bewölkter Tag, ein Klischee, aber es passte zu unserer Stimmung.

Traurig trottete ich Zero hinterher zum Ausgang des Internats. Wir fuhren zu dem alten Friedhof westlich vom Gelände, dort trafen wir auf die kleine Schar Trauernder. Der Friedhof war klein, mit einer winzigen Kapelle, um die herum die Gräber angelegt waren.

Ich erkannte unseren Schulleiter am Eingang, der leise mit Daniel sprach. Wie alle anderen trug er einen dunklen Anzug. Als er mich sah, nickte er kurz und verschwand, aber ich bemerkte, wie er einige Meter entfernt stehen blieb und mich beobachtete. Daniel hatte wieder seine Sonnenbrille auf und versuchte schwach zu lächeln. Dünn und blass sah er aus.

»Hi, Mr Adams«, begrüßte ich ihn leise.

Es war ungewohnt, ihn wieder mit dem Nachnamen anzusprechen. Er nickte kurz. Ich umarmte ihn einfach und spürte seinen Schluchzer auf meiner Schulter.

»Es tut mir so leid! So leid«, wisperte ich und ließ von ihm ab.

Er gesellte sich zu einer jüngeren Frau, die er in den Arm nahm, da auch sie bitterlich weinte. Ihre hellen Haare waren zu einem strengen Dutt zurückgebunden, die grünen Augen waren gerötet und leuchteten vom Weinen. Ich ging zu ihr und legte ihr eine Hand auf die Schulter. »Sie sind Marie Adams, nicht wahr? Ich bin Ezra Kuhn, eine Schülerin ihres Mannes. Es tut mir wahnsinnig leid. Mein tiefstes Beileid.«

Ihre Augen füllten sich wieder mit Tränen und sie nickte. »Danke«, flüsterte sie mit brüchiger Stimme.

Ich stellte mich zu Zero, doch als ich Conan sah, lief ich zu ihm und umarmte ihn. »Ich weiß, das ist die dümmste Frage, die ich heute stellen kann, aber wie geht es dir?«

»Es geht. Dir?«

»Es geht.«

Er lächelte matt. Ich musterte ihn kurz. Er trug einen schwarzen Anzug. Seine schwarzen Haare waren ordentlich nach oben gegelt, doch seine Augen wirkten trüb und geschwollen vom Weinen. »Lass uns reingehen«, sagte er.

Ich folgte ihm in das Gemeindehaus neben dem Friedhof. Die meisten hatten schon Platz genommen. Ein kleiner Sarg stand vor dem Pult, daneben ein Bild von Lily, auf dem sie niedlich in die Kamera lächelte. Bald hatten alle ihre Plätze eingenommen, das Rascheln und Tuscheln verebbte.

Nach der Zeremonie trat Conan an das Pult und begann leise zu sprechen: »Lily war meine kleine Cousine. Obwohl sie mehr wie eine Schwester für mich war. Es ist ein großer Schock für mich, dass sie so plötzlich von uns gegangen ist … Sie war …« Eine Träne kullerte aus seinem Augenwinkel und floss über seine Wange. Er schloss kurz die Augen und atmete tief ein, aber als er wieder anfangen wollte zu sprechen, brach seine Stimme.

Ohne zu zögern, stand ich auf und nahm ihn in den Arm. »Soll ich weiterreden?«, flüsterte ich und er nickte.

Er trat ein Stück zur Seite und schob mir die Karteikarten zu, die er sich zur Sicherheit mitgenommen, aber noch nicht gebraucht hatte. Ich räusperte mich einmal und fing an, sie vorzulesen: »Sie war ein so wundervoller und fröhlicher Mensch. Sie schenkte meinem Onkel und meiner Tante so viel Freude. Sie war meine ... Freundin. Doch wie wir alle wissen, ist der Tod mächtiger als wir alle zusammen. Und es ...«

Nicht heulen, Ezra. Nicht heulen. Nicht heulen.

»Und es war nur eine Frage der Zeit, bis auch er so eine wundervolle Freundin haben wollte. Ich spüre sie immer noch bei mir und vermisse sie unendlich. Doch das Leben muss weitergehen. Sie hätte sicher nicht gewollt, dass unser Leben zusammenbricht. Lily, falls du hier bist: Es tut mir leid, dass ich dich nicht beschützen konnte.« Rechtzeitig beendete ich die Rede und fing schließlich auch an zu weinen. Zusammen traten wir wieder die Treppen hinunter und setzten uns auf unsere Plätze.

Kurze Zeit später wurde der Sarg nach draußen getragen und wir liefen hinterher. Als wir an dem ausgehobenen Grab ankamen, wurde der Sarg hinabgelassen und jeder warf ein Schäufelchen Erde hinein. Die Angehörigen weinten leise für sich und auch ich drückte mein Gesicht an Zeros Arm. Ironischerweise kam ich mir das erste Mal in meinem Leben *normal* vor.

Als das Grab zugeschüttet wurde, ließen wir Marie und Daniel alleine zurück, damit sie sich ganz privat von ihrer Tochter verabschieden konnten.

Mit gedrückter Stimmung setzte ich mich zurück ins Auto. Und der Tag kam mir noch viel dunkler vor, als er es sowieso schon war.

KAPITEL 19

Als ich am nächsten Morgen aufwachte, war mein Hals trocken und mir war schwindelig. Ich hatte einen verwirrenden Traum gehabt, in dem ich nichts als Stimmen und Dunkelheit vernommen hatte. Ich trank einen Schluck Wasser, um die Hitze in mir zu dämpfen, und zog mich an. Ein Blick auf die Uhr sagte mir, dass es schon zehn Uhr war.

Langsam schälte ich mich aus dem Bett und wühlte in meinem Kleiderschrank nach etwas Passablem zum Anziehen. Es wurde Zeit, dass ich von Zuhause mehr Kleidung holte, denn die paar Tops, die ich wöchentlich wechselte, reichten eindeutig nicht aus.

Anschließend klopfte ich an das Regal und lugte hinein, aber Zero war nirgends zu sehen. In dem Moment ging die Tür zum Flur auf und er kam herein. Als er mich sah, zuckte er leicht zusammen.

»Was machst du hier?«, fragte er und schloss die Tür.

»Ich könnte dich eher fragen, wo du warst«, erwiderte ich ernst und verschränkte die Arme vor der Brust.

»Etwas erledigen«, antwortete er nur knapp und lächelte.

»Und was ist, wenn der Serienkiller hier hereinspaziert wäre und mich gekillt hätte?«

»Beruhige dich, ich war nicht lange weg. Du sagst doch immer, dass du auf dich selbst aufpassen willst.«

Ich öffnete den Mund, schloss ihn dann aber wieder. Verdammt. »Touché«, murmelte ich.

»Willst du frühstücken?«

Ich nickte und folgte ihm aus dem Zimmer. Statt sich an der Eingangshalle zu verabschieden, folgte er mir in den Speisesaal. Verwirrt drehte ich mich um und wollte ihn fragen, was das sollte. Aber Zero legte einen Finger an den

Mund und nickte in Richtung Mr Harries, der vorne ans Seitenpult getreten war.

Erst jetzt bemerkte ich, dass alle Schüler von ihren Bodyguards begleitet wurden. Ich setzte mich zu meinen Freunden, die ebenfalls nicht allein waren. Dylan und die Zwillinge lächelten mich von der Seite an.

»Was soll das?«, fragte ich, doch Bran zeigte ebenfalls zum Pult.

»Liebe Schüler und Schülerinnen! Ich bitte um Ruhe!«

Keiner der Schüler verstummte.

»Ruhe!«, brüllte er plötzlich mit einer ungewöhnlich tiefen und lauten Stimme. Ich konnte von Weitem sehen, dass seine Augen ebenso rot waren wie die von Bran, wenn er sich verwandelt hatte.

Nun war es still. Mr Harries räusperte sich kurz, als wäre nichts passiert, und fuhr fort: »Wie ihr bestimmt gehört habt, haben wir in den letzten Tagen weitere Verluste erlitten. Eine weitere Schülerin kam ums Leben und die Tochter eines meiner Kollegen. Mr Adams wird sich erst einmal eine Pause gönnen und er wird auch nicht zu seinen Trainingsstunden kommen. Wir haben noch immer keine Hinweise auf den Mörder und schätzen, dass die Schule leider vorerst geschlossen werden muss, wenn der Mörder nicht bald gefasst wird.«

Ein Raunen ging durch die Menge.

»Viele Schüler wurden bereits über die Ferien abgeholt. Für die Schüler, die noch hier sind und keine Möglichkeiten haben, nach Hause zu kommen, haben wir beschlossen, dass ihr Bodyguard nicht mehr von ihrer Seite weichen darf. Das ist sehr wichtig. Wir bitten euch, euch nur noch in kleinen Gruppen zu bewegen, sowohl im Unterricht als auch zum Frühstück. Eine Trauerfeier für unsere verlorenen Schüler wird heute Abend an dem kleinen Tempel hier im Wald stattfinden. Danke.«

Er verließ ohne weiteren Blickkontakt den Raum. Ich schaute in die Runde. Auch meine Freunde sahen bedrückt aus.

»Ich will nicht zurück nach Hause«, sagte Kassandra. Sie klang traurig.

»Es werden noch weitere Morde passieren«, sagte Bran plötzlich. »Die Bodyguards haben ihn vorher nicht aufgehalten, wieso sollten sie es jetzt tun?« Er zuckte die Schultern.

»Aber dann sind wir nirgendwo sicher!«, sagte Kat beklommen.

»Na, vielen Dank«, meinte Brans Bodyguard Mason trocken, lächelte aber schließlich.

»Wir werden unser Bestes geben«, warf Zero ein und sah mich an.

»Was ist jetzt mit meinem Training?«, fragte ich traurig, denn ich trainierte wirklich gerne. Es war mein einziger Ausgleich. Ich verstand aber, dass Daniel seiner Frau beistehen wollte.

»Ihr bekommt sicher einen Ersatztrainer«, warf Alena ein.

»Wenn Conan überhaupt kommt. Ich habe ihn heute Morgen gesehen, er sah echt fertig aus«, sagte Kat leise.

»Passiert eigentlich auch mal was Gutes?«, fragte ich, gereizt nach den letzten Tagen.

»Only rainbows after rain, hm?«, versuchte Liam, uns aufzumuntern.

»Ich würde sagen, wir machen heute etwas Sport zusammen. Zum Abreagieren. Wie findet ihr das?«, fragte Kat.

»Scheiße, ich bewege mich doch nicht!«, widersprach Alena und wir lachten.

»Kassandra? Kommst du mit?«

Sie blickte nervös hin und her. »Nur, wenn Ezra mitkommt.«

»Ich bin dabei!«

»Dann komme ich auch.«

»Okay! Wir treffen uns in einer Stunde unten an der Eingangstür.«

***

Pünktlich traf ich vor der Tür, in den Hof führte, auf meine Freundinnen. Kassy, Kat und Alena hatten ihre Haare zu einem hohen Pferdeschwanz gebunden, genau wie ich. Wir trugen lange Jogginghosen, da es immer kühler wurde.

»Kanns losgehen?«, fragte Kat motiviert.

Wir nickten, nicht ganz so begeistert. Ich bereute meine Entscheidung schon wieder. Das Training machte mir Spaß, aber joggen? Wir waren Dämonen. Aus irgendeinem Grund wurden wir nicht dick. Ich brauchte keine Muskeln wie die Jungs, die meistens bereits von Natur aus einen guten Körperbau hatten, zumindest diejenigen mit dämonischer Abstammung. Außerdem war ich echt nicht in der Stimmung dafür und Kat war mir etwas zu glücklich für einen dunklen Tag wie diesen. Träge trabten wir los. Es war kühl, aber mir wurde schnell warm. Ich war Zero nur losgeworden, indem ich ihm versprochen hatte, dass ich den Schalter mit dem roten Knopf die ganze Zeit in der Hand halten würde. Das tat ich jetzt auch. Hoffentlich drückte ich nicht aus Versehen darauf! Unsere Füße knirschten auf dem rauen Kies. Der Himmel war mit einer grauen Wolkenschicht bedeckt und alles wirkte fahl und dunkel.

»Wo kommst du eigentlich her?«, fragte ich Kassy, die schwer atmend neben mir herlief.

»Aus Kalifornien. Nach meiner Adoption zog ich aber hier in die Nähe. Trotzdem, puh, diese Schule ist echt gut versteckt. Mannomann!«

»Du bist adoptiert?«

Sie nickte. »Ja, meine Eltern sagen, sie hätten mich mit sechs aus dem Heim geholt. Ich erinnere mich nur dunkel an diese Zeit, aber sie sind echt toll«, sagte sie zwischen zwei Atemzügen lächelnd. Sie wirkte mit ihren Gedanken weit weg. Ich blieb stehen und stützte mich auf meinen Knien ab. Keuchend versuchte ich meinen Atem wieder unter Kontrolle zu bekommen und fragte schließlich Kassy, die ebenfalls stehen geblieben war: »Und? Wieso bist du hier?«

»Meine Fähigkeiten gerieten in den letzten Monaten etwas außer Kontrolle. Ich habe in der Schule aus Versehen Sachen angezündet oder das Bad geflutet. Mann, gehts ein bisschen langsamer, Kat?« Sie hielt sich die Seite. Kat mäßigte ihren schnellen Trab.

»Meine Mom meinte, dass es so nicht weitergehen könne. Sie kannte jemanden, der von Dämonen wusste. Der hat ihr von dieser Schule erzählt und mich hierhergeschickt. Wie war es bei dir?«

»Ich wurde mehrmals entführt«, sagte ich. »Ich weiß nicht genau warum. Meine Eltern haben mich hierher verfrachtet, um mich in Sicherheit zu wissen und damit ich lerne, mich selbst zu schützen.«

»Und mit wem geht ihr zum Ball?«, mischte Alena sich in unser Gespräch ein.

»Ball?«, fragten Kassandra und ich wie aus einem Mund.

»Ja, zum Herbstball. Er findet meistens am letzten Wochenende der Herbstferien statt. Vorausgesetzt, Mr Harries sagt ihn nicht ab.«

Ein Ball?

Ein kleines Kribbeln stieg in mir hoch.

»Die Schule könnte mal wieder ein paar glückliche Ereignisse gebrauchen. Etwas, das uns von all dem hier ablenkt. Es ist wie ein einziger Albtraum«, murmelte Kat.

Alena nickte zustimmend. »Für den Ruf der Schule ist es allemal schlecht.«

***

Nach einer halben Stunde waren wir alle so fertig, dass wir beschlossen, uns auf eine Bank zu setzen und zu reden.

Als ich wieder in mein Apartment kam, saß Zero schon nervös auf dem Sofa und sprang auf, als ich ins Zimmer kam. »Alles okay? Ist irgendwas passiert?«, fragte er sofort und kam auf mich zu.

»Nein, sonst hätte ich ja den Knopf gedrückt, oder?«, erwiderte ich, hielt die Fernbedienung demonstrativ hoch und legte sie auf der Kommode ab.

»Ich mache mir doch nur Sorgen«, erwiderte Zero und ließ sich zurück auf das Sofa sinken.

»Das verstehe ich. Ich werde dir keine Probleme mehr bereiten.« Ich ließ mich neben ihn sinken, die Hände in den Schoß gelegt.

Zero schüttelte den Kopf. »Nein, du verstehst nicht. Alle Bodyguards fürchten, ihren Job zu verlieren. Und nicht nur ihren Job. Sie haben eine Aufgabe und die ist es, auf ihren Schüler aufzupassen. Wenn er stirbt, ist das mehr als ungünstig. Außerdem habe ich mit Alex, dem Bodyguard des verstorbenen Jungen, geredet. Er sagte, er hätte nichts Ungewöhnliches bemerkt, und sein Schüler habe sich vorher noch nie fortgeschlichen. Es muss geplant gewesen sein.«

Ich blickte zwischen seinen Brauen hin und her, während ich grübelte, nach einer passenden Antwort suchte. »Ich kann es mir auch nicht erklären. Alles, was ich weiß, ist, dass ich Angst habe.«

»Ezra, dir wird nichts passieren. Ich werde mein Bestes geben und ...«

»Davor habe ich doch keine Angst. Ich fürchte mich nur, noch weitere Leichen zu finden. Diese Bilder gehen mir nicht mehr aus dem Kopf, Zero. Jedes Mal, wenn ich alleine im Bett liege, in der Dunkelheit, sehe ich sie vor mir. Es treibt mich fast in den Wahnsinn!«

Ich hätte dringend eine Umarmung gebraucht, aber ich konnte einfach nicht über meinen Schatten springen und ihn danach fragen. Also starrte er mich nur weiter nachdenklich an und strich sich über das Kinn.

»Du darfst nicht so viel daran denken, Ez. Schlimme Dinge passieren überall auf der Welt. Und das Grausame ist ja, dass wir uns schuldig fühlen, obwohl wir keine Schuld daran haben. Wir sind ein Teil dieser zerstörten Welt. Du kannst nichts dagegen tun. Und du kannst auch nichts dafür, dass es zu deiner Gabe gehört.«

»Ich weiß«, erwiderte ich leise und starrte aus dem Fenster.

»Willst du ein wenig fernsehen? Vielleicht lenkt dich das ab, bis du zum Training musst. Du darfst auch dein Handy haben.« Zero hob erwartungsvoll lächelnd die Augenbrauen, als hätte er gerade einem kleinen Kind versprochen, dass es ein extra großes Schokoladeneis haben darf, wenn es seinen Teller leer isst.

Ich konnte mir ein Kichern nicht verkneifen. »Ja, gerne.«

Ich folgte ihm in sein Zimmer und ließ mich auf sein großes Bett fallen. Zero ließ auf Knopfdruck den Wandfernseher erscheinen und reichte mir die Fernbedienung, damit ich aussuchen konnte, was wir guckten. Ich hatte leider keinen Fernseher, aber ich beschäftigte mich zu Hause sowieso eher mit meinem Handy oder Computer. Schade, dass das hier verboten war und Zero sich normalerweise an die Regeln hielt. Mein Bodyguard gab mir tatsächlich mein Handy und so konnte ich noch ein wenig durch Instagram scrollen und mich darüber informieren, was ich alles in diesem Bunker am Ende der Welt verpasst hatte.

***

»Conan?«, fragte ich unsicher, als ich die Tür zu unserem Trainingsraum öffnete. Zero wartete vor der Tür auf meine Bestätigung, dass alles in Ordnung und ich in Sicherheit war. Das Licht war an. Conan saß auf der Bank und starrte ins Leere, wie an dem Tag, an dem ich ihn das erste Mal gesehen hatte. Als er mich hörte, drehte er sich um. Er sah ziemlich müde aus, doch dann lächelte er. Ein ehrliches Lächeln. Die kleinen Grübchen an seinen Wangen bildeten sich und seine Augen bekamen diesen ganz besonderen Glanz. Als würden sie durch die Sonne erhellt.

»Du bist da«, stellte ich erleichtert fest und er stand auf.

»Natürlich, ich lass dich doch nicht allein«, antwortete er.

»Wie geht es dir?«

»Besser. Meine Mom sagt, der Verlustschmerz wird erst ein paar Monate später eintreten. Momentan kann ich es gar nicht realisieren, dass Lil tot ist. Die letzten Tage waren schlimm, aber aus irgendeinem Grund fühle ich keine Leere mehr.«

Ich ging auf ihn zu und umarmte ihn. »Ich bin für dich da, wenn du mich brauchst, okay?«

Normalerweise war ich nie so zu anderen Personen, aber ich konnte nicht anders. Ich hatte früher nie viele Freunde gehabt. Geheimnisse lassen einen vereinsamen. Ich hatte nie die Mädchen verstanden, die jeden nach ihrem Äußeren beurteilten und nur den Modetrends nachliefen, und hatte auch nie große Lust auf diese Freundschaften gehabt. Es hatte auch einige Jungs gegeben, die Interesse an mir hatten, aber ich ließ keinen an mich heran, da ich Angst hatte, dass sie mein Geheimnis herausfinden würden. Deswegen galt ich als arrogant und unerreichbar. Eine einzige gute Freundin hatte ich gehabt, aber mehr auch nicht. Und sie wusste genauso viel wie alle anderen. Nämlich gar nichts.

Ich sagte Zero Bescheid, dass alles in Ordnung wäre, und er verschwand, nicht ohne mir noch einmal ans Herz zu legen, dass ich ihn sofort nach dem Training benachrichtigen sollte.

»Wo ist unser Ersatztrainer?«, fragte ich und ließ mich wieder neben Conan nieder.

»Keine Ahnung. Sollen wir ohne ihn schon mal anfangen?«

Ich nickte. »Und wo ist Lisa? Hat sie dich einfach hier allein gelassen?«

Er zuckte mit den Schultern. »Sieht so aus. Sie sagte, sie müsse los. Aber selbst wenn, ich kann mich auch alleine verteidigen«, erwiderte er und lächelte selbstsicher.

»Zero weicht mir nicht mehr von der Seite«, erzählte ich.

»Das hat er auch vorher kaum getan. Also gut. Fangen wir an!« Conan sprang auf. »Okay, Mädels, Positionen einnehmen!«, rief er und klatschte in die Hände, wie Daniel es immer tat.

Wie konnte er bloß seine Trauer so gut überspielen? Jeder kommt wohl anders über seinen Schmerz hinweg. Wir stellten uns einander gegenüber und verwandelten uns. Ich fand, dass ich mich um einiges verbessert hatte. Wie immer ragten die Messer aus Conans Handgelenken unter der Jacke hervor. Er hatte seine Kapuze übergezogen und seine roten Augen glühten. Er sah anders aus, wenn er verwandelt war.

»Deine Messer machen mir Angst. Kannst du die nicht irgendwie einfahren?«

»Das ist die einzige richtige Waffe, die ich habe.«

»Hallo? Deine Kraft? Und ich schreie auch nicht!«

»Sorry, ich kann meine Messer nicht einfach einziehen.«

Ich zog ein beleidigtes Gesicht, positionierte mich aber wieder. »Okay? Greif an!«

Blitzschnell rannte er auf mich zu und legte mich um. Das machte wirklich keinen Spaß. Mehrere Wochen Training und er war immer noch viel besser als ich.

»Das war unfair! Ich war noch nicht vorbereitet!«, rief ich und rappelte mich auf.

»Du hast gesagt ›Greif an!‹«, antwortete er grinsend.

»Das sagt man doch nur so!«

Wir stellten uns wieder einander gegenüber und ich nickte. Er war innerhalb einer Sekunde bei mir, doch diesmal wehrte ich seine Hand geschickt ab und versuchte ihm in den Bauch zu treten. Als er mein Bein festhielt, geriet ich ins Taumeln und rutschte ab. Sein rechtes Messer streifte meine Wade und hinterließ einen kleinen Schnitt. Ich fiel zu Boden und zog ihn mit, sodass er auf mir landete.

»Aua. Siehst du, genau das meinte ich!«, jammerte ich und sah ihm in die Augen, die nur wenige Zentimeter von meinen entfernt waren.

»Ich sagte doch, ich kann meine Messer nicht einziehen!«

»Jaja, was auch immer.« Ich hatte einfach genug von Dämonen. »Conan«, sagte ich nach einer Weile und räusperte mich, da er noch immer auf mir lag. Hastig stand er auf und half mir auf die Beine.

»Tut es weh?« Er zeigte auf mein Bein.

»Es brennt etwas, aber ich hatte schon schlimmere Wunden. Zum Glück war der Stoff dazwischen«, erwiderte ich nach näherer Betrachtung und zog das Hosenbein nach unten.

»Wie wäre es, wenn wir einen kleinen Ausflug machen statt Training? Lisa und Zero denken schließlich, wir sind hier unten.«

»Und wohin willst du gehen?«, fragte ich verwundert.

»In die Stadt? Etwas essen oder einfach raus?«

Ich grinste. »Das hört sich gut an!«

Das ist eine dumme Idee, Ezra, meldete sich eine Stimme in mir. Aber ich wollte nicht auf sie hören, sondern einfach mit Conan dem Grauen davonfahren.

Wir schnappten uns unsere Jacken und rannten aufgeregt wie kleine Kinder den Flur hinauf. Dann führte Conan mich um das Gebäude herum auf einen Weg, der zu einer kleinen Hütte führte. Er riss die Plane von einem schwarzen Motorrad.

»Das ... ist ... der Hammer!«, stieß ich aus und strich über das Metall. »Ich bin noch nie Motorrad gefahren!«

Das erste Mal seit Tagen grinste er wieder frech, als er eine mittelalterliche Geste machte, indem er sich mit einer Hand hinter dem Rücken verbeugte und mir die andere entgegenhielt.

»Mylady, dann wird es höchste Zeit!«

Lachend kletterte ich auf das Ding und versuchte mich elegant hinzusetzen, was leider nicht sonderlich gut funktionierte. Conan reichte mir einen Helm und setzte seinen ebenfalls auf. Er sah verdammt cool aus mit seiner Lederjacke und dem rot-schwarzen Helm. Ich kam mir vor wie in einem alten

Rockerfilm, den ich mit meinem Dad gesehen hatte. Conan stieg auf und startete den Motor.

»Halt dich fest!«, wies er mich an und ich schlang meine Arme um seine Taille.

Langsam rollten wir auf den Kiesweg und schließlich auf die Straße. Dann gab Conan Gas. Das Knattern des Motors hallte von den Bäumen wider. Die Sonne war schon längst untergegangen und der kalte Wind zerrte an unseren Kleidern, aber das war mir vollkommen egal. In diesem Moment war ich das erste Mal seit Langem einfach glücklich.

KAPITEL 20

Nach einer gefühlten Ewigkeit tauchte vor uns ein kleines Dörfchen auf. Die Lichter leuchteten friedlich. Wir stellten das Motorrad auf einem kleinen Parkplatz ab und zogen die Helme aus. Lächelnd übergab ich Conan meinen Helm und richtete meine Haare. Der dunkle Parkplatz wurde von demselben Wald umrahmt, der auch an unsere Schule grenzte, und der Wind ließ die verbliebenen Blätter leise rascheln.

»Wow, ich war schon lange nicht mehr draußen. Hier ist es wirklich wie im achtzehnten Jahrhundert«, sagte ich nach einem ersten kurzen Blick und sah mich weiter um.

Natürlich war das nicht der intelligenteste Satz, da wir auf einem Parkplatz mit Dutzenden von Autos standen, aber die Häuser und die Straßen, auf die wir nun zuliefen, hatten wirklich etwas Altertümliches. Die Straße vor uns war mit dicken Pflastersteinen gepflastert, die sich uneben um die Häuser zogen, und die Straßenlaternen waren mit schwarzem Stahl verziert.

»Komm, sicher hat noch ein Café geöffnet«, schlug Conan vor und zog mich an seiner Hand durch die Gassen. Eine wohlige Wärme durchfuhr mich und es dämmerte mir immer mehr.

»Bist du öfter hier?«, fragte ich, während ich meine Umgebung beobachtete und versuchte, einen Blick in die Innenräume der Häuser, die eng beieinanderstanden, zu erhaschen.

»Gelegentlich, wenn ich mal meine Ruhe brauche«, antwortete er achselzuckend. Unsere Hände waren immer noch verschränkt.

»Ist es immer so still?«

»Ja, außer ein paar Straßen mit engen Häuschen und ein paar Läden gibt es hier nicht viel.«

Wir bogen rechts in eine enge Gasse ein und gingen bis zu einem kleinen

Café. Zusammen traten wir ein und setzten uns. Es war nicht sonderlich viel los, obwohl es erst kurz vor sechs war, aber die frühe Dunkelheit und der kalte Herbstwind scheuchten die meisten Menschen in ihre Häuser.

Das Café war gemütlich. Die Wände waren in einem dunklen Braun gestrichen und mit Holzleisten eingerahmt. Die kleinen Tische waren ordentlich angeordnet und die großen Fenster boten einen guten Blick auf die beleuchtete Straße.

Ein Mädchen mit Schürze, etwa in unserem Alter, kam zu uns, die Haare zu einem engen Pferdeschwanz gebunden.

»Hi, was darf ich euch bringen?«, fragte sie eifrig, musterte erst Conan und warf dann mir einen abschätzigen Blick zu.

»Habt ihr Waffeln?«, schwärmte ich und grinste.

»Ja, mit was dazu?« Sie zückte ihren Notizblock und kritzelte darauf herum.

»Nur Puderzucker, danke.«

»Und für dich?« Die Kellnerin wandte sich sofort wieder Conan zu und klimperte mit ihren Wimpern. Ich presste meine Lippen aufeinander, um mir einen bissigen Kommentar zu verkneifen.

Bin ich etwa eifersüchtig?

Ich war überrascht über dieses Gefühl. Und über mich selbst. Na ja, bisher hatte es keinen Grund dazu gegeben. Ich hatte noch nie viel mit Jungs zu tun gehabt.

»Ich nehme einen Latte macchiato«, bestellte Conan lächelnd.

»Oh, der werte Herr trinkt also Kaffee? So spät am Abend?«, scherzte ich.

»Wie ungewöhnlich in einem Café«, verteidigte die Kellnerin ihn und ich stieß ein Schnauben aus.

»Na, dann nehme ich auch einen«, erwiderte ich zuckersüß. Als sie endlich weg war, schnaubte ich noch mal.

»Ich wette, ihr werdet beste Freundinnen«, neckte er.

Ich hob die Augenbrauen, musste aber lächeln. Da er mich mit seinen langen Wimpern und seinem schiefen Lächeln ansah wie ein unschuldiger Welpe, konnte ich nicht länger wütend sein.

Kurze Zeit später kam die nette Lady mit unserer Bestellung wieder. Ich versuchte sie möglichst zu ignorieren, damit Conan mich nicht als totale Zicke abstempelte. Natürlich fühlte ich mich anfangs wie in einer dieser Gossip-Girl-Folgen, von denen ich nur Bruchstücke gesehen hatte. Aber langsam verstand ich, dass man es manchmal einfach nicht vermeiden konnte, zickig zu reagieren.

Die Waffeln dufteten köstlich und das Knurren meines Magens signalisierte mir, dass auch der sich nach einem kleinen Happen sehnte. Sie schmeckten genauso, wie sie rochen, und ich konnte ein genüssliches Seufzen nicht unterdrücken. Als ich zu Conan sah, nippte er nur grinsend an seinem Kaffee.

»Oh, sorry, willst du?« Schnell bot ich ihm ein Stück an, nachdem ich meines hinuntergeschluckt hatte. »Ach, wenn du es mir schon anbietest«, erwiderte er keck und nahm es entgegen.

»Gib es zu, du hast nur darauf gewartet!«

Wir lachten kurz.

»Also, jetzt erzähl mir etwas mehr über dich«, fing er an, nachdem wir gemeinsam die beiden Waffeln verputzt hatten.

»Was soll ich dir denn erzählen? Ich habe doch schon alles gesagt.«

Er lachte. »Vielleicht zwei Prozent von hundert. Was sind deine Hobbys?«

Ich blickte Conan schüchtern an und plötzlich war ich unheimlich nervös. Warum eigentlich? Schließlich fragte er mich nicht, wie meine Unterwäsche aussah, sondern nur nach meinen Hobbys.

»Also früher, bevor ich hierherkam, habe ich sehr viel gelesen und gemalt. Aber außer Lesen kann ich hier nichts umsetzen und ich habe manchmal sogar dafür zu wenig Zeit. Das ganze Training und die Schule ...«

»Wir haben ein Atelier«, warf er ein und meine Augen huschten zu seinen.

»Oh, wirklich? Das wusste ich nicht.«

»Ich kann es dir irgendwann zeigen. Ich war früher oft dort.«

»Warum? Malst du auch?«, fragte ich.

»Nein, aber da kommt selten jemand hin«, erwiderte er und lächelte kokett.

Ich zog meine Brauen nach oben, fuhr aber schließlich fort: »Und was sind deine Hobbys?«

Ohne zu zögern, antwortete Conan: »Ich habe schon immer Kampfsport trainiert. Früher habe ich auch Fußball und Basketball gespielt, das mache ich jetzt aber nicht mehr.«

Verblüfft sah ich ihn an. Jetzt fühlte ich mich wie eine faule, fette Qualle. So viele sportliche Leute um mich herum und das Einzige, was ich durchhielt, war, die Treppe rauf- und wieder runterzulaufen. Ich zog eine Schnute. »Jetzt fühle ich mich faul und erniedrigt«, schmollte ich.

Ein Kindergrinsen breitete sich über Conans Gesicht aus, was ihn um einiges jünger aussehen ließ. »Wir könnten doch öfter trainieren«, überlegte er.

Ich schüttelte hastig den Kopf. »Nein! Dreimal die Woche Training reicht mir. Besonders mit dir!«

Jetzt war er derjenige, der eine Schnute zog, und ich kicherte.

Von der Seite kam die Kellnerin mit einer Kanne Tee in der Hand und strahlte Conan an. »Noch eine Tasse Tee?«, fragte sie zuckersüß.

Ich musste mich stark beherrschen, nicht die Augen zu verdrehen. »Klar, du kannst ihn einfach auf den Kaffee schütten«, murmelte ich. Sie sah mich beleidigt an und verschwand ohne ein weiteres Wort.

Ups.

»Wieso bist du so unfreundlich zu ihr?«, fragte Conan ernst.

Ich zuckte mit den Schultern. »Weil sie es auch zu mir ist!«

»Mädchenlogik! Ist die doof zu mir, bin ich auch doof zu ihr!«

Ich rollte mit den Augen, musste aber wieder mal grinsen. »Ach, halt die Klappe.«

Als uns die Gesprächsthemen langsam ausgingen, beschlossen wir zu gehen. Ich war ehrlich gesagt froh, von diesem Mädchen wegzukommen. Sie brachte keine gute Seite von mir zum Vorschein. Conan bezahlte netterweise, aber erst, nachdem ich ausreichend mit ihm darüber diskutiert hatte, dass ich eine unabhängige Frau war und das auch gerne selbst tun könnte. Ich ergab mich erst, als ich nebenbei bemerkte, dass mein Portemonnaie wohl noch zu Hause lag.

Als wir aus der Tür traten, schien mir die Nacht noch dunkler als zuvor und ich begann die Straße zurückzulaufen. Doch statt den gleichen Weg zurückzugehen, lief Conan genau in die andere Richtung, sodass ich ihm wohl oder übel folgen musste.

»Wohin gehst du?«, fragte ich, als ich ihn eingeholt hatte.

»Wirst du schon sehen«, erwiderte er grinsend.

Kurze Zeit später hörte ich es rauschen. Das konnte nicht sein, oder? »Wir sind am Meer?«, quiekte ich aufgeregt.

»Ja, was dachtest du denn, wo du bist?«

»Keine Ahnung! Ich habe nicht darauf geachtet, wo meine Eltern mich hingesteckt haben! Bis zur letzten Minute hab ich noch gehofft, dass sie ihre Meinung ändern würden«, wandte ich ein und sprang wie ein Kleinkind auf und ab.

Keine zwei Straßen später sah ich es. Die See breitete sich groß und dunkel vor uns aus. Der Strand, vor dem wir standen, schien nie zu enden. Alle paar Meter waren Laternen aufgestellt, sodass man die Küste, trotz der Dunkelheit, gut sehen konnte.

»Ich liebe das Meer!«, schwärmte ich und zog Conan hinter mir her zu einer Treppe, die direkt in den weichen Sand führte. Plötzlich kam mir die Nacht nicht mehr so kalt vor und ich wäre am liebsten schwimmen gegangen, aber das wäre wohl etwas überstürzt gewesen. Die Wellen waren nicht besonders hoch und schwappten sanft über den Sand, um sich elegant wieder zurückzuziehen. Wir liefen am Strand entlang und eine Weile herrschte Stille zwischen uns. Kein unangenehmes Schweigen, bei dem wir einfach nicht wussten, was wir sagen sollten; wir genossen beide eher die Gegenwart des jeweils anderen und lauschten den Wellen.

Plötzlich kam mir wieder der Herbstball in den Sinn. Ich war noch nie auf einem Ball gewesen und wollte es gerne einmal erleben. Mit ihm.

Soll ich ihn fragen?

Schließlich fasste ich mir ein Herz.

»Hast du schon von dem Herbstball gehört?«, stotterte ich und versuchte ihn möglichst nicht anzusehen.

»Ja klar, der findet jedes Jahr statt«, erwiderte er und blickte auch aufs Meer.

Ich glaube nicht, dass er weiß, was ich will. Oder?

»Und ... Hast du schon jemanden?« Jetzt sah ich ihn erwartungsvoll an.

»Nein. Du?«, antwortete er betont langsam und grinste plötzlich süffisant.

»Nein.«

»Dann frage ich dich hiermit: Ezra Kuhn, willst du mit mir auf den Herbstball gehen?«

Ich biss mir kurz auf die Unterlippe und blieb stehen. Zum Glück war er nicht in die Knie gegangen, sonst hätte ich für einen Moment befürchtet, er würde mir einen Heiratsantrag machen, so wie er redete.

»Na gut. Wenns sein muss!« Ich rollte gespielt mit den Augen. Wir lachten und plötzlich spürte ich seine Hand an meiner.

»Ganz schön abgefuckt alles in letzter Zeit, was?«, bemerkte er nach einer kurzen Pause und zog seine Augenbrauen zusammen.

»Ja, das kann man wohl sagen. Momentan passiert wenig Schönes.«

»Ich fand es heute schön«, raunte Conan und lächelte mich von der Seite an.

»Ja, ich auch. Wir müssen uns öfter davonschleichen. Vorausgesetzt, wir überleben den heutigen Abend, wenn wir zurück in die Schule müssen«, kicherte ich.

Plötzlich blieb er stehen und sah mich an. Ich erwiderte seinen Blick und lächelte leicht. Er legte eine Hand an meine Wange und zögerte kurz, als wartete er ab, ob ich mich losreißen und davonrennen würde. Aber das tat ich nicht. Seine glitzernden Augen faszinierten mich viel zu sehr.

»Wenn wir schon sterben, soll es sich wenigstens gelohnt haben«, hauchte er grinsend und küsste mich.

KAPITEL 21

Hielt ich etwa die Luft an? Ich stieß sie hörbar wieder aus und öffnete leicht meinen Mund. Seine Hand wanderte zu meinem Nacken und er drückte mich fester an sich. Ich bekam augenblicklich eine Gänsehaut. Doch mit einem Mal lösten sich Conans Lippen auch schon wieder von meinen.

Hey, warte! Stopp! Das kanns doch noch nicht gewesen sein!

Ich öffnete erst das eine Auge, dann das andere. Conan stand mit einem verschmitzten Lächeln vor mir. Ich blinzelte einmal kurz, als wäre ich aus einem Traum erwacht, und lächelte auch. Gott, stellte ich mich dämlich an!

»Glaubst du, sie haben es schon gemerkt?«, fragte er aus heiterem Himmel. Seine Augen glitzerten immer noch.

»Was?«

»Dass wir weg sind?«

»Ich weiß es nicht.«

»Wir sollten zurückgehen«, sagte Conan und tat so, als ob nichts passiert wäre. Ich nickte. Schnell nahm er meine Hand und wir schlenderten zurück zur Straße. Mir war noch ein wenig schwindelig und ich taumelte mehr hinter ihm her, aber das gönnte ich mir. Bevor wir hinter den Häusern verschwanden, blickte ich noch einmal zurück.

Das war er also: mein erster Kuss. Am Strand. In der Nacht. Ein einziges Klischee. Ich hätte mir so etwas in meinen kühnsten Träumen nicht vorstellen können. Vor allem nicht in so einer Zeit wie dieser, die in solche Dunkelheit getaucht war.

Mein Kichern erregte Conans Aufmerksamkeit.

»Alles in Ordnung?« Er grinste.

Ich nickte stumm. Na super, jetzt hatte ich wohl völlig die Kontrolle über mich selbst verloren.

Ezra, hau sofort von hier ab und finde dein erwachsenes Ich wieder!

Aber dieses Ich war verschwunden in dem Moment, als ich einen Fuß auf die alten Pflastersteine setzte.

Wir erreichten das Motorrad, schwangen uns auf den Sitz und rasten durch die Nacht zurück zum Internat.

***

Schnell rannten wir die Treppen zum Keller hinab und zu unserem Trainingsraum. Als ich die Tür aufriss, blickte ich in die besorgten Gesichter von Lisa und Zero. Die Sorge verwandelte sich augenblicklich in Wut, als sie uns sahen. Zero stapfte auf mich zu und packte meinen Arm.

»Wo bist du gewesen? Hast du eine Ahnung, was ich mir für Sorgen gemacht habe? Ich dachte, du piepst mich an. Aber nach einer Stunde höre ich noch immer nichts von dir, nach eineinhalb ebenso. Wo seid ihr gewesen? Wegen dir hätte ich meinen Job verlieren können! Es hat Gründe, warum wir immer bei euch bleiben sollen! Oder willst du enden wie die toten Schüler?«

Bei jedem Wort, das er mir an den Kopf warf, zuckte ich ein wenig weiter zurück. Ich blickte zu Conan, der uns entsetzt ansah. Sogar Lisa blickte verwirrt drein.

»Zero, beruhige dich. Es ist doch nichts passiert. Sie waren sich sicher nicht im Klaren darüber, wie ernst die Lage ist«, versuchte sie ihn zu besänftigen.

Ich sah seine Kiefer mahlen und fragte mich, wann er wohl explodieren würde.

»Sie sind genauso erwachsen wie wir, Lisa! Und sie sollten endlich damit aufhören zu denken, dass das hier Disneyland ist. Conans kleine Cousine ist tot. Mal sehen, wann er das begreift«, blaffte er und zog mich aus dem Raum. Als ich ein letztes Mal zurückblickte, sah ich Conans verletzten Gesichtsausdruck und Lisa, wie sie die Hand vor den Mund schlug.

»Au! Zero, das tut weh! Sag mal, spinnst du?«, schrie ich und riss meinen Arm los. Verdammt, war sein Griff fest. Er schien wirklich außer sich. Ich strich ein paar Mal über die Stelle und versuchte den Schmerz zu ignorieren, der meinen Oberarm hinaufkroch.

»Halt einfach die Klappe und komm mit«, knurrte er.

Ich blieb mit verschränkten Armen stehen. »Was fällt dir ein, so mit mir zu reden? Ich bin weder deine Sklavin noch bist du mein Vater! Und wie konntest du nur so etwas zu Conan sagen? Hast du einen Schimmer, wie verletzend das war, du unsensibler Kartoffelsack?«, fauchte ich ihn an.

»Ich bin für dich zuständig. Und ich schwöre dir, wenn du jetzt nicht mitkommst ...«

»Ach ja, was dann?« Ich betrachtete ihn von oben bis unten und tippte mit dem Fuß auf den Boden.

Was sollte er schon groß machen?

Ehe ich mich versah, hob er mich auch schon hoch und warf mich über seine Schulter.

»Spinnst du? Lass mich runter!«, kreischte ich und schlug mit den Fäusten gegen seinen Rücken.

»Hör auf, so überzureagieren, und halt still. Du bringst mich ganz schön auf die Palme«, gab er zurück.

»Hör *du* auf, so überzureagieren!«

Im Aufzug lag ich eine Weile schmollend über seiner Schulter und kam mir langsam dämlich vor. Da hing ich nun. Wie ein Häufchen Elend. Und ich konnte mich nicht mal wehren. Seine Hände konnte ich an meinen Schenkeln spüren. Ich tippte mit meinen Fingerspitzen nervös auf seinen Rücken.

»Zero«, fing ich kleinlaut an. »Lass mich bitte runter. Es tut mir leid, okay? Aber das ist mehr als demütigend. Ich will nicht, dass uns jemand so sieht.«

Leise lachend setzte er mich wieder auf dem Boden ab. Ich legte all meine Verachtung in den Blick, den ich ihm zuwarf, was es nur noch schlimmer machte.

»Das ist nicht lustig!«, keifte ich.

Doch er nickte und lachte noch mehr. »Doch. Doch, das ist es!«

Er schien sich wieder etwas beruhigt zu haben. Gott sei Dank!

Der wütende Zero machte mir ziemliche Angst. Ein wenig zerknirscht schloss ich das Apartment auf und warf mich auf das Bett. Bis ich bemerkte, dass auf der Couch Bettzeug lag.

»Haben wir einen Übernachtungsgast?«, fragte ich zögernd und deutete auf die Couch.

»Ach ja, das … Mr Harries hat allen Bodyguards befohlen, bei ihren Schützlingen im Zimmer zu schlafen, falls es nachts zu Vorfällen kommen sollte.« Zero kratzte sich verlegen am Hinterkopf.

Mir fiel die Kinnlade runter. »Nicht sein Ernst!«

In dem Moment klingelte Zeros Handy.

»Hallo?«, meldete er sich, stellte sich mit dem Rücken zu mir und sah aus dem Fenster. »Ja. Mit ihr ist alles in Ordnung. Ihr geht es gut. Möchten Sie sie sprechen?« Er wartete auf eine Antwort und hielt mir schließlich das Handy vor die Nase.

»Hallo?«, fragte ich unsicher in den Hörer hinein.

»Schätzchen? Alles okay? Du hast dich lange nicht gemeldet! Wir haben von den Vorfällen gehört! Sollen wir dich abholen? Sorgt Zero gut für dich?«, bombardierte mich meine Mom mit Fragen.

»Ja, mir geht es gut. Wir bekommen unsere Handys nur an bestimmten Tagen«, erklärte ich.

»Wir kommen vorbei! Ich will sichergehen, dass es dir gut geht«, sagte meine Mom zögernd.

»Nein! Nein, das ist nicht nötig! Mir geht es super. Und Zero auch. Bald ist ein Ball, zu dem ich mit einem Freund gehen werde, und ich glaube, in der Schule mache ich mich ganz gut.«

»Wir kommen am Sonntag. Hab dich lieb, Schatz. Ciao!«

Dann legte sie einfach auf. Ich starrte erst auf das Handy, dann zu Zero.

»Sie will vorbeikommen«, sagte ich fassungslos. »Ich muss mich ablenken. Ich gehe zu Kassy«, murmelte ich und verließ das Zimmer.

»Kommt nicht infrage!«, rief Zero und rannte hinter mir her.

»Sie hat auch einen Bodyguard. Du musst also nicht mit«, erwiderte ich.

Beide hetzten wir durch den Flur, während ich versuchte, ihn abzuhängen.

»Hast du mir nicht vor fünf Minuten geschworen, dass du mir keine Probleme bereiten und auf mich hören würdest? Ich will nicht noch einmal dasselbe erleben wie eben gerade. Außerdem ist es schon spät.«

»Du bist nicht mein Vater. Zum hundertsten Mal!«

Genervt klopfte ich an Kassys Tür. Ich hörte Stimmen im Zimmer, kurze Zeit später öffnete sich die Tür, Mr Harries trat in den Flur und nickte mir freundlich zu. Verwirrt sah ich ihm hinterher, wie er um die Ecke verschwand.

»Kassandra?«, rief ich und nahm ein »Ja« von ihrem Bett wahr. Als sie mich sah, sprang sie freudig auf und umarmte mich.

»Hi, na, wie gehts? Und hi, Zero!« Sie strahlte uns an.

»Ganz gut«, erwiderte ich und hätte ihr am liebsten sofort vom heutigen Tag erzählt, hielt mich aber zurück, da Zero neben mir stand.

Ich sah mich um. Wie ich zufrieden feststellte, lag auch auf ihrer Couch Bettzeug. Das Zimmer war genau gleich aufgebaut wie Zeros und meins.

»Wieso war Mr Harries hier?«, fragte ich und nickte in Richtung Tür.

»Ach, der wollte etwas mit mir besprechen. Wegen neu sein und so«, antwortete sie und ließ sich wieder auf ihr Bett plumpsen.

»Wo ist Dylan?«

»Der duscht.«

Wie auf ein Stichwort öffnete sich die Badezimmertür und Dylan kam ins Zimmer, nur mit einem Handtuch um die Hüften. Als er uns sah, erschrak er sichtlich und hätte beinahe das graue Stück Stoff fallen gelassen, griff in letzter Sekunde aber noch danach. »O mein Gott! Kassy, hättest du mir nicht wenigstens sagen können, dass wir Besuch bekommen?«, fragte er entsetzt, flitzte hinüber zu dem Regal und verschwand dahinter. Kassandra kicherte. Kurze Zeit später stieß Dylan voll bekleidet wieder zu uns.

»Ich muss dir etwas erzählen«, flüsterte ich Kassy zu. Ihre Augen wurden groß.

»Okay, Jungs, geht in euer Zimmer spielen! Wir müssen etwas bereden!«, rief sie und scheuchte die Jungs in Richtung Regal.

Sie warfen uns einen spöttischen Blick zu, gehorchten aber.

»Was gibts?«

Ich holte tief Luft und erzählte ihr, was am heutigen Tag alles passiert war.

»O Mann, der Herbstball! Den habe ich total vergessen«, seufzte sie.

»Und das Schlimmste ist: Meine Eltern wollen am Wochenende vorbeikommen!«

Sie richtete sich wieder auf. »Ach ja?«

»Ja, das ist schrecklich!«

»Warum denn? Ich wünschte, meine Eltern würden das tun. Kann ich deine kennenlernen?«

Ich sah sie verwirrt an. Ihr unschuldiges Lächeln irritierte mich. »Ja klar, warum nicht«, antwortete ich achselzuckend.

Plötzlich wurde das Regal zur Seite gerissen und Dylan und Zero sprinteten in den Raum.

»Was ist los?«, riefen wir im Chor.

»Ein Bodyguard wurde gerade getötet. Wir haben mit ihm über Funk gesprochen. Der Mörder ist noch hier im Gebäude!«, stieß Dylan hervor.

Entsetzt nach Luft schnappend sah ich zu ihnen hoch.

Es ging schon wieder los.

KAPITEL 22

»Wer? Wer ist es?«, fragte Kassy zögernd.

»Es ist Jake«, verkündete Dylan traurig und hastete mit Zero nach draußen. Kassandra und ich schlugen gleichzeitig die Hand vor den Mund. Kats Bodyguard.

Schnell folgten wir ihnen. Zusammen rannten wir die Treppen hinunter in den zweiten Stock, in Richtung von Kats Zimmer. Ihre Tür stand offen und wir hörten ein lautes Schluchzen. Als wir uns alle durch den Türrahmen gequetscht hatten, sah ich, dass Mr Harries schon vor Ort war. Er warf uns einen besorgten Blick zu, gemischt mit Verwunderung.

Es war das erste Mal, dass ich die Leiche nicht gefunden hatte. Ich wunderte mich selbst.

Vor uns lag Jake, neben ihm ergoss sich eine kleine Blutlache. Sein Handgelenk zeigte genau in unsere Richtung und ich konnte schon von Weitem erkennen, was in seine Haut geritzt war. Eine durchgestrichene 4.

Neben ihm stand sein Bruder, der bitterlich weinte. Kat war über ihn gebeugt und heulte ebenfalls.

»Kat«, flüsterte ich und beugte mich zu ihr hinunter. Sie blickte mich verweint an und schlang die Arme um mich.

»Wer tut so etwas, Ezra? Wie kann man nur so grausam sein? Er war mein Freund! Und jetzt ... Ich hasse ihn! Wer auch immer das getan hat, ich hasse ihn«, schluchzte sie. Auch mir rollte eine Träne über die Wange.

»Ich habe Michael schon angerufen, er wird gleich da sein«, vernahm ich Mr Harries gedämpfte Stimme. Ich sah zu Zero, Kassy und Dylan. Kassandra hatte ihr Gesicht in Dylans Hemd vergraben. Ihr Körper bebte. Obwohl sie Jake nicht einmal gekannt hatte, weinte sie.

Und Zero? War das etwa eine Träne, die über seine Wange rollte? Er war sein Kollege gewesen. Sein Freund. Es würde mich nicht verwundern.

»Hat man den Mörder diesmal gefasst?« Zero riss den Blick von seinem Kumpel los.

Mr Harries schüttelte den Kopf. »Wir wissen nicht einmal, wie er aussieht. Wahrscheinlich ist er schon längst geflohen. Bitte seid heute Nacht besonders vorsichtig.«

Ein kleinerer Mann mit einem Koffer in der Hand quetschte sich an ihnen vorbei. Er hatte schwarze, kurze Haare und eine dicke Brille. Sein weißer Arztmantel bildete dazu einen starken Kontrast und sein kleiner Bart verstärkte diesen noch. Als er an mir vorbei hetzte, roch ich Desinfektionsmittel.

»Ich bin da, ich bin da«, murmelte er gestresst und setzte sein Equipment auf dem flauschigen Teppichboden ab. Als er uns sah, änderte sich seine Miene schlagartig. Er ging zu Kat und mir und streichelte ihr über den Kopf. »Komm schon, Mäuschen. Das wird wieder«, redete er sanft auf sie ein und ich stand auf.

»Ich bitte euch alle, den Raum zu verlassen. Mr Harries, Sie können natürlich bleiben!«

Unser Direktor nickte ihm zu. Bedrückt verließen wir alle das Apartment.

Noch ein Freund, den wir verloren hatten.

In meinem Apartment angekommen verschwand Zero sofort hinter dem Regal. Ich wusste, dass er Zeit für sich brauchte. Und die würde ich ihm auch geben.

***

Nachdem ich mich bettfertig gemacht, mein Buch weitergelesen, die Regale nach meinem Handy abgesucht und weitere zehn Minuten sinnlos Löcher in die Luft gestarrt hatte, hielt ich es nicht mehr länger aus und klopfte leise gegen das Holz. Als ich keine Antwort bekam, schob ich das Regal zur Seite. Mein Bodyguard saß auf seinem Bett und starrte aus dem Fenster. In diesem Moment sah er viel jünger und verletzlicher aus als sonst. Ich setzte mich neben ihn auf die Bettkante und nahm ihn in den Arm.

»Es tut mir leid«, wisperte ich gegen seine Schulter und er drückte sich noch fester an mich. Als ich mich wieder von ihm löste, sah ich direkt in seine braunen Augen. Eine Träne löste sich aus dem Augenwinkel und rollte seine Wange hinab. Ich wischte sie mit meinem Daumen weg. »Wenn du alleine sein willst, verstehe ich das«, sagte ich leise, doch er schüttelte den Kopf.

»Ist schon gut. Ist gar nicht so schlecht, ausnahmsweise mal nicht alleine zu sein, wenn man jemanden verliert«, erwiderte er und versuchte zu lächeln. »Und jetzt heule ich wie ein kleines Mädchen.«

»Es ist doch nicht schwach zu weinen«, wandte ich ein. »Es ist schwach, seine Gefühle zu verbergen. Keine Angst, ich werde es niemandem sagen, dass du auch Gefühle hast.«

Ich kicherte verzweifelt und er stimmte leise mit ein. Wir legten uns zusammen auf sein Bett und blickten in die dunkle Nacht, die nur von ein paar Laternen erleuchtet wurde. Zeros Atem wurde ruhiger. Meine Augen fielen langsam zu und ich merkte im Dämmerschlaf, wie Zero aufstand und sich umzog. Als er wieder neben mir lag, zog er eine Decke über mich. Dann fiel ich in einen traumlosen Schlaf.

***

Als ich am nächsten Morgen erwachte, hatte Zero sich wie eine Schlingpflanze um mich geschlungen. Mir war heiß. Ich befreite mich aus seinen Klauen und stieß die Decke beiseite, wodurch auch er wach wurde. Es dauerte etwas, bis ich es begriff.

Ich hatte doch nicht wirklich mit ihm in einem Bett geschlafen?

Ich versuchte mich etwas zu beruhigen, erinnerte mich an den vorherigen Tag und blickte zu ihm. Er brauchte meine Unterstützung. Als Freund. Ich hatte ihm geholfen, das war alles.

Er hatte die Augen noch immer geschlossen und seine vollen Lippen lagen sanft aufeinander. Seine Haare wurden von den Morgenstrahlen erhellt und standen in alle Richtungen. Das ganze Zimmer war in gleißendes Licht getaucht, das durch die große Fensterfront neben seinem Bett drang. Leise lächelnd stand ich auf und tippelte ins Nebenzimmer. Puh, ich würde erst einmal aufräumen müssen, wenn meine Eltern in drei Tagen kommen würden.

***

Am Sonntag wartete ich nervös mit Zero am Eingangstor unserer Schule auf meine Eltern. Obwohl es dafür zu kalt war, hatte ich mir ein weißes Kleid und eine durchsichtige Strumpfhose ausgesucht, um mich ein bisschen herauszuputzen. Über die Nacht in seinem Bett hatten Zero und ich nicht geredet. Schließlich war ja auch nichts passiert.

Erleichtert sah ich, wie das Auto meiner Eltern die Auffahrt hochfuhr, denn das hieß, dass ich endlich wieder nach drinnen konnte. Sofort hechtete ein Diener zu dem dunklen Audi, öffnete die Tür und half meinen Eltern heraus. Als meine Mom mich sah, strahlte sie. Grübchen bildeten sich auf ihren Wangen, obwohl eins durch eine ihrer braunen Haarsträhnen verdeckt wurde.

»Schätzchen! Gut siehst du aus! Wie geht es dir?«, fragte sie und zog mich in eine Umarmung, die ich zitternd erwiderte.

»Kalt. Aber immer noch gut«, antwortete ich und lächelte sie an, nachdem sie mich wieder losgelassen hatte. Mein Dad folgte einige Sekunden später.

Dann wandte sie sich an Zero. »Und Sie müssen Zero sein. Mann, von Ihnen würde ich mich auch gerne beschützen lassen. Ich bin Jolanda Kuhn, aber nennen Sie mich bitte Jolanda«, begrüßte sie ihn und kicherte wie ein Teenager. Ich rollte mit den Augen.

»Freut mich sehr«, erwiderte er höflich und wollte ihr die Hand reichen, doch meine Mom zog auch ihn in eine Umarmung. Bei meinem Dad verlief alles etwas distanzierter. Er begrüßte ihn mit einem knappen Salut und stellte sich vor.

»Dann gehen wir erst einmal ins Warme und ich zeige euch alles, okay?« Ich führte meine Eltern nach drinnen.

»Wie lange wollt ihr bleiben?«, fragte ich, während wir in den Aufzug stiegen und uns wie Küken im Nest zusammenquetschten. »Wir bleiben nur für zwei Tage. Im Hotel unten in der Stadt. Wusstest du, dass es hier eine Stadt gibt?«

O ja, das wusste ich.

Ich führte sie zu meinem Zimmer und öffnete die Tür. »Das ist mein Apartment«, präsentierte ich stolz mein Heim und führte sie herum.

»Sehr schön. Da hat Mike wirklich gute Arbeit geleistet«, lobte Dad seinen Freund. »Weißt du, wo sein Büro ist?«

»Ja, im ersten Stock. Zero kann es dir zeigen.«

Zero nickte und führte meinen Dad aus dem Zimmer.

»Das ist ein wirklich sehr gut aussehender Mann, Ezra. Ich hoffe, er bringt dich nicht dazu, Dummheiten zu begehen.«

»Mom! Hör auf damit!«

Doch sie zwinkerte mir nur zu und setzte sich auf mein Bett.

»Außerdem gibt es da schon jemanden«, erzählte ich ihr zögernd und musste grinsen.

»Ach ja, und wen?«

»Er heißt Conan. Und er sieht mindestens genauso gut aus wie Zero. Und er ist im Gegensatz zu ihm sogar nett. Ich habe mit ihm zusammen Training«, erklärte ich.

Die Augen meiner Mutter strahlten. »Wann kann ich ihn kennenlernen?«

»Alles zu seiner Zeit, okay!«

In dem Moment klopfte es an der Tür. Ich stand auf und öffnete sie.

»Na super«, stöhnte ich.

»Was? Nicht erfreut, mich zu sehen?«, grinste Conan und küsste mich schnell.

Damit ich nicht noch die Augen schloss und ihn zu mir zog, drückte ich ihn sanft von mir und lächelte. Er sah mich fragend an. »Ich habe Zero mit einem Mann auf dem Flur gesehen, also dachte ich, du seist allein, und dass ich mal vorbeischaue. Lisa ist krank, deswegen kann ich mich zurzeit frei bewegen, zumindest in der Mittagszeit«, erklärte er mir, seine Hände an meinen Hüften.

»Ganz schlechter Zeitpunkt«, zischte ich und öffnete die Tür nun ganz, sodass er direkt auf mein Bett sehen konnte und auf meine breit grinsende Mutter.

»Oh!« Sofort zog er seine Hände zurück und trat einen Schritt nach hinten.

Meine Mom war mittlerweile aufgestanden und kam auf uns zu. »Hallo, ich bin Ezras Mom. Und du bist?«, begrüßte sie ihn und schüttelte seine Hand.

»Ich bin Conan, Ma'am. Freut mich, Sie kennenzulernen«, erwiderte er höflich.

»Komm doch rein und setz dich. Wir haben gerade über dich gesprochen.« Sie lächelte und ich schlug mir mit der Hand gegen die Stirn.

Bitte nicht, Mom! Tu mir das nicht an.

Zu allem Unglück kamen nun auch Dad und Zero wieder.

»Wer ist das?«, fragte mein Vater und setzte sich zu uns.

»Ich bin Conan«, begrüßte dieser ihn höflich und man konnte ihm ansehen, dass ihm die Situation ziemlich unangenehm war.

»Das ist Ezras Freund«, fügte meine Mutter noch stolz hinzu.

»Nein! Ist er nicht. Dad, er ist mein Trainingspartner und er muss jetzt gehen und sich um seinen Bodyguard kümmern. Lisa ist nämlich krank und wir wollen nicht, dass ihm etwas passiert, bei all den Morden hier. Puh.« Verlegen lachend schob ich ihn aus dem Raum und formte noch mit meinen Lippen ein »Sorry«. Er grinste und ich schloss die Tür.

Junge, Junge! Ich hatte ihn förmlich rausgeschmissen. Okay, vergessen wir das förmlich. Ich *hatte* ihn rausgeschmissen! Irgendwann würde er es mir danken.

»Sehr reizend«, beteuerte meine Mom.

»Und? Hast du Mr Harries gefunden?«, fragte ich meinen Dad, um vom Thema abzulenken.

»Ja, aber er war gerade beschäftigt. Er hatte ein Gespräch mit einer jungen Lady«, erwiderte er.

»Wie wäre es, wenn ich euch erst mal das Gelände zeige? Danach gehen wir noch einmal zu seinem Büro«, schlug ich vor. Meine Eltern nickten.

***

Zusammen machten wir uns auf den Weg und ich erklärte ihnen alles. Zwischendurch trafen wir Kat und Alena, die sich kurz vorstellten, schließlich aber weiterzogen.

Kat hatte sich wieder etwas von ihrem Schock erholt. Anfangs hatte sie sich gegen den neuen Bodyguard gesträubt, aber Sam war wirklich sehr nett und gab sich große Mühe. Wir waren alle zusammen bei Jakes Beerdigung gewesen. Derselbe Trauerakt mit Reden, Tränen und verzweifelten Bitten wie bei Lily. Kat schien ihn wirklich gemocht zu haben. Schließlich war er für drei lange Jahre ihr Bodyguard gewesen.

»Und du möchtest wirklich nicht mit nach Hause? Ich mache mir ernsthaft Sorgen, Ezra. Das hier ist kein Spaß mehr. Ich habe gehört, dass viele Eltern ihre Kinder bereits abgeholt haben«, sagte meine Mom besorgt und strich dauernd durch meine Haare, während wir zurück in das Schulgebäude wanderten.

»Nein, ich will nicht zurück. Ich habe mich endlich eingelebt und hier sind meine Freunde. Zero macht seinen Job gut, keine Sorge.« Ich warf kurz einen Blick hinter mich. Zero diskutierte gerade mit meinem Dad über irgendetwas hoffentlich Belangloses, also wandte ich mich zurück an meine Mutter.

»Ich finde es so toll, dass du Freunde gefunden hast, Ez«, lächelte meine Mom.

Ich rollte mit den Augen. »Mom, bitte. Tu nicht so, als wäre das eine große Sache.«

»Ich mein doch nur! Du warst so unglücklich die letzten Jahre. Das tut einer Mutter immer weh.«

***

Als wir an Mr Harries' Büro ankamen, öffnete sich seine Tür und ich stieß fast mit Kassandra zusammen. »Tut mir leid«, kicherte sie und errötete leicht. »Oh, hi, Ezra.« Ihr Blick fiel auf meine Eltern. »Sind das deine Mom und dein Dad?«, fragte sie zögernd.

Ich nickte. Mit einem offenen Lächeln ging sie auf sie zu und stellte sich vor. »Hallo, Mrs Kuhn, Mr Kuhn. Ich bin Kassandra, eine Freundin von Ezra.«

»Freut mich, dich kennenzulernen«, erwiderte meine Mom ebenso lächelnd.

»Nun gut, ich muss leider wieder weiter. Ich hoffe, wir sehen uns später, Ez. Also bis dann und immer dran denken: Stark bleiben und Mut zeigen, nicht wahr?« Kassandra zwinkerte uns zu und ließ uns verwirrt zurück. Außer meine Mom, die ihr hinterherstarrte. Ihr Gesicht war kreidebleich.

»Mom?«, fragte ich besorgt. »Alles okay?«

Als würde sie aus einer Trance erwachen, schüttelte sie sich und nickte. »Ja ... Ja, alles gut.«

Nun trat auch Mr Harries aus der Tür. Auf seinem Gesicht breitete sich ein Lächeln aus, als er meine Eltern sah. »Elias! Jolanda! Was für eine Überraschung, euch zu sehen. Kommt doch rein!«

Meine Eltern folgten ihm in sein Büro und mir blieb nichts anderes übrig, als ihnen hinterherzugehen. Alle zusammen nahmen wir in einer Ecke Platz, in der ein Sofa und zwei Sessel um einen kleinen Tisch aufgestellt waren. Das Zimmer sehr gemütlich eingerichtet. In schlichten Braun- und Weißtönen gehalten.

»Wer war das Mädchen, das vorhin aus deinem Büro kam?«, fragte meine Mom und wickelte sich gedankenverloren eine Haarsträhne um den Zeigefinger, den Blick immer noch auf die Tür gerichtet.

»Das war Kassandra. Eine neue Schülerin. Sehr nettes Mädchen und sehr begabt. Warum das Interesse?«, erwiderte Mr Harries mit einem verschmitzten Lächeln.

»Ich wollte nur wissen, wer da beinahe in meine Tochter hineingerannt wäre.«

Und meine Verwirrung nahm zu. Wieso stellte sie so seltsame Fragen?

***

Nach zwei Tagen, die mir endlos vorkamen, wollten meine Eltern endlich abreisen. Ich war mit den Nerven am Ende. Und, wenn ich mich nicht völlig täuschte, Zero auch. Mom und ich warteten auf der Couch, während Dad sich von Mike verabschiedete, als Kassandra durch die offene Tür hereinkam. »Hey, Ez, Lust, in den Park ... Oh, Mrs Kuhn. Sie sind noch da. Entschuldigen Sie die Störung«, rief Kassy sofort, doch meine Mom lächelte.

»Kein Problem, Liebes. Setz dich doch kurz zu uns. Elias und ich werden gleich aufbrechen.«

Sie klopfte neben sich auf das Polster und Kassy nahm schüchtern Platz. »Also, was hältst du von dieser Schule?«, fragte meine Mom und so entwickelte sich ein angeregtes Gespräch zwischen meiner Freundin und ihr. Mittlerweile hatte Kassandra sich sichtlich entspannt und spielte mit ihren Haaren.

Nach etwa einer Viertelstunde stieß mein Dad wieder zu uns und sie machten sich auf die Heimreise. »Auf Wiedersehen, Schatz! Und Tschüss, Zero. Passen Sie gut auf meine Tochter auf, verstanden?« Sie lachte kurz und umarmte uns alle.

»Mach keinen Unsinn, Mäuschen, ja?«, flüsterte mir mein Dad ins Ohr und ich kicherte.

»Ich doch nicht!« Ich winkte ihnen zu, als sie wegfuhren, und atmete erleichtert auf. Dann gingen wir zurück nach drinnen.

»Also, hast du nun Lust, in den Park zu gehen oder nicht?«, hakte Kassy ein weiteres Mal nach. Wir saßen zusammen auf meiner Couch und Dylan und Zero quatschten über etwas, das ich nicht verstand.

»Ja, warum nicht?«, antwortete ich achselzuckend.

»Deine Eltern scheinen dich wirklich sehr zu lieben«, sagte sie, als wir über das nasse Gras liefen. Ich kuschelte mich tiefer in meinen Mantel, um mich vor dem Wind zu schützen, der an meiner Kleidung zerrte. Der Tag war grau und regnerisch und wir waren die Einzigen, die draußen spazieren gingen.

»Wie kommst du darauf?«

»Ich weiß nicht. Mir kommt es so vor, als würden sie alles andere aufgeben, nur um dich zu schützen.«

Meine Augen huschten über das Gelände. »Das ist mir noch nie aufgefallen«, murmelte ich.

»Doch, glaub mir, das ist so. Ich erkenne so etwas.« Sie sah mich an und lächelte. Ihre Augen glänzten seltsam, als wüsste sie etwas, das ich nicht wusste.

***

Am Abend machte ich mich zügig bettfertig und beschloss, endlich mein Buch zu Ende zu lesen. Ich hatte seit Kurzem eine Schwäche für Kriminalromane, nachdem mich der letzte Liebesroman so enttäuscht hatte, dass ich mir vorgenommen hatte, nie wieder einen anzurühren. Doch momentan hatte ich genug Mysteriöses um mich herum, weswegen ich mein Buch erst einmal beiseitegelegt hatte. Als ich zur Couch schielte, schlief Zero schon tief und fest. Trotzdem sah die Couch nicht gerade gemütlich aus. Irgendwann fielen mir langsam die Augen zu und ich schaltete mit letzter Kraft das Licht auf meinem Nachttisch aus. Dann fiel ich in einen unruhigen Schlaf.

***

»Kathy! Kathy!«, rief das kleine Mädchen freudig und rannte zu ihrer Schwester. »Kommst du mit zu den Wasserfällen? Mami hat gesagt, wir dürfen schwimmen gehen, wenn sie dabei ist!«

Freudig quiekend sprang Kathy auf und folgte ihrer Schwester. »Ezra, warte! Nicht so schnell!«, rief sie, bis sie bei ihrer Mutter ankamen.

»Da sind ja meine Mädchen!«, begrüßte die junge Frau sie freudig und schloss ihre Töchter in die Arme. Zusammen gingen sie den kleinen Feldweg hinunter, bis sie zu einem kleinen See kamen, der von Felsen umgeben war. Die beiden Schwestern zogen ihre Kleider aus und rannten laut lachend an das Ufer des Sees. Sie waren allein, die Sonne hatte das Wasser auf eine angenehme Temperatur aufgeheizt.

Mutig kletterte Kathy auf einen Felsen und schaute nach unten ins Wasser.

»Los, spring, Kathy!«, rief Ezra und hopste freudig auf und ab. Ihre Mom stand neben ihr im Wasser.

»Hetz sie nicht!«, wies sie ihre Tochter an und schaute zu Kathy nach oben.

»Ich trau mich nicht, Mami!«, rief Kathy nach unten und blickte wehmütig über den Felsrand. Es war nicht sehr hoch. Vielleicht anderthalb Meter. Aber für ein dreijähriges Mädchen war das ein Riesensprung.

»Du musst nichts tun, was du nicht willst, Schatz!«, rief ihre Mutter sanft nach oben.

»Aber ich will! Ezra hat es auch geschafft!«, protestierte Kathy.

»Ja, das habe ich!«

»Sei still, Ezra!« Ihre Mom warf ihr einen warnenden Blick zu. »Dann denk an unseren Spruch, Kathy. Sag ihn auf!«

Kathy holte tief Luft. »Stark bleiben und Mut zeigen!«, sagte sie.

»Genau!« Mommy strahlte.

»Stark bleiben und Mut zeigen!«, wiederholte sie, hielt sich die Nase zu und sprang. Ihre roten Locken wirbelten um sie, als sie ins Wasser eintauchte. Ezra und ihre Mom klatschten.

***

Stark bleiben und Mut zeigen … Na klar! Das war unser Spruch. Der Spruch von meiner Mom, mir und … Kathy, meiner Schwester.

KAPITEL 23

Schreiend riss ich die Augen auf und schoss hoch. Zero schreckte auf, sprang vom Sofa und verwandelte sich. »Was ist los?«, rief er.

Als er sich umsah und erkannte, dass ich auf meinem Bett saß und mich niemand bedrohte, entspannte er sich etwas. Tränen rannen über meine Wangen, und in Sekundenschnelle war er bei mir. »Was ist los, Ezra?«, fragte er sanft und nahm mich in den Arm. Seine Flügel verschwanden in seinem Rücken und seine Augen waren wieder braun.

»Sie ist meine Schwester«, schluchzte ich. Zero strich mir beruhigend über den Kopf.

»Kassandra ... Sie ist meine Schwester ... Aber ... Aber sie ist doch ... tot!«

Ein Schluchzer unterbrach mich und Zero drückte mich fester an sich.

»Woher weißt du, dass sie deine Schwester ist?«, hakte er vorsichtig nach und blickte mir nun in die Augen.

»Sie ...« Ich atmete einmal tief durch und hielt kurz inne, bis ich wieder in ganzen Sätzen reden konnte. »Sie wusste etwas, was nur meine Mom, meine Schwester und ich wissen konnten. Und meine Schwester hatte auch rote Haare. Und ihre Augen. Wieso ist mir das nicht früher aufgefallen?« Ich brach wieder in Tränen aus und drückte mein Gesicht gegen Zeros Schulter. »Was soll ich tun?«

»Erst einmal weiterschlafen. Wir regeln das morgen, okay? Ruh dich erst einmal aus.«

Ich nickte und ließ ihn los. Vielleicht hatte er recht. Ich legte mich wieder in mein Kissen. Zero wollte aufstehen, doch ich hielt ihn fest.

»Bitte bleib bei mir.«

»Aber ich bin doch nur drei Meter entf...«

»Bitte!« Meine Unterlippe fing wieder an zu zittern.

Zero seufzte. Die Matratze sank etwas, er schlüpfte unter meine Decke und rutschte an meine Seite. Als ich seinen Körper an meinem spürte, nahm ich Zeros Arm und legte ihn um mich an meinen Bauch. Ich merkte, wie Zero sich kurz versteifte, doch dann entspannte er sich und vergrub seine Nase in meinem Nacken.

Was ist mit Conan?, fragte mich mein Gewissen, doch ich schob es beiseite. Das hier hatte rein gar nichts zu bedeuten. Zero beschützte mich. Ich fühlte mich geborgen – war das nicht die Aufgabe eines Bodyguards? Und Conan würde von all dem nie etwas erfahren. Schließlich war er gerade nicht da.

Was sollte ich jetzt nur tun? Was sollte ich tun, wenn Kassandra wirklich meine Schwester war?

Der Blick meiner Mom hatte gezeigt, dass sie es wusste. Dass sie wusste, dass ihre Tochter noch lebte! Es würde so viel durcheinanderbringen. Ich verdrückte eine Träne und drückte Zeros Arm noch enger um mich, bis ich schließlich wieder in den Schlaf sank.

***

Als ich am nächsten Morgen aufwachte, war die Bettseite neben mir leer. Mein Blick schweifte durch das Zimmer. Zero saß im Anzug auf der Couch, mit Kopfhörern im Ohr, über ein Blatt Papier gebeugt.

»Zero?«, fragte ich schlaftrunken, doch er reagierte nicht. Also stand ich auf und setzte mich neben ihn.

»Guten Morgen.«

Jetzt blickte er zu mir und zog lächelnd die Stöpsel aus den Ohren. »Guten Morgen. Wie gehts dir?«, fragte er.

»Das wird schon wieder. Ich will das jetzt klären. Danke für gestern.«

Er nickte lächelnd und wir standen auf. Ich verschwand rasch im Bad, um mir etwas anzuziehen und die Zähne zu putzen. Dann schminkte ich mich ein wenig und wir verließen das Apartment.

Mit schnellen Schritten lief ich voran zu Kassandras Zimmer. Ich seufzte kurz, blickte zu Zero, der mir aufmunternd zunickte, und klopfte. Keine Antwort. Ich klopfte noch einmal, bis schließlich langsam die Tür geöffnet wurde.

»Maaann, was ist los? Es ist neun Uhr morgens und wir haben Ferien. Also echt«, murrte eine verschlafene Kassandra. Ihre Haare waren zerzaust und sie hatte die Augen zu Schlitzen verzerrt.

Als sie uns erkannte, schlich sich ein Lächeln auf ihre Lippen und sie trat zur Seite. »Ez, Zero. Was gibts so früh am Morgen? Kommt doch rein.«

Gerade als Kassy die Tür schloss, richtete Dylan sich auf dem Sofa auf und fuhr sich durch die Haare. »Kassy, was ist los? ... Oh!«

Schnell stand er auf und richtete seine Klamotten. Er stand nur in Boxershorts und T-Shirt vor uns. »Ich geh mich schnell anziehen. Und ... hi, Leute.« Er winkte uns kurz zu, dann verschwand er hinter dem Regal.

»Also, was gibts?«, wiederholte Kassandra ihre Frage.

»Zero, könntest du bitte draußen warten oder zu Dylan gehen?«, fragte ich und verschränkte die Arme noch fester.

Zero nickte. Er klopfte gegen das Regal und rief: »Ey, Kumpel. Ich komm jetzt rein, also zieh dir etwas an!«

Zwei Sekunden später war auch er verschwunden.

Ich schloss kurz die Augen und sagte es gerade heraus: »Wann wolltest du mir sagen, dass du meine Schwester bist?«

Ihr Blick wirkte plötzlich wie eingefroren.

»Bitte ... was?«, stotterte sie und blinzelte verwirrt. Sie ließ die Bürste sinken, mit der sie gerade noch versucht hatte, ihre Haare ein wenig zu bändigen, und starrte mich an.

»Du hast mich schon verstanden. Du wusstest es!«, schrie ich mittlerweile halb und ging auf sie zu. »Ich dachte, du wärst tot! Jahrelang habe ich mich gefragt, wo meine Schwester ist. Unsere Familie war am Ende. Und jetzt finde ich zufällig heraus, dass du lebst! Warum bist du zurückgekehrt?«

»Ich ... Ich wollte dich sehen. Als ich erfahren habe, dass du hier bist, habe ich beschlossen, dich zu suchen!«, erklärte sie eingeschüchtert. Jegliche Luft entwich meinen Lungen. »Also stimmt es. Ich hatte recht«, flüsterte ich.

»Ezra, ich ...«

»War alles geplant? Der Zusammenstoß? Die Freundschaft?«

Sie nickte und ich stieß ein Schnauben aus. »Warum bist du nicht zu uns zurückgekommen? Anscheinend geht es dir ja gut. Oder hast du dich plötzlich mit deinen Entführern zusammengetan?«, blaffte ich. Tränen sammelten sich in meinen Augen.

Als wäre sie geschlagen worden, wich sie zurück. »Entführern?«, fragte sie heiser.

»Ja! Oder bist du als Dreijährige weggelaufen? Mom hat mir erst letztens alles erzäh…«

»Ich bin nicht entführt worden. Das hat sie dir erzählt?«, unterbrach Kassandra mich.

»Du wurdest nicht entführt? Was ist dann passiert?«

Eine Träne lief über ihre Wange. »Sie haben erzählt, ich wurde entführt?«, wiederholte sie und lachte spöttisch auf.

»Was ist dann passiert?«

»Sie haben mich weggegeben … deinetwegen«, flüsterte sie und ließ sich auf ihr Bett sinken.

»Was? Warum?« Ich setzte mich zu ihr, meine Wut war wie weggeblasen.

»Du warst die Erstgeborene. Du hattest die Fähigkeiten. Dad war total begeistert. Kurz darauf erschienen auch meine. Ich dachte, jetzt wäre er auch stolz auf mich, aber es war anders. Als ich dich beim Spielen aus Versehen nur ein wenig verletzte – ich habe dich mit einer Windböe von der Schaukel katapultiert –, wurde er total wütend und schrie mich an. Frag mich nicht, warum ich mich daran noch erinnere. Aber manchmal träume ich davon. Deine ›tollen‹ Eltern haben mich weggegeben, weil sie Angst hatten, dass *dir* etwas passiert!«

Sie vergrub ihren Kopf in den Händen. Ich setzte mich neben sie und nahm sie in den Arm.

»Kassy … Es tut mir leid!«, flüsterte ich und fing auch an zu weinen.

»Du kannst nichts dafür. Es sind allein *sie*!«

»Wie konnten sie nur so etwas tun?«

»Du warst für ihn schon immer wertvoller als ich«, erwiderte sie. »Hexen, pah! Die gab es schon im Mittelalter.«

»Das kann nicht sein! Aus so einem Grund hätte Dad dich doch nicht weggegeben«, versuchte ich sie zu beruhigen.

Sie sprang auf und fuhr sich durch die Haare. »Das ist doch jetzt egal! Wir waren jahrelang getrennt und ich wollte dich kennenlernen, deswegen bin ich hier. Ich habe es selbst erst erfahren, als meine Pflegeeltern es mir gesagt haben.«

»Aber wieso hast du es mir nicht früher erzählt?«, fragte ich verzweifelt.

»Wie denn? Hätte ich einfach zu dir gehen sollen mit den Worten ›Oh, hi, ich bin übrigens deine Schwester. Du warst früher mal meine beste Freundin, doch unsere selbstsüchtigen Eltern haben uns auseinandergerissen‹?«

Ich ging auf sie zu und umarmte sie wieder. »Aber jetzt haben wir uns und Mom und Dad können uns nicht wieder trennen, okay?« Sie nickte lächelnd und begann wieder mit einer Haarsträhne zu spielen.

»Niemand kann uns trennen«, wiederholte ich.

»Es war nur so schwer …«, flüsterte sie und drückte ihren Kopf wieder gegen meine Schulter. »… zu wissen, dass meine Eltern mich nicht wollten. Ich dachte, ich wäre ewig bei meinen Pflegeeltern gefangen.«

»Wie sind sie denn so?« Ich ließ sie los und wir sanken zurück auf ihr Bett.

»Nett, aber geschäftlich. Es ist, als wüsste man, dass man dort nur zu Gast ist. Ich hatte wenig Kontakt zur Außenwelt. Schule hatte ich immer zu Hause.«

»Das ist ja schrecklich.«

Sie nickte, aber plötzlich sah Kassy mich an und ihre Augen schienen ein bisschen heller.

»Ich hatte so gehofft, dass du mich akzeptierst. Mich zurücknimmst. Ich weiß, dass nichts mehr werden kann wie früher, aber vielleicht wird es wieder ähnlich.«

»Natürlich, Kassy. Ich habe nie aufgehört, dich zu lieben und zu vermissen. Du bist meine Schwester. Und jetzt passe ich auf dich auf!«

Sie saß immer noch da wie ein Häufchen Elend, also versuchte ich, sie ein wenig aufzumuntern, indem ich aufsprang und sie mit mir hochzog.

»Oh mein Gott. Ich habe meine Schwester wieder!«, quiekte ich und versuchte, sie hochzuheben und zu drehen, schaffte es jedoch nicht. Lachend ließ ich sie wieder runter und drückte sie fest an mich. Das Beben ihres Körpers zeigte mir, dass auch sie lachte.

»Wollen wir etwas frühstücken gehen? Das müssen wir erst mal verdauen«, fragte sie mich und wischte ihre Tränen weg.

Ich nickte.

»Holen wir unsere Babys ab.«

Ich stimmte lachend zu und wir schoben das Regal beiseite.

»So, Jungs, alles geklärt. Wollen wir etwas essen gehen?«

Die beiden saßen mit Unschuldsmienen auf Dylans Bett und grinsten uns an.

»Ihr habt gelauscht, oder?«, fragte ich mit hochgezogenen Augenbrauen.

»Ich sagte doch: Babys!«, seufzte Kassandra und zog mich hinter sich her. Auf dem Weg nach draußen bemerkte ich Zeros Blick im Rücken. Ich drehte mich um und sah ihn an. Er nickte mir lächelnd zu und ich erwiderte es.

»Also ihr zwei seid Schwestern?«, hakte Dylan auf dem Weg ins Erdgeschoss nach und sah kritisch zwischen uns beiden hin und her.

»Ja«, erwiderten wir gleichzeitig und sahen uns an.

»Ihr seht euch gar nicht ähnlich. Wer ist älter?«

»Ich, aber nur um zehn Monate. Wir wurden im selben Jahr geboren. Ich im Januar und Kassy im November. Und hallo, wie kann man diese Ähnlichkeit nicht erkennen?«, scherzte ich und stieß die Tür zum Speisesaal auf.

Es war ein Schock und ich wusste ehrlich gesagt nicht, wie ich jetzt mit meinen Eltern umgehen sollte. Aber gleichzeitig machte es mich einfach glücklich, dass ich meine Schwester wiedergefunden hatte. Doch wenn ich an meine Eltern dachte, empfand ich plötzlich nichts als Abscheu. Wie konnte man so etwas seiner eigenen Tochter antun?

Wir holten uns etwas zu essen und setzten uns an einen der Tische. Kurze Zeit später trafen auch Alena, Kat und Liam samt ihren Bodyguards ein und setzten sich zu uns.

»Na, Leute, bald ist der Herbstball! Freut ihr euch schon?«, schoss Kat sofort los.

»Wie kann man nur so früh am Morgen so viel labern?« Kassy lachte.

»Wir wollten heute Kleider kaufen, kommt ihr mit?«, fragte Alena, an Kassandra und mich gewandt.

»Könnt ihr denn Auto fahren?«, fragte ich.

»Wir werden natürlich gefahren! Schon mal etwas von Chauffeuren gehört?«

Oh. Ich werde mich nie daran gewöhnen!

»Also, kommt ihr mit?«

»Na klar, ich brauche doch ein Kleid«, sagte Kassy und grinste.

»Mit wem gehst du zum Ball?«, fragte Kat amüsiert.

»Na, mit Dylan!« Wir fingen alle an zu lachen. »Sonst kenne ich hier noch keinen!«

Ich beobachtete Kassy dabei, wie sie Dylan einen verunsicherten Blick zuwarf, doch er erwiderte ihn mit einem Lächeln. Die Art, wie sie sprach und ihre Augen zu kleinen Schlitzen wurden, wenn sie lachte – als würden all die Erinnerungen, die so lange aus meinem Unterbewusstsein verbannt waren, wieder zum Vorschein kommen.

»Hey, Leute, findet ihr, die beiden sehen sich ähnlich?«, fragte Dylan plötzlich. Kassy und ich rollten mit den Augen.

»Nein? Warum?«, antwortete Kat. Kritisch musterte sie uns.

»Wir haben gerade herausgefunden, dass wir Schwestern sind«, sagte ich einfach.

Alle ließen ihre Löffel sinken und starrten uns mit offenem Mund an.

»Sie ist was? Wie, wo, wann? Wie habt ihr das herausgefunden?«, fragte Liam.

»Kompliziert«, erklärte ich lächelnd, denn ich hatte wirklich keine Lust, über meine Eltern zu reden.

»Doch, jetzt, wenn ich genau hinschaue. Die braunen und grünen Augen sehen sich zum Verwechseln ähnlich«, witzelte er.

Alena schlug ihm gegen die Schulter. »Du bist nicht lustig!«

KAPITEL 24

»Du kannst wieder reinkommen!«, rief ich Zero durch das Regal zu und prompt wurde es zur Seite geschoben. Als er mich sah, erstarrte er. Ich konnte ihn deutlich schlucken sehen.

Am vorherigen Tag war ich mit meinen Mädels losgezogen, um ein passendes Kleid für den Ball zu finden. Nach ungefähr zwei Stunden und dreißig Läden hatten wir endlich eines entdeckt, das zu mir passte. Es war in einem dunklen Pink gefärbt und bodenlang, mit einzelnen dunkleren und helleren Stellen, mit Spitze gesäumt und auf Taille geschnitten. Es hatte keine Träger, was mir etwas Sorgen bereitete, aber die Verkäuferin hatte mir versichert, dass es nicht rutschen würde, und ich musste ihr da wohl oder übel vertrauen. Solange ich nicht irgendwann nur in meiner Unterwäsche auf der Tanzfläche stand. Heute war der Herbstball und ich wollte es noch einmal mit den passenden Schuhen anprobieren. Ich hatte in meinem ganzen Leben noch nie so ein schönes Kleid getragen. Nun gut, ich hatte weder ein Ballkleid getragen noch war ich jemals zu einem der Schulbälle gegangen. Aber heute würde ich es tun. Und ich hatte sogar ein Date, wie die beliebten Mädchen an meiner alten Highschool.

Heute war mein Tag. Um sieben würde Conan mich abholen. Unsere Bodyguards mussten heute ausnahmsweise nicht auf uns aufpassen, da die ganze Halle von Bodyguards bewacht sein würde, aber sie durften trotzdem dabei sein.

Ich wusste selber nicht, wo das Fest stattfand. Nur, dass es eine große Halle im Internat war. Es war mein erster Ball und die Vorfreude durchströmte mich schon den ganzen Tag.

»Und? Wie sehe ich aus?«, fragte ich grinsend und drehte mich im Kreis.

»Du siehst ... Wow!«, brachte Zero nur hervor, was mich noch mehr zum Grinsen brachte.

»Du bist sprachlos? Dass ich das noch erleben darf«, feixte ich.

»Ich hoffe, das werde ich immer noch sein, wenn ich dich nachher tanzen sehen darf«, erwiderte er hämisch lächelnd und das Lachen blieb mir im Hals stecken.

»Tanzen? O nein! Wir müssen tanzen?«, fragte ich ungläubig.

»Ist das dein Ernst? Du gehst auf einen Ball. Was dachtest du, was ihr da macht? Du kannst doch tanzen oder nicht?«

»Na ja. Ich habe mal einen Tanzkurs gemacht. Vor zwei Jahren, aber ich habe keinen Schimmer mehr, wie der Walzer geht!« Zero lachte.

»Kannst du tanzen?«, fragte ich schließlich.

»Es geht. Ein bisschen«, stammelte er, doch er hatte schon verloren.

Ich lief auf ihn zu und zog ihn in die Mitte des Raums. »Zeig es mir!«, bat ich.

Er sah mich ungläubig an. »Ezra, ich kann das bestimmt nicht mehr besonders gut ...«

»Bitte! Noch schlimmer, als ich jetzt tanze, kann es nicht werden. Ich muss nur noch einmal mein Wissen auffrischen!«

Er seufzte und nahm meine Hand.

»Warte! Es fehlt noch Musik!«, rief ich und entzog mich ihm wieder, um seinen MP3-Player aus seinem Zimmer zu holen und auf die Kommode zu legen.

»Hey! Woher weißt du, dass ich einen MP3-Player habe?«, fragte er empört.

»Ich habe dich gestern damit gesehen. Also, was hast du so? Wow! Tausendfünfhundert Lieder? Junge, Junge! Du hast fast alle Charts«, stellte ich verblüfft fest und scrollte durch seine Lieder. Nach einigen Minuten fand ich endlich eines, das ich mochte, und startete es.

»Darauf kann man doch keinen Walzer tanzen«, kommentierte er und ich suchte weiter. Ich drückte auf Zufall. *Earned it* von The Weeknd erschien auf dem Display.

Diesmal nickte Zero und kam auf mich zu. Er legte eine Hand um meine Hüfte, nahm meine Hand in die andere. Er zog mich so nah an sich heran, dass wir uns an der Brust berührten und ich sein Aftershave riechen konnte.

»Darauf kann man doch auch nicht tanzen«, protestierte ich, als die ersten Töne erklangen.

»O doch«, erwiderte er nur lächelnd und schob mich sanft nach hinten, sodass ich meinen Fuß zurücksetzen musste. »Du musst erst mit dem linken Fuß zurück, dann auf den rechten und den linken nachziehen«, erklärte er mir und wir probierten es noch einmal.

Irgendwann wurde es mir wieder klar und meine Schritte wurden so sicher, dass wir uns problemlos zum Takt bewegen konnten. Grinsend drehte er mich einmal, sodass ich mit dem Rücken zu ihm stand und sich seine Hände um meinen Bauch schlangen.

»Du kannst es doch«, flüsterte er in mein Ohr und drehte mich wieder zurück. Als er mich wieder zu sich zog, schlug mein Herz auf einmal schneller. Ich lehnte meine Stirn gegen seine und er drehte mich noch einmal im Kreis.

»Und du sagst, du könntest es nicht«, kicherte ich.

Plötzlich beugte sich Zero etwas zu mir hinunter, sodass sich unsere Lippen fast berührten. Er blickte mir kurz in die Augen, bevor er die Lücke zwischen uns schloss. Wir waren immer noch in Tanzposition und ich stand etwas zurückgelehnt. Ein warmes Gefühl durchströmte mich, doch der Kuss fühlte sich falsch an. Trotzdem wehrte ich mich nicht. Ich konnte es nicht. Ich wollte es nicht. Als er gerade eine Hand an meine Wange legte, drückte ich ihn etwas weg.

»Zero ... Es tut mir leid!«, stammelte ich und rannte aus dem Apartment. Im selben Moment endete das Lied und *I bet my life* von Imagine Dragons sprang an, doch ich hörte es nicht mehr richtig. Was hatte ich nur getan?

KAPITEL 25

Immer noch an die kühle Steinwand gelehnt starrte ich vor mich hin. Was war das eben gewesen? Warum hatte er das getan? Ich schluckte und atmete noch einmal tief durch. Ich musste zurückgehen. Der Ball würde bald anfangen und ich wollte mich mit den Mädels zusammen fertig machen.

Als ich leise die Tür zu meinem Zimmer öffnete, war die Musik ausgeschaltet. Zero sprang sofort auf, als er mich sah, und kam auf mich zu. »Ezra, es tut mir leid! Ich weiß nicht, warum ich das gemacht habe und …«, doch ich hob eine Hand, um ihn zu unterbrechen.

»Es ist egal. Es ist genauso meine Schuld. Vergessen wir das Ganze, verstanden? Es ist nie passiert«, redete ich dazwischen. Er nickte. Wir schwiegen uns kurz an, bis ich mich innerlich schüttelte und aus meiner Starre erwachte.

»Ich gehe duschen«, murmelte ich kurz angebunden und verschwand im Bad.

Ich stand bereits seit fünfzehn Minuten unter der Dusche und wollte eben raussteigen, als es klopfte. Die Tür zu meinem Zimmer wurde geöffnet und Stimmen drangen zu mir ins Bad.

»Gut siehst du aus!«, hörte ich Kat sagen.

»Wo ist Ez?« Das war ganz sicher Kassandras Stimme.

»Im Bad«, antwortete Zero.

Keine Sekunde später klopfte es an der Badezimmertür und Kassy quetschte sich durch einen kleinen Spalt. »Eine Schande, dass man hier nicht abschließen kann, oder?«, begrüßte sie mich.

Ich konnte durch den Duschvorhang ihre Silhouette sehen und beobachtete, wie ihr Schatten die Tür schloss und sich auf dem Toilettendeckel niederließ. »Es ist doch okay, wenn ich hier bin, oder?«

»Ja klar. Kannst du mir mal bitte das Handtuch geben, das neben dem Waschbecken hängt?« Ich hielt meinen Arm aus der Dusche. Keine Sekunde später hatte ich das flauschige Handtuch in der Hand. Schnell wickelte ich mich ein und trat auf die kalten Fliesen.

»Hi, Kassy«, lächelte ich und umarmte sie freudig.

»Iiih ... nass ... Wasser ... bäh«, stammelte sie, als ich sie lachend losließ. »Alena und Kat sind bereits draußen und warten darauf, endlich die Jungs wegzuschicken, damit wir uns fertig machen können!« Bei den letzten Worten sprang sie quiekend auf und ab. Sie öffnete die Tür und ich vergaß für einen kurzen Moment, dass ich nur ein Handtuch trug, aber da war es schon zu spät. Alle im Raum versammelten Bodyguards starrten mich an.

Oh, Mist!

Wenn ich jetzt zurück ins Bad rennen würde, wäre es noch peinlicher. »Mein Ballkleid«, verkündete ich, drehte mich lächelnd und blieb in eleganter Pose stehen.

Kat und Alena prusteten los, aber die Jungs rührten sich nicht. Nur auf Zeros Gesicht meinte ich, ein kleines Lächeln wahrnehmen zu können.

»Och, kommt schon, Jungs. Seid etwas lockerer. Es muss doch anstrengend sein, den ganzen Tag auf griesgrämigen Bodyguard zu machen.« Ich grinste.

»In Ordnung, genug gestarrt. Husch, husch, ich ruf euch dann!«, rief Kassy und schob Dylan aus dem Zimmer, den Rest der Bodyguard-Crew hinterher.

»Passen wir auf sie auf oder die Weiber auf uns?«, hörte ich Dylan sagen, doch dann warf Alena bereits die Tür zu.

»Perfekter Auftritt!« Kat kicherte und umarmte mich. Dann fing sie an, sich auszuziehen, um in ihr Ballkleid zu schlüpfen. Ich schlüpfte schnell in meine Unterwäsche und dann taten wir es ihr gleich. Kurze Zeit später betrachteten wir uns im Spiegel. Kassys Kleid war grün und bot einen tollen Kontrast zu ihren Haaren. Kats war schwarz und Alenas ozeanblau.

»Wir sehen wunderschön aus!«, kreischte Alena und umarmte uns. »Das erste Mal tue ich etwas ganz Normales!«

Wir lachten alle und fingen an unsere Haare zu frisieren.

Eine Stunde später saßen wir fertig frisiert und geschminkt auf meinem Bett. Meine Haare ergossen sich in weichen Locken über meine Schulter und Alena hatte mir zarte Smokey Eyes gezaubert.

»Das nenne ich perfektes Timing. Wir haben noch fünfzehn Minuten!« Alena freute sich sichtlich und schritt im Zimmer umher. Natürlich hatte sie alles durchgeplant.

»Mal sehen, wann Bran kommt«, schwärmte Kat und kicherte. »Schließlich kommt er immer zu spät.«

Prompt klopfte es und Zeros Stimme drang gedämpft durch die Tür. »Seid ihr fertig?«

Ich öffnete schwungvoll die Tür und strahlte ihn an. »Ihr könnt reinkommen, wir sind fertig!«

Zero sah mich ernst an und nickte nur. Die ganze Truppe spazierte zurück ins Apartment und bestaunte uns.

»Ihr seht gut aus«, sagte Sam.

Kat antwortete ihrem Bodyguard keck: »Das wollen wir doch hoffen!«

In dem Moment klopfte es an der Tür. Zero öffnete und Conan und Liam strahlten ihm entgegen. Beide im schwarzen Anzug mit Fliege.

Als Conan mich sah, fingen seine Augen an zu strahlen. Und ich hoffte, meine taten es auch. Für einen kurzen Moment kroch das schlechte Gewissen wegen des Kusses in mir empor, aber ich schluckte es herunter und umarmte Conan.

»Du siehst verdammt hübsch aus«, hauchte er neben meinem Ohr.

»Danke, du siehst aber auch nicht schlecht aus.«

Er küsste mich kurz auf die Wange. »Ich gebe mein Bestes.«

Liam bestaunte seine Partnerin ebenso, als Bran durch den Türrahmen trat. »Hi, zusammen«, begrüßte er uns und fixierte Kat. »Wow, du siehst wirklich hübsch aus«, sagte er und kam lächelnd auf sie zu.

»Da bist du nicht der Erste, der das sagt«, erwiderte sie verschmitzt lächelnd und hakte sich bei ihm ein. Kat ging mit Bran?

»Ach, Leute, ich habe euch noch nicht vorgestellt. Also, das ist Conan. Conan, das sind Alena, Kat, Liam, Bran und meine Schwester Kassandra.« Ich zeigte abwechselnd auf meine Freunde. Das Wort Schwester in den Mund zu nehmen, war immer noch ungewohnt, aber mit jedem Mal fiel es mir leichter.

Conan sagte ein schnelles »Hi«, dann wandte er sich wieder zu mir. »Können wir?«

Ich nickte. »Lasst uns gehen!«

Alle zusammen schritten wir den Gang entlang bis zum Aufzug. Wir fuhren in den ersten Stock, dann liefen wir zu einer Tür, durch die ich noch nie zuvor gegangen war. Dahinter befand sich ein endlos erscheinender Gang mit einer mindestens sieben Meter hohen Decke. Auch dieser Gang war, wie die meisten, mit rotem Teppich ausgelegt, der sich bis zu den großen gelben Sandsteinwänden hin ausbreitete. In Nischen auf beiden Seiten des Wegs standen griechische Statuen. Alle paar Meter waren Bodyguards postiert worden, die uns kühl musterten. Mr Harries hatte tatsächlich die Sicherheitsmaßnahmen um einiges verschärft. Ich betrachtete alles genau, bis wir an das Ende des Ganges gelangten. Dieser Teil der Schule wirkte so viel edler als der Rest.

Ich holte einmal tief Luft, als wir an einer Doppeltür ankamen, die mit schönen goldenen Linien verziert war. Zwei Diener standen davor und begrüßten uns höflich.

»Guten Abend. Eure Namen, bitte?«, fragte der schlaksigere der beiden und sah uns erwartungsvoll an.

»Conan Foster und Ezra Kuhn«, sprach Conan für uns beide.

Der Mann nickte und hakte uns auf seiner Liste ab. Dann kamen die Nächsten dran. Die zwei großen Türen wurden geöffnet und wir durften eintreten.

Gesprächslärm und leise Musik schlugen uns entgegen.

Vor uns befand sich ein großer, edel eingerichteter Saal, den ich noch nie gesehen hatte. Ich hatte nicht einmal gewusst, dass unsere Schule so etwas besaß. Lange Tische waren zu einem großen Hufeisen aufgestellt worden und in der Mitte befand sich genug Platz zum Tanzen. Ein großer, glänzender Kronleuchter hing von der hohen Decke hinab. An den weißen Wänden befanden sich Kerzenständer und überall huschten Diener mit Sektgläsern herum.

Wir durften sogar Sekt trinken?

Von Weitem erkannte ich Mr Harries, der strahlend auf uns zukam. »Ihr seht alle wunderschön aus. Willkommen auf dem Herbstball«, begrüßte er uns erfreut. Ganz ungewöhnlich für unseren Direktor. Auch er trug einen Anzug und im Kontrast zu seinen dunklen Haaren stachen seine kristallblauen Augen besonders hervor. Das Lächeln auf dem Gesicht machte ihn um einiges jünger und man hätte ihn in diesem Aufzug fast für einen Gleichaltrigen halten können.

»Ja, es ist schön, dass der Ball doch noch stattfinden konnte«, erwiderte Kassy und lächelte zuckersüß.

Plötzlich räusperte sich einer der Bediensteten neben uns. »Darf ich Sie zu den freien Plätzen geleiten?«, fragte er.

Wir folgten ihm bis ganz an den Rand, wo auch Mr Harries Platz nahm und ... Daniel Adams saß!

Er ist wieder da!

Kassandra setzte sich neben unseren Direktor, daneben Dylan, dann ich und Conan, Zero und Lisa, Kat mit Bran, deren Bodyguards und Alena mit Liam. Als ich mich umsah, bemerkte ich, dass – obwohl fast alle Schüler ihre eigenen dabeihatten – alle paar Meter weitere Bodyguards Wache hielten. Sie standen wie regungslose Schatten in den Ecken, die Hände vorne überkreuzt, und starrten ins Leere. Kassandra fing sofort ein Gespräch mit Mr Harries an. Ich wollte vor allen anderen Daniel begrüßen. Ich hatte ihn länger nicht gesehen und mir ehrlich Sorgen gemacht.

Als ich aufstand, merkte ich, dass Conan mir folgte. Ich tippte unserem Trainer auf die Schulter und er drehte sich erschrocken um. »Oh, Ezra, Conan, ihr seid es.«

Ein vages Lächeln saß auf seinen Lippen. Er hatte seine Sonnenbrille aufgesetzt, doch man konnte trotzdem seine dunklen Augenringe sehen. Auch er trug einen schwarzen Anzug mit Krawatte. Als er seine Hände übereinanderlegte, bemerkte ich, dass sie zitterten, obwohl er versucht, es zu vertuschen.

»Ezra, es tut mir so leid. Ich wollte dich nicht verletzen«, fing er an und legte eine Hand auf meinen Arm.

Ich konnte nicht anders und umarmte ihn. Auch wenn wahrscheinlich die Hälfte der Schüler zu uns starrte, weil ich einen Lehrer umarmte, aber mir war es egal. Wir saßen sowieso in der hintersten Ecke.

»Dir ... Ihnen muss nichts leidtun. Ich verstehe das vollkommen. Und wie Sie sehen, geht es mir gut. Ich hoffe nur, Ihnen geht es besser, soweit das möglich ist«, redete ich auf ihn ein, nachdem ich mich wieder von ihm gelöst hatte.

»Ach, Liebes, das wird schon. Man gewöhnt sich an den Schmerz.«

Ich sah eine Träne unter seiner dunklen Brille hervorkullern, doch er wischte sie rasch fort.

Jetzt drängte sich Conan neben mich und umarmte seinen Onkel ebenfalls. »Falls du was brauchst, Daniel ...«, fing Conan an, doch Daniel unterbrach ihn mit einem Nicken.

»Das weiß ich doch, Conny. Das weiß ich doch. Und jetzt genießt euren Abend! Na, husch! Mike wird bestimmt gleich mit der Ansprache anfangen.«

Er klopfte seinem Neffen auf die Schulter und Conan zog mich zurück zu unseren Plätzen.

»Er tut mir so leid«, flüsterte ich ihm zu.

Er nickte. »Ich weiß, mir auch. Ich will gar nicht wissen, wie er sich fühlen muss. Aber wenn wir ihn immer wieder daran erinnern, wird es auch nicht besser. Manchmal hilft kein Mitleid. Sondern Ablenkung!« Er gab mir kurz einen Kuss auf die Stirn und wir setzten uns.

Als ich mich umsah, spürte ich Zeros Blick auf mir, während Lisa auf ihn einsprach. Ich starrte zurück, bis Lisa ihm plötzlich auf die Brust schlug und zischte: »Hey, wieso denkst du an so etwas? Hör mir lieber zu!«

Schnell blickte er zu ihr und ich wandte mich zu Kat, die sich lachend mit Bran unterhielt.

Manchmal war ich neidisch auf diejenigen, die Gedanken lesen konnten. Es würde mein Leben um einiges erleichtern. Und außerdem, was für eine Macht das bedeuten würde. Doch trotzdem gab es immer mehr unter uns, die Gedankenleser aus ihrem Kopf verdrängen konnten. Sie konnten den Zugang zu ihren Gedanken blockieren, sodass nur ein schwarzes Nichts zu sehen war. Damit war die Macht der Gedankenleser unbrauchbar.

Ich hatte nicht viel Zeit, darüber zu grübeln, denn schon ertönte Mr Harries' laute Stimme. »Guten Abend, liebe Schülerinnen, Schüler und Bodyguards! Ich heiße Sie herzlich willkommen auf unserem Herbstball und bin äußerst erfreut darüber, dass er doch stattfinden kann. Ich hoffe, ihr werdet euch heute Abend prächtig amüsieren und wünsche euch allen viel Spaß! Der erste Tanz ist hiermit eröffnet. Wer möchte beginnen?«

Natürlich stand keiner auf, auch nicht, als Mr Harries aufmunternd in die Menge sah.

»Nun gut, dann werde ich mir jetzt eine junge Dame aussuchen und mit ihr den Ball eröffnen«, verkündete er charmant lächelnd und die Mädchen begannen zu tuscheln. Nach kurzem Umsehen wandte er sich an Kassandra und hielt ihr seine Hand entgegen.

»Miss Bates, darf ich Sie zu diesem Tanz bitten?«, flüsterte er leise. Sie nickte kichernd, doch mein Blick war kritisch.

Da stimmt etwas nicht!

Elegant erhoben sich Mr Harries und Kassandra und schritten in die Mitte des Raumes. Dazu mussten sie sich erst einmal durch die lange Reihe sitzender Menschen an der Seite kämpfen, doch schließlich standen sie auf dem Parkett und nahmen eine angemessene Pose ein. Aus irgendeinem Grund war es mir nicht recht, dass er meine Schwester anfasste. Und insbesondere, *wie* er sie anfasste. Seine rechte Hand ruhte eng auf ihrem Schulterblatt, die andere hielt ihre. Musik ertönte und sie fingen langsam an, sich zu bewegen. Trotz Kassys roter Wangen sah es gut aus. Nach und nach gesellten sich andere Paare dazu und fingen auch an zu tanzen. Als Kassy sich wieder zu uns setzte, strahlte sie über beide Ohren. Es wirkte, als hätte man ihr das Lächeln ins Gesicht tätowiert.

»Und? Wie hab ich ausgesehen?«, flüsterte sie mir zu, während ich die tanzenden Lehrerpaare beobachtete. Ihre Wangen waren gerötet und ihre Brust hob und senkte sich, als wäre sie einen Marathon gelaufen.

»Du hast gut ausgesehen«, antwortete ich zögerlich und sah sie ernst an. »Aber fühlst du dich nicht von Mr Harries etwas bedrängt?«

»Was? Nein! Warum denn? Er ist keineswegs aufdringlich. Nur sehr höflich!«

»Dann ist ja gut.«

Plötzlich stupste Alena mich an. »Wir gehen tanzen, kommt ihr mit?«

Conan lächelte mir aufmunternd zu.

Junge, Junge! Dieses Lächeln!

Ich wurde aus meinen Träumen gerissen, als ich noch einen Stoß in die Rippen kassierte.

»Okay«, antwortete ich rasch. Alena lachte.

Ich folgte ihnen ein wenig ängstlich auf die Tanzfläche. Conan reichte mir ritterlich seinen Arm, wie er es zuvor bei unserem Ausflug gemacht hatte, und verbeugte sich grinsend.

»Darf ich bitten, Mylady?«, fragte er in einem gespielt hochnäsigen Ton.

»Aber bitte, Mylord«, antwortete ich kichernd und hakte mich ein. Zusammen gesellten wir uns zu den anderen, die sofort anfingen zu tanzen. Wir taten es ihnen gleich. Conan konnte das erstaunlich gut. Zumindest viel besser als ich und Zero. Gekonnt führte er mich, sodass ich kaum etwas tun musste.

»Du kannst das ziemlich gut«, raunte er mir ins Ohr und ich wurde rot.

»Ich muss nicht viel tun.« Ich lächelte zu ihm hoch. Kurz blitzte das Bild von Zero und mir wieder auf, doch ich schob es beiseite. Jetzt gab es nur Conan und mich! Ich war schließlich in ihn verliebt und nicht in Zero!

War ich denn verliebt in Conan?

Natürlich bin ich das!

Aber es war das erste Mal, dass ich so etwas in der Art spürte, woher konnte ich wissen, dass es tatsächlich Liebe war? Vielleicht machte ich mir einfach zu viele Gedanken.

»Es tut mir leid, dass meine Eltern dich am Sonntag so überrollt haben. Ich wollte dich nicht überfordern oder in Verlegenheit bringen«, erwähnte ich nebenbei, als er mich einmal drehte.

»Kein Problem. Ich mag es, als dein Freund bezeichnet zu werden«, erwiderte er grinsend.

»So, tust du das?«

»Vielleicht könnte ich das ja immer tun?«

»Fragst du mich gerade, ob ich deine Freundin sein will?«

Er drehte mich noch einmal langsam, dann zog er mich wieder an seine Brust. »Ich wollte es nicht so klassisch tun, aber ja, das tue ich.«

Ich biss mir kurz auf die Lippe, zog ihn zu mir und küsste ihn. »Ich hoffe, das reicht als Antwort«, hauchte ich, als wir uns wieder lösten, und küsste ihn ein weiteres Mal. Mittlerweile waren wir stehen geblieben.

»Na dann, Mylady, danke für den Tanz.« Er grinste, nahm aber schließlich meine Hand, statt mir seinen Arm zu reichen. Ich kicherte schon wieder und wunderte mich über mich selbst, warum er mich mit dieser Rittermasche immer wieder zum Schmunzeln brachte.

Als ich Zero sah, starrte er nur gedankenverloren dorthin, wo Conan und ich eben noch getanzt hatten.

»Zero?«, fragte ich besorgt und legte eine Hand auf seinen Arm. Er schreckte auf und sah mich an. »Alles in Ordnung?«

Er blinzelte zweimal und nickte. »Ja, alles super«, erwiderte er kühl und sah wieder auf die Tanzfläche. Ich beschloss, nicht weiter darauf einzugehen.

»Wo sind Dylan und Kassy?«, fragte ich Lisa, die neben ihm saß. Liam, Kat, Alena und Bran waren noch nicht zurück.

»Sie ist vor ein paar Minuten nach draußen gegangen. Sie sagte, ihr ginge es nicht so gut. Und dass sie kurz in ihr Zimmer ginge, um sich etwas gegen Übelkeit zu holen. Und Dylan tanzt mit Alena«, antwortete sie.

»Okay, ich werde mal nach Kassy sehen. Vielen Dank, Lisa. Und kümmere dich um den hier, ich habe keine Ahnung, was heute mit dem los ist!« Ich nickte in Richtung Zero und zwinkerte ihr zu.

Schnell eilte ich aus dem Saal und stieg in den Aufzug. Ich hatte ganz vergessen, dass auch heute die Schüler immer von ihrem Bodyguard begleitet werden mussten, aber wenn ich mit meiner Schwester unterwegs war, wären wir zumindest zu zweit. Alle Flure schienen wie leer gefegt. Als ich im zweiten Stock ankam und durch das Flurlabyrinth lief, hörte ich leise ihre Stimme. Aber es klang keinesfalls schmerzvoll. Sie kicherte. Vorsichtig lugte ich um die Ecke und erstarrte, als ich den Grund dafür sah.

KAPITEL 26

Kassandra drückte Mr Harries gegen die dunkle Flurwand und küsste ihn. Mr Harries unterbrach sie und sagte etwas, dass sie zum Kichern brachte.

Schockiert presste ich mich dicht an die Wand und hielt die Luft an. Hab ichs doch gewusst!

War sie denn noch ganz bei Sinnen? Am liebsten wäre ich zu ihnen gerannt und hätte beiden eine ordentliche Backpfeife gegeben. Kassy dafür, dass sie so dämlich war und sich ausnutzen ließ, und Mr Harries dafür, dass er sich an meiner Schwester vergriff.

»Hörst du das?«, hörte ich Mr Harries plötzlich sagen und horchte auf.

»Nein, was?«, antwortete Kassandra. Mein Atem ging flacher.

»Hier ist jemand. Ich sagte doch, wir sollten so etwas nicht auf dem Flur tun. Was, wenn Dylan nach dir sucht? Ich sehe mal nach.«

Schnell rannte ich den Flur entlang und flüchtete mich in den Aufzug. Erleichtert stellte ich fest, dass sich die Türen sofort schlossen und ich abwärtsfuhr. Im ersten Stock angekommen eilte ich zurück zum Tanzsaal und atmete erst wieder durch, als ich auf meinem Platz saß. Zero schien fort zu sein und als ich auf das Parkett sah, tanzte er gerade eng umschlungen mit Lisa.

Conan sah mich besorgt an. »Wo warst du? Ist alles in Ordnung?«, fragte er und drückte kurz meine Hand.

»Ja, es ist alles okay«, erwiderte ich und zwang mir ein Lächeln auf.

Rein gar nichts war okay! Wie konnte Kassandra nur so naiv sein? Und warum hatte Mr Harries sich auf so etwas eingelassen? Tausend Gedanken schossen mir durch den Kopf, sodass ich gar nicht bemerkte, dass Dylan mich ansprach. »Ezra«, wiederholte er und ich sah ihn aufgeschreckt an. »Weißt du, wo Kassandra ist?«

Ich blinzelte kurz und antwortete schließlich perplex: »Ja, sie ist oben. Ihr ging es nicht gut.«

In dem Moment erschien erst Mr Harries im Türrahmen und einige Minuten später Kassandra. Mit roten Wangen setzte sie sich zurück auf ihren Platz, während Mr Harries sich noch mit einem Schüler unterhielt, als sei nichts geschehen. Wütend schnappte ich mir ihren Arm und schleifte sie aus dem Saal, durch den langen Flur in die nächstbeste Ecke.

»Auf welcher Wolke lebst du eigentlich?«, zischte ich und verschränkte die Arme.

»Bitte was?« Ihre Wangen waren immer noch leicht gerötet und ihre Augen glänzten.

»Du weißt genau, was ich meine. Ich habe euch eben gerade gesehen. Wie naiv kann man sein? Und auch noch mit Mr Harries! Was willst du mit so jemandem wie *dem*?«

Plötzlich verfinsterte sich ihr Blick. »Jemandem wie *dem*?«, wiederholte sie spöttisch. »Meiner Meinung nach unterscheidet er sich nicht von Zero!«

»Zero?«, hakte ich verwirrt nach und ließ die Arme sinken.

»Komm schon, Ezra! Das sieht doch jeder! Er steht auf dich und du doch auf ihn. Wetten, er kriecht abends in dein Bett!«

Mit offenem Mund starrte ich sie an. »Sag mal, spinnst du? Ich bin mit Conan zusammen! Und ich habe rein gar nichts mit Zero! Außerdem wäre das etwas anderes! Zero ist nicht viel älter …«

»Wen interessiert schon das Alter?«, unterbrach sie mich.

»Wenn der Typ doppelt so alt ist wie du, ist es durchaus von Interesse! Es ist Verführung einer Minderjährigen! Und dazu ist er nicht nur ein Lehrer, sondern auch noch der Direktor! Er sollte es besser wissen.«

»In ein paar Jahren jucken die achtzehn Jahre Unterschied keine Sau mehr!«, fauchte sie.

Ich stieß ein Schnauben aus. »Wieso konntest du nicht einfach an die Schule kommen, dich in einen Jungen in unserem Alter verlieben und glücklich sein? Ihr werdet euch niemals in der Öffentlichkeit sehen lassen können! Er ist der Direktor, das ist ein kleiner Unterschied!«

»Du kennst ihn doch gar nicht!«, knurrte sie.

»Ach ja, und du tust es oder wie? Nach der kurzen Zeit?«

»Freu dich doch lieber für mich! Mike ist liebevoll und er kann mich beschützen. Er hilft mir, meine Fähigkeiten zu trainieren, und ich habe sogar einen Zauberspruch passend zu deinen Fähigkeiten gefunden. Den wirst du jetzt aber nie erfahren! Er ist ein guter Mann, auch wenn er oft nicht so wirkt! Warum wäre dein Vater sonst mit ihm befreundet?«

»Ich will doch nur nicht, dass dir etwas passiert! Oder dass er dir etwas antut«, widersprach ich und kam auf sie zu, doch Kassandra wich zurück.

»Glaubst du, weil er älter ist, tut er mir eher etwas an? Oder dass er pädophil ist?«

»Also, das ist er auf jeden Fall«, murmelte ich leise vor mich hin, aber meine Schwester hörte es und gab mir eine saftige Ohrfeige. Entsetzt fasste ich an meine brennende Wange und starrte sie an.

»Dann ist es dein Zero auch!«, zischte sie und stürmte an mir vorbei zurück in den Tanzsaal.

Wie angewurzelt blieb ich stehen und sah ihr nach. Hatte sie mich gerade wirklich geschlagen?

Schnaubend folgte ich ihr. Als ich den Saal betrat, kam mir Mr Harries entgegen und lächelte höflich.

»Ezra, kann ich kurz mit dir reden?«

Er nahm elegant meine Hand und zog mich auf die Tanzfläche. Anfangs versuchte ich, ihm meine Hand zu entreißen, aber sein Griff war zu fest und so gab ich auf und folgte ihm. Langsam fingen wir an uns im Kreis zu drehen, er immer darauf bedacht, mir nicht zu nahe zu kommen. Ich war überrumpelt und versuchte einen Fuß vor den anderen zu setzen.

»Du bist das vorhin gewesen, nicht wahr?«, fragte er schließlich dicht neben meinem Ohr, dann ging er wieder auf Abstand. Seine blauen Augen schienen mich zu durchbohren und mir wurde widerstrebend bewusst, dass ich ein klein wenig Angst bekam.

»Ich weiß nicht, wovon Sie reden«, stritt ich ab und versuchte meinen Herzschlag zu kontrollieren.

»Lassen wir das mit der Freundlichkeit. Ich bin ein Schattenlöwe, ich kann dein Herz hören. Und gerade hört es sich an, als wärst du einen Marathon gelaufen.«

»Hat meine Schwester Ihnen gesagt, dass ich es war?«

»Nein, wie gesagt, ich kann Zeichen deuten.«

»Und was wollen Sie jetzt von mir?«

»Eigentlich gar nichts. Ich wollte dir nur sagen, dass ich es mit Kassandra ernst meine und sie niemals verletzen würde. Normalerweise pflege ich keine Beziehungen zu meinen ... Schülerinnen, aber bei Kassandra ist es anders. Außerdem kannten wir uns schon vorher und ...«

»Ihr kanntet euch schon vorher?«, unterbrach ich ihn.

Er nickte. »Ich habe sie oft bei ihrer Pflegefamilie besucht, im Auftrag deines Vaters. Ich fand es schrecklich, dass er ihr das angetan hat. Was glaubst du, warum sie an diese Schule gekommen ist?«, erwiderte er ruhig.

Er hatte sich um sie gekümmert, als kein anderer es tat? Das war wiederum ... nett.

»Wie gesagt, sie bedeutet mir sehr viel und ich tue alles, um sie zu beschützen, auch vor dem, was hier gerade abläuft. Was auch immer das ist. Ich bitte dich nicht, es keinem zu sagen, aber du würdest damit nicht nur mir schaden, sondern auch deiner Schwester. Und ich würde sie niemals zu etwas zwingen, das sie nicht will.« Das Lied endete und Mr Harries ließ mich los. »Ich wollte nur, dass du das weißt«, meinte er im Weggehen und begab sich zurück zu seinem Platz.

Könnten die Leute heute bitte mal aufhören, mich andauernd irgendwo stehen zu lassen?

»Ez, alles okay?«, fragte Kat und stellte sich mit Alena direkt vor mich.

Das schlechte Gewissen holte mich wieder ein und ich verspürte den Drang, mit jemandem darüber zu reden.

»Mädels, ich muss euch etwas sagen!«, verkündete ich und zog beide hinter mir nach draußen, an dieselbe Stelle, wo ich mich vorhin mit Kassandra gestritten hatte. Mir wurde klar, dass ich gegen Kassandra und Mr Harries nichts unternehmen konnte, ohne meine Schwester in Schwierigkeiten zu bringen. Denn ich war sicher, dass sie auf keinen Fall zu ihrer Pflegefamilie zurückgehen wollte. Und ich war sicher, dass sie mir das niemals verzeihen würde.

»Was ist los?«, fragte Alena.

»Sag nicht, Conan hat dich endlich gefragt!«, quiekte Kat.

»Doch, aber …«, weiter konnte ich nicht reden, da ich von meinen Freundinnen schreiend umarmt wurde.

»… ich habe Zero geküsst!«, beendete ich meinen Satz.

Beide erstarrten. Sie ließen mich los und glotzten mich an.

»Du hast *was*?«, rief Kat.

»Könntest du bitte nicht so schreien?«

»Warum? Was ist mit Conan?«, hakte Alena nach.

»Es war, bevor er mich gefragt hat.«

»Wann?«

»Heute Morgen. Wir haben Tanzen geübt und dann ist es einfach passiert«, erzählte ich beschämt.

»Ach, und man muss alles küssen, was mit einem tanzt, oder was? Dann hättest du Mr Harries eben auch küssen müssen, das musst du mir sowieso noch einmal erklären, was das eben war«, sprudelte es aus der aufgebrachten Alena.

»Um genau zu sein, hat Zero mich geküsst.«

Beide sogen hörbar die Luft ein. »Wie bitte? Warum das denn?«

»Was weiß ich? Er hat sich sofort entschuldigt, aber ich habe jetzt total das schlechte Gewissen. Ich bin nicht in ihn verliebt! Ich weiß, dass ich Conan liebe!«

Alena und Kat sahen mich nur nachdenklich an.

»Also an deiner Stelle würde ich mich auch mies fühlen!«, sagte Alena langsam.

Kat schlug ihr gegen die Schulter. »Alena! Das ist nicht Ezras Schuld. Sondern ganz allein Zeros! Wie konnte er nur!«, fluchte sie und schüttelte den Kopf.

»Ich glaube, er wusste nicht, dass ich etwas mit Conan habe«, murmelte ich langsam.

»Meinst du echt?«, kreischte Kat schon wieder.

Alena hielt ihr prompt den Mund zu. »Hör auf, immer so loszuschreien, ich erschrecke mich jedes Mal total! Bist du jetzt leise?«

Kat nickte mit großen Augen und Alena nahm die Hand von ihrem Mund.

»Er hat uns total entgeistert angestarrt, als Conan mich auf der Tanzfläche geküsst hat«, fuhr ich unbeirrt fort.

»Aber Zero ist dein Beschützer und er kennt die Regeln! Das ist unverantwortlich!«, regte Kat sich weiter auf. »Was auch immer er für einen Anlass hatte, er hat dich nicht anzufassen.«

»Gott, ihr seid alle so kompliziert. Wisst ihr was, ich geh einfach wieder rein und fülle mich mit Orangensaft ab«, sagte Alena. »Also echt. Ich sag dir eins, Ez: Conan scheint dich wirklich sehr zu mögen. Verbock es nicht, nur weil du dich an einer Filmliebe festklammerst, die du auch mit Conan haben könntest, da er dich förmlich auf Händen trägt. Ich weiß nicht, was Zero von dir will. Okay, doch, aber das wird nicht gut gehen, glaube mir. Zero ist nicht die Art von Mann, die einem jungen Mädchen guttut.« Alena sah mich ernst an, dann wehte sie an mir vorbei.

»Aber ich empfinde doch nichts für Zero. Zumindest keine Liebe!«, rief ich ihr hinterher.

»Dann ist es ja gut!« Kat sah mich aufmunternd an und nahm meine Hand. »Komm, lass uns zurückgehen. Wie gesagt, es ist nicht deine Schuld. Falls etwas ist, wir sind für dich da.«

Ich lächelte sie an und umarmte sie schließlich.

***

Er konnte sich schon denken, dass Ezra etwas mit ihren Freundinnen besprach, aber es wunderte ihn, dass sie dauernd den Saal verließ, deswegen wollte er nachsehen, ob es ihr gut ging. Er lief den Gang entlang, aus der Tür heraus, als er plötzlich ein leises Kreischen vernahm. Schnell folgte Conan der Richtung, aus der es wohl gekommen war, und hielt inne, als er Ezras Stimme erkannte.

»Ich habe Zero geküsst«, verkündete sie gerade und ihre Freundinnen waren plötzlich still. Auch er verkrampfte sich und ballte seine Hände zu Fäusten.

»Du hast WAS?«, rief eins der Mädchen und Ezra fuhr sie an: »Könntest du bitte nicht so schreien?«

»Warum? Was ist mit Conan?«, hörte er ein anderes Mädchen sagen.

»Es war, bevor er mich gefragt hat«, sagte Ezra. »Heute Morgen. Wir haben Tanzen geübt und dann ... ist es einfach passiert.«

Und er hatte sie noch gefragt, woher sie so gut tanzen konnte. Jetzt kam er sich verdammt bescheuert vor.

»Ach, und man muss alles küssen, was mit einem tanzt, oder was? Dann hättest du Mr Harries eben auch küssen müssen, das musst du mir eh noch einmal erklären, was das eben war!«

»Um genau zu sein, hat Zero mich geküsst.«

Er schnaubte wütend und musste sich beherrschen, nicht loszustürmen und einzugreifen. Er wusste nicht, ob er traurig oder wütend sein sollte. Diesem Mistkerl war aber auch alles zuzutrauen!

»Ich bin nicht in ihn verliebt! Ich weiß, dass ich Conan liebe!«, sagte Ezra gerade und er spürte plötzlich ein schlechtes Gewissen, weil er sie belauschte.

Einerseits beruhigte es ihn, aber trotzdem musste er hier weg. Er stieß sich von der Wand ab und rannte eilig zu der rettenden Tür, die in die kühle Nacht hinausführte.

KAPITEL 27

Als Kat und ich wieder Platz nahmen, bemerkte ich, dass Conans und Zeros Stühle leer waren. Nach kurzem Umsehen entdeckte ich Zero, der sich auf der Tanzfläche noch immer von der lachenden Lisa herumwirbeln ließ. Auch er lächelte. Sie wirkte bei ihm wahre Wunder. Aber von Conan war keine Spur.

»Wo ist Conan?«, fragte ich Bran, der mit den Schultern zuckte.

»Ich glaube, er wollte dich suchen«, antwortete er.

Als ich zu meiner Schwester sah, wich sie meinem Blick aus und blickte stur geradeaus. Ich seufzte. Ich würde das morgen regeln.

Zum wiederholten Mal stand ich auf und verließ den Saal, um mich auf die Suche nach meinem Freund zu machen. Ich klopfte an seine Tür im dritten Stock, dann ans Jungenklo. Langsam machte ich mir Sorgen. Als Letztes beschloss ich, noch einmal draußen nachzusehen, auch wenn es mir nicht ganz geheuer war.

Kälte schlug mir entgegen und umschloss mich wie eine eisige Rüstung, als ich durch die Glastür nach draußen trat.

»Conan?«

Ich lief den Kiesweg entlang, der von Laternen beleuchtet wurde. Der Wald am Ende der Wiese wirkte dunkel und gefährlich und mir lief ein kalter Schauer über den Rücken nur bei dem Gedanken daran, dass Conan dort sein könnte.

»Was machst du hier?«, vernahm ich eine bekannte Stimme, als ich gerade um die Ecke bog.

Ich machte einen Satz zur Seite. »O mein Gott, hast du mich erschreckt!«, rief ich und musterte Conan, der lässig gegen die Schulwand gelehnt war und mich anschaute. Seine dunklen Augen wirkten wie zwei schwarze Löcher in der Nacht.

»Was machst du alleine hier draußen?«, fragte ich und ging auf ihn zu.

»Ich brauchte ein wenig frische Luft«, erwiderte er und atmete tief durch.

»Trotzdem, wir sollen doch nicht alleine das Schulgebäude verlassen. Alles okay?«

Kurzerhand zog er mich an sich und legte sein Kinn auf meinen Kopf. »Jetzt ja«, sagte er leise.

Ich lächelte. Seine Wärme hatte sofort eine beruhigende Wirkung auf mich und ich hätte ewig so dastehen können. Als er wieder etwas lockerließ, sah ich zu ihm hoch und küsste ihn. »Bran sagte, du hast mich gesucht? Warum?«

»Ich habe mir Sorgen gemacht. Dein ganzes Rein- und Rausgerenne hat mich ganz nervös gemacht.«

»Ja, ich weiß. Es gab erstaunlich viel zu klären heute Abend.«

Conan spannte sich kurz an, doch er entspannte sich sofort wieder. Ich sah zu ihm hoch.

»Sag mir, dass alles okay ist. Mit dir ist doch irgendwas«, flüsterte ich, doch er schüttelte den Kopf, nahm mein Gesicht zwischen seine Hände und küsste mich sanft. Ich knabberte leicht an seiner Unterlippe und drückte ihn fester gegen die Wand. Irgendwann ließ ich keuchend von ihm ab. »Können wir reingehen? Mir ist verdammt kalt!« Ich hielt ihm meine Arme vor die Nase, die eindeutig eine Gänsehaut zeigten.

Er lachte kurz und zog mich nach drinnen, jedoch nicht zurück in den Saal. Als die Tür sich schloss, küsste er mich wieder, diesmal etwas energischer. »Ich habe keine Lust zurückzugehen«, hauchte er zwischen unseren Küssen.

»Wo willst du dann hin?«

»Wir könnten in mein Zimmer?«

Ich kicherte. »Ja, das könnten wir.«

Conan nahm meine Hand und ich folgte ihm die Treppen nach oben, bis wir in seinem Apartment angekommen waren. Er schloss auf und wir gingen hinein. Es wirkte erstaunlich aufgeräumt. Wahrscheinlich hatte er sich noch nicht viel in seinem Zimmer aufgehalten, seitdem die Putzfrau heute Morgen die Apartments gereinigt hatte.

Alles in allem sah es auch hier genau aus wie in meinem Zimmer. Nur seine Möbel waren etwas dunkler. Und er hatte einen direkten Blick auf den Wald, was durch die riesige Fensterfront, die eine Wand ersetzte, noch besser zur Geltung kam.

Als ich an den Regalen entlangschlenderte, bemerkte ich, dass er sogar einige gerahmte Fotos aufgestellt hatte. Eins von ihm und seiner Mutter, zumindest dachte ich, dass es seine Mutter sein musste, da sie ihm wirklich ähnelte. Dann noch eins von einem Mann in Uniform, der auf einem Berg stand und in die Kamera grinste.

»Ist das dein Dad?«, fragte ich interessiert und zeigte auf das Bild.

Conan trat hinter mich und legte seine Arme um meine Hüften. »Mhm.«

Daneben war eins, auf dem Conan noch klein war, vielleicht um die zehn, und auf Daniels Rücken saß.

»Ich habe nie daran gedacht, Fotos in meinem Zimmer aufzustellen.«

»Meine Mom hatte Angst, dass ich sie vergesse. Deshalb hat sie vor längerer Zeit eine ganze Bildercollage angeschleppt«, erklärte er und küsste meine Schulter.

Ich drehte mich zu ihm und legte meine Arme um ihn. »Tut mir leid. Ich will nicht so herumschnüffeln«, kicherte ich.

Conan grinste. »Kein Problem.«

Ich küsste ihn und er schob mich in Richtung Bett, worauf er sich schließlich setzte. Ich beugte mich über ihn, fuhr mit meiner Hand unter sein T-Shirt und vorsichtig seinen Bauch hinauf bis zu seiner Brust.

»Du kannst es auch ausziehen, wenn du magst«, flüsterte er mir ins Ohr und zögernd tat ich, was er sagte. Das Shirt ließ ich neben das Bett fallen. Dann fuhr ich mit meinen Lippen eine Linie von seinem Bauch zurück zu seinem Hals. Als würde Conan es nicht mehr aushalten, zog er mein Gesicht zurück zu seinem und drückte seine Lippen auf meine.

Was immer ich auch tat, ich wusste nicht, ob ich es richtig machte, aber ich ließ mich einfach leiten. Und ich musste ehrlich gestehen: Es gefiel mir.

***

»Hey! Aufstehen!«

Unsanft wurde ich aus dem Schlaf gerissen und öffnete schlaftrunken die Augen. Ich hob meinen Kopf von Conans nackter Brust. Vor uns stand Lisa, die Hände in die Hüfte gestemmt, und sah uns ernst an.

»Da lässt man euch für ein paar Stunden aus den Augen und schon macht ihr so was!« Verzweifelt warf sie die Hände in die Luft.

»Was?«

Sie wandte ihren Kopf zu Conan, als hätte er etwas gesagt. »Oh, Gott sei Dank! Ihr habt nicht miteinander geschlafen!«, seufzte sie erleichtert und ließ sich auf die Couch sinken.

»Lisa! Halt dich aus meinen Gedanken raus, verdammt!«, rief Conan und richtete sich auf.

Ich merkte, wie ich errötete. »Du, meine Liebe, huschst ganz schnell in dein Zimmer! Sei froh, dass ich Zero heute Nacht noch davon abhalten konnte, euch beide zu wecken. Und du!« Sie zeigte auf Conan und kniff die Augen zusammen. »Mit dir rede ich später!«

Schnell schlüpfte ich in mein Kleid – ich war ja nicht nackt gewesen, sondern in Unterwäsche –, schnappte mir meine Schuhe und lief zur Tür. »Tschüss«, murmelte ich und verschwand.

»Tschüss, Ez. Wir sehen uns«, hörte ich Conan rufen, der anscheinend lachte.

Ich schämte mich in Grund und Boden. Barfuß tapste ich durch den Gang, bis ich zu meiner Tür kam und die Karte aus meiner Handtasche fischte. Als ich mein Zimmer betreten hatte und die Tür hinter mir schloss, erwartete Zero mich schon. Er saß mit dem Rücken zu mir auf dem Sofa. Ich warf einen schnellen Seitenblick auf den Nachttisch. Kurz nach halb elf.

Schnell flüchtete ich ins Bad, kämmte mir die Haare und fing an, meine Zähne zu putzen. Doch keine zwei Minuten später stand Zero in der Tür und sah mich finster an. »Ich habe mir Sorgen gemacht«, sagte er ernst und lehnte sich mit verschränkten Armen gegen den Türrahmen.

Mit der Zahnbürste im Mund rollte ich mit den Augen und schrubbte weiter.

»Zum Glück ahnten Lisa und ich schon, wo ihr seid.«

»Es ist doch alles super. Du hattest Spaß, ich hatte Spaß. Alle sind glücklich«, erwiderte ich gedämpft durch die Zahnbürste.

Sein Kiefer spannte sich an. »Wenn dir etwas passiert wäre, hätte ich keinen Spaß mehr gehabt!«

»Jaja.«

Plötzlich schlug er mit der flachen Hand gegen den Türrahmen, sodass ich zusammenzuckte.

»Wann kapierst du endlich, dass ich nicht hier bin, um mir deine dummen Sprüche anhören zu müssen, sondern um dich zu beschützen? Wenn dir etwas passiert, bin ich genauso tot! Du bist doch langsam erwachsen genug, um das zu kapieren, oder?«, brüllte er und fuhr sich durch die Haare.

Wütend pfefferte ich meine Zahnbürste in das Waschbecken und stampfte auf ihn zu.

»Ich sag dir jetzt mal was, Zero! Erstens: Schrei mich nicht an, sonst schrei ich zurück!« Bei den letzten Worten wurde ich erheblich lauter. »Zweitens: Ich bin kein verdammtes Baby mehr und kann auf mich alleine aufpassen! Ich weiß, dass wir euch zu unserer Sicherheit haben, aber Justin Bieber darf ja auch noch alleine aufs Klo, oder? Und der wird auch nicht überwacht, wenn er Besuch hat!« Bei jedem Satz tippte ich wütend gegen seine Brust.

»Woher soll ich das wissen, ich war nie Bodyguard von Justin Bieber!«, bellte er laut zurück. Der Geräuschpegel stieg noch weiter.

»Du weißt genau, was ich meine!«

»Meinst du, wenn Conan zu Besuch ist? Keine Angst, da will ich euch gar nicht stören!«

»Du bist wie ein trotziges Kind!«, schrie ich.

»*Du* bist wie ein trotziges Kind! Andauernd änderst du deine Meinung. Und du willst alles alleine machen und denkst, du wärst so stark.«

»Ich *bin* stark!«

»Genau das meine ich! Wenn du stark genug wärst, bräuchtest du doch keinen Bodyguard.«

»Ich brauche auch keinen! Das wollten meine Eltern so.«

»Okay! Dann kannst du ja gehen!«

»Geh du. Das ist mein Apartment!«

»Aber auch meins! Ich bleibe!«

»Du nervst unglaublich, weißt du das? Bis jetzt habt ihr Bodyguards noch keinem geholfen. Keinem! Alle sind tot, trotz ihrer tollen Beschützer! Und falls mich jemand töten will, wird er es sicher auch schaffen. Du bist doch eigentlich total nutzlos!«, schrie ich und stürmte aus dem Bad. Wütend schnappte ich mir meine Jacke, ein Top und eine Hose und verließ das Zimmer, nicht ohne die Tür zuzuknallen. Super. Jetzt hatte ich mich mit Kassandra und Zero gestritten.

Kassandra. Mir fiel ein, dass ich das heute mit ihr regeln wollte. Also machte ich mich, immer noch kochend vor Wut, auf den Weg in den zweiten Stock.

KAPITEL 28

Nach dem vierten Klopfen öffnete Kassandra. Sie musterte mich kritisch. »Was willst du?«, fragte sie kühl.

Ich räusperte mich nervös. »Ich wollte mich entschuldigen wegen gestern«, fing ich an. »Es ist deine Sache, aber ich wollte dich einfach beschützen. Mr Harries hat noch einmal mit mir geredet und erklärt, wie wichtig du ihm bist. Ich weiß nicht, ob ich ihm das abnehmen soll, aber ich nehme das jetzt einfach mal so hin.«

Sie musterte mich kurz mit verschränkten Armen. »Aha.«

»Kassy, bitte! Ich hatte gerade tierisch Stress mit Zero und ich möchte, dass wenigstens zwischen uns alles wieder gut ist. Glaub mir! Es tut mir leid! Ich werde mich in Zukunft nicht mehr einmischen und ich werde auch niemandem von euch erzählen. Ich schwöre es!«, bettelte ich und sah sie wehmütig an.

Nach einer gefühlten Ewigkeit seufzte sie schließlich und trat zur Seite. »Na gut. Komm rein. Was ist denn los?«

Dankbar betrat ich ihr Apartment. Dylan saß auf ihrem Bett im Schneidersitz und winkte mir lächelnd zu. Ich musste grinsen. Als Kind hatte ich mir Bodyguards immer ernst, furchteinflößend und grimmig vorgestellt. Die, die ich kannte, waren ganz anders. Gut, Zero erfüllte manchmal diese Kriterien. Wenn er sich nicht gerade mit mir stritt wie ein Kleinkind. Ich stieß hörbar die Luft aus und Kassandra sah mich an. Zusammen setzten wir uns auf das Sofa und ich blickte mich im Zimmer um. Die Jalousien waren halb herabgelassen und es roch merkwürdig nach Kräutern. Mit zusammengekniffenen Augen sah ich meine Schwester an.

»Was habt ihr gemacht?«

Ein großer Wasserfleck auf dem Teppichboden stach mir ins Auge. Was war das denn? Ich blickte abwechselnd zu Kassy und wieder zu der nassen Stelle.

»Oh, das. Das ist nur Wasser. Ich habe geübt, Wasserbälle zu formen, aber Dylan muss ja die ganze Zeit Papierkügelchen danach werfen, damit sie zerplatzen!« Sie funkelte ihren Bodyguard kurz an, bevor sie mich wieder anlächelte. »Ich übe gerade einige Zaubersprüche. Mr Harries hat mir kürzlich ein Buch gegeben mit ziemlich wertvollen Sprüchen darin. Ich verstehe nicht ganz, warum er es ausgerechnet mir überlässt, aber ich vermute, dass er sich Sorgen macht wegen all der Morde. Egal welche Maßnahmen er trifft, irgendein Schüler missachtet sie immer. Hast du mitbekommen, dass letztens Eltern gedroht haben, die Polizei einzuschalten? Ihnen war völlig egal, dass unsere Schule auffliegen würde, weil sie endlich wissen wollten, wer der Mörder ist. Mr Harries ist total unruhig deswegen. Jeden Moment könnten die Bullen hier reinmarschieren. Na ja, totales Chaos, wenn du mich fragst.«

»Glaubst du wirklich, dass die Schule bald geschlossen werden könnte?« Als ich ihren Redeschwall unterbrach, sah sie mich ernst an.

»Wenn das so weitergeht, wird es nicht aufzuhalten sein. Eine verrückte Mutter kann uns alle verraten.«

»Ja«, erwiderte ich. »Wahrscheinlich.«

Mit einem tiefen Seufzer schloss Kassy ihre Augen, nahm eine aufrechte Haltung ein und fing an etwas zu murmeln. Plötzlich erhoben sich viele kleine Wassertröpfchen aus dem Glas vor uns und tanzten durch die Luft. Kassy öffnete ihre Augen wieder und lenkte das Wasser so, dass sie sich hintereinander einreihten und sich schließlich in einem großen Tropfen sammelten. Mit einer schnellen Handbewegung gefror der Wasserball und fiel auf den Teppichboden, wo er schließlich zerbrach.

»Der Hammer!«, staunte ich und blickte auf die Eissplitter am Boden.

Schnell beförderte Kassandra die Eisstückchen wieder ins Glas, wo sie sich in Wasser zurückverwandelten. »Danke sehr. Ich muss sie noch etwas härter bekommen, damit ich sie als Waffe einsetzen kann, aber ich habe mich im Vergleich zu letzter Woche auf jeden Fall schon verbessert.« Sie lächelte mich stolz an.

»Also ist alles wieder gut?«, fragte ich. Ich wusste nicht, wie ich plötzlich darauf kam, aber ich verspürte den Drang, mich noch einmal zu vergewissern.

Sie nickte und umarmte mich. »Alles wieder okay. Nur eine Frage: Warum hast du dein Ballkleid noch an?« Mit einem Nicken deutete sie auf den rosa Stoff, der mich umhüllte. Ich sprang schnell auf und griff die paar Kleider, die ich mir mitgenommen hatte.

»Ach ja, das. Nun ja, ich habe bei Conan übernachtet und wurde heute Morgen rausgeschmissen. In meinem Zimmer hatte ich dann keine Zeit, mich umzuziehen, da ich mich sofort mit Zero gestritten habe. Ich verschwinde schnell im Bad und ziehe mich um, ja? Ich habe mir etwas mitgenommen.«

Kassy nickte nur mit einem verschmitzten Blick und schon schloss ich die Badezimmertür hinter mir.

»Soso, du hast also bei Conan geschlafen?«, hörte ich sie spöttisch rufen.

Ich rollte mit den Augen. »Nicht jetzt, Kassy. Das ist doch momentan total unwichtig!«

»Also mich interessiert das brennend.« Dylans Stimme drang gedämpft durch die Tür, sein Lachen ebenfalls.

»Halt die Klappe, Dylan!«, riefen Kassy und ich gleichzeitig.

Keine zwei Minuten später war ich fertig und schleppte mein Kleid zurück ins Zimmer.

»Und jetzt lass uns zu Zero gehen. Du solltest dich entschuldigen. Er macht sich nur Sorgen um dich. Das ist nun mal sein Job«, sagte Kassy.

»Als ob du immer auf mich hörst!« Dylan grinste und Kassy sah ihn augenrollend an.

»Hat dich jemand angestupst, sodass du wackelst? Wir führen hier Frauengespräche, die Idioten wie dich nichts angehen!«

Dylan lachte wieder und erhob sich, ebenso wie wir. Zusammen machten wir uns auf den Weg zu meinem Zimmer. Ich zückte meine Karte und sperrte die Tür auf. Alles war dunkel. War Zero etwa gegangen? Ich schaltete das Licht an. Alles normal.

»Zero?«, rief ich zaghaft, legte mein Kleid auf das Bett und sah mich um.

Nichts. Ich lief zum Regal, schob es beiseite und spähte hinein. Nur ein wenig Licht aus meinem Zimmer fiel in sein kleines Reich, doch etwas Rotes zog sich über die Grenze von Licht und Schatten und verschwand in der Dunkelheit. Blind suchte ich nach dem Schalter und sah mich im Lichtschein schließlich noch einmal um. Es dauerte einen Moment, bis ich erkannte, was sich dort auf dem Teppichboden befand.

Das ist Blut!

Die Blutspur führte bis zum Bett und dahinter. Ich lief einmal darum herum und schrie auf, als ich entdeckte, von wem das Blut stammte. Hinter dem Bett lag Zero. Seine Flügel waren ausgebreitet, die violetten Augen starrten ins Leere. Aus einem dicken Riss in seiner Kehle floss ununterbrochen Blut und an seinem Handgelenk konnte man deutlich eine Zahl erkennen: eine durchgestrichene Fünf.

KAPITEL 29

»Nein!«, schrie ich und ließ mich neben ihm auf die Knie fallen. »Nein! Nein! Zero. Bitte nicht!«

Kassandra stürmte ins Zimmer. Als sie den Grund für meine Schreie erkannte, schnappte sie nach Luft.

»Dylan! Hol Hilfe! Schnell!«, rief sie und beugte sich zu mir.

»Wieso habe ich ihn allein gelassen?«, schluchzte ich und vergrub meine Hände in seinem blutdurchtränkten Hemd.

Kurzerhand packte Kassy meine Schultern und sah mir tief in die Augen. »Beruhige dich, Ezra. Du kannst nichts dagegen tun. Lass uns auf Hilfe warten, okay?«

»Ich kann ihn nicht verlieren.« Weinend vergrub ich meine Nase in ihrer Halsbeuge.

»Ich glaube, das hast du gerade, Maus. Du kannst es nicht ändern. Es tut mir so leid.«

Nein! Ich kann ihn nicht verlieren! Bitte, lieber Gott, falls es dich gibt, lass mich ihn nicht verlieren!

»Wir müssen ihn heilen!«, wimmerte ich und fing an, das Blut von seiner Haut zu tupfen. Aber es nützte nichts, da es überall war.

»Wir haben nicht die Fähigkeiten dazu, ihn zu heilen«, antwortete Kassandra. Sie versuchte ruhig zu bleiben, aber ich sah die Panik in ihren Augen.

»Nein«, wimmerte ich. »Das kann nicht sein! Du bist eine Hexe, du musst etwas tun können!«

Kurz bekam Kassys Blick etwas Hilfloses, aber ihre Fassade verhärtete sich plötzlich und nahm einen entschlossenen Ausdruck an.

»Ich bin gleich wieder da«, sagte sie und ließ mich allein.

»Kassy!«, rief ich ihr weinend hinterher, aber sie war bereits durch die Tür.

Mit zitternder Unterlippe strich ich Zero ein paar Haarsträhnen aus dem Gesicht und schloss seine Augen. Dann nahm ich seine kalte Hand in meine und strich mit meinem Daumen über seinen Handrücken. Wer war so stark, dass er sogar Bodyguards ohne Probleme umbringen konnte? Und warum Zero?

Ein paar Minuten später hechtete Kassandra wieder ins Zimmer und ließ ein Buch auf Zeros Bett fallen. »Es gibt einen Spruch«, keuchte sie und stützte sich auf ihre Knie.

»Gut, dann wende ihn an!«, befahl ich panisch.

Doch sie schüttelte den Kopf. »Ich kann ihn nicht anwenden. Das kannst nur du. Komm her.«

Widerspenstig löste ich mich von Zero und stellte mich neben sie. Ich hatte nicht die Ruhe, mich zu setzen. Andauernd fiel mein Blick zur Tür, in der Hoffnung, jeden Moment würde Hilfe kommen.

»Weißt du noch, als ich dir auf dem Ball erzählt habe, dass ich einen Spruch für dich gefunden habe? Nun, eigentlich sind es zwei. Das ...« Sie tippte auf das Buch. »Das ist das Buch, das Mike mir gegeben hat.«

Sie schlug es auf und reichte es mir. Der Umschlag war dunkelbraun und vergilbt. Auf dem Buchdeckel stand in großen geschwungenen Buchstaben *Dämonen der Zeiten*.

»Ich habe etwas über dich herausgefunden. Wusstest du, dass Todesfeen in einer gewissen Weise auch zaubern können? Ich meine, ihr seid Feen, in fast jedem Märchen haben Feen magische Kräfte.«

Als sie mir das erzählte, fingen ihre Augen plötzlich an zu glänzen.

»Heißt das, ich bin auch eine Art Hexe?«, fragte ich verwundert. Mir war noch nie zu Ohren gekommen, dass Todesfeen zaubern konnten.

»Nun ja, nicht ganz, dann wäre ich wertlos. Ich bin mir nicht sicher, ob er funktioniert, aber Mike ... Mr Harries sagte, dass alle Sprüche, die in diesem Buch stehen, stimmen. Die verschiedenen Dämonenarten stehen drin, aber auch Zaubersprüche und Flüche«, erklärte Kassy hastig und tippte auf die Seite vor mir. »Weißt du, ich habe schon viele Sprüche aus verschiedenen Büchern erlernt und ausprobiert, aber diese hier sind wirklich effektiv. Hier sind Sprüche drin, mit denen man sogar den Tod austricksen kann.«

»Was hat das jetzt mit mir zu tun?«

»Warte noch einen Moment.«

»Wir sind etwas unter Zeitdruck.« Ich sah zu Zeros totem Körper, wischte den Rest meiner Tränen weg und warf einen Blick auf die Seite, die Kassy aufgeschlagen hatte.

»Hier, lies es dir durch. Dann wirst du verstehen.« Ihr Gesicht war ernst, aber plötzlich sah ich doch noch etwas Anderes: Hoffnung.

»Es gibt für euch Todesfeen nur einen Zauberspruch, aber der hat es in sich. Lies dir nur die Seelenspaltung durch, wir haben nicht viel Zeit«, erklärte sie rasch und sah mich auffordernd an.

Dort stand:

Banshees:

Banshees, auch Todesfeen, sind Wesen der Natur und somit mit natürlicher Kraft ausgestattet. Am bekanntesten sind sie für ihre Kraft und den lähmenden Schrei, den sie bei enormem psychischem Druck ausstoßen können. Sehr mächtigen Todesfeen gelingt dieser Vorgang auch im normalen und nicht nur im verwandelten Zustand. Die Naturwesen haben meistens orangefarbene Augen, da die hauptsächliche Kraft den Sonnenstrahlen entnommen wird.

Über die Jahre können sich auch weitere Fähigkeiten wie das Fliegen, das Seelensehen oder geschickliche Verbesserungen zeigen. Durch die direkte Verbindung zum Wald sind sie entfernt mit den Waldelfen verwandt, auch Waldhexen genannt, und verfügen so über einige wenige hexerische Fähigkeiten wie das Seelenspalten und das Totensehen.

Seelenspalten:

Banshees haben die besondere Fähigkeit, ihr Seelengemüt in vier Teile zu spalten. Mit jedem Teil der Seele ist es möglich, einen Toten wieder zum Leben zu erwecken, indem der Tote ein Seelenteil der Banshee extrahiert. Es muss direkt über Mundkontakt absorbiert werden. Es gibt keine Garantie, da das Seelenstück auf dem Weg in den Körper mit der außenstehenden Luft oxidieren und somit verloren gehen kann.

Der Zauberspruch sollte in Anwesenheit einer Hexe durchgeführt werden und der oder die Tote sollte nicht länger als vierundzwanzig Stunden verstorben sein. Ein Blutopfer wird benötigt, wofür aber ein Schnitt in die Hand oder den Arm genügen sollte. Das von dem Auszuführenden abgegebene Blut sollte in Kreuzform auf die Bruststelle bzw. Herzstelle des Toten gemalt werden.

Wichtig: Jede Todesfee braucht mindestens ein Seelenstück, um zu leben!

Seelenspaltung:
Für die Liebe das Herz,
das Rot für die Wut.
Der Schmerz für die Qualen,
auf denen das Leben beruht.
Ein Satz und das Leben,
das einst dir geraubt,
wird wieder gegeben,
wenn meine Seele zerstaubt.
Anima mea est tibi.

Mit großen Augen sah ich von den verwirrenden Worten auf und beäugte Kassandra.

»Anima mea est tibi?«, wiederholte ich und reichte ihr das Buch, welches sie an sich nahm, um selbst noch einmal die Zeilen zu überfliegen.

»Damit ist gemeint, dass du einen Toten wieder ins Leben zurückholen kannst, indem du deine Seele spaltest. ›Anima mea est tibi‹ bedeutet: Meine Seele ist dein. Du kannst Zero wiedererwecken, indem du ihm deine Seele einflößt«, erklärte Kassandra. »Du gibst ihm ein Stück deines Inneren ab. Das ist eine sehr mächtige Fähigkeit. Nur starke Banshees können diesen Spruch ausführen und ein paar wenige Druiden. Ich schätze, er muss lange geübt werden.«

»Und wieso zeigst du ihn mir? Dann ist er doch für mich unbrauchbar, oder nicht?«, fragte ich und versuchte ruhig zu atmen.

»In gewisser Weise schon, aber wir haben keine anderen Möglichkeiten, als es zu versuchen«, sagte sie. Es klang zielstrebig.

Schließlich nickte ich. »Du hast recht. Vielleicht funktioniert es. Du hast nicht ohne Grund genau jetzt diesen Spruch gefunden. Das war Schicksal. Was habe ich schon zu verlieren?«

»Deine Seele«, sagte plötzlich eine kalte Stimme und wir fuhren erschrocken herum. Mr Harries stand im Türrahmen. Seine Brust hob und senkte sich schnell, als sei er gerannt. Erschrocken blickte er auf Zero. Der Tag draußen war bewölkt, sein Gesicht wirkte blass und sein Blick dunkler als sonst.

»Was ist passiert?«, fragte er entsetzt.

»Mike! Der Mörder ... Er war hier. Und er hat ...« Ihre Stimme drohte zu versagen, aber sie schien sich zu fassen. Dann wandte sie sich schnell wieder an mich. »Ich hole die Kerzen. Ezra, hilf mir, Zero in die Mitte des Zimmers zu tragen!«

»Kassandra. Ich halte das für keine besonders gute Idee.« Er hielt sie am Arm zurück, als sie neben mich treten wollte, um Zeros Beine zu packen.

»Du kannst mich nicht aufhalten. Es ist seine einzige Chance«, erwiderte sie und machte sich los.

Sie band die Decke um Zeros Hals, die über den Boden schleifte, als wir ihn in die Mitte des Raums zerrten. Ich richtete seine Flügel, holte ein nasses Handtuch und während Kassandra Kerzen zusammensuchte, begann ich seine Haut von all dem Blut zu befreien.

»Kassy«, rief Mr Harries und folgte ihr ins Wohnzimmer. Klappern war zu hören, als würde sie verschiedene Schubladen durchwühlen. »Hör mir zu, du gefährdest nicht nur Ezra, sondern auch dich!«

»Nein, hör *mir* zu! Ich habe die Möglichkeit, Zero zu helfen. Ezra hat die Möglichkeit, Zero zu helfen. Und das werden wir. Denn man rettet seine Freunde, wenn man die Möglichkeit dazu hat. Also bleib hier oder geh!«, fauchte sie und kam zurück zu mir.

Ich säuberte gerade Zeros Hände, als ich neben der eingeritzten Fünf noch etwas bemerkte. Darunter stand etwas.

»IALK«, las ich laut vor und Kassandra blickte zu mir. »Was?«

»Das steht auf seinem Arm. Was bedeutet das?«

Mr Harries kam zu mir und beugte sich hinab, die Augenbrauen zusammengezogen.

»Das ist jetzt nicht wichtig. Uns läuft die Zeit davon. Mike, setz dich aufs Bett. Du darfst uns nicht stören, verstanden? Ezra, zieh ihm den Anzug und das Hemd aus«, befahl Kassy und ich gehorchte ihr.

Mr Harries fuhr sich übers Gesicht, als könne er nicht fassen, was wir da gerade taten, ließ sich aber schließlich aufs Bett sinken. Er nahm sein Handy und rief jemanden an. Ich war zu beschäftigt, um zuzuhören, meinte aber mitzubekommen, wie er mehrmals »Michael« sagte. Michael war ein gewöhnlicher Mensch, aber er war ein Arzt, der unter anderem auch Dämonen behandelte.

Mühsam streifte ich Zeros Jacke ab, öffnete sein Hemd und warf beides achtlos auf die Seite. Kassy legte ein kleines silbernes Taschenmesser und eine Schale aus Holz neben mich. Dann zündete sie die Kerzen an und beugte sich über ihn.

»Was machst du da?«, rief ich nervös, als sie das mittlerweile blutgetränkte Bettlaken von seinem Hals entfernte. Tränen schossen mir wieder in die Augen, als ich die Wunde an seinem Hals sah.

»Ich werde seine Wunde schließen. Sie wird nicht geheilt sein, aber verschlossen, sonst verblutet er gleich noch einmal, wenn er aufwacht«, murmelte Kassy und fing an einen Zauberspruch vor sich hin zu murmeln. Ich beobachtete nervös, wie sich langsam der große Riss an Zeros Kehle schloss und die Blutung stoppte. Kassy ließ die Jalousien runter und setzte sich wieder mir gegenüber. Dabei lehnte sie sich ans Bett.

»Okay, Ezra, hör mir jetzt genau zu: Du nimmst das Messer, schneidest dir in die Hand und lässt ein paar Tropfen davon in diese Schale tropfen. Während du das Kreuz auf seine Brust malst, sagst du den Spruch auf, okay? Sobald du fertig bist, flößt du ihm deine Seele ein. Sei vorsichtig, dass es auch ja keine Lücke gibt! Drücke deine Lippen so fest es geht auf seine und öffne seinen Mund.« Jetzt wandte sie sich an unseren Direktor. »Wann wird der Arzt kommen?«

»Er wird in etwa einer halben Stunde hier sein.«

»Okay. Das sollte reichen. Ezra, konzentriere dich. Weißt du noch, wie der Spruch ging?«

Ich schüttelte den Kopf. Kassy wiederholte ihn für mich. »Und du musst dich dazu verwandeln.«

Zitternd schloss ich die Augen und tat, was Daniel Tausende Male in den Trainingsstunden mit uns geübt hatte. Ich spürte nichts. Keine Kraft, die mich durchströmte. Keine Energie, die ich durch meinen Körper schoss, wenn ich mich verwandelte. Nervös öffnete ich meine Augen. Meine Flügel waren bereits erschienen.

Schließlich reichte Kassandra mir das Messer. Ängstlich umklammerte ich den Griff. Dann führte ich es langsam zu meiner linken Handfläche, den Blick starr auf Zero gerichtet. Seine Augen hatte ich geschlossen, damit er friedlicher aussah. Das viele Blut half da natürlich nicht besonders. Erst als ich einen brennenden Schmerz an meiner Hand spürte, bemerkte ich, dass ich mir bereits in die Hand geschnitten hatte. Schnell hielt ich meine Faust über die Schale und ließ einige Tropfen auf das dunkle Holz der Schüssel fallen. Ohne auf den stechenden Schmerz zu achten, tauchte ich meine Finger in das Blut und fing vorsichtig an, das Kreuz zu malen, während ich zitternd den Zauberspruch aufsagte:

»Für die Liebe das Herz,
das Rot für die Wut.
Der Schmerz für die Qualen,
auf denen das Leben beruht.
Ein Satz und das Leben,
das einst dir geraubt,
wird wieder gegeben,
wenn meine Seele zerstaubt.«
Ich atmete tief ein.
»Anima mea est tibi.«

Plötzlich wurde mir unheimlich schlecht und meine Augen fingen an, fürchterlich zu brennen. Meine Sinne waren benebelt und überall um mich herum waren Stimmen. Jede Faser meines Körpers schien in Flammen zu stehen.

»Ezra«, hörte ich Kassys Stimme weit, weit weg. »Ezra! Du musst dich konzentrieren! Hey, was ist los? Deine Seele. Denk an das Seelenteil!«

»Kassy, lass sie. Das ist ihr erstes Mal. Wer weiß, was sie gerade durchmacht und ob sie es überhaupt schafft. Das ist der Teil, der normalerweise geübt werden muss. Sie macht es ganz ohne Übung«, erklang Mr Harries' Stimme.

»Aber ich muss ihr helfen. Was ist, wenn sie es nicht schafft?«, hörte ich Kassy wimmern. »Wenn es meine Schuld ist, weil ich sie dazu überredet habe.«

Ein starker Schmerz zog durch meine Brust, als würde mein Herz auseinandergerissen. Fast hätte es mich zu Boden geworfen. Ich taumelte und wünschte mir in dem Moment nichts sehnlicher, als genau das zu tun. Aber ich musste stark bleiben.

Die Stimmen wurden lauter und ich musste mich konzentrieren, wach zu bleiben. Wie in Zeitlupe sah ich zu Zero. Wie er dalag. Tot. Dabei war er immer für mich da gewesen. Es kam mir vor, als würden wir uns schon ewig kennen. Ein Lächeln wollte sich auf meine Lippen schleichen, doch es kam nicht dazu, da ich zu würgen begann. Hilfe! Es fühlte sich an, als würde etwas meine Kehle emporkriechen.

»Ezra! Die Seele«, wiederholte meine Schwester verzweifelt. Gähnend langsam tastete ich mich zu Zeros Gesicht vor. Umklammerte es mit beiden Händen und drückte meine Lippen auf seine. Mit meinem Mund öffnete ich leicht seinen und versuchte möglichst alle Lücken geschlossen zu halten. Die Übelkeit wurde schlimmer. Ich würde mich übergeben. Oder ersticken. Etwas Warmes glitt aus meinem Mund in seinen. Es war widerlich. Es kam mir vor, als würden tausend Ameisen aus meinem Mund krabbeln. Überall kribbelte es. Selbst als ich spürte, dass alles vorbei war, löste ich mich nicht von ihm. Die Übelkeit war verschwunden. Meine Sicht wurde klarer. Und ich merkte, wie eine Träne über meine Wange kullerte und auf seiner perfekten Haut landete. Erst als Kassandra mich sanft von ihm wegzog und umarmte, begann ich wieder richtig zu atmen.

»Hat es funktioniert?«, fragte ich benommen in ihre Halsbeuge hinein, meine Augen immer noch geschlossen.

»Ich weiß es nicht. Wir werden sehen«, murmelte sie. Als ich auf Zero blickte, wirkte er kein bisschen lebendiger.

»Das hast du gut gemacht«, lobte mich Mike aufmunternd lächelnd, als ich mich neben ihn auf das Bett sinken ließ. »Ich weiß, dass es viel Kraft kostet, so einen mächtigen Zauber auszusprechen. Besonders für so eine junge Todesfee.«

Ich blickte ihn dankbar an und er lächelte zurück.

Eine halbe Stunde lang tigerte ich nervös durchs Zimmer. Zero war noch nicht aufgewacht und diese erstickende Sorge breitete sich wieder in mir aus.

»Sollte er nicht schon längst wach sein?«, fragte ich murmelnd und sah zu Kassy, die im Wohnzimmer mit Mr Harries sprach. Michael war mittlerweile da gewesen, aber Mr Harries hatte ihn gebeten, später wiederzukommen.

Was soll ich nur tun, wenn Zero nicht mehr aufwacht?

Conan war auch vorbeigekommen, aber ich wollte ihn nicht sehen. Ich hörte Dylan, der vor der Schiebetür Wache hielt, mit ihm diskutieren. Ich wollte niemanden sehen. Als ich abermals zu Zero sah, hielt ich es nicht mehr aus. Ich schnappte mir das Messer, schnitt noch einmal in die Wunde, ignorierte den Schmerz und tröpfelte neues Blut in die Schale. Ich malte ein zweites Kreuz auf seine Brust, während ich den Spruch aufsagte.

»Ezra! Was machst du da? Nein!« Kassy wollte mich von ihm wegzerren, aber Mr Harries hielt sie auf.

»Tu das nicht, Kassy! Wenn du sie jetzt störst, könnte das schlimmere Folgen haben!«

»Aber sie verliert noch mehr ihrer Seele! Warum sollte es jetzt klappen?«

Er trug meine strampelnde Schwester aus dem Zimmer und zog das Regal vor, damit ich mit Zero allein war. Ich redete unbeirrt weiter und wiederholte den Spruch zweimal. Das gleiche Gefühl kroch in mir hoch. Die Übelkeit, die Stimmen, der Nebel um mich herum. Verzweifelt versuchte ich, mich zurechtzufinden, während die Tränen über meine Wangen liefen. Ich fiel, schlug auf dem Boden auf, japste, als es mir die Luft aus meinem Brustkorb presste.

Aber zwei Arme legten sich um mich und halfen mir auf, sodass ich wieder gerade saß. Jedoch sah ich viel zu verschwommen, um zu erkennen, wer es war.

Als ich spürte, wie dieses Etwas in mir hinaufkroch und mich zu ersticken drohte, drückte ich meine Lippen auf Zeros, so fest ich konnte. Meine Brust schien zu zerspringen und ich merkte kaum, wie ich anfing zu schluchzen. Ich wusste nicht mehr, wie lange ich so verharrte. Ich bekam mit, wie ich in Mike Harries' Arme fiel und zu weinen anfing. Warum er plötzlich da war und warum genau er es war, der mich tröstete, war mir völlig egal. Sanft strich er mir über den Kopf, während wir neben Zeros Leiche auf dem Boden lagen. Aber selbst nach weiterem Warten wachte er nicht wieder auf.

Ich bin zu schwach.

KAPITEL 30

Mein Blick war noch immer auf Zeros leblosen Körper geheftet.

Er durfte nicht tot sein!

»Ich muss es noch einmal versuchen«, schluchzte ich und wollte aufstehen, doch Mr Harries hielt mich in seinen Armen umklammert.

»Sei nicht dumm, Ezra. Er wird nicht wieder aufwachen.«

Ich schaute zu ihm hoch und merkte, wie meine Sicht wieder verschwamm. »Nein«, murmelte ich vor mich hin. »Nein.« Ich ließ meinen Kopf zurück gegen seine Brust sinken und wurde nun ganz von meiner Trauer fortgerissen.

Michael betrat fünfzehn Minuten später das Zimmer, gefolgt von Conan, Lisa und Kassandra. Conan nahm mich in den Arm, ohne etwas zu sagen, und ich riss mich zusammen, nicht wieder loszuheulen. Zero wurde weggetragen. Wahrscheinlich in ein Leichenschauhaus. Ich wäre am liebsten hinterhergerannt und hätte mich neben ihn gelegt. Warum nahm es mich so sehr mit? Weil er mir etwas bedeutet hatte? Weil er mein Bodyguard gewesen war? Oder vielleicht, weil ein Mensch einfach aus dem Leben gerissen worden war, ohne jeglichen Grund, ohne jegliche Schuld. Gott, ich ertrug das alles nicht mehr. Langsam wurde mir bewusst, wie Kat sich gefühlt haben musste.

»Es tut mir so leid«, flüsterte Conan neben meinem Ohr.

Ich sah zu ihm auf, direkt in seine Augen. Sie waren glasig und auch in ihnen konnte ich deutlich Trauer erkennen. Lisa saß auf dem Sofa und weinte still für sich. Sie hatte ihn wohl wirklich geliebt, auch wenn es nach außen nur nach einer Bettgeschichte ausgesehen hatte.

Ich löste mich von Conan und setzte mich neben Lisa. Sie nahm mich kaum wahr, doch als ich einen Arm um sie legte, ließ sie einfach ihren Kopf gegen meine Schulter sinken.

»Das Leben ist grausam, Ezra. Halte dich an den Momenten fest«, wisperte sie und starrte aus dem Fenster.

»Ezra sollte heute auf keinen Fall alleine schlafen!«, verkündete Mr Harries.

»Ich kann zu Conan«, antwortete ich leise und sah zu ihm. Er nickte.

»Netter Versuch. Es herrschen immer noch Schulregeln. Du ziehst vorerst bei Kassandra ein«, widersprach unser Direktor.

Schweigend packte ich meine Sachen. Das Regal, das zu Zeros Zimmer führte, war vorgeschoben. Ich hatte keine Ahnung, ob es schon gereinigt worden war, aber ich wollte nicht nachsehen. Ich konnte es nicht noch einmal ansehen. Die Erinnerungen daran, wie Zero dort gelegen hatte, machten mir Angst. Mit Zeros MP3-Player, den ich fest umklammert hielt, verließ ich mein Apartment und schloss die Tür.

Draußen wartete Dylan bereits auf mich, um mich zu Kassy zu begleiten.

»Hast du dich ein wenig beruhigt?«, fragte er besorgt und nahm mir meine Tasche ab.

»Ja, ich denke schon.« Ich lächelte tapfer.

Meine Schwester öffnete die Tür und umarmte mich sofort. »Ich bin eben runter in die Küche gegangen und habe nach ein wenig Tee gefragt. Möchtest du einen? Ich glaube, es ist irgendeine Fruchtmischung«, fing sie sofort an, auch wenn ihre Stimme noch immer nicht wieder fröhlich klang.

Als ich ihr Zimmer betrat, sah ich Bran, Kat, Alena und Liam auf ihrem Sofa sitzen, die alle gleichzeitig aufsprangen, als sie mich sahen.

»Ezra! Es tut mir so leid. So leid. Wenn wir denjenigen finden, ich werde ihm den Hals umdrehen«, fing Alena sofort an, wischte sich eine Träne aus dem Augenwinkel und umarmte mich. Nacheinander tat der Rest es ihr gleich. Ihre Bodyguards saßen schweigend auf dem Sofa und starrten vor sich hin. Zero war ihr Kollege gewesen und ich war ihre Freundin.

Am Abend verließen alle das Zimmer. Die Stimmung meiner Freunde hatte sich ein wenig gebessert, aber meine war noch tiefer in den Keller gesunken. Erschöpft machte ich mich bettfertig. Ich wollte nur noch schlafen. Das flaue Gefühl in meiner Magengegend wollte nicht verschwinden. Als fehlte mir irgendetwas. Erst jetzt wurde mir klar, dass ich zwei Seelenteile verloren hatte. Zwei! Und ich hätte mein drittes, ohne zu zögern, auch noch aufgegeben. Für ihn. Aber das war ich ihm schuldig gewesen, oder etwa nicht?

Hätte ich auch mein letztes Teil gegeben, wenn es nötig gewesen wäre?

Ich war so naiv gewesen, mir Hoffnungen zu machen, hatte den Spruch noch nicht einmal richtig gekonnt. Ich war weder mächtig noch erfahren, wie hatte ich nur denken können, dass ich Zero zurückholen könnte?

Kassy war bereits zu Bett gegangen. Sie hatte mir eine große, flauschige Decke herausgelegt. Ich ließ mich neben sie sinken und blickte zu Dylan, der auf dem Sofa seelenruhig schlummerte. Als eine Träne über meine Wange kullern wollte, wischte ich sie schnell weg. Ich vermisste Zero.

In dieser Nacht wachte ich mindestens hundert Mal auf. Ich hielt es nicht mehr aus und beschloss, etwas frische Luft zu schnappen. Ich wusste, dass es gefährlich war und dumm. Aber so naiv es auch klang, ich wünschte mir beinahe, dass ich der Person begegnen würde, die Zero und all den anderen das angetan hatte. Seufzend richtete ich mich auf, zog mir eine dicke Jacke über und meine Schuhe an, schnappte mir die Karte, die auf der Kommode lag, und schlich mich nach draußen auf den Internatsflur. Als ich unten in der Eingangshalle auf die Uhr sah, war es gerade Punkt fünf Uhr am Morgen. Draußen war es noch stockduster und es war bitterkalt. Der Winter brach über die Landschaft herein. Man merkte es deutlich. Ich traute mich kaum zu weinen, da ich befürchtete, dass meine Tränen auf meinen Wangen festfrieren würden. Als ich meine Hände in meinen Jackentaschen verschwinden ließ, spürte ich etwas Kaltes.

Zeros MP3-Player. Ich zog ihn heraus und betrachtete ihn wie das Wertvollste auf der Welt. Ich schaute seine Playlists durch. Er hatte tatsächlich eine mit dem Namen: »Traurig«. Nachdem ich ein paar Lieder überflogen hatte, schaltete ich *Echo* von Jason Walker an und steckte mir die Stöpsel in die Ohren. Es war eines der wenigen Lieder, das ich kannte. Meine Mom hatte immer gesagt, dass traurige Musik trösten würde, denn man fühlte sich nicht mehr so allein.

Die sanften Klänge des Liedes beruhigten mich ein wenig. Es war so viel passiert. Und es hörte nicht auf. Wann würde es endlich enden? In dem

Moment wünschte ich mir Zero an meiner Seite. Ich wünschte, er würde mit den Augen rollen, weil ich wieder einmal etwas Dummes gesagt hatte. Ich wünschte, ich wäre neben ihm aufgewacht, weil ich nicht alleine schlafen wollte. Oder dass er mich anschreien würde, weil ich wieder einmal irgendwo ohne ihn hingegangen war. Ich wünschte einfach, er wäre da. Erst jetzt wurde mir klar, wie sehr er mir in dieser kurzen Zeit ans Herz gewachsen war. War das überhaupt möglich?

Plötzlich hörte ich ein Knacken, was ich sogar trotz der lauten Musik wahrgenommen hatte. Es war dumm gewesen, alleine rauszugehen ... Und wie dumm es war. Das wurde mir schlagartig bewusst, als sich zwei kalte Hände auf meine Schultern legten und mein Schrei die Stille der Nacht zerriss.

KAPITEL 31

Als ich mich schnell umdrehte und zum Schlag ausholen wollte, verhedderte ich mich in den Kabeln der Kopfhörer, und sie fielen mitsamt dem MP3-Player auf den Boden. Doch ich blickte nicht in das Gesicht eines Mörders. Erleichtert ließ ich den Arm sinken und hob den MP3-Player wieder auf.

Vor mir stand Kat, die mich entsetzt anblickte, daneben Bran, der wie gelähmt auf dem Boden lag.

Mit einem Mal erwachte meine Freundin aus ihrer Starre und blickte abwechselnd zu mir und zu Bran. »Sag mal, spinnst du? Du hast ihn gelähmt«, stieß sie aus und beugte sich zu ihm hinunter.

»Genau, Ezra! Was hast du dir gedacht?«, fügte Bran hinzu, der sich dabei aber sein Lachen nicht verkneifen konnte.

Ich stimmte mit ein. »O Gott, es tut mir leid!« Ich konnte mich kaum noch halten, als ich sah, wie er dalag, alle viere von sich gestreckt, den Blick Richtung Himmel, da er nicht einmal mehr seinen Kopf heben konnte.

»Warte, es lässt gleich nach«, sagte ich und half Kat, ihn aufzurichten. Jede von uns griff ihn unter einer Achsel und zusammen schleiften wir ihn zum Haus. Er war schwerer, als er aussah.

»In ein paar Minuten kannst du dich wieder bewegen. Ganz sicher«, beruhigte ich ihn, immer noch grinsend, nachdem wir ihn im Gebäude in den Flur gelegt hatten.

»Was hast du alleine draußen gemacht?«, fragte mich Kat, die sich außer Atem an die Wand setzte. Sie hatte ihre roten Haare zu einem hohen Pferdeschwanz gebunden, trug ein weites Hemd und eine Jogginghose.

»Ich konnte nicht schlafen, da bin ich spazieren gegangen. Es ist so viel passiert in den letzten Tagen. Aber das Gleiche könnte ich euch fragen!«

»Uns ging es genauso. Ich schätze, das liegt am Vollmond, wir ...« Doch

Bran wurde unterbrochen, als Mr Harries mit energischen Schritten die Treppe heruntergestürmt kam. Seine Haare waren etwas zerzaust, er trug nur ein Tanktop und eine weite Jogginghose.

»Was ist hier los? Ich habe Schreie gehört. Ist etwas passiert?«, fragte er aufgeregt und sah zwischen uns hin und her. Als er uns entspannt im Flur liegen sah, runzelte er die Stirn. Der Anblick war sicher amüsant: Kat und ich lässig gegen eine Wand gelehnt und Bran lag hilflos in der Mitte.

»Wir chillen nur«, erwiderte Bran, worauf Kat und ich grinsten.

»Tut mir leid, Mr Harries. Der Schrei kam von mir. Ich war spazieren und da haben die beiden mich überrascht. Ich dachte, ich müsste mich verteidigen«, erklärte ich und blickte ihn schuldbewusst an.

Er stieß ein Schnauben aus. »Und das musst du morgens um fünf machen? Ich hoffe, du hast nicht die ganze Schule aufgeweckt.«

»Es tut mir leid. Ich war nur so aufgewühlt wegen der letzten Tage. Ich brauchte etwas frische Luft.«

Mit einem besorgten Zischen setzte er sich neben uns und sah uns ernst an. »Hier schleicht irgendwo ein Mörder frei herum. Ich habe euch nun schon mehrmals gewarnt, dass ihr auf keinen Fall ohne euren Bodyguard eure Zimmer verlassen sollt. Und besonders nicht alleine.« Er warf mir einen strengen Blick zu. »Hätte ich gestern nicht eure Gesichter gesehen, würde ich euch alle des Mordes verdächtigen. Und jetzt ab ins Bett mit euch, aber zackig!« Er machte eine scheuchende Handbewegung in Richtung Treppen.

»Das geht nicht. Bran kann sich noch nicht bewegen«, erwiderte Kat grinsend und auch ich war kurz davor, ein weiteres Mal loszuprusten.

»Nein, wartet, ich glaube, langsam gehts wieder«, warf Bran ein und versuchte vorsichtig seine Hände zu bewegen. Mit Erfolg. Dann stellte er seine Beine auf. Und schließlich konnte er sich wieder aufrecht hinsetzen. »Seht ihr!«

»Bleibt noch etwas sitzen und danach geht ihr ins Bett, verstanden? Und keine nächtlichen Ausflüge mehr. So etwas können wir uns momentan nicht leisten«, sagte Mr Harries streng, erhob sich und verschwand wieder.

»Sorry noch mal«, entschuldigte ich mich und Bran grinste. »Ist schon okay. Aber mach das nicht noch einmal!«

»Bestimmt nicht. Ich gehe lieber wieder zurück. Gute Nacht, Leute!«

»Ja, gute Nacht, Ez.«

Ich stemmte mich hoch und tapste die Treppen hoch, zurück zu Kassys Zimmer. Leise schloss ich auf, zog die Sachen aus und versuchte sie so geräuschlos wie möglich auf die Kommode zu legen.

»Wo warst du, Ezra?«

Als ich Dylans Stimme hörte, erschrak ich so sehr, dass ich mir das Knie an einem der Tischbeine stieß.

Japsend hielt ich mein Bein und humpelte zu Dylan. Im Mondlicht konnte ich seine zerzausten Haare erkennen und wie seine Augenbrauen sich beinahe in der Mitte trafen, so sehr hatte er sie zusammengezogen. Langsam ließ ich mich neben ihn sinken.

»Ich war draußen und habe etwas frische Luft geschnappt«, erklärte ich leise.

»Warum hast du mich nicht geweckt? Ich wäre mit dir gekommen. Du weißt, dass ich für dich verantwortlich bin, solange …«

»Ja, ich weiß. Es tut mir leid, das war unverantwortlich. Ich dachte nur, dass du auch etwas Schlaf gebrauchen könntest, nachdem Zero nun …« Ich konnte den Satz nicht beenden. Wie ein Kloß blieb er mir im Hals stecken. Plötzlich spürte ich Dylans warme Hand auf meiner.

»Er wird trotzdem immer in deinem Herzen sein. Genauso wie in meinem«, sagte er leise.

Ich nickte, auch wenn er es in der Dunkelheit wahrscheinlich nicht sehen konnte.

»Ich konnte mir nie vorstellen, dass man jemanden nach so kurzer Zeit so sehr vermissen kann«, flüsterte ich und spürte, wie Dylan meine Hand kurz etwas fester drückte.

»Jetzt kannst du es. Ich kenne Zero schon ziemlich lange. Um genau zu sein, arbeiten wir bereits seit fünf Jahren zusammen. Arbeiteten … Am Anfang habe ich ihn gehasst. Er saß immer alleine beim Frühstück, hat nie mit irgendjemandem geredet und immer so getan, als wäre er der geheimnisvollste Mensch der Welt. Aber irgendwann habe ich mich einfach zu ihm gesetzt, seinen Blick ignoriert und gefragt, wie sein Tag war. Und plötzlich hat er gelächelt und mit mir geredet und ich musste feststellen, dass dieser arrogante Drecksack eigentlich ein gutes Herz hat, auch wenn er es nicht gerne zeigt.«

Gegen meinen Willen musste ich bei Dylans Worten kichern.

»Aber weißt du, Ez. Das ist nun mal auch unser Job. Ernst zu sein. Furchteinflößend. Auch wenn wir es manchmal nicht sonderlich gut hinkriegen.« Diesmal hörte ich ihn leise lachen. »Er hat immer viel über dich geredet«, sagte er und plötzlich herrschte Stille.

»Hat er das?«

»Ja, auch wenn er sich meistens aufgeregt hat, hatte er dabei diesen Funken in den Augen. Diesen ganz bestimmten Funken, den er immer hatte, wenn er über etwas sprach, das ihm wichtig war.«

»Du scheinst ihn ganz schön genau beobachtet zu haben«, stellte ich fest. Kurz zuckte ich zusammen, als Kassy sich im Bett hinter uns rekelte, aber sie drehte sich nur um und schlief dann seelenruhig weiter.

»Vielleicht. Aber er hat es nie bemerkt. Manchmal merkt man sich von bestimmten Menschen Dinge, auf die sie umgekehrt nie achten würden. Und manchmal hört man diese Person lachen, obwohl sie nicht mehr um einen herum ist. Oder man erkennt eben die Art, wie ihre Augen glänzen.«

Es dauerte eine Weile, bis ich es verstand, aber schließlich machte es klick.

»Du mochtest Zero sehr, oder?«, fragte ich leise.

»Sag es niemandem. Es ist nicht mehr von Bedeutung«, hauchte er so leise, dass ich es fast überhört hätte. »Und jetzt geh wieder ins Bett. Du solltest etwas schlafen, verstanden?«

Ich nickte. »Gute Nacht, Dylan.«

»Gute Nacht, Ezra.«

Vorsichtig tastete ich mich zum Bett vor und kuschelte mich unter die Decke. Mit Zeros MP3-Player in der Hand schlief ich schließlich wieder ein.

***

»Aufstehen, Ez! Komm, wir gehen etwas frühstücken«, weckte Kassy mich.

Wie konnte sie schon so munter sein? Brummend richtete ich mich auf und blickte umher. »Was ist los? Ich will nicht! Lass mich alleine sterben«, protestierte ich und ließ mich zurück ins Kissen fallen.

Dylan stand fertig an der Tür und auch Kassandra war bereits angezogen.

»Nein! Ich lasse es nicht zu, dass du in Selbstmitleid versinkst. Wir werden heute einen bombastischen Tag haben und du wirst kein einziges Mal mehr weinen müssen!«

»Aber bitte ohne Mr Harries, der verfolgt mich schon bis in meine Träume«, erwiderte ich, gedämpft durch das Kissen.

»Was heißt das denn jetzt bitte? Los, steh auf! Keine Widerrede.«

Der Ausflug gestern Nacht kam mir tatsächlich vor wie ein Traum. Aber ich wusste, dass es keiner war. Meine gelöste Stimmung war wie weggeblasen und es schien, als würde die Trauer über Zeros Tod wieder die Überhand gewinnen.

»Kannst du mich nicht in Ruhe lassen?«, schimpfte ich und warf ein Kissen nach Kassy, das sie geschickt auffing.

»Nein! Ich weiß, wie das abläuft: Erst bist du ganz traurig. Dann willst du gar nicht mehr raus. Dann isst du nichts mehr und schließlich wirst du magersüchtig.«

Empört richtete ich mich auf und wollte etwas sagen, doch in dem Moment traf mich ein Wasserball mitten ins Gesicht.

»Hey, sag mal, spinnst du?«, rief ich und schlug die Decke beiseite, um im Bad zu verschwinden.

»Bist du jetzt wach?«, hörte ich meine Schwester rufen. Ich schnaubte.

Als wir kurze Zeit später den Frühstückssaal betraten, war er nicht besonders voll. Viele Schüler waren zu Hause, entweder wegen der Vorfälle oder um die Ferien zu Hause zu genießen. Einige starrten mich an, als wüssten sie, dass mein Bodyguard zu den letzten Opfern gehörte.

Gestern Nacht hatte ich wirklich kurz gehofft, dass es Zeros Hände wären, die sich auf meine Schultern legten. Aber warum sollte er mitten in der Nacht einfach so aus dem Totenreich zurückkehren? Genau, er war tot. Und logischerweise lebten Tote nicht mehr. Ein kaltes Gefühl breitete sich wieder in meiner Brust aus. Da, wo es auch geschmerzt hatte, als ich ihm ein Teil meiner Seele abgegeben hatte.

Wird diese Leere immer in mir bleiben?

»Also, was hast du vor?«, fragte ich Kassy mit einem Seufzer, nachdem wir uns alle etwas zu essen geholt hatten. Als ich auf die große Uhr an der Wand über dem Buffet schaute, war es genau elf.

»Ich hatte vor, mit dir heute in die Stadt zu gehen. Entspannt ans Meer, ein bisschen reden. Die Sonne scheint und es ist nicht ganz so kalt. Conan hat schon zugestimmt, dass er mitkommen würde.«

»Habe ich denn eine Wahl?«, fragte ich skeptisch.

»Ähm, nein.«

Conan kam mit Lisa durch die Eingangstür. Seine Haare hatte er wie immer hochgegelt und er trug ein grün-schwarz kariertes Hemd und eine schwarze Hose. Er sah kurz zu einer Gruppe Schüler, die auf der anderen Seite des Saals am Fenster saßen. Als er mich erkannte, winkte er ihnen kurz zu und kam dann auf uns zu.

»Hi, Leute«, begrüßte er uns und setzte sich neben mich, um mir einen Kuss auf die Stirn zu geben. Von seinen Freunden hörte man ein spöttisches »Awwww«, doch er ignorierte sie.

»Wie geht es dir?«, fragte er besorgt.

»Wie soll es mir schon gehen?« Ich starrte zurück auf mein Brötchen. Dylan unterhielt sich derweil mit Lisa.

»Ihr wird es bald besser gehen, wenn sie den ganzen Tag mit uns verbracht hat«, warf Kassy munter ein.

Ich hätte sie erwürgen können. Ich brauchte weder ihre miesen Versuche, mich aufzumuntern, noch irgendwelche mitleidigen Blicke. Ich wollte nur meine Ruhe.

»Vielleicht tut es dir wirklich ganz gut, mal rauszukommen«, sagte Conan sanft.

Ich blickte in seine blaugrünen Augen, zog eine Schnute und umarmte ihn einfach. »Nein, ich will in mein Bett. Darf ich nicht mal einen Tag lang trauern?«

»Nein, denn wenn du trauerst, dann …«, wollte Kassy protestieren, doch Conan hob eine Hand und bedeutete ihr, still zu sein.

»Vielleicht hat sie recht, Kassy. Lass ihr etwas Zeit. Wollen wir hochgehen? Wir können ja in dein Zimmer, vielleicht fühlst du dich dann wohler?«, schlug er vor.

Ich löste mich von ihm und nickte.

»Wir sehen uns. Lisa, bleibst du hier? Falls du uns suchst, wir sind in Ezras Zimmer, okay?«

Lisa nickte. Auch sie sah immer noch fertig aus. Wir verabschiedeten uns von Kassy und Dylan und Conan zog mich an der Hand aus dem Saal, nachdem er seinen Freunden noch einmal zugewunken hatte.

»Du kannst ruhig zu ihnen gehen. Ich will dich nicht abhalten«, sagte ich und lächelte ihn an, auch wenn es mir schwerfiel.

»Nein, ich möchte, dass du schnell ins Bett kommst, wenn es dir schlecht geht«, erwiderte er ebenso lächelnd.

»Ach, Quatsch, alles gut. Los, geh zu ihnen!«

Zu meiner Überraschung zog er mich mit sich und wir näherten uns dem Tisch mit den drei Jungs. »Hey, Jungs. Ich wollte euch Bescheid sagen, dass ich später nachkomme. Und das hier ist übrigens meine Freundin Ezra.«

»Guten Tag, werte Ezra, wir haben schon viel von dir gehört«, scherzte ein Blonder. »Ich bin David, das sind Paul und Matt.« David zeigte erst auf einen Braunhaarigen und dann auf einen weiteren Blonden.

»Ja, wir haben uns schon gefragt, wann Conan endlich mal mit einer festen Freundin ankommt.«

Ich zog eine Braue nach oben und blickte zu meinem Freund.

»Ach, halt die Klappe!«, lachte er nur nervös und bemerkte meinen Blick wohl nicht. »Also, wir sollten gehen. Ez geht es nicht so gut.« Er tauschte einen Handschlag mit seinen Kumpels aus und wir konnten gehen.

»Tut mir leid. Sie können sich nicht benehmen«, grinste er.

Ich lächelte matt zurück. »Kein Problem, ich kenne Schlimmere.«

Hand in Hand liefen wir zurück zu meinem Zimmer. Es sah immer noch genauso aus wie vorher. Das Regal war vorgeschoben. Seufzend ließ ich Conans Hand los und zog es zur Seite. Dahinter war alles wie immer. Kein Blut mehr. Das Bett war ordentlich gemacht. Man konnte aber bei genauem Hinsehen erkennen, dass an den Stellen, wo am vorherigen Tag noch Zeros Blut geklebt hatte, ein neuer Teppichboden lag.

Conan nahm meine Hand und zog mich zurück in mein Zimmer. »Du solltest dich nicht so hineinsteigern«, meinte er, legte eine Hand an meine Wange und sah mir besorgt in die Augen.

»Mir geht es gut«, log ich. »Ich will mich einfach nur hinlegen.« Ich zog meine Schuhe aus und ließ mich auf mein Bett fallen.

Conan legte sich hinter mich, zog die Decke über uns beide und schlang seinen Arm um meinen Bauch. »Alles wird gut, Ez«, flüsterte er in meine Haare.

»Wie kommst du darauf?«, flüsterte ich und starrte gegen die Wand neben meinem Bett.

»Weil ich es weiß«, erwiderte er.

»Deine Ratschläge. So verdammt weise.«

Ich musste tatsächlich lächeln.

»Tja, so bin ich.«

Ich drückte seine Hand noch stärker an meinen Bauch und merkte, wie ich langsam in den Schlaf sank. Wenn ich schlief, ging es mir besser. Ich spürte keine Schmerzen, keine Leere, machte mir keine Sorgen. Ich spürte gar nichts. Als würde ich nicht existieren. Auch dieses Mal träumte ich nicht und dafür war ich dankbar.

***

Als ich aufwachte, war die linke Bettseite leer. Wo war Conan? Ich setzte mich auf und sah auf die Uhr. Schon Viertel nach vier nachmittags. Hatte ich wirklich noch einmal vier Stunden durchgeschlafen? Okay, die letzte Nacht hatte ich mich nicht wirklich ausgeruht. Ich krabbelte aus dem Bett und lief geradewegs ins Bad, um mich im Spiegel zu betrachten. Meine Mascara war etwas verschmiert und meine Haare waren verwuschelt. Ich beschloss, sie zu kämmen und meine Pandaaugen zu entfernen. Als ich hörte, wie die Türkarte im Schloss klickte, sah ich auf und lugte aus dem Bad.

»Conan, wo warst du?«, fragte ich, doch als die Tür aufschwang, war es nicht Conan, der im Türrahmen stand. Tränen schossen mir in die Augen, als sich ein Lächeln auf Zeros Gesicht ausbreitete.

KAPITEL 32

»Zero?«, fragte ich fassungslos. Er betrachtete mich lächelnd. Mit seinem umwerfenden Lächeln. Weinend rannte ich auf ihn zu und sprang ihm in die Arme.

»Na, hast du mich vermisst?«, fragte er grinsend und hob mich hoch.

»Halt die Klappe!«, schluchzte ich und lehnte meinen Kopf gegen seine Schulter. »Halt einfach die Klappe.«

In dem Moment schien es, als würde sich die Leere in meinem Brustkorb füllen. Mein Inneres fühlte sich nicht länger leer und kalt an. Zero setzte mich wieder auf den Boden, aber ich ließ ihn nicht los. Ich wollte ihn nie wieder loslassen. »Ich dachte, du wärst tot. Die Seelenspaltung hat nicht funktioniert. Ich dachte, ich hätte dich verloren!«, schluchzte ich und sah in seine braunen Augen.

»Moment mal ... Seelenspaltung? Was hast du gemacht?«

»Kassandra hat mir einen Zauberspruch gezeigt, mit dem ich Tote zurückholen kann. Ich habe ihn bei dir angewendet, als ich dich in meinem Zimmer gefunden habe, aber er hat nicht funktioniert! Ich dachte ...«

Er schloss seine Arme wieder fester um mich und ich drückte mich an ihn. Plötzlich tauchte Conan hinter ihm auf und sah uns fragend an. »Ich bin ... Zero?«

Sofort ließ Zero mich los und drehte sich zu meinem Freund. »Hallo, Conan«, begrüßte er ihn lächelnd.

Selbst falls es Conan nicht passte, dass Zero wieder da war, ließ er es sich nicht anmerken. Aber ich meinte wahrzunehmen, wie er kurz seine Hände zu Fäusten ballte.

»Also hat der Spruch doch gewirkt. Willkommen zurück im Leben«, lächelte er, ging zu mir und legte einen Arm um mich. »Ich wollte Ezra gerade zum

Mittagessen holen. Deine Freunde sind auch schon da. Du kommst doch sicher mit, oder?«

»Nun ja, ich würde mir nur gerne etwas anderes anziehen«, erwiderte Zero und zupfte an seiner blutigen Kleidung herum. Er verschwand kurz in seinem Zimmer.

»Und, gehts dir jetzt besser?«, fragte Conan liebevoll und küsste mich.

»Ja, auf jeden Fall«, erwiderte ich. Aber garantiert nicht, weil ich so lange geschlafen hatte. Ich wischte mir eine Freudenträne aus dem Augenwinkel und wartete ungeduldig auf Zeros Rückkehr.

Kurze Zeit später kam Zero wieder. Er hatte ein anderes Hemd angezogen, dazu wie immer eine Anzughose. Die passende Jacke hatte er jedoch weggelassen. An seinem Hals war eine leuchtend rote Narbe zu erkennen. »Wir können gehen.«

Ich warf ihm ein Lächeln zu, er strahlte zurück. »Wir werden gleich danach zurückgehen, damit du dich ausruhen kannst, ja?«, sagte ich fürsorglich.

Zero nickte. »Wir sollten auch Mike informieren. Er muss wissen, dass ich wieder da bin.«

Ich nickte zustimmend.

Zero ist wieder da. Es hat geklappt.

Mir war fast schlecht vor Glück. Conan nahm meine Hand und zog mich aus dem Zimmer. Zero folgte uns und ich hätte schwören können, dass er einen argwöhnischen Blick auf unsere verschränkten Hände warf. Aber mir fiel noch etwas anderes auf. Wieso musste Conan plötzlich auf besitzergreifendes Alphamännchen machen? Er konnte doch nicht etwa eifersüchtig darauf sein, dass ich mich über die Rückkehr meines tot geglaubten Bodyguards freute?

***

Im Speisesaal herrschte Trubel. Wie immer um diese Zeit. Die meisten Schüler aßen erst spät. Ich hielt nach Kat und Alena Ausschau. Als ich sie neben Bran und Liam sah, lief ich sofort auf sie zu. Lisa war die Erste, die realisierte, dass Zero neben uns stand, und sprang so schnell auf, dass ihr Stuhl fast umkippte. »Zero?«, rief sie fassungslos, ebenso wie ich kurze Zeit zuvor.

Erst langsam, dann immer schneller schritt sie auf uns zu und fiel ihm schließlich in die Arme. Dann umfasste sie sein Gesicht und küsste ihn leidenschaftlich. Ich fühlte einen kleinen Stich im Herzen, aber nicht nur da, sondern auch daneben, wo sich anscheinend meine Seele zu befinden schien.

Intuitiv drückte ich Conans Hand etwas fester und sah ihn lächelnd an. Vielleicht merkte er nicht, dass es mehr als gequält war. Als ich wieder zu Zero und Lisa sah, hatten sie sich wieder voneinander gelöst und Zero blickte sie verblüfft an.

Ich hörte nicht mehr ganz, was sie sagte, da Alena angestürmt kam und beide umarmte. Kat blickte erst etwas schockiert, aber schließlich breitete sich auch über ihrem Gesicht ein Lächeln aus und sie schloss sich Alena an. Dann zog sie mich einfach mit in die Umarmung. Ich musste lachen. Wahrscheinlich sah das total bescheuert aus, wie wir fünf mitten im Speisesaal standen und uns fast heulend in den Armen lagen, aber das war uns allen gerade herzlich egal.

Zero war wieder da. Wenigstens einer konnte den Tod austricksen. Wenigstens dieses Mal.

Zusammen setzten wir uns an den Tisch. Von Weitem sah ich Conans Freunde winken.

»Du kannst ruhig gehen«, sagte ich zu ihm und nickte in deren Richtung.

»Ach Quatsch. Ich bleib bei dir.«

»Nein, nein, schon gut. Mir geht es super. Du hast sie heute Morgen so im Stich gelassen, geh ruhig zu ihnen. Ich bleib bei Zero.«

Er blickte kurz zwischen uns hin und her, schnaubte schließlich und stand dann auf. »Wir sehen uns Montag beim Training. Daniel kommt wieder«, sagte er, bevor er sich auf den Weg zu seinen Kumpels machte und sie mit Handschlag begrüßte.

War er tatsächlich eingeschnappt? Ich konnte mir denken, dass er eifersüchtig war, aber ich hatte ihm oft genug versichert, dass er sich keine Sorgen machen musste. Schließlich hätte ich mich auch für ihn gefreut, wenn sein Bodyguard wieder von den Toten auferstanden wäre. Ein tiefer Seufzer entwich mir. Ich würde mich später weiter darum kümmern.

***

»Wir sind echt froh, dass du wieder da bist«, sagte Alena zu Zero, als wir uns am Abend alle voneinander verabschiedeten.

»Danke.« Sein Lächeln sah ehrlich aus. Die restlichen Bodyguards hatten sich wie eine Horde Fanboys um ihn versammelt und bombardierten ihn mit Fragen. Er tauschte zum Abschied einen brüderlichen Handschlag mit ihnen aus, dann waren wir beide wieder allein.

Er zückte die Karte, schloss auf und hielt die Tür für mich auf, so wie an meinem ersten Tag, als er mir das Apartment gezeigt hatte. Als er noch diese kühle, förmliche Fassade hatte. Sobald die Tür geschlossen war, nahm ich eine Person wahr, die sich von der weißen Couch erhob.

»Hallo, ihr beiden«, sprach Mr Harries ruhig und lächelte uns an. »Es ist also wahr, Ezras Spruch hat funktioniert. Ihr glaubt gar nicht, wie sehr mich das freut.«

»Danke, Mike.« Zero nickte.

»Ich wollte mich kurz mit dir unterhalten, Zero.«

»Natürlich, setzen wir uns doch.« Zero zeigte auf das Sofa. Wir nahmen Platz.

»Es ist mir unangenehm, dich sofort wieder daran erinnern zu müssen. Weißt du noch irgendetwas von dem, was gestern passiert ist? Schließlich bist du der Einzige, der das überlebt hat«, fragte Mr Harries vorsichtig und beäugte uns abwechselnd.

»Ich wünschte, es wäre so, aber ich erinnere mich an rein gar nichts. Sonst wäre ich schon längst zu Ihnen gekommen. Selbst im Leichenschauhaus, als ich aufgewacht bin, war ich noch völlig benebelt.«

Mr Harries nickte, als hätte er es geahnt. »Danke, ich frage mich nur, wie dieser Mörder es schafft, all die Schüler und Schülerinnen umzubringen. Und jetzt auch noch einen weiteren Bodyguard, ohne auch nur eine Spur zu hinterlassen. Alle waren sehr starke Dämonen, deswegen wundert es mich, wie er dich überwältigen konnte. Und vor allem, was seine Absicht ist. Er muss doch irgendeinen Plan verfolgen. Ich weiß auch nicht mehr, wie ich die Schüler noch schützen soll. Trotz meiner Ansagen treiben sich einige weiterhin allein herum. Ich schätze, wenn das so weitergeht, werde ich die Schule wirklich schließen müssen.«

Bitte was? Die Schule schließen? Aber ich will nicht zurück zu meinen Eltern!

»Falls dir wieder etwas einfällt, melde dich sofort bei mir.« Zero nickte und Mr Harries stand auf. »Dann wünsche ich euch beiden eine gute Nacht. Ruhe dich etwas aus, Zero. Du musst ziemlich fertig sein«, verabschiedete er sich und ging zur Tür.

»Danke, Ihnen auch eine gute Nacht«, sagte ich, aber er war bereits verschwunden. Ich sah zu Zero, der mich anlächelte. »Ich mache mich jetzt bettfertig«, hauchte ich, irritiert von seinem intensiven Blick.

Warum? Was war plötzlich los mit mir? Ich kam mit meinen eigenen Gedanken nicht mehr klar. Schnell stand ich auf und flüchtete ins Bad, wo ich mir die Zähne putzte, die Haare zurückband und meinen Schlafanzug anzog.

Als ich wieder ins Wohnzimmer kam, war Zero verschwunden. Ich sah zu meinem Bett, aber dort war er auch nicht. Ich klopfte an das Regal und Sekunden später ertönte ein »Ja«. Ich schob das Regal beiseite. Zero lag umgezogen auf seinem Bett und schaute auf seinen Fernseher.

»Was schaust du?«, fragte ich schüchtern.

»Ich gucke Nachrichten, um wenigstens etwas von dem zu erfahren, was draußen in der Welt so vor sich geht. Hier ist man so ausgeschlossen davon«, antwortete er und sah zu mir.

»Darf ich ... Darf ich mich zu dir legen? Ich habe schon lange kein Fernsehen mehr geguckt«, fragte ich zögernd.

Er klopfte auf den Platz neben sich. »Klar.«

Umständlich krabbelte ich auf das Bett und schlüpfte unter seine Decke. Dieses Gefühl der Zufriedenheit breitete sich wieder in meinem Brustkorb aus.

Ich muss morgen Kassy fragen, was das bedeutet.

Es machte mich ganz verrückt. Sowie ich von ihm weg war, verschwand es und ich fühlte mich leer, aber war ich bei ihm, schien es, als wäre alles gut. Als könnte mich nichts aus der Ruhe bringen. Er war mein Anker. Vor Zeros Tod war das noch nicht so gewesen. Nicht einmal Conan konnte dieses Gefühl in mir auslösen. War es denn jetzt schon wieder vorbei mit ihm? Oder war es womöglich dieses Gefühl, das alles zerstörte?

Ich beobachtete die hübsche Frau auf dem Bildschirm, die abwechselnd auf ihre Unterlagen und wieder in die Kamera sah und etwas sagte. Schließlich wurden meine Augenlider schwer und ich ließ meinen Kopf auf Zeros Schulter sinken.

Wenigstens war er wieder da. Wenigstens das.

***

Hektisch lief ich durch den dunklen Keller. Ich hatte solche Angst. Und ich konnte es niemandem erklären. Keiner konnte auch nur annähernd nachvollziehen, wie es war, wenn ich vor mir selbst Angst hatte. Wenn ich versuchte, vor mir selbst wegzulaufen. Ich war mir ständig auf den Fersen. Und dann kam dieses Gefühl zurück.

Ich wollte das nicht! Mach, dass es aufhört! Ich merkte, wie das Dunkel in mir meine Seele umarmte und das Schwarze von ihr auf mein Unterbewusstsein abfärbte. Wie Farbe von einem frisch gemalten Bild. Kaum jemand konnte begreifen, wie es war, sich selbst zu hassen. So zu hassen, dass man sterben möchte. Aber wenn das hier das Leben war, wie war dann die Hölle? Eine Träne lief über meine Wange. Wahrscheinlich schliefen bereits alle. Schließlich war es schon spät.

Plötzlich vernahm ich ein Kichern aus einem der Gänge. Er war nur schwach beleuchtet, aber ich erkannte zwei Personen, die sich eng gegen die Wand drückten. »Thomas, komm schon, wir müssen zurück. Wenn Leo merkt, dass ich schon wieder weg bin, rastet er aus«, hörte ich eine piepsige Stimme sagen.

Ich spürte, wie dieses Gefühl meinen Hals emporstieg. Wie die Dunkelheit meine Moral und meine Liebe einfach erwürgte. Ich fing an zu humpeln, als hätte ich mich verletzt, und schlenderte auf die beiden zu. Der Junge, der das Mädchen zuvor noch küssend gegen die Wand gedrückt hatte, löste sich von ihr und sah mich an.

»Ist alles okay?«, fragte das Mädchen besorgt.

Ich schluckte, in ständiger Versuchung, den heraufkriechenden Dämon wieder hinunterzuschlucken. Aber der Hunger breitete sich aus und ich merkte, wie er sich über meine Menschlichkeit legte. Mittlerweile war das Mädchen auf mich zugekommen und hatte eine Hand auf meine Schulter gelegt.

»Sieh nur, was du aus mir gemacht hast!«, dachte ich fluchend, während ich langsam die Klinge zückte.

KAPITEL 33

Als ich am nächsten Morgen aufwachte, konnte ich mich kaum bewegen, da Zero sowohl seine Arme als auch seine Beine um mich geschlungen hatte. Dafür, dass er nachts meistens meterweit von mir wegrückte, hielt er das bis zum Morgen nicht besonders gut durch. Als ich versuchte, mich aus Zeros Umarmung zu winden, wachte auch er auf. »Sorry«, murmelte er verschlafen, als er sah, wie nahe er mir gekommen war, und rutschte schnell zur Seite. »Beschützerinstinkt.«

»Klar.« Ich stand auf und begab mich ins Bad, wo ich erst einmal unter die Dusche stieg, um meine Gliedmaßen ein wenig aufzuwecken. Ich stand lange unter der Dusche und genoss einfach nur das warme Wasser. Irgendwann klopfte es und ich erkannte Zeros Stimme durch die Tür. »Ezra? Ich muss ins Bad!«

»Pinkel in die Topfpflanze!«

»Ich würde auch gerne duschen. Wenn du nicht aufmachst, komme ich rein«, ermahnte er mich und in dem Moment war ich froh, dass der Duschvorhang nicht durchsichtig war.

»Das wagst du nicht! Das ist gegen die Hausregeln.«

»Wenn du dich nicht beeilst, dann scho...«

Sein Satz wurde von einem Handyklingeln unterbrochen. Er nahm ab und ich machte das Wasser aus, bevor er wirklich meinte, das Bad stürmen zu müssen. Ich hasste es, dass man dieses gottverdammte Bad nicht abschließen konnte. Scheiß auf die Sicherheit! Ich wickelte mir ein Handtuch um, putzte mir die Zähne und zog einen blauen Pulli und helle Jeans dazu an. Als ich ins Wohnzimmer kam, hörte ich Zero in seinem Zimmer immer noch telefonieren. Warum war er in sein Zimmer gegangen? Neugierig schlich ich zum Regal und lauschte.

»Mom … Ja … Wirklich, mir geht es gut … Ja, ich kann mir vorstellen, was es für ein Schock für dich gewesen sein muss, als die Bestatter dich angerufen haben, aber ich bin doch hier … Ich weiß, aber mein Schützling hat mir geholfen … Ja, Ezra … Ich weiß … Ja … Ihr geht es gut … Ich werde auf sie aufpassen, nur bitte reg dich nicht mehr so auf! Ich will nicht, dass dein Zustand noch schlechter wird. Bitte! Ich kann dich nicht auch noch verlieren … Hör zu, Ezra ist bestimmt schon fertig, ich will nicht, dass sie das hört … Ja … Pass auf dich auf, okay? Ich hab dich auch lieb … Ciao.«

Seine Stimme verstummte. Schnell rannte ich zu meinem Bett und warf mich auf die Decke. Als er zurück ins Zimmer kam, blinzelte ich ihn nur unschuldig an. »Wer war das?«

»Unwichtig«, murmelte er und verschwand im Badezimmer. Was war mit seiner Mom? Er hatte besorgt geklungen.

Mir fiel ein, dass ich noch vorgehabt hatte, zu Kassy zu gehen, um sie zu fragen, was nun wirklich mit mir los war. Meine Gefühle verwirrten mich – und meinen Magen unter anderem auch. Also nutzte ich die Gelegenheit und verließ leise mein Apartment. Mein Handy hatte ich mir vorher aus der Schublade geschnappt und kontrollierte nun, ob es etwas Neues gab. Kat hatte mir einige Fotos von dem Ball geschickt, die wir alle zusammen gemacht hatten. Ich öffnete sie, während ich weiterging. Auf dem ersten Bild waren Kat, Alena, Kassy und ich zu sehen, wie wir uns stolz aneinanderdrückten und unsere Kleider präsentierten. Das zweite zeigte mich und Conan, wie wir tanzten. Kat musste das Foto wohl geschossen haben, ohne dass wir es bemerkt hatten. Und dann war da noch eins von Zero und mir, wie er mich ansah und ich lachend geradeaus schaute. Kurzerhand stellte ich das von Conan und mir als Hintergrund ein und schaltete den Bildschirm aus. Wollte ich mein schlechtes Gewissen bändigen?

Doch meine Gedanken verpufften sofort, als ich bemerkte, wo ich war. Ich befand mich nicht vor Kassys Zimmer, das ich eindeutig angesteuert hatte. Sondern im Keller. Neben mir reihten sich die Türen mit den verschiedenen Nummern für die Trainingsräume auf.

Unsicher umklammerte ich mein Handy und lief mit leisen Schritten den dunklen Gang hinab. Wie konnte ich nicht bemerkt haben, dass ich nach unten lief? Und wie zum Teufel war ich überhaupt in den Keller gekommen? Ich spähte um die Ecke und drehte mich erschrocken um, als hinter mir die Lampen knisterten und schließlich flackernd ansprangen.

Lampen mit Bewegungsmeldern. Die brauchten immer erst ein wenig, bis sie angingen, und sie befanden sich seltsamerweise auch nicht in jedem Gang. Nur im Hauptflur, den ich gerade verlassen hatte. Ich fragte mich, warum ich nicht einfach umdrehte und zurückrannte. Aber meine Beine bewegten sich nicht. Ich wandte mich um und drückte auf den Lichtschalter. Auch dieser Flur erwachte knisternd zum Leben.

Ich schnappte nach Luft. Ängstlich folgte ich mit meinen Augen den Blutspuren, die sich vor mir ausbreiteten. Sie führten zu zwei leblosen Körpern, die achtlos übereinandergestapelt worden waren wie totes Wild. Ihre Augen waren weit aufgerissen und es kam mir vor, als könnte ich immer noch Panik und Verständnislosigkeit darin erkennen. Es waren ein Junge und ein Mädchen. Bei beiden war die Kehle aufgeschlitzt, wie bei den anderen Opfern. Mir wurde eiskalt, ich wich ein paar Schritte zurück, bis ich gegen eine Wand stieß. Angst kroch in mir hoch und ich schrie, bis ich keine Luft mehr bekam.

KAPITEL 34

Kurze Zeit später stürmte ein mir unbekannter Trainer aus einem der Räume. Erst sah er mich fassungslos an, dann zückte er seine Armbanduhr und begann hineinzusprechen.

»Mila? Hi, hier ist Jack. Schick sofort Mr Harries her, wir haben zwei weitere Leichen!«

Dann kam er auf mich zu und blickte mir in die Augen. »Alles okay?«

Ich schüttelte langsam den Kopf.

»Was machst du hier unten?«

»Ich … Ich weiß es nicht.«

»Wie heißt dein Bodyguard?«

»Z… Zero Fox.«

Kurzerhand tippte er etwas in seine Uhr. »Zero? Hier ist Jack. Komm sofort in den Keller in Gang vier. Deine Schülerin ist hier.« Er drehte sich zurück zu mir und strich mir über den Kopf. »Alles wird gut. Beruhige dich.«

Einige Minuten später trafen Zero und Mr Harries ein. Als ich meinen Bodyguard sah, brach ich in Tränen aus und warf mich wie ein Kind in seine Arme. Normalerweise war ich nicht so nah am Wasser gebaut, aber in der letzten Zeit erkannte ich mich selbst nicht mehr.

»Warum bist du hier?«, fragte Zero. Es klang verärgert, dann aber sanfter. Er strich über meinen Kopf und nahm mein Gesicht zwischen in seine Hände, sodass ich ihn ansehen musste.

»Ich wollte nur zu Kassy. Und plötzlich war ich hier. Ich weiß nicht warum! Ich weiß es nicht«, schluchzte ich. »Bitte glaube mir.«

Mr Harries war mittlerweile zu den beiden Leichen getreten und untersuchte sie vorsichtig, darauf bedacht, nichts anzufassen. Für die Spurensuche?

Sicher war der Täter noch nicht im System der Polizei, daher würde das wohl kaum etwas bringen. Außerdem wurde die Polizei sowieso nie eingeschaltet. Warum, wusste ich nicht. Wäre es mit ihr nicht viel einfacher? Aber andererseits waren wir Dämonen. Die Leichen würden untersucht werden. Und es würde sicher herauskommen, dass wir anders waren und das hier keine gewöhnliche Schule war. Es war so kompliziert, obwohl es so einfach sein könnte.

Als ich bemerkte, wie Mr Harries nervös die Augenbrauen zusammenzog, wurde ich aufmerksam. »Was ist?«, fragte ich ängstlich und ging zu ihm. Zero war dicht hinter mir, als fürchtete er, die Leichen könnten plötzlich aufspringen und mir an die Gurgel gehen. Unser Direktor zeigte auf die beiden Handgelenke.

Zahlen waren eingeritzt. Aber Moment mal ... »Sieben und acht?«, sprach ich es laut aus. »Ist seit Zero noch ein Mord passiert?«

Mr Harries schüttelte den Kopf.

»Was hat das zu bedeuten? Heißt das, es liegt hier irgendwo noch ein Toter herum?«

Mr Harries sah mich ernst an und ich konnte mir die Antwort denken.

»Kannst du die Leiche finden?«

Ich schloss für einen Moment die Augen. »Nein«, antwortete ich und sah ihn wieder an.

»Ich weiß, dass du das kannst. Ich bin nicht dumm, Ezra! Er oder sie muss hier irgendwo sein.«

Ich versuchte meine Tränen zu unterdrücken. Ich wollte nicht noch mehr tote Teenager sehen. Warum wurde ich auch noch dafür bestraft, dass ich zufälligerweise immer die Leichen finden musste.

»Okay«, gab ich schließlich nach.

In dem Moment quetschte sich Michael an mir vorbei und begrüßte Mr Harries kurz. Ich bekam nicht mit, was sie beredeten, denn ich machte mich bereits auf den Weg durch die Gänge. Zero folgte mir. Ich wunderte mich, dass er mich nicht anschrie, weil ich mal wieder ohne Erlaubnis und ohne ihn das Zimmer verlassen hatte.

Nach einer Weile sinnlosen Umherirrens fragte Zero plötzlich: »Und? Spürst du etwas?«

»Ja, Brechreiz. Zero, hier ist nichts! Oder vielleicht klappt es nur, wenn ich allein bin. Keine Ahnung!«

»Ich lass dich garantiert nicht alleine!«

»Ja, dann weiß ich auch nicht weiter!«

»Lass uns draußen noch einmal nachsehen.«

Ich seufzte. Mein innerliches Zittern hatte sich wieder etwas gelegt und ich versuchte mich vollständig auf die Suche zu konzentrieren. Zusammen stiegen wir die Treppen zum Hauptgebäude nach oben, als wir fast mit Lisa zusammengestoßen wären.

»Dem Himmel sei Dank, gut, dass ich dich finde, Ezra! Weißt du, wo Conan ist? Ich finde ihn seit heute Morgen nicht mehr. Er lag nicht in seinem Bett und ich mache mir Sorgen. Ich kann ihn nicht erreichen. Er war noch nie länger als zwei Stunden fort, geschweige denn, ohne mir Bescheid zu geben!«, sprudelte es aus ihr heraus. Panik stand in ihr Gesicht geschrieben.

Mein Herz machte einen Satz. Ein flaues Gefühl breitete sich in meiner Magengegend aus und ließ mich noch unruhiger werden. »Nein, seit gestern nicht mehr«, erwiderte ich und sah zu Zero.

»Was ist los?«, hakte Lisa nach. »Sagt es mir!«

»Ezra hat gerade zwei Leichen gefunden. Die Zahlen stimmen aber nicht mit den momentanen Leichen überein, das heißt, dass hier irgendwo ein weiterer Toter liegen muss.«

»Oder eine Tote«, ergänzte ich schnell.

»O Gott. Bitte nicht! Was ist, wenn es ... Conan ist noch nie so lange weggeblieben! Es wird bald dunkel, wie soll ich ihn da finden?« Lisa fuhr sich verzweifelt durch die Haare.

»Beruhige dich! Wir werden ihn finden«, versuchte Zero sie zu besänftigen.

Aber auch mir war zum Heulen zumute. Nicht auch noch Conan ... Ich versuchte den Kloß in meinem Hals hinunterzuschlucken und steuerte auf den Haupteingang zu. Wenn ich noch eine Sekunde länger irgendwo sinnlos herumstehen würde, würde ich wahrscheinlich zusammenbrechen.

Das Schulgelände war groß, aber das war mir egal. Als ich an die kalte Luft trat, war die Sonne bereits hinter den Baumwipfeln verschwunden. Anscheinend hatten wir bereits ziemlich lange gesucht.

»Wir teilen uns auf!«, wies ich an.

»Nein, das tun wir nicht!«

»Was? Wieso?«

»Ich will nicht, dass dir etwas passiert!«

»Aber so brauchen wir viel länger!«

»Dann brauchen wir eben länger«, erwiderte Zero kalt und lief den Kiesweg hinauf.

Konnte es sein, dass ihm Conan völlig egal war? Er war mein Freund! Und selbst, wenn er es nicht wäre, es ging um ein Leben, das wieder einmal sinnlos verschwendet wurde.

***

Die Nacht war mittlerweile hereingebrochen, aber wir hatten ihn noch immer nicht gefunden. Oder irgendjemanden. Conan hatte sich nicht gemeldet und die Angst schnürte meine Kehle weiter und weiter zu. Ich konnte mich kaum noch konzentrieren und der Druck, eine weitere Leiche finden zu können, machte es nicht einfacher für mich. Ich hatte nicht erwartet, dass er irgendwo auf dem Gelände lag, sonst hätte ihn sicher schon einer der Schüler gefunden. Aber er konnte doch nicht vom Erdboden verschluckt worden sein. Die Gänge im Internat hatten wir schon durchsucht und wir beschlossen, noch einmal am Waldrand entlangzugehen.

Als ich zwischen die düsteren Bäume spähte, überkam mich plötzlich ein seltsames Gefühl. Ein Kribbeln im Nacken, das mich damals auch schon zu Lily geführt hatte. Als würde eine unsichtbare Hand meinen Arm ergreifen und mich in eine bestimmte Richtung ziehen. »Lasst uns noch einmal im Wald nachschauen!«, wies ich Zero und Lisa an, die mit ihren Taschenlampen den Weg leuchteten. Der Wald, der zum Schulgelände gehörte, war abgegrenzt und wir begannen am Zaun entlangzugehen.

»Was ist, wenn dieser Kerl, der dich damals entführt hat … Kera hieß er, oder? Was, wenn der hier irgendwo ist??«, fragte Lisa kurz.

»Wir sind zu dritt«, erwiderte ich und lief stur geradeaus.

»Ich finde nicht, dass das eine so gute Idee ist«, stimmte Zero Lisa zu.

»Das ist aber die einzige Möglichkeit!«, erwiderte ich scharf und entriss Zero die Taschenlampe.

Für mich war es auch kein Problem, alleine weiterzugehen. Okay, eigentlich schon. Aber ich wollte Conan finden! Um jeden Preis! Falls er wirklich irgendwo verletzt lag. Oder tot. Zu meiner Erleichterung folgten Zero und Lisa mir. Leise gingen wir immer tiefer in den Wald hinein, ich ließ den Lichtkegel der Taschenlampe über die feuchten Blätter huschen. Bis mir plötzlich etwas ins Auge fiel. Etwas weiter entfernt konnte ich vage Umrisse auf dem Boden erkennen. Der Wind blies eisig, wirbelte einige Blätter herum und ließ mich erschauern. Ich kniff die Augen zusammen und hätte beinahe die Taschenlampe fallen gelassen. Keine zehn Meter vor uns lag jemand! Mit dem Gesicht nach unten. Man konnte nur seine dunklen Haare erkennen. Ein kalter Schauer lief mir über den Rücken.

Nein!

KAPITEL 35

In Panik rannte ich zu dem Körper. Lisa war mir dicht auf den Fersen. Zusammen drehten wir den Jungen um. Zwei leere Augen starrten uns an, aber es waren nicht Conans. Kurz atmete ich erleichtert aus. Warum war er nur so weit draußen im Wald? Ich ließ den Lichtkegel über ihn gleiten. Er wies die typischen Merkmale auf. Eine aufgeschlitzte Kehle und die durchgestrichene Zahl an seiner Hand. Es erschreckte mich, wie abgehärtet ich mittlerweile war. Der Junge war tot! Aber Moment mal … Unter der Sechs war noch etwas eingeritzt. Man konnte es kaum lesen, da es so klein war.

»Angst gehabt? Entscheide dich.«

Ich schreckte zurück. Was sollte das heißen? Wusste der Mörder etwa von dem Kuss? Oder dachte er, dass ich und Zero …? Meine Gedanken schossen wild hin und her.

Lisa hatte es noch nicht gesehen und das sollte sie auch nicht. Zero telefonierte wieder einmal mit seiner Uhr.

»Sieh mal, Ezra«, sagte sie plötzlich und zeigte neben die Leiche. Dort lag eine kleine Spritze, halb durchgedrückt. »Deswegen war er alleine hier draußen. Er hat Drogen genommen.«

Mr Adams kam plötzlich aus dem Nichts und fing an, den Körper zu untersuchen. »Los, weg von hier! Ihr habt hier nichts mehr zu suchen!«, ermahnte er.

Ich trat einen Schritt zur Seite.

»Lasst uns gehen«, wies Zero an und schob mich an der Schulter sanft vor sich her.

»Wir haben aber Conan immer noch nicht gefunden«, mischte sich Lisa ein.

Sie hatte recht. Nur, weil wir die Leiche gefunden hatten, hieß das nicht, dass ihm nicht trotzdem etwas zugestoßen war. Aber er befand sich eindeutig nicht mehr auf dem Schulgelände. Plötzlich ging mir ein Licht auf.

»Ich weiß, wo er sein könnte!«, rief ich. Schnell rannte ich hinter die Scheune, wo er mir damals sein Motorrad gezeigt hatte. Wie erwartet war es verschwunden. »Wir müssen in die Stadt!«

»Welche Stadt? Meinst du das kleine Kaff die Straße runter?«

»Genau das! Kann uns irgendjemand hinfahren?«

***

Ungeduldig wartete ich am Tor, bis Zero mit einem schwarzen BMW vorfuhr. Lisa und ich stiegen ein und schon rasten wir im Wagen die Straße hinunter. Als wir in dem alten Dörfchen ankamen, parkten wir auf dem kleinen Platz und ich konnte von Weitem sein Motorrad erkennen.

Er musste hier sein!

Wie beim letzten Mal wirkte der Ort magisch in der Nacht. Ich lief durch die Straßen, lugte in jedes Geschäft. Aber die meisten hatten bereits geschlossen. Als ich an dem Café vorbeikam, wo wir damals zusammen gegessen hatten, blieb ich stehen. Ich blickte durch die Fensterscheibe und Erleichterung durchströmte mich. In diesem Moment war ich froh, dass dieser Ort so klein war und ich recht behalten hatte.

Conan saß an einem der Tische und unterhielt sich mit der Kellnerin. Hastig lief ich zur Tür, riss sie auf und trat ein. Als er mich sah, wurden seine Augen groß. »Ezra? Was machst du hier?«, fragte er verblüfft.

Ich ging auf ihn zu und umarmte ihn. »Was machst *du* hier? Wir haben uns totale Sorgen gemacht! Wir dachten, dir wäre etwas passiert!«, rief ich aus und umarmte ihn ein weiteres Mal.

Lisa und Zero waren mittlerweile zu uns gestoßen.

»Conan!«, rief nun auch Lisa und fiel ihm um den Hals.

»Gott, Leute, warum müsst ihr alle so emotional sein?«, keuchte er, als sie ihn wieder losließ.

Als ich zu dem Mädchen gegenüber von ihm sah, blickte diese uns nur schockiert an. War das nicht die Kellnerin, die schon einmal so aufdringlich gewesen war? Aber in diesem Moment war mir das total egal.

»Machst du das noch einmal, ich schwöre dir, ich werde dich in dein Zimmer einsperren!«, drohte Lisa, aber sie lächelte dabei. »Und jetzt lasst uns bitte nach Hause gehen. Ich bin hundemüde.«

Etwas überrumpelt verabschiedete Conan sich von dem Mädchen und Lisa zog ihn aus dem Café.

»Wie bist du hierhergekommen?«, fragte sie, als wir zurück durch die Straßen liefen.

»Ähm. Gelaufen.« Er sah mich warnend an.

»Gelaufen? Das ist ein gutes Stück!«

»Ich hatte Zeit«, erwiderte er achselzuckend.

Wir stiegen in Zeros Auto und ich merkte deutlich, dass es Conan nicht recht war, sein geliebtes Motorrad einfach zurückzulassen. Die ganze Fahrt über schwiegen wir. Lisa erzählte kurz von den Opfern, die gefunden worden waren, aber sonst herrschte Stille.

Sobald wir das Auto geparkt hatten, stiegen wir aus und gingen zurück ins Internat. Es war sicher schon spät. Mitten im Gang blieb ich stehen und hielt Conan an seiner Kapuzenjacke fest.

»Was ist?«, fragte er. Lisa drehte sich fragend um.

»Geht schon mal vor. Wir kommen gleich«, wies ich die beiden Bodyguards an und machte eine Handbewegung Richtung Aufzug.

Ich zog Conan in einen Seitengang und küsste ihn. Anfangs wirkte er etwas verblüfft, doch einige Sekunden später erwiderte er den Kuss und zog mich an den Hüften näher an sich heran.

In den letzten Tagen war so viel passiert. Ich war verwirrt und verängstigt und wusste nicht, was ich von meinen Gedanken halten sollte. Im Moment war ich aber einfach nur froh, dass Conan wohlauf war. Als wir uns voneinander lösten, vergrub ich mein Gesicht in seiner Halsbeuge und schlang meine Arme um seine Taille.

»Was ist denn los mit dir?« Sanft legte er seine Hände an meine Wangen und sah mir in die Augen.

»Es tut mir leid!«, flüsterte ich.

»Was tut dir leid?«

»Dass ich so abweisend war. Ich hatte heute wirklich Angst um dich. Wenn dir etwas passiert wäre …«

»Sch! Es ist okay. So schlimm war es jetzt auch nicht.« Er streifte kurz meine Lippen mit seinen.

O Conan. Das meine ich nicht.

Ich war kurz davor gewesen, es ihm zu sagen. Das mit Zero. Das mit Zero, was doch eigentlich gar nichts war. Ich liebte Conan. Sonst hätte es mir doch heute Mittag nicht so wehgetan. Aber vielleicht hat es nur wehgetan, dass ich ihn nicht liebte? Um die Unsicherheit auszulöschen, zog ich ihn wieder zu mir hinunter und presste meine Lippen auf seine. »Ich liebe dich!«

KAPITEL 36

Die Schule begann wieder. Die Ferien waren vorbei und ich war froh, nicht mehr andauernd über die toten Schüler nachdenken zu müssen, obwohl sich im Unterricht sicher nicht viel ändern würde. Zero brachte mich zur Eingangstür.

»Wartest du hier auf mich?«

»Immer.«

»Okay, gut.« Lächelnd drehte ich mich um und machte mich auf den Weg in den Klassenraum.

»Denk daran, dass du heute Abend Training hast!«, erinnerte Zero mich und ich blickte noch einmal zurück, um ihm zuzunicken.

Im Gang stießen Kat und Alena zu mir. Bran folgte einige Sekunden später mit Liam. Irgendwie kam es mir so vor, als würden mich alle anstarren. Warum?

»Warum starren alle so?«, flüsterte ich Alena zu.

»Ich glaube, es ist wegen der Morde. Sie denken, dass du irgendetwas damit zu tun hast«, antwortete Alena und Kat stieß ihr in die Rippen.

»Was? Was sollte ich damit zu tun haben?«

»Na, weil du immer dabei bist, wenn eine Leiche gefunden wird«, mischte sich Kat ein.

»Aber woher wissen die das?«

Alena zuckte mit den Schultern. »Irgendeiner tratscht immer.«

Seufzend setzten wir uns in den Klassenraum. In der ersten Stunde stand Geschichte bei Daniel Adams an. Ich war gespannt, wie die Klasse auf ihn reagieren würde. Schließlich wusste mittlerweile die ganze Schule, dass er seine Tochter verloren hatte.

»Hey, Mörderin, setz dich nach hinten.« Ein großes Mädchen stellte sich vor mich und stützte sich auf meinen Tisch. Ich kannte sie vom Sehen, aber ich hatte nie etwas mit ihr zu tun gehabt. Sie schien trotz ihrer unfreundlichen Art gut bei den Jungs und Mädchen anzukommen. Warum waren meist ausgerechnet die Zicken die besonders Beliebten?

»Bitte was?« Verwirrt sah ich sie an.

»Du hast gehört, was ich gesagt habe. Ich möchte nicht neben einer Mörderin sitzen. Mein Vater wollte schon dafür sorgen, dass du von der Schule fliegst. Echt komisch, dass genau, seitdem du aufgetaucht bist, Schüler sterben wie die Fliegen, findest du nicht auch?« Ihre braunen Locken wackelten, als sie lachte.

Was ist denn hier los?

»Krieg dich wieder ein, Lauren. Du weißt genau, dass das nicht wahr ist!«, sagte Alena.

»Du hältst schön die Klappe. Oder willst du, dass ich das aus der siebten Klasse wiederhole?«

Als Alena verstummte, grinste sie triumphierend. »Geh nach hinten«, wies sie mich an.

»Nein!«

»Geh nach ...«

Mr Adams unterbrach die kindische Situation, als er das Klassenzimmer betrat und die Tür zuschlug. »Entschuldigung, hier muss irgendwo ein Fenster offen sein«, murmelte er und begab sich zum Lehrerpult. »So, Leute. Erst einmal hi. Ich hoffe, ihr hattet schöne Ferien. Wie ich sehe, ist der Kurs kleiner geworden. Schade. Unsere Schule tut, was nötig ist, um dem hier ein Ende zu bereiten, aber es ist schwerer, als wir dachten. Ich darf mit euch da eigentlich nicht drüber reden, aber eins kann ich euch sagen: Der Mörder oder die Mörderin geht an diese Schule oder hat sich hier eingenistet. Also bleibt immer bei euren Bodyguards und seid stets wachsam. Nehmt die Sache ernst, verstanden?«

Kurz merkte ich, wie mich ein paar Schüler beobachteten. Nervös rutschte ich auf meinem Stuhl hin und her und sah zu meinem Lehrer. Er schien es zu bemerken und legte mit dem Unterricht los.

***

Nach acht endlosen Schulstunden waren wir endlich erlöst. Ich war förmlich vor Lauren geflohen, aber in den anderen Klassen war es nicht viel besser. Wie konnten sie nur denken, dass ich etwas damit zu tun hatte? Oder sie sogar selbst umgebracht hatte? Zero wartete wie versprochen auf mich. Auch er wirkte sichtlich nervös.

»Was ist los?«, fragte ich besorgt, als wir in den Aufzug stiegen.

»Nichts. Alles gut. Wie war die Schule?«

»Ach, ganz gut. Außer, dass alle denken, ich sei eine Mörderin. Aber ich glaube, mein Englischlehrer mag mich.«

»Sie denken, du warst das?«

Ich seufzte. »Ich glaube schon. Zumindest einige. Ich war halt immer zur falschen Zeit am falschen Ort. Ich fühle mich wie Harry Potter.«

Zero lachte leise. »Komm schon, Ezra. Du bist die Auserwählte. Lass dir von so ein paar Schlammblütern nicht den Tag verderben. Beim nächsten Mal sagst du einfach: ›Wenn mein Vater davon erfährt‹, okay?«

Ich sah ihn mit hochgezogenen Augenbrauen an. »Habe ich dir schon mal gesagt, dass du nicht witzig bist?«, fragte ich trocken.

»Erst soll ich nicht so ernst sein und jetzt bin ich nicht witzig genug«, antwortete Zero gespielt schmollend.

Ich musste schmunzeln.

Oben angekommen erledigte ich die wenigen Hausaufgaben, zog mir was Gemütliches an und machte mich mit Zero auf den Weg in den Speisesaal.

»Die anderen Bodyguards behandeln mich auch anders«, sagte er plötzlich.

Ich sah ihn an, doch er starrte nur geradeaus.

»Wie anders?«

»Ständig fragen sie mich über dich aus und warum ich nie dabei bin, wenn du die Schüler findest. Vermutlich spekulieren sie, dass ich dir helfen würde.«

»Du glaubst mir aber doch, oder?« Mittlerweile war ich stehen geblieben und Zero ebenfalls.

»Natürlich glaube ich dir.«

Erleichtert atmete ich aus. Ich hatte gar nicht gemerkt, dass ich die Luft angehalten hatte. Schnell holte ich das kleine Stück Weg auf, das ich hinter Zero zurückgefallen war.

»Außerdem bist du viel zu verpeilt, um einen Mord zu begehen, geschweige denn acht«, fügte Zero noch beiläufig hinzu, bevor wir den Speisesaal betraten.

***

Nach dem Abendessen brachte Zero mich in den Keller zu den Trainingsräumen und verabschiedete sich. Mittlerweile waren mir die langen, dunklen Gänge unheimlich geworden. Viel zu viel Blut war hier unten vergossen worden. Und keiner kannte den Grund. Ein Schauder lief mir über den Rücken, als würde mich jemand beobachten. Schnell schlüpfte ich durch die Tür, wo Daniel und Conan schon auf mich warteten.

»Und da ist auch unser zweites Schäfchen. Na, dann ist die Herde ja komplett«, begrüßte mich der Trainer und ich stellte mich amüsiert zu Conan.

»Sonst gehts ihm gut?«, zischte ich ihm zu.

»Ich habe keine Ahnung, was mit ihm los ist, er ist schon den ganzen Tag so.«

Wie begannen mit dem Training, doch auch nach fünf Minuten war es mir noch immer nicht gelungen, meine Feengestalt anzunehmen.

»Ezra! Verwandeln!«, herrschte Daniel mich an.

Es schien, als würde die Leere, die sich in mir ausbreitete, seit Zero sich von mir verabschiedet hatte, meinen ganzen Körper lähmen.

»Ich kann nicht«, erklärte ich. »Es geht nicht. Ich weiß nicht warum.« Verzweifelt versuchte ich es noch einmal, doch mir fehlte die Kraft dazu. Der Anreiz. Conan war bereits verwandelt und stand kampfbereit vor mir.

»Conan, greif sie an! Ich möchte etwas testen«, befahl Daniel.

Ich schaute ihn entsetzt an.

»Aber ich bin verwandelt. Sie hat keine Chance. Was ist, wenn ich sie verletze?«

»Wirst du schon nicht. Ich will nur etwas testen.«

Ängstlich ging ich in Kampfposition, mein Herz klopfte wild. Daniel nickte Conan zu und dieser griff an. In Sekundenschnelle war er bei mir und packte meinen Arm. Schnell versuchte ich mich aus seinem Griff zu winden, doch seine Messer schnitten mir in die Seite, sodass ich zurückzuckte und er mich losließ.

»Hör nicht auf!«, wies Daniel ihn an.

Conan zögerte und attackierte mich erneut. Langsam bekam ich Panik. Ich versuchte, möglichst seinen Messern auszuweichen, so wie er versuchte, möglichst viel mit den Beinen zu machen anstatt mit den Armen. Mir war noch nie aufgefallen, wie gefährlich seine Messer waren. Als Conan gerade zum Schlag ausholte, der mich zu Boden fallen lassen würde, spürte ich meine Flügel und die Kraft, die mich durchfloss, und schlug ihm ins Gesicht. Er taumelte kurz zurück.

Ich schlug meine Hände vor den Mund. »Es tut mir leid! Das waren meine Kräfte, ich hatte sie nicht unter Kontrolle!«, rief ich und lief zu meinem Freund, der sich die blutende Nase hielt.

»Ist nicht schlimm, Ez. Ich bin Schlimmeres gewohnt«, lachte er.

»Also doch«, murmelte Mr Adams nur und reichte ihm ein Taschentuch, damit er sich die Nase abwischen konnte. Wir führten das Training weiter fort, aber diesmal hatte ich das Gefühl, dass Conan ein wenig aufmerksamer war, wenn ich ihn angriff.

Um neun fand das Training endlich ein Ende. Conan und ich warteten auf unsere Bodyguards.

»Und es tut wirklich nicht mehr weh?«, fragte ich reumütig und sah zu ihm hinauf.

»Nein, wirklich nicht«, erwiderte er grinsend und küsste mich flüchtig.

In dem Moment kam Lisa den Gang herunter. Sie wirkte nicht sehr glücklich.

»Hi, Lisa. Wo ist Zero?«, fragte ich munter, doch als ich ihre Miene sah, änderte sich meine Stimmung schlagartig.

»Ihr solltet mitkommen. Ezra, ich soll dich hochbegleiten«, antwortete sie und lief bereits wieder den Gang zurück.

Wir folgten ihr die Treppen nach oben.

»Was ist denn los?«, fragte ich verunsichert.

»Das soll er dir selbst erklären.«

Als wir durch die Tür meines Apartments gerauscht waren, füllte mich wieder dieses Gefühl aus. Das Gefühl, dass ich in Sicherheit war und dass ich komplett war. Es verwirrte mich, wie immer, doch mir fehlte die Zeit, um mir den Kopf darüber zu zerbrechen. Wir fanden Zero in seinem Zimmer, wo er hastig ein paar Sachen in einen kleinen Koffer stopfte.

»Zero? Was ist los?«, fiepte ich beinahe und er sah auf.

»Wir werden jetzt gehen«, rief Lisa nur kurz und Conan und sie verschwanden. Ich sah wieder zu meinem Bodyguard.

»Ezra, es tut mir leid, aber ich muss für eine Weile weg.«

KAPITEL 37

»Wie, du musst weg?«, rief ich und stellte mich vor ihn, als er mit dem Koffer ins Wohnzimmer gehen wollte. »Du kannst mich doch nicht einfach hier alleine lassen? Nach all dem, was passiert ist.« Mit glasigen Augen sah ich zu Zero hinauf. In seinen Augen lag Trauer. »Sag mir, was los ist!«

Er quetschte sich an mir vorbei, blieb aber anschließend stehen. »Meine Mutter. Sie liegt im Sterben. Die Ärzte glauben, dass sie es nicht schafft.«

Ich schlug mir die Hand vor den Mund. »Was hat sie?«

Als er mich ansah, konnte ich Tränen in seinem Augenwinkel sehen. »Sie hat Lungenkrebs.«

Langsam ging ich auf ihn zu und nahm ihn schließlich in den Arm. »Das tut mir unendlich leid«, flüsterte ich.

»Mitleid hilft ihr leider auch nicht. Ich muss gehen. Geh zu Mike Harries, er weiß, was zu tun ist. Ich melde mich bei dir. Lass dein Handy an. Es liegt in der Schublade in meinem Nachttisch.« Mit diesen Worten löste er sich von mir und verließ den Raum.

Fassungslos blieb ich zurück. Warum war er plötzlich so abweisend? Ich hatte doch gar nichts getan? Kälte breitete sich in mir aus und ich begann zu frösteln. Dieses mittlerweile vertraute Gefühl, das mich verrückt machte. Schließlich beschloss ich, zu Kassy zu gehen und sie danach zu fragen, bevor ich hier noch Wurzeln schlug.

Auf dem Weg in den zweiten Stock starrte ich vor mich hin. Ich konnte es ja nachvollziehen. Zeros Mutter lag im Sterben. Er wollte sich von ihr verabschieden. Aber die letzten Tage hatte er so ein Drama um mich gemacht. Ich durfte hier nicht übernachten, durfte dort nicht hin. Er hatte mich sogar geküsst. Und jetzt tat er plötzlich so, als sei ich ihm total egal.

Noch immer in Gedanken klopfte ich an die Tür zum Zimmer meiner

Schwester. Hastig wurde sie geöffnet. »Ich sagte dir doch, lass mich in R… Oh, Ezra, du bist es. Was gibts?« Als Kassy mich sah, entspannte sie sich sichtlich und trat zur Seite, um mich reinzulassen. Sie betrachtete mich genauer und Sorgenfalten legten sich über ihre Stirn. »Oje. Was hat Conan getan?«, seufzte sie und umarmte mich.

»Es ist nicht Conan«, wisperte ich leise. »Es ist Zero. Er ist weg …«

»Was? Warum?« Sie löste sich von mir und starrte mich fassungslos an.

»Er musste gehen. Seine Mom … Sie stirbt. Und weißt du, was das Schlimmste ist? Ich will einfach nur, dass er bei mir ist. Und jetzt fühle ich mich so schlecht, weil ich so egoistisch bin«, schluchzte ich und drückte mich wieder an sie. »Da ist dieses Gefühl in mir.« Ich tippte mehrmals auf meine Brust. »Immer, wenn er da ist, und immer, wenn er weggeht. Und ich weiß nicht, was es ist. Aber es macht mich verrückt. Es verwirrt mich. Ich komme mit meinen Gefühlen nicht mehr klar!«

Sie strich mir tröstend über den Kopf. »Setz dich«, wies sie mich an und wir ließen uns auf die Couch sinken. Dylan war nirgends zu sehen.

»Weißt du, was mit mir los ist?«, fragte ich verzweifelt.

Sie zog die Augenbrauen zusammen, als würde sie überlegen. »Ehrlich gesagt, nein. Aber ich schaue mal nach, okay?« Schnell huschte sie zu einem der vielen Regale gegenüber ihrem Bett und kramte in den Schubladen, bis sie mit dem großen Buch wieder zurückkam. Suchend blätterte sie die Seiten durch, hielt bei einigen inne, um sie zu lesen, und blätterte dann wieder weiter. Schließlich klappte sie das Buch seufzend zu und schaute mich eindringlich an.

»Und?«, fragte ich hoffnungsvoll.

»Ich habe keine Ahnung«, antwortete sie langsam und schüttelte den Kopf. »Vielleicht bist du einfach verliebt?«

»Nein! Ich bin nicht verliebt. Ich fühle mich richtig verloren, wenn er nicht da ist. Und wenn ich ihn sehe, ist alles wieder okay! Als würde alles gut werden und nichts könnte mich je wieder aus der Bahn werfen!«

»Oh, irgendwas hat dich schon längst aus der Bahn geworfen«, seufzte sie leise.

»Was?« Ich schaute sie kritisch an.

»Also, hier steht nichts! Das Einzige, was hier geschrieben steht, ist, dass er ein Seelenteil von dir besitzt. Aber deine Seele wurde gespalten. Sie ist nicht länger ein Teil von dir, das heißt, es kann nichts mehr mit dir zu tun haben«, erklärte sie und strich über das Buch, als wolle sie Staub abwischen.

Ich atmete tief durch und stand auf. »Okay, danke. Ich muss jetzt zu Mr Harries wegen Zero. Wir sehen uns morgen in der Schule, okay?«

Sie nickte und umarmte mich.

Ich wollte nicht länger darüber reden.

***

Nachdem ich nun schon zum zweiten Mal geklopft hatte, hörte ich endlich ein »Herein!«. Langsam öffnete ich die Tür und fand Mr Harries seelenruhig an seinem Schreibtisch sitzend.

»Ezra, hi. Ich dachte mir schon, dass du kommst«, begrüßte er mich und stand auf.

»Es ist wegen Zero.«

»Ich weiß. Es ist schrecklich für ihn. Seine Mutter ist das Einzige, das er noch hat.« Kurz schien er in Gedanken versunken, doch schließlich fing er sich wieder und fuhr fort: »Ich habe ihn etwas länger beurlaubt. Du bekommst natürlich so lange einen neuen Bodyguard. Ich muss nur noch den passenden für dich suchen. Er oder sie wird in Kürze auf dein Zimmer kommen, in Ordnung?«

»In Ordnung«, stimmte ich leise zu.

»Ich weiß, es ist eine harte Zeit für dich, aber das wird schon. Nach den größten Niederlagen geht es auch immer wieder bergauf, glaub mir. Falls du einen Rat brauchst oder eine Frage hast, komm einfach zu mir. Du sollst wissen, dass ich nicht glaube, dass du etwas mit den Morden zu tun hast.«

Verwundert sah ich auf. Mr Harries lächelte mich an, was ungewöhnlich für ihn war.

»Wieso glauben Sie das nicht?«, fragte ich.

»Weil ich deinen Herzschlag hören kann, schon vergessen? Ich weiß, wann du lügst und wann nicht. Manchmal täuscht mein Gehör mich, aber der Herzschlag ist nicht das Einzige, was ich wahrnehmen kann. Viele können sich schützen, wenn sie einmal den Dreh raushaben, aber du bist noch zu unerfahren dafür. Also, wie gesagt: Mach dir keine Sorgen. Und geh jetzt schnell in dein Zimmer zurück.«

Ich nickte, verabschiedete mich und machte mich dann auf den Weg zurück in mein Zimmer. Als ich die Tür hinter mir schloss, wirkte es leer und kalt. Genau wie ich mich fühlte. Fröstelnd stieg ich unter die Dusche. Vielleicht würde sie mich aufwärmen. Sobald das warme Wasser auf mich herabprasselte, entspannte ich mich etwas. Ich nahm ein wenig Shampoo und massierte es in mein Haar ein. Müde schloss ich meine Augen und begann es mir wieder abzuwaschen. Plötzlich spürte ich einen metallartigen Geschmack im Mund. Verwundert öffnete ich die Augen wieder und sah mich um.

Blut! Überall war Blut! Es kam aus der Dusche. Bedeckte meinen Körper und die Wand. Panik stieg in mir hoch. Schreiend sprang ich aus der Dusche, dass die rote Flüssigkeit auf den grauen Fliesenboden spritzte. Tränen schossen mir in die Augen, meine Sicht verschwamm. Als ich über meine Lider wischte und in den Spiegel sah, erstarrte ich. Es war weg.

Ich sah an mir hinab, untersuchte den Teppich unter mir und fuhr mir durch die Haare. Bloß unzählige Wassertropfen bedeckten meinen Körper. Nirgends war Blut. Zögernd blickte ich in die Dusche. Aus dem Duschkopf kam unschuldiges Wasser, alles sah normal aus. Zitternd vor Angst wickelte ich mir ein Handtuch um und flüchtete aus dem Badezimmer, nachdem ich die Dusche abgestellt hatte.

Ich band meine Haare zu einem Dutt und zog einen Pulli und meine Jogginghose an. Dann sank ich weinend auf mein Bett.

Warum fällt mir plötzlich das Atmen so schwer? Was hat dieses Gefühl zu bedeuten? Dieses Gefühl, das ich nicht beschreiben kann? Dieser Schmerz, der eigentlich gar kein Schmerz sein sollte? Dieses fehlende Mitleid? Die Angst vor mir selbst, die Liebe sein sollte? Werde ich verrückt? Wie kann man es in dieser kranken Welt nicht werden? Was passiert nur mit mir? Was ist falsch mit mir?

»Was ist falsch mit mir?«, wimmerte ich laut vor mich hin. »Was ist falsch mit mir?«

Ich schlang meine Arme um mich selbst und krümmte mich zusammen, als würde ich unter den schlimmsten Schmerzen leiden. Aber diesen Schmerz, den ich verspürte, konnte ich nicht beschreiben. Auf einmal kam alles zusammen. So oft hatte ich versucht, stark zu sein, hatte alles verdrängt. Jetzt war es vorbei. Ich war nicht mehr stark. Mit dem Glück war es wie mit dem Essen. Tag für Tag nahm ich etwas Glück und Freude in mich auf. Aber trotzdem war ich abends hungrig und brauchte wieder neues. Da ich jeden Tag wieder aufs Neue Glück und Freude verspürte, glich es sich aus. Aber seit die Tage dunkel waren, fing ich langsam an zu verhungern. Ich war schon fast tot. Und es lag ganz allein an mir. Weil ich mich in einer Kiste gefangen hielt, die meine eigenen bösen Geister verschloss.

Im Halbschlaf fühlte ich, dass jemand eine Hand sanft auf meinen Rücken legte. Wärme durchströmte mich. Und es schien, als würde all der Schmerz aus mir herausgezogen. Mit einem Ruck erwachte ich aus meiner Trance und meine Panik verflog. War Zero etwa wieder da? Ich drehte mich um und erschrak.

»Wer bist du?«, rief ich entsetzt und wäre beinahe vom Bett gefallen.

Vor mir stand ein großer Junge. Oder sollte ich besser sagen, ein Mann? Seine blonden Haare hingen ihm in die Stirn und aus grauen Aug,en musterte er mich besorgt. »Ich bin Felis Morgan. Tut mir leid, dass ich dich einfach so berührt habe, aber es sah aus, als hättest du Schmerzen.«

Fragend hob ich meine Augenbrauen. »Bist du …?«

»Dein neuer Bodyguard. Mike hat mir die Karte für dein Zimmer gegeben, deswegen habe ich mir erlaubt, hier einfach hereinzuplatzen.«

Mein neuer Bodyguard? Ein mulmiges Gefühl breitete sich in mir aus.

Ich wollte keinen neuen Bodyguard. Ich hatte Zero gerade erst zurückbekommen. Ich wollte ihn an meiner Seite haben.

KAPITEL 38

»Und du bist Ezra, wenn ich mich nicht im Zimmer geirrt habe, oder?« Er sah mich erwartungsvoll an.

»Ja, genau.« Ich reichte ihm meine Hand und versuchte die peinliche Situation mit einem Lächeln zu überspielen.

Felis stand von meinem Bett auf. »Also gut. Dann fang mal an zu packen. Morgen ist Schule, wie dir sicher schon bekannt ist.« Die Arme hinter dem Rücken verschränkt wanderte Felis in meinem Zimmer herum und begutachtete alles.

»Was? Warum Sachen packen? Dein Zimmer ist doch gleich hier, und nachts schläfst du auf der Couch, wegen der Sicherheitsauflage von Mr Harries«, erwiderte ich verwirrt.

»Ich weiß.« Er ließ seine grauen Augen über ein Bild von mir und Conan wandern, das ich vor ein paar Tagen dort aufgestellt hatte. »Elias, mein Schützling, ist vor Kurzem tot im Wald aufgefunden worden.« Er lief ein paar Schritte weiter und blickte auf das nächste Bild von Zero und mir. »Ich glaube, sogar von dir. Wir haben später erst herausgefunden, dass er drogenabhängig war und sich nachts ständig hinausgeschlichen hat. Er hatte darauf bestanden, dass ich nicht in seinem Zimmer schlafe. Wir hatten einen Deal und er hat ihn gebrochen. Natürlich ist es meine Schuld, dass er jetzt tot ist, aber ... Na ja. Ich soll übergangsweise für dich sorgen und mein Apartment ist im ersten Stock, also näher am Ausgang und somit ein bisschen sicherer.« Mittlerweile stand er wieder seelenruhig mitten im Raum. »Es ist dir sicher genauso klar wie mir, dass ich keinen weiteren Deal mehr eingehen werde, besonders nicht mit dir. Ein weiterer Fehltritt und ich kann Adieu zu meinem Job sagen. Also, wo ist deine Tasche?«

Etwas irritiert von seiner Predigt zeigte ich unter mein Bett.

Mein neuer Bodyguard holte sie mit einem geschickten Windstoß hervor. »Pack einfach erst einmal ein paar Klamotten ein. Falls etwas fehlt, können wir es später noch holen«, wies er mich an und ich gehorchte ohne weitere Fragen. Felis war freundlich, jedoch fand ich ihn unheimlich und seine Kräfte machten mir auch ein wenig Angst.

Sanft schloss er meine Tür und steckte die Karte ein. Ich folgte Felis in den ersten Stock, bis zu einer Tür mit der Nummer 287. Gerade als er die Tür aufschloss, kam mir Bran entgegen.

»Ez? Was machst du denn hier?«, fragte er verblüfft. Er nickte Felis kurz zu. Anscheinend kannten sie sich.

»Dasselbe könnte ich dich fragen«, erwiderte ich und schob den Riemen meiner Tasche zurück auf meine Schulter, der verrutscht war, während ich die Treppe hinuntergestiegen war.

»Ich wollte zu Kat. Ihr Zimmer ist gleich hier«, antwortete Bran und zeigte auf die Tür neben der, vor der ich stand.

»Wirklich? Das wusste ich gar nicht. Ich werde für die nächste Woche hier wohnen. Zero muss sich um eine private Angelegenheit kümmern und so lange komme ich bei Felis unter«, erklärte ich.

»Willst du kurz mit zu Kat kommen?«

Ich schüttelte den Kopf. »Nein danke. Ich bin wirklich müde. Heute war ein anstrengender Tag.«

Bran lächelte nur. »Wie du willst. Bis morgen in der Schule.«

»Ja, bis dann.«

»Ist Kat eine Freundin von dir?«, fragte Felis, nachdem wir das Zimmer betreten hatten und ich meine Tasche auf das frisch gemachte Bett gelegt hatte.

Das Zimmer sah fast exakt aus wie meins, nur dass zwei Wände azurblau gestrichen waren und man einen Blick auf den Wald hatte.

»Ja, sogar eine meiner besten. Ich bin noch nicht allzu lange hier und sie ist zu jedem sehr freundlich. Sie wirkt zwar manchmal ein wenig zu stürmisch, aber sie ist sehr sensibel.«

»Ja. Ich habe sie schon einige Male gesehen.«

Ich öffnete meine Tasche und hielt meine Kleidungsstücke hoch. »Wohin damit?«

»Oh, ja, natürlich. Da hinten ist ein Schrank. Der gehört ganz allein dir.«

»Danke. Was hast du eigentlich vorhin mit mir gemacht?«, fragte ich, während ich meine Kleidung in den Schrank einsortierte.

»Was meinst du?«

»Die Schmerzen. Du hast mir meine Schmerzen genommen. Wie hast du das gemacht?«

Warum lachte er denn jetzt?

»Ach, das meinst du. Ich bin ein Hexer. Sagen wir es mal so: Ich beherrsche eines der vier Elemente, in meinem Fall die Luft. Dazu kann ich Schmerzen nehmen und außerdem kann ich Zaubersprüche ausführen.«

»Du kennst dich mit Zaubersprüchen aus?«, fragte ich hoffnungsvoll.

Er zuckte mit den Schultern. »Ja, eigentlich schon.«

Schnell setzte ich mich neben ihn auf das Sofa. »Weißt du etwas über das Seelenspalten?«

Seine Augen wurden groß, dann wurde sein Blick nachdenklich. »Was willst du wissen?«

Kurzerhand erzählte ich ihm die ganze Geschichte: Zeros Tod, der Zauberspruch, das zweimalige Seelenspalten und die Gefühle, die ich nicht beschreiben konnte. Das seltsame Ereignis in der Dusche verschwieg ich jedoch.

»Also, was ist dieses Gefühl?«, beendete ich den Satz und sah ihn erwartungsvoll an.

Felis hatte sich zurückgelehnt und ein Bein in einem Dreieck über das andere gelegt. Seine Arme ruhten rechts und links auf der Sofalehne. »Er hat zwei Seelenteile von dir?«, wiederholte er.

Ich nickte.

Er wechselte seine Pose, stützte seine Ellbogen auf den Knien ab und atmete hörbar aus. »Ich sag dir jetzt mal was«, fing er an und sah mir durchdringend in die Augen. »Du gibst mit der Seelenspaltung jemandem einen Teil deiner Seele, das bedeutet einen Teil deines Innersten. Deine Gefühle, deine

Ängste, alles wird auf den anderen übertragen, wenn auch nur minimal. Du hast sogar zwei Teile und somit die Hälfte deiner Seele an Zero abgegeben. Ich denke, dass zwischen euch eine Verbindung herrscht. Es kommt natürlich auch darauf an, was du und die Person für eine emotionale Bindung habt. Aber dein Seelenteil, das ihn am Leben hält, fühlt sich immer noch zum Rest deiner Seele hingezogen, wie bei Atomen. Dadurch verspürst du diese Leere und wenn Zero bei dir ist, fühlst du dich erfüllt, da deine Seele, zwar nicht faktisch, aber räumlich wieder komplett ist. Meiner Meinung nach hast du ein Problem.«

Mit offenem Mund starrte ich ihn an.

Er lächelte nur unschuldig. »Alles okay?«

Ich erwachte aus meinem Zustand. »J… Ja. Alles gut. Das ist nur gerade etwas … krass.«

»Ich habe noch nie davon gehört, dass jemand zwei seiner Seelenteile abgegeben hat, das ist … wow! Du musst dich echt scheiße fühlen ohne ihn.«

»Oh, du glaubst gar nicht, *wie* scheiße ich mich fühle.«

»Na ja. Zur Hälfte zumindest kann ich es nachvollziehen.«

Als ich ihn nur fragend ansah, antwortete er: »Ich habe mal einer Freundin einen Teil meiner Seele abgegeben.« Kurz wurde er traurig, doch dann sah er mich wieder mit festem Blick an. »Sie starb vor einem Jahr direkt vor meinen Augen und ihr Seelenteil wanderte in mich zurück. Nun ist meine Seele zwar wieder komplett, aber ich glaube, dass auch ein Stück von ihr mit herübergewandert ist. Ich weiß, das klingt merkwürdig, aber man kann es schwer beschreiben.«

»Ich dachte, diesen Spruch können nur Todesfeen anwenden?«, hakte ich nach.

Felis ließ seinen Blick über die Bäume schweifen, bevor er weitersprach: »Unsere Fähigkeiten sind nur Energie. Wenn man weiß, wie man sie erlernt und einsetzt, könnten wir alles tun. Aber man braucht viel Geduld und es kostet eine Unmenge an Kraft. Ich habe es einmal getan und werde es nie wieder tun. Ich habe gelernt, dass man sich damit zufriedengeben soll, was einem für das Leben mit auf den Weg gegeben wurde.«

Bei dem letzten Satz lächelte er mich an und hievte sich vom Sofa. »Hast du Hunger? Wir können noch in den Speisesaal gehen.«

Ich schüttelte den Kopf.

»Sicher?«

»Ja«, erwiderte ich und beobachtete nachdenklich, wie er kurz seinen Rücken durchstreckte und dann die Rollläden ein wenig hinabließ, die nun die Abenddämmerung verdeckten.

Ich kannte diesen Mann wie lange? Zwei Stunden? Aber trotzdem kam es mir vor, als wäre er der weiseste Mann, dem ich jemals begegnet war. Vielleicht bildete ich mir das auch einfach nur ein. Ich irrte mich ja scheinbar oft in Menschen.

Als ich geistesabwesend gähnte, sagte Felis: »Vielleicht solltest du schlafen gehen. Ich warte, bis du im Bett bist, so lange werde ich in meinem Zimmer sein. Falls etwas ist – hier ist die Fernbedienung mit dem Knopf. Oder du benutzt einfach deine Stimme. Die soll man anscheinend auch für so etwas verwenden können. Gute Nacht.«

Er reichte mir die schwarze Fernbedienung, lächelte mir zu und verschwand hinter dem Regal. Für einen kurzen Moment blieb ich auf dem Sofa sitzen und versuchte alles zu verdauen. Schließlich machte ich mich dann aber doch auf den Weg ins Bad.

***

Der kalte Winterwind zerrte an meinen Kleidern. Immer noch verfolgte ich den Jungen, der sich mittlerweile wieder auf den Weg in den Keller machte. Dort, hatte ich ihm gesagt, würde ich mich mit ihm treffen. Er hatte erst außen am Gebäude entlanglaufen müssen, um von seinem Zimmer in den Keller mit den Trainingsräumen zu gelangen. Ihn draußen zu töten, wäre zu gefährlich.

Im Keller angekommen lehnte er sich gegen eine Wand und schien auf mich zu warten. Ich richtete mich auf und kam auf ihn zu.

»Hallo, Armin«, begrüßte ich ihn.

»Hi.«

Ich kam immer näher und machte mich bereit zum Angriff.

»Also, wieso wolltest du mich sprechen?«, fragte er und wirkte plötzlich beunruhigt. »U... Und wieso bist du verwandelt?« Er versuchte einen Schritt zurückzuweichen, doch er stieß nur hart gegen die Wand.

Ich musste das schnell erledigen, bevor er mir entwich. »Es ist nichts. Aber, Armin ... Es tut mir leid«, sagte ich langsam und sah in seine blauen Augen.

»W... Was?«

Mit einer schnellen Bewegung schnitt ich ihm die Kehle auf. Bevor er es richtig realisieren konnte, floss schon das Blut aus seiner Wunde und verteilte sich rasch auf seinem weißen T-Shirt. Schockiert griff er sich an den Hals, doch es war zu spät. Er konnte noch nicht einmal mehr schreien. Ächzend fiel er zu Boden und nach wenigen Minuten zuckte er nicht einmal mehr.

»Es tut mir leid«, flüsterte ich leise und begann zu trinken. Seitdem Kera mich zu einem Blutwolf gemacht hatte, musste ich es tun. Ich hatte keine andere Wahl.

Plötzlich hörte ich ein Knarzen und blickte von dem toten Körper auf. Da stand jemand. In der dunklen Ecke. Er schien uns zu beobachten. Wut packte mich. Wie hatte er mich gefunden?

Stürmisch richtete ich mich auf und folgte der Person mit den blonden Haaren. Von hinten konnte ich eindeutig erkennen: Es war einer der Bodyguards!

KAPITEL 39

Als mich am nächsten Morgen mein Wecker aus dem Schlaf klingelte, saß Felis schon fertig angezogen auf der Couch und sah mich an.

»Morgen«, murmelte ich.

»Guten Morgen. Gut geschlafen?«

Ich nickte schlaftrunken und schälte mich aus dem Bett. Bevor ich im Bad verschwand, warf ich meinem neuen Bodyguard noch einmal einen prüfenden Blick zu. Müde starrte er vor sich hin. Dunkle Schatten zeichneten sich unter seinen trüben Augen ab. Er sah total fertig aus. Als hätte er einen Geist gesehen. Schnell bändigte ich meine Haare, putzte mir die Zähne, zog mich an und schminkte mich ein wenig.

Dreißig Minuten später stand ich fertig und bereit für die Schule vor der Tür. Zusammen mit Felis machte ich mich auf den Weg zum Speisesaal, wo wir bei den anderen Platz nahmen. Alena nickte Felis kurz zu, anscheinend kannte sie ihn ein wenig, und Kassy sagte gar nichts.

Kat hingegen sah von ihrem Teller auf und lächelte. »Hi, Felis.«

Offenbar kannten sie sich. Zögernd nickte Felis ihr zu. Kat warf mir einen verwirrten Blick zu und ich zuckte mit den Schultern.

Nach dem Frühstück machten wir uns auf den Weg zum Unterricht. Die ersten beiden Stunden hatte ich mal wieder Pflanzenkunde. Lustlos ließ ich mich an einem der vielen Zweiertische nieder.

Lauren setzte sich provokant neben mich. »Das ist mein Tisch. Ich sitze hier seit Neuestem mit Mila«, giftete sie mich an.

Ich rollte mit den Augen. »Dann setzt euch nach hinten«, entgegnete ich und kramte grundlos in meiner Tasche, damit ich sie nicht ansehen musste.

»Schon mal etwas von Rangordnung gehört? Ich will heute hier sitzen.«

Seufzend lehnte ich mich zurück. »Gott, was ein Klischee. Und es lebt.«

Lauren sah mich mit offenem Mund an.

»Ich bleibe hier sitzen. Ich weiß nicht, wann das endlich in deinen Schädel geht.«

»Gut. Dann bleibe ich auch hier sitzen.«

»Tu dir keinen Zwang an.«

»Schön.«

»Schön!«

Mrs Jenson betrat den Raum und sah sofort zu uns hinüber. »Oh, ich sehe dunkle Wolken. Dann kommt ja die heutige Partnerarbeit genau richtig.«

Partnerarbeit?!

»Guten Morgen, Schülerinnen und Schüler. Wir beginnen heute mit einem neuen Thema. Euch ist sicher das Wort Obsession bekannt, also Besessenheit. Kann mir jemand irgendetwas dazu sagen?«

Ein paar Hände gingen nach oben und Mrs Jenson sah sich suchend um. »Ja, Mr Cannedi.«

»Besessene sind nicht mehr sie selbst und werden von jemand anderem kontrolliert«, sagte ein groß gewachsener, blonder Junge.

»Ganz richtig. Noch irgendetwas?«

»Es gibt verschiedene Formen der Besessenheit«,

fügte ein schwarzhaariges Mädchen hinzu und bekam für ihre Antwort einen zufriedenen Blick von Mrs Jenson.

»Ja, Miss List. Ganz recht, und genau darauf wollte ich hinaus. Ihr fragt euch jetzt sicher: Was hat die Besessenheit mit Pflanzenkunde zu tun, richtig? Nun, im Prinzip gar nichts. Außer, dass es ein Kraut gibt, welches einem die Gabe verleiht, über etwas mehr Kontrolle zu erlangen, als es mit irgendeiner telepathischen Fähigkeit möglich ist. Ich möchte nun, dass ihr in Gruppen erstens dieses Kraut ausfindig macht und zweitens die verschiedenen Formen der Besessenheit heraussucht. Jeweils einer aus jedem Zweierteam kommt bitte zum Pult und holt sich ein Buch.«

Gemurmel breitete sich im Raum aus und die Schüler schlenderten zum Lehrertisch, um sich das Buch zu holen. Ich tat es ihnen gleich und ließ mich wieder auf den Stuhl neben Lauren fallen.

»Wie ist es eigentlich so mit deinem neuen Bodyguard?«, fragte sie spöttisch, während ich durch die Seiten blätterte. »Jetzt, wo dein alter Schmusebär weg ist. Was ist los? Warst du ihm nicht gut genug? Vielleicht ist der Neue ja auch ganz gut im Bett? Der sieht doch sogar richtig niedlich aus. Obwohl, warte. War das nicht sein Schüler, den du – natürlich du – tot aufgefunden hast? Vielleicht wollte er ja nur an dich herankommen, um sich zu rächen, und bringt dich irgendwann im Schlaf um.«

Zähneknirschend schloss ich die Augen und versuchte ruhig zu bleiben. Woher wusste sie das alles schon wieder? Sie hatte genau wie ich einen Bodyguard, also warum behauptete sie das?

Betont ruhig legte ich das Buch in die Mitte und begann die wichtigsten Informationen herauszuschreiben. Egal, was sie sagte, ich versuchte es auszublenden.

»Irgendwelche Ergebnisse?«, fragte unsere Lehrerin nach einer Weile in die Runde.

Ich hob meine Hand und sie nickte mir zu. »Die Pflanze, die für solche Fähigkeiten sorgt, heißt *Parva Susorro*. Essen beide davon, sowohl der Meister als auch der Diener, entsteht zwischen den beiden eine Bindung. Es kommt auf den Machtzustand an, inwieweit der Meister Besitz von dem Diener erlangen kann«, las ich meine Ergebnisse vor und nahm zufrieden das Nicken von Mrs Jenson wahr.

»Sehr schön. Womit wir zum zweiten Punkt kommen. Welche verschiedenen Arten der Besessenheit gibt es?«

Eine andere Schülerin kam zu Wort: »Zum einen die psychische Besessenheit. Damit ist gemeint, dass der Meister Kontrolle über das das Handeln des Dieners hat. Im physischen Fall nimmt der Meister gänzlich Besitz von dem Diener. Er kann seinen Körper und seine Gedanken steuern und der Diener hat kaum noch Kontrolle über sich selbst. Die Abweichung davon kann sein, dass der Diener sich seiner Taten nicht einmal bewusst ist und so als Marionette benutzt wird. Dazu kommen dann noch die christlichen Ansichten, bei denen Besessenheit angeblich durch Dämonen oder böse Geister erfolgt.«

»Gut. Aber darauf wollen wir hier nicht weiter eingehen.«

***

Nach der Schule holte mich Felis vor dem Schuleingang ab. Zusammen stiegen wir in den Aufzug und machten uns auf den Weg nach oben.

»Und, wie war dein Tag?«, fragte er und starrte die Aufzugtür an, wie Zero es auch immer tat. »Ganz okay. Ähm. Ich habe eine Frage …«

Felis sah mich fragend an.

»Könntest du mir gleich für einen Moment mein Handy geben? Ich würde gerne Zero anrufen.«

Mein Bodyguard sah wieder seufzend geradeaus. »Bist du sicher, dass das so eine gute Idee ist?«

»Ich würde nur gerne kurz mit ihm sprechen.«

»Du weißt, dass das mit der Seelenspaltung zusammenhängt?«

Ich nickte.

»Okay. Aber nicht lange. Wer weiß, was die Konsequenzen sind. Du hattest dich gerade erst etwas beruhigt.«

In seinem Apartment reichte er mir mein Handy und ich wählte Zeros Nummer. Nervös ließ ich mich auf meinem Bett nieder, während Felis hinter dem Regal verschwand.

»Hallo?«

»Ja. Hi. Hier ist Ezra«, stotterte ich in den Hörer. Stille.

»Zero?«

»Ja? Geht es dir gut?«

»Ja. Alles bestens, warum?«

»Weil du anrufst.« Seine Stimme klang rau und müde.

»Ich mache mir Sorgen und wollte fragen, wie es dir und deiner Mutter geht.«

»Sie kämpft. Ich habe aber auch noch ein paar andere Sachen zu klären.«

Mal wieder wirkte er so abweisend. Als würden wir uns nicht kennen.

»Wann kommst du wieder?«, fragte ich sehnsüchtig und merkte, wie mein Herz sich schmerzhaft zusammenzog.

»Ich weiß es nicht. Ezra …«

»Ja?«

»Ich muss jetzt los. Pass auf dich auf.«

Und schon hatte er aufgelegt.

Fassungslos ließ ich den Hörer sinken. Ich merkte, wie eine Träne sich einen Weg über meine Wange bahnte und der Schmerz in meiner Brust zunahm. Was hatte ich erwartet? Ich wusste es nicht. Eine gute Nachricht? Vielleicht etwas, das diesen Schmerz, den ich den ganzen Tag verdrängte, verblassen ließ?

Als Felis hinter dem Regal hervorlugte und mich weinen sah, kam er auf mich zu. »Und?«, fragte er und kniete sich vor mich.

Ich schüttelte nur den Kopf. »Ich glaube, er will nicht mit mir reden. Warum brauche ich ihn plötzlich so sehr, obwohl er es nicht tut?« Traurig sah ich in Felis' Augen. Gutmütigkeit und Verständnis waren in ihnen zu erkennen.

»Und was ist bloß mit diesem Schmerz? Er zerreißt mich. Ich weiß nicht, was ich tun soll.«

Zögernd, als wäre er sich nicht sicher, ob er es wirklich tun sollte, legte Felis seine Arme um mich und drückte mich an sich. Ich erwiderte die Umarmung und schluchzte gegen seine Schulter. Meine Sicht verschwamm und mein Herz drohte aus meiner Brust zu springen. Es sah so aus, als würde Zero im Türrahmen stehen. Und selbst als ich blinzelte, stand er immer noch da. Mit seinem typischen Lächeln im Gesicht schaute er mich an. War er zurückgekommen? Für mich?

Vielleicht war er deswegen so kurz angebunden gewesen, um die Überraschung nicht zu ruinieren.

Ich blinzelte noch einmal über Felis' Schulter hinweg, aber Zero stand immer noch dort.

»Felis, sieh nur! Er ist zurück.«

KAPITEL 40

Felis drehte sich um, sah zur Tür und wieder zu mir zurück. »Ezra, da steht niemand«, antwortete er leise und musterte mich aufmerksam.

Doch, er war da! Er sagte nichts, aber er war da!

»Siehst du ihn nicht?«, wisperte ich.

»Das bildest du dir ein. Du musst aus diesem Tagtraum aufwachen!«

»Ich träume nicht!«

»Doch, das tust du! Dein Unterbewusstsein spielt dir einen Streich.«

»Mit mir ist alles in Ordnung.«

»Ist es nicht.«

»Ich will zu ihm.«

»Nein!«

Als ich versuchte aufzustehen, hielt Felis mich zurück. Wütend versuchte ich mich ihm zu entziehen und schubste ihn mit einer plötzlichen aufgekommenen Kraft von mir. Überrascht blieb er neben meinem Bett liegen und sah mir zu, wie ich den Tränen nahe auf Zero zuging.

Er lächelte mich noch immer an und als ich näher kam, streckte er eine Hand nach mir aus. Ich hob meine Hand und berührte ihn. Kurz durchströmte mich diese Wärme, die immer aufkam, wenn ich in seiner Nähe war. Doch schlagartig verwandelte sie sich in etwas Kaltes und Grausames. Zero verschwand. Es war dunkel um mich herum. Ich konnte weder Felis noch mein Zimmer sehen.

Höre dem Schmerz zu.

Es schien, als würde der Schmerz von den nicht mehr vorhandenen Wänden widerhallen und sich in meinem Körper ausbreiten.

Höre dem Schmerz zu. Höre dem Schmerz zu.

»Was meinst du? Zero?«, rief ich panisch. »Felis?«

Ein Messer erschien aus dem Nichts. Es streifte mich und ich sprang kreischend zur Seite. Als ich meine Hand gegen meine Taille drückte, spürte ich Blut und es brannte fürchterlich. Als würde mich ein Gift durchströmen. Tränen flossen über mein Gesicht. Ächzend rannte ich durch die Dunkelheit, bis ich einfach in mich zusammensank.

***

Als ich die Augen aufschlug, kam mir grelles Licht entgegen. Verdattert blinzelte ich gegen die Lichtstrahlen und richtete mich auf. Neben mir saß Felis und lächelte mich an. Er hatte seinen Anzug nicht an, sondern trug einen ganz normalen Kapuzenpulli mit einer Jeans. Als ich an mir hinabsah, erkannte ich ein leichtes Sommerkleid, und erst jetzt fiel mir auf, dass es erstaunlich warm war.

»Wo sind wir?« Ich sah mich um. Wir saßen auf einem Hügel, unter uns breitete sich ein großer See aus, in dem sich die Abendsonne spiegelte. Der Himmel war klar und die Wiese, auf der wir saßen, schien endlos zu sein.

»Wir sind in meiner Welt«, antwortete er ruhig.

»In deiner Welt?«, wiederholte ich leise.

»Ja. Damit kann ich andere von Schmerzen befreien. Ich kann mit meinen Kräften eine eigene Welt schaffen. Eine Art Zwischenwelt.«

Tatsächlich hatte ich keine Schmerzen mehr. »Es ist schön hier. Können wir für immer bleiben?«

Ich legte den Kopf auf meine Knie und sah auf den See.

»Nein, leider nicht. Unsere Körper leben weiter. Wir würden verhungern, wenn wir für immer hierblieben. Außerdem geht dir das irgendwann an den Verstand, glaub mir. Auch wenn diese Welt oft um einiges besser zu sein scheint, existiert die richtige nicht ohne Grund.«

»Das eben war nicht Zero, oder?«, fragte ich zögernd.

»Gut erkannt, Sherlock.«

»Das ist nicht lustig. Und es ist auch nicht lustig, dass du mich in dieses Kleid gesteckt hast.« Ich zupfte an dem roten Stück Stoff herum, das ein wenig im Abendwind wehte.

»Tut mir leid. Ich kannte deinen Stil nicht. Und das steht dir doch.« Er grinste, doch plötzlich wurde sein Gesicht ernst. »Versprich mir, dass du das nächste Mal auf mich hörst. Das sind alles nur Erscheinungen. Sie sind nicht echt. Und sie werden dir nicht das geben, was du brauchst.«

»Aber woran erkenne ich, was echt ist und was nicht?«

Felis seufzte. Seine graublauen Augen strahlten, als würden sie den Himmel spiegeln. »Wenn es das ist, wonach du dich in diesem Moment am meisten sehnst oder was dich am meisten beschäftigt, wird es erscheinen. Aber es wird sich immer in etwas Dunkles verwandeln.«

»Warum?«

»Es will dich daran erinnern, dass dir etwas fehlt. Für die außenstehenden Seelen ist es ein Verbrechen, ein Seelengemüt zu spalten.«

Ich zog die Augenbrauen zusammen. »Außenstehende Seelen?«

»Wir Hexen, in meinem Fall natürlich Hexer, glauben an die Seelen, die um uns herum sind. Alles hat eine Seele. Die Bäume, die Tiere, sogar diese Blume hier.« Er strich sanft über ein kleines Gänseblümchen in der Wiese neben uns.

»Das klingt irgendwie bescheuert.« Ich lachte.

»Für dich vielleicht. Aber für diejenigen, die ihren Glauben und ihre Hoffnung verloren haben, ist es ein kleiner Trost, zu wissen, dass jemand da ist. Und anscheinend haben wir recht. Sie werden sauer, wenn du deine Seele so verschwendest.«

»Du hast es auch getan.«

Felis stieß einen Seufzer aus. »Wir tun viel, wenn wir lieben.«

Ich sah ihn an und musterte ihn. Am liebsten wollte ich für immer hierbleiben. An diesem Ort, an dem die Sonne schien. Wo ich mich endlos frei fühlte und kein bisschen Schmerz verspürte.

»Wir sollten zurückkehren«, riss Felis mich aus meinen Gedanken und wir sahen uns an.

»Wann kommen wir wieder hierher zurück?«

»Wenn es nötig ist. Schließe deine Augen und lege dich wieder hin.«

Ich tat wie befohlen. Nach kurzer Zeit merkte ich, wie es dunkler wurde.

Kälte umwehte mich und das luftige Kleid verwandelte sich in enge Jeans und ein Top.

»Du kannst sie wieder öffnen.«

Ich öffnete meine Augen und fand mich in Felis Armen wieder. Sofort ließ er mich los und ich rappelte mich auf. Wir waren wieder im Internat, in Felis' Zimmer. Vor dem Fenster zeichnete sich ein grauer Himmel über der Landschaft ab. Die Blätter in den Bäumen wehten unruhig. Ich fühlte einen stechenden Schmerz an meiner Seite und schob mein T-Shirt nach oben. Ein sauberer Schnitt zog sich durch meine Haut.

»Wir sollten dich erst einmal verarzten«, murmelte mein Bodyguard. Er stand auf, um den Verbandskasten zu holen.

KAPITEL 41

Nachdem Felis mich versorgt hatte, musste ich mich für das heutige Training fertig machen.

Meine Freude hielt sich in Grenzen. Ich fühlte mich immer noch nicht besonders wohl, außerdem wollte ich nicht, dass Conan irgendetwas in den falschen Hals bekam, da ich in letzter Zeit etwas abweisend zu ihm gewesen war. Ich zog meine Trainingssachen an und folgte Felis die Treppen hinab in die Eingangshalle.

Gerade als ich in den Aufzug steigen wollte, kamen Alena und Kat die Treppen hinab. Ihre Bodyguards folgten ihnen mit etwas Abstand.

»198, 199, 200!«, rief Kat. »Es sind genau 200 Stufen«, verkündete sie. Alena rollte nur mit den Augen. »Du und dein Zähltick!«

Kat schob gespielt eine Schnute vor. Ich beschloss, sie nur ganz kurz zu grüßen, doch da stürmte Alena schon auf mich zu und umarmte mich. »Ezra, hi! Wir haben uns seit heute Morgen nicht mehr gesehen. Seid ihr gerade auf dem Weg zum Training?«

Ich umarmte Kat, während ich antwortete: »Ja, tut mir leid. Ich bin mit Felis nach der Schule sofort hochgegangen. Habt ihr Kassy gesehen?«

»Ja, sie ist vorhin in Mr Harries' Büro gegangen. Als wir sie fragten, wusste sie selbst nicht, was sie angestellt hatte. Vielleicht solltest du nachher mal nach ihr sehen«, antwortete Kat und lächelte mich an.

»Ja, das werde ich. Es wird schon nichts Schlimmes sein.« Innerlich schnaubte ich. Bestimmt war sie nicht wegen eines Vergehens bei ihm.

Ich merkte, wie Alena Felis beäugte, der immer noch geduldig am Aufzug wartete und die danebenhängenden Gemälde betrachtete.

»Das ist also dein neuer Bodyguard?«, fragte sie und musterte ihn von oben bis unten.

»Ja«, erwiderte ich grinsend.

»Er ist süß. Was sind seine Fähigkeiten?« Jetzt sah sie mich erwartungsvoll an.

»Er ist ein Hexer. Waldhexer, glaube ich.«

»Interessant.«

»Komm, ich stell dich vor.«

Alena wollte widersprechen, doch ich hatte sie schon in Richtung meines Bodyguards gezogen, während Kat Sam und Mirko begrüßte, die gerade aufgetaucht waren.

»Felis?« Er drehte sich um und lächelte uns an. »Darf ich dir meine Freundin Alena vorstellen? Ich glaube, du kennst sie noch nicht.«

Einen kurzen Moment wirkte er wie erstarrt, doch in der nächsten Sekunde löste sich sein geschockter Gesichtsausdruck und er reichte ihr lächelnd die Hand. »Hi, Alena, freut mich sehr.«

Als ich zu ihr sah, lächelte sie nur kokett zurück und ich hätte sie am liebsten ausgelacht. So hatte ich sie ja noch nie erlebt. Ich wusste, dass sie nicht der größte Fan von Zero war, aber ich dachte immer, dass sie sich generell nicht sonderlich viel aus den Bodyguards machte.

»Okay. Wir müssen jetzt los. Bis morgen.«

»Ja, bis morgen.«

»Ciao, Ez!«, rief Kat von weiter hinten und ich winkte ihr zu, während sich die Aufzugtüren schlossen.

»Drück den Knopf, wenn ich dich holen soll, verstanden?«, befahl mir Felis, als wir am Raum 319 ankamen.

Ich nickte und trat ein. Daniel und Conan trainierten bereits. Conan war verwandelt und befand sich in einer Position, die der typischen Deckungsposition beim Kickboxen ähnelte. Die Beine breit und die Hände schützend vor das Gesicht gehalten. Daniel teleportierte sich zu ihm, doch Conan drehte sich sofort um und wehrte den Arm ab, mit dem unser Trainer ihm ins Gesicht schlagen wollte.

»Gut, Conan. Du wirst von Tag zu Tag besser.« Daniel drehte sich um. »Oh, hi, Ezra. Schön, dass du da bist, dann können wir ja beginnen. Beim nächsten Mal komm bitte etwas früher, du bist immer ziemlich spät.«

Das Training verlief wie immer. Aufstellen, kämpfen, verbessern. Ich war heute wesentlich abwesender als sonst, aber nur, weil ich die ganze Zeit an Zero denken musste. Er hatte mir immer noch nicht gesagt, wie es ihm eigentlich ging. Gut sicherlich nicht. Ich erwartete auch gar nicht, dass er mit mir intensive Gespräche darüber führen würde, aber zumindest, dass er mich nicht so wegstieß, wie er es am Telefon getan hatte. Vielleicht sah er mich einfach nicht als den passenden Gesprächspartner dafür, weil ich zu jung war oder zu naiv. Ich wusste es nicht. Wahrscheinlich redete er mit Lisa über solche Sachen. Sollte ich sie fragen? Nein, es wäre peinlich, wenn ich zugeben müsste, dass mein eigener Bodyguard nicht mit mir reden wollte. Aber das war es eben. Er war mein Bodyguard, nicht mehr und nicht weniger. Vielleicht hatte er das eingesehen, seit er etwas Abstand von mir hatte. Wie auch immer. Wenn er etwas Zeit für sich brauchte, sollte er diese bekommen. Es war vermutlich besser so.

Ich war so in Gedanken versunken, dass ich gar nicht bemerkte, wie Conan auf mich zurannte und mich zu Boden riss.

»Ezra! Schon mal was von Ausweichen gehört? Mann, das ist ja wie einem Hamster Schach beizubringen! Konzentration!«, fluchte Daniel.

Conan, der halb auf mir lag, verkniff sich ein Lachen, sah aber schließlich doch besorgt zu mir. »Alles okay? Du wirkst so abgelenkt«, stellte er fest und verzog nachdenklich das Gesicht.

»Ja. Es ist alles gut. Aber Conan ... Dein Onkel steht direkt neben uns und du ...«

»Oh, sorry.« Schnell richtete er sich auf und zog mich hoch. »Wir reden später, okay?«, flüsterte er mir zu, bevor er sich wieder auf die andere Seite der Matte begab.

Noch mehr reden?

»Und diesmal konzentrierst du dich, Madame!«, ermahnte Daniel mich. Ich nickte und versuchte wieder all meine Kraft zu sammeln. Das gelang mir zwar immer noch nicht, aber Daniel ließ mir einfach keine Ruhe.

***

Müde lehnte ich mich neben die Tür im abgedunkelten Flur, als Conan neben mir aus dem Raum trat. »Gehts dir besser?«

»Mir gings nie schlecht.«

»Okay, ist ja gut.« Er hob resignierend die Hände.

In meinem Sei-nicht-mehr-so-kühl-Plan schlug ich mich wohl nicht besonders gut.

»Tut mir leid. Ich bin ganz schön erschöpft.«

»Es ist in Ordnung.« Er lächelte mich warm an und ich küsste ihn kurz.

»Hat dein neuer Bodyguard eigentlich einen tiefen Schlaf?«, meinte er plötzlich grinsend.

Ich blickte ihn verwirrt an. »Ich weiß nicht. Warum? Bisher ist er zumindest noch nie aufgewacht.«

»Gut. Dann treffen wir uns heute um Mitternacht im Kunstraum vom Schulgebäude, okay? Es ist Raum 13.«

Unsere Bodyguards kamen um die Ecke, anscheinend aber ins Gespräch vertieft.

»Ist die Schule nachts nicht abgeschlossen oder ist da kein Hausmeister?«, flüsterte ich Conan noch zu, aber er schüttelte nur den Kopf.

»Da ist keiner. Die ganze Nacht.«

Moment mal ... die ganze Nacht?!

KAPITEL 42

Nachdenklich folgte ich Felis nach oben in unser Zimmer.

»Ich gehe duschen«, murmelte ich und verschwand mit frischen Klamotten im Bad. Sobald das warme Wasser auf meinen Körper prasselte, entspannte ich mich etwas. Ich ahnte, was Conan vorhatte. Wir hatten schon miteinander darüber geredet, ob wir miteinander schlafen sollten. Ich war bereits siebzehn. Was nicht hieß, dass ich mich unbedingt beeilen wollte, aber ich hatte vor ihm noch keinerlei Erfahrungen mit irgendjemandem gemacht, und im Moment spielte das Leben so verrückt. Ich sehnte mich danach, mich einfach nur mal wie ein ganz normaler Teenager zu fühlen. Mit Hormonen und normalen Teenagerproblemen. Außerdem war er mein Freund und ich liebte ihn. Ich fragte mich nur, ob das so ein guter Zeitpunkt war.

Das Internat war kein sicherer Ort und es war leichtsinnig, von meinem Bodyguard davonzuschleichen. Wir wussten, dass uns so niemand beschützen konnte.

Aber ich bin ja nicht alleine.

Eins war klar: In Leichtsinnigkeit würde ich eine glatte Eins bekommen. Was mir mehr Sorgen bereitete, war, dass Zero weg war und ich nicht wusste, wie es ihm ging. Dazu hatte ich noch die ganze Zeit diese Halluzinationen, die ich nicht steuern konnte. Und diese Leere in mir. Diese Leere, die mich von innen aufzufressen schien.

Wenn du dich weiter bemitleidest, wirst du nie normal leben können!

Ich ermahnte mich selbst. Und meine innere Stimme hatte vollkommen recht. Entschlossen stieg ich aus der Dusche, zog mich an und schminkte mich dezent. Es wäre zu auffällig gewesen, hätte ich jetzt massenweise Make-up aufgelegt. Ich föhnte meine Haare, zog meine Jogginghose an, lief dann schnell zu meinem Bett und deckte mich zu.

»Gute Nacht. Ich gehe schlafen. Und das solltest du auch.« Ich gähnte gekünstelt. Hoffentlich merkte Felis nichts. Im Schauspielern war ich noch nie besonders gut gewesen.

Er saß noch immer auf der Couch und schien mit seinem Handy beschäftigt zu sein. Als ich fertig war, sah er auf. »Es ist zwar Freitagabend, aber vielleicht hast du recht. Ich werde jetzt das Bad benutzen. Gute Nacht.« Er lächelte kurz und stand auf und verschwand im Bad.

***

Es kam mir wie eine Ewigkeit vor, bis ich das Gefühl hatte, dass Felis endlich tief und fest schlief. Als ich auf die Uhr sah, war es bereits kurz nach Mitternacht.

Morgen war Samstag, deswegen machte ich mir keine Sorgen wegen der Uhrzeit.

Trotzdem hatte es mich gewundert, dass ich Felis so leicht hatte überzeugen können, ins Bett zu gehen. Er schien wirklich fertig gewesen zu sein. Leise schlüpfte ich aus dem Bett und tapste zu dem Sofa, von dem das ruhige Atmen meines Bodyguards zu hören war. Ich warf einen Blick über die Lehne. Felis' Kopf lag seitlich auf dem Kissen. Ein paar blonde Haarsträhnen fielen ihm ins Gesicht. Sein Arm lag angewinkelt neben ihm und seine Lippen waren leicht geöffnet. Warum sahen alle Männer immer so niedlich aus, wenn sie schliefen? Ich sah wahrscheinlich aus wie ein Walross.

Kopfschüttelnd riss ich mich von dem Anblick los und schnappte mir die Türkarte von der Kommode. Auf Zehenspitzen tippelte ich zur Tür und schlüpfte in den Flur. Ich lauschte kurz und trat einen Schritt zur Seite. Dann stieß ich mit jemandem zusammen.

Am liebsten hätte ich losgeschrien, aber im letzten Moment hielt mir jemand den Mund zu. War ich die Nächste, die man mit einer Zahl eingeritzt in einer Ecke finden würde? Ich schnappte nach Luft und schlug um mich. Ich stieß dem Angreifer meinen Ellbogen in den Magen.

Ein Quieken und die Person ließ mich los.

Ich schoss herum und erblickte ...

»Kat?«

»Aua. Ich sorge dafür, dass wir nicht wegen dir erwischt werden, und du willst mich umbringen?«, ächzte sie und hielt sich den Magen.

»Kat? Was machst du hier? Tut mir leid! Ich dachte, du wärst ein Mörder oder so«, flüsterte ich und strich mir erleichtert durch die Haare.

»Nein. Kein Mörder. Nur ich. Und das könnte ich dich genauso gut fragen«, entgegnete sie leise und richtete sich wieder auf. Auch sie trug eine Jogginghose und ein einfaches T-Shirt.

»Ich will mich mit Conan treffen. Er hat gesagt, dass ich nach unten in den Kunstraum kommen soll«, erzählte ich.

Ihre Augen wurden größer. »Meinst du das, was ich denke, was du meinst?«, fragte sie scharf. Ich zuckte mit den Schultern.

»Er ist ein Junge. Natürlich meint er das.«

Sie seufzte und schüttelte den Kopf.

»Bitte, Kat. Ich möchte jetzt keine intensiven Beste-Freundinnen-Gespräche um zwölf Uhr nachts mitten auf dem Flur führen. Wäre es nicht okay für mich, hätte ich nicht zugestimmt. Und jetzt sag mir besser, warum du dich hier draußen herumtreibst!«

Sie leckte sich nervös über die Lippen, dann antwortete sie zögernd: »Ich treffe mich mit Bran.«

»Du tust was?«

»Ja«, bestätigte sie kleinlaut.

»Habt ihr etwa was miteinander?«

»Vielleicht.«

Mein Handy vibrierte und ich schaute auf die Nachricht. Sie war von Conan.

Wo bist du?

Ich antwortete schnell:

Gleich da.

»Ich muss gehen. Aber wir reden morgen, Madame. Mach keinen Scheiß!«, ermahnte ich sie und machte mich auf den Weg nach unten.

»Dir auch viel Spaß. Und werd nicht schwanger!« Ich hörte sie noch leise kichern.

»Halt die Klappe!«

Ich rannte fast die Treppen hinab, hinunter ins Schulgebäude. Ich war erst ein einziges Mal im Kunstraum gewesen, als ich Alena nach der Pause dort abgeholt hatte, aber ich wusste den Weg noch. Merkwürdig, dass unsere Schule so groß war und erstaunlich viele Räume hatte. Schließlich waren wir nicht sonderlich viele Schüler.

Conan wartete schon ungeduldig vor der Tür. Als er mich sah, stieß er sich erleichtert von der Wand ab.

»Da bist du ja. Ich dachte schon, dir wäre etwas passiert. Ich hätte dich abholen sollen.« Er nahm mich in den Arm.

»Alles gut, Conan. Ich lebe noch. Es hat nur ewig gedauert, bis Felis geschlafen hat. Er ist ziemlich unruhig.«

Er küsste mich kurz und nahm meine Hand. Zusammen betraten wir den Kunstraum, der nur spärlich mit ein paar Kerzen beleuchtet war.

»Hast du die aufgestellt? Wie süß«, lächelte ich und umarmte ihn. Conan führte mich zu einem Sofa und wir ließen uns darauf sinken.

Ich warf einen kurzen Blick durchs Zimmer. Die Wände waren mit Regalen zugestellt, in denen sich unzählige Dinge türmten. Malutensilien wahrscheinlich. Ich konnte nur schwache Umrisse erkennen. Ein großes Fenster, das mit Rollläden versperrt war, ein großer, langer Tisch davor und das Sofa, auf dem wir saßen. Als mein Blick wieder zu Conan wanderte, sah er mich lächelnd an.

»Und, wie geht es Daniel?«, fragte ich, da mir die Situation plötzlich unangenehm war.

»Ihm geht es besser«, antwortete er gelassen.

»Wirklich? Und Lisa?«

Conan rückte zu mir und legte einen Arm um mich. »Wie wäre es, wenn wir für jetzt einfach mal alles vergessen? Keine Morde, kein Trainer, keine Bodyguards, kein Zero und keine Lisa, okay?«

Ich sah zu ihm auf und nickte. »Okay.«

»Ich will, dass du gerne hier bist. Dass du gerne ... mit mir hier bist. Ich will dich zu nichts drängen.« Er sah mich mit ernsten Augen an.

»Das bin ich«, antwortete ich ehrlich. »Und du drängst mich zu nichts. Wirklich.«

»Ich dachte nur ... Du warst in letzter Zeit so abweisend zu mir. Ich dachte, dass etwas wäre.«

Ich legte eine Hand an seine Wange und strich sanft darüber. »Nein, es ist alles in Ordnung«, log ich und küsste ihn.

Seine Hände wanderten zu meiner Taille und zogen mich auf ihn. Unser Kuss wurde intensiver und meine Finger fanden automatisch den Weg in seine Haare. Conan schob mich vorsichtig nach hinten in das weiche Polster, damit er sich über mich beugen konnte. Nach einigen Sekunden lösten sich unsere Lippen wieder und wir sahen uns keuchend an.

»Ich wollte mich nicht hier unten mit dir treffen, um *das* mit dir zu machen. Ich will nur Zeit mit dir verbringen. Ich hoffe, das weißt du«, flüsterte er.

Ich spürte seinen Atem auf meinem Mund. »Jetzt weiß ichs. Aber selbst wenn, ist es mir egal«, hauchte ich grinsend und zog ihn wieder zu mir, um die Lücke zwischen uns zu schließen.

Es half wirklich. Mein Kopf war leer. Ich spürte nur noch seine Lippen. Unseren Atem. Seine Hände an meinem Körper, die gerade meine Taille umschlangen. Seinen schnellen Herzschlag an meiner Brust und meinen, der nicht viel langsamer war. Als Conan meinen Hals mit Küssen bedeckte, bekam ich eine Gänsehaut. Langsam wanderte er wieder hinauf zu meinen Lippen und verharrte dort. Ich zupfte an seinem T-Shirt und unterbrach schließlich unseren Kuss, um es ihm auszuziehen, warf es achtlos beiseite und küsste ihn wieder. Vorsichtig strich ich über seine weiche Haut und umfasste sein Gesicht wieder mit meinen Händen. Gerade als Conan mir mein T-Shirt über den Kopf ziehen wollte, erblickte ich etwas im Augenwinkel und sah zur Seite. Entsetzt stieß ich Conan von mir weg und schnappte nach Luft.

Da, gegenüber von uns gegen den Tisch gelehnt, stand Zero. Er trug wieder seinen Anzug und sah uns zu, die Arme vor der Brust gekreuzt. Im leichten Kerzenschein konnte ich deutlich seine markanten Gesichtszüge erkennen. Sein Blick war auf mich gerichtet, seine Augenbrauen zusammengezogen.

Ich kannte diesen Gesichtsausdruck. Er sah kalt aus, wütend und ... verletzt.

KAPITEL 43

»Zero«, stotterte ich und richtete mich auf.

»Ez, mein Name ist Conan«, sagte mein Freund verletzt.

»Nein, nicht du! Zero steht hier, direkt vor uns! Zero, was machst du hier?«

Keine Antwort. Er starrte uns nur weiter an.

»Da ist niemand.«

Ich sah zu Conan, dann wieder zum Tisch. Tatsächlich. Er war fort.

»Aber er war da!« Fassungslos fuhr ich mir durch die Haare und zog meine Beine an die Brust, um sie zu umschlingen.

»Könntest du eine Minute mal aufhören, von Zero zu reden?«, fragte Conan eisig.

»Bitte ... Was? Ich rede nicht ...«

»Doch, das tust du! Ich meine, du siehst ihn ja sogar schon, wenn er nicht da ist. Bist du so besessen von ihm?« Er deutete auf die Stelle, wo ich Zero eben gesehen hatte.

»Du verstehst das nicht! Seit dieser Seelenspaltung sehe ich andauernd irgendwelche Dinge. Wenn er nicht da ist, fühle ich mich schlecht und ...«

Conan stand verletzt auf und zog sich sein T-Shirt wieder an. »Liebst du ihn?«, fragte er trocken.

»Nein! Wie kommst du darauf?«

»Ich weiß von dem Kuss. Ich weiß, dass er dich liebt.«

»Er liebt mich nicht, es ist nur kompliziert. Er hat schließlich einen Teil meiner Seele in sich und ...«, versuchte ich mich zu verteidigen.

»Lüg mich nicht an!«, rief er dazwischen. »Ich weiß, dass der Kuss vor seinem Tod war.« Er schloss kurz die Augen, nahm einen tiefen Atemzug und fuhr mit ruhigerer Stimme fort: »Liebst du *mich*?«

Ich erstarrte. Auf diese Frage war ich nicht vorbereitet. »Wenn du denkst, dass ich das hier mit dir nicht machen wollte und es deshalb unterbrochen habe, können wir es auch noch mal versuchen«, sagte ich schnell.

Conan stieß ein Schnauben aus. »Das meine ich nicht. Um genau zu sein, ist mir das total egal. Ich habe dich etwas gefragt und ich bitte dich, ehrlich zu antworten!«

Ein Kloß bildete sich in meinem Hals. »Ich weiß nicht … Ja, ich denke schon«, flüsterte ich schließlich.

»Du denkst schon?« Conan lachte spöttisch. »Weißt du, ich liebe dich! Aber ich glaube nicht, dass eine einseitige Liebe irgendeinem von uns etwas bringt!«

»Conan«, versuchte ich ihn zu stoppen, aber er unterbrach mich wütend.

»Es ist aus. Und seien wir mal ehrlich: Es ist besser so!« Conan biss sich auf die Lippe, um die Tränen zurückzuhalten, die in seinen Augen standen.

Ich ließ ihnen, im Gegensatz zu ihm, freien Lauf. »Bitte tu das nicht«, flüsterte ich.

»Ich habe es schon getan. Es tut mir leid.«

Conan verließ das Zimmer und ließ mich auf dem Sofa zurück. Es war totenstill. Schluchzend wischte ich mir über die Wange und versuchte mich erst einmal zu sammeln. Auf jeden Fall musste ich zurück in mein Zimmer.

Gerade als ich den Rückweg antreten wollte, hörte ich plötzlich leise Schritte. Ein ungutes Gefühl beschlich mich, mein Herz begann zu rasen. Schnell zog ich den Schlüssel außen aus dem Schloss, machte die Tür so leise wie möglich wieder zu und verriegelte sie von innen. Mit angehaltenem Atem lauschte ich.

Die Schritte kamen näher, jemand blieb vor dem Kunstraum stehen. Ich presste die Hand auf den Mund, um nicht laut aufzuschreien, als die Person plötzlich begann, wie verrückt an der Tür zu rütteln.

»Conan? Bist du das?«, fragte ich mit zitternder Stimme.

Das Rütteln wurde noch energischer. Panisch kramte ich den Knopf für die Bodyguards hervor und drückte ihn immer wieder. Tränen der Verzweiflung flossen über meine Wangen. Ich ahnte, wer da vor der Tür stand. Ich war eine Todesfee. Ich hatte ein besonderes Gespür für negative Gefühle. Das hatte ich schon immer gehabt. Und momentan fühlte ich seinen Hass und spürte den Tod, den er bei sich trug und … Hunger? Warum hatte er solchen Hunger?

Mittlerweile warf sich die Person mit dem ganzen Körper gegen die Tür und versuchte mit aller Gewalt einzubrechen. In Gedanken ging ich alle Kampfpositionen durch, die ich in den letzten Monaten gelernt hatte, und verfluchte mich innerlich, dass ich mal wieder so leichtsinnig gewesen war.

Warum bin ich nur hierhergekommen?

Ich fuhr mir durch die Haare, tigerte im Raum auf und ab und versuchte, ruhig zu atmen. Ich schloss meine Augen und konzentrierte mich darauf, mich zu verwandeln. Doch selbst mit aller Konzentration klappte es nicht.

Das Rütteln an der Tür wurde lauter und die Verzweiflung, die in mir emporkroch, schnürte mir die Kehle immer weiter zu. Ich kniff noch einmal die Augen zusammen. Biss mir auf die Unterlippe, bis ich den metallischen Geschmack von Blut schmecken konnte. Ich würde jetzt keine Panikattacke bekommen!

Erleichterung durchfuhr mich, als ich meine Flügel spürte. In dem Moment hörte der Lärm an der Tür auf. Schritte entfernten sich, dafür hörte ich neue, schwerere näher kommen. Die Türklinke wurde gedrückt und ich vernahm Felis' gedämpfte Stimme. »Ezra? Ich bin es, Felis! Mach die Tür auf!«

Weinend rannte ich zur Tür, entriegelte sie und riss sie auf. Vor mir stand ein völlig verschlafener Felis. Auf seiner Stirn standen tiefe Sorgenfalten, doch als er mich sah, glätteten sie sich etwas.

»Gott sei Dank, du bist da«, flüsterte ich und warf mich schluchzend in seine Arme.

»Was ist passiert?« Er strich mir beruhigend über den Hinterkopf.

»Ich wollte mich hier unten mit Conan treffen. Und wir haben Schluss gemacht. Er ist gegangen und plötzlich hab ich Schritte gehört und bekam dieses Gefühl, weißt du, dieses Gefühl, das ich immer bekomme, wenn irgendetwas Schlimmes passiert. Und dann habe ich die Tür verschlossen und …«, stotterte ich, ohne Luft zu holen.

»Ezra, beruhige dich!«

»Jemand wollte hier rein. Der Mörder wollte hier rein«, flüsterte ich.

»Bist du sicher?«

Ich schüttelte den Kopf.

»Lass uns erst einmal hochgehen. Ich verständige Mr Harries. Und wir zwei reden morgen.«

Während wir beide zurück zu unserem Zimmer gingen, telefonierte Felis über seine Uhr und informierte Mr Harries über die Lage. Der schickte sofort einen Suchtrupp in den Keller.

Als wir in unserem Apartment ankamen, verschloss Felis alle Türen. Immer noch zitternd legte ich mich ins Bett und kuschelte mich in die warme Decke. Felis kam noch einmal zu mir und strich mir väterlich über den Kopf. »Geht es dir besser?«, fragte er ruhig.

Ich nickte schwach.

Seine Lippen formten sich zu einem Lächeln. »Gut.« Er stand auf und machte es sich selbst auf der Couch gemütlich.

»Gute Nacht«, wisperte ich noch.

»Gute Nacht. Und diesmal bleibst du im Bett!«

***

»Was hast du dir bloß dabei gedacht?«, fragte Felis scharf. Er lief wütend und mit verschränkten Armen vor der Couch auf und ab. Nachdem wir aufgestanden waren und gefrühstückt hatten, waren wir in eine hitzige Diskussion geraten. Und ich hatte gehofft, dass er darüber hinwegsehen würde. Aber nein, er hatte es weder vergessen noch sah er darüber hinweg und so musste ich schon seit zwanzig Minuten eine Moralpredigt über mich ergehen lassen.

Mr Harries hatte natürlich nichts gefunden. Das wäre auch zu einfach gewesen. Einige Bodyguards hatten den ganzen Keller abgesperrt und das Außengelände abgesucht, aber niemand wurde gefasst.

Felis hatte mir erzählt, dass auch Mr Harries ratlos sei und es ganz danach aussähe, dass die Schule vorerst geschlossen werden musste. Aber was sollte das bringen? Der Mörder würde so oder so weitermachen. Oder nicht? Ich glaubte, nein, ich war überzeugt davon, dass er aus einem ganz bestimmten Grund handelte. Und es musste jemand aus unserer Schule sein.

»Hör mir zu, wenn ich mit dir rede!«, riss Felis mich aus meinen Gedanken.

»Es tut mir leid. Ich habe daraus gelernt. Nur, du bist halt immer da. Und davor war Zero immer da, und Conan und ich hatten nie Zeit für uns. Und danach wollte ich sofort wieder zurückkommen!«

»Und weil ihr nie Zeit für euch habt, dachtest du, schleichst du dich davon, während ein Mörder durch die Schule spaziert, den der Schulleiter in mehreren Monaten nicht überführen konnte?« Er kniff sich seufzend mit einer Hand in den Nasenrücken. »Ich weiß echt nicht, was durch die Köpfe von euch Teenagern geht.«

Ich schnaubte wütend. »Hey, du bist nicht viel älter als ich!«, protestierte ich und stemmte die Hände in die Hüften.

»Ja, aber um einiges vernünftiger. Aber ihr scheint das alle auf die leichte Schulter zu nehmen. Trotz der ganzen Warnungen werden beinahe jeden zweiten Tag neue Leichen gefunden. Als würdet ihr das alles überhören. Ich kann es nicht nachvollziehen. Ist das eine Trotzreaktion? Oder einfach nur Dummheit? Weißt du, was passiert, wenn die Schule geschlossen wird? Ich verliere meinen Job. *Alle* verlieren ihren Job. Niemand wird diese Schule je wieder besuchen wollen!«

»Vielleicht wurden sie auch ausgetrickst«, meinte ich kleinlaut.

»Wurdest *du* ausgetrickst?«, polterte Felis und ich zuckte zusammen.

Plötzlich schwang die Tür auf und Daniel Adams schaute zur Tür herein. »Felis, Mr Harries sucht nach dir! Er braucht deine Hilfe bei einem Beruhigungstrank. Jetzt!«

Felis nickte und verschwand eilig in seinem Zimmer, anscheinend, um einige Sachen zusammenzusuchen. Als er nach draußen in den Flur stürmte, blieb mir nichts anderes übrig, als ihm zu folgen.

In Mr Harries' Büro war mehr los, als ich gedacht hatte. Vor uns saß ein Mädchen, ängstlich und in sich zusammengekauert. Daneben Kassy, die ihr sanft über den Rücken streichelte. An der Wand gelehnt stand Mr Harries, in einer Ecke Dylan und noch ein Bodyguard, der alles skeptisch beobachtete.

»Was ist hier los?«, erkundigte sich Felis und kniete sich neben das Mädchen.

»Eben kam diese junge Dame zu mir und hat mir von ihren Visionen berichtet«, erklärte unser Direktor. »Sie war total aufgelöst. Und jetzt bekomme ich sie nicht mehr zum Reden. Nate, ihr Bodyguard, möchte, dass sie es selbst erzählt.«

Felis kämpfte sich zum Schreibtisch durch, stellte seine Utensilien ab und fing an, irgendetwas zusammenzubrauen. Während ich ihn beobachtete, stellte Kassy sich zu mir.

»Was tust du eigentlich hier?«, zischte ich ihr zu, ohne den Blick von Felis abzuwenden.

»Ich war zufällig auch gerade bei Mr Harries. Er sagte, ich solle bleiben, da ich vielleicht helfen könnte. Außerdem ist Mary meine Freundin«, antwortete sie leise.

Ich schnaubte verächtlich. »Du bist eine Elementehexe. Was willst du groß tun? Sie anzünden?«

»Trotzdem kenne ich mich mit Zaubersprüchen und Kräutern aus«, erwiderte sie empört. »Ich könnte dich genauso gut fragen, was du hier machst! Willst du sie zu Tode schreien oder warum bist du mitgekommen?«

»Wie dir vielleicht noch nicht aufgefallen ist, versucht mein Bodyguard gerade, diesem Mädchen zu helfen. Ich wollte nicht alleine bleiben nach dem, was gestern passiert ist«, konterte ich und sah meine Schwester an.

»Was ist denn passiert?«

»Irgendjemand war gestern im Keller und wollte unbedingt zu mir. Zum Glück hatte ich mich eingeschlossen.«

Felis war mittlerweile fertig und redete sanft auf das Mädchen ein.

»Was? Wieso hast du dich eingeschlossen? Und warum warst du überhaupt im Keller?«

»Ich wollte mich mit Conan treffen. Na ja, dann gab es Streit, wir haben Schluss gemacht und ich war allein.«

»Ihr habt Schluss gemacht?«, rief sie nun etwas lauter und alle schauten uns an.

Ich rammte ihr meinen Ellbogen in die Seite, dass sie aufjaulte und mir einen vernichtenden Blick zuwarf, den ich mit Inbrunst erwiderte.

»Am besten schreist du noch etwas lauter«, zischte ich.

»Los, ramm mir doch gleich ein Messer in die Brust«, erwiderte sie.

»Ich hoffe, Kat geht es gut«, redete ich weiter.

»Warum?«

»Ich habe sie gestern Nacht auf dem Flur gesehen. Sie wollte sich mit Bran treffen.«

»Soll ich mal nach ihm sehen? Ob er da ist? Sein Zimmer ist direkt hier auf dem Flur«, schlug Kassy vor.

Ich nickte zustimmend. »Das ist eine gute Idee.«

»Okay, bis gleich.«

Ich wandte mich wieder den Geschehnissen vor mir zu, die mittlerweile etwas ruhiger abliefen.

»Geht es dir besser?«, fragte Felis sanft und legte Mary eine Hand auf den Arm. Ich bemerkte, wie sich ihr Bodyguard ein wenig anspannte. Mary hatte sich etwas aufgerichtet, ihre rotbraunen Haare zurückgestrichen und ihr Blick wanderte durch den Raum. Ihre Pupillen waren geweitet, wahrscheinlich von dem Trank, den Felis ihr verabreicht hatte. Nun nahm Mr Harries seinen Platz ein und kniete sich neben sie.

»Also, Mary«, begann der Direktor ruhig. »Kannst du uns jetzt erzählen, was passiert ist?«

Sie nickte schüchtern. »Seit mehr als einer Woche habe ich so ein komisches Gefühl. Ich hab es im Speisesaal und in der Schule gespürt.« Sie sah kurz zu ihrem Bodyguard, der ihr aufmunternd zunickte.

»Was hast du gespürt, Mary?«, hakte Mr Harries ruhig nach.

Sie sah zu ihm auf.

»Tod. Hass. Blutdurst und Angst.«

Ich versteifte mich etwas. Genau das hatte ich auch wahrgenommen. Vor der Tür heute Nacht in der Schule.

»Vor zwei Tagen fingen dann die Visionen an«, fuhr sie fort. »Anfangs hab ich mir noch keine Sorgen gemacht. Ich bin noch nicht sonderlich gut darin, meine Visionen und Träume zu unterscheiden, aber im Spüren von Emotionen bin ich eigentlich recht geübt, insbesondere bei negativen Gefühlen. Ich bin eine Schattenseherin. Auf jeden Fall hatte ich die ganze Zeit seltsame Träume von einem Schwert. Es schnitt mich und verteilte Gift. Es brannte fürchterlich.«

Sie krempelte ihren Ärmel hoch und zeigte uns mehrere tiefe Schnitte an ihrem Arm, die sich kreuz und quer über ihre Haut zogen.

Instinktiv fasste ich mir an die Seite, wo mich das Schwert aus meinem Tagalbtraum gestreift hatte.

»Erst dachte ich, das Schwert wäre herrenlos, aber nach einigen Tagen bemerkte ich, dass es zu jemandem gehörte. Es war ein Teil von jemandem. Und heute Nacht hab ich es ganz klar gesehen. Eine Katze. Eine Katze mit rubinrotem Fell, die durch den Keller streifte. Ihr Schwanz war ein Schwert und sie tötete einen nach dem anderen, um anschließend ihr Blut zu saugen.« Marys Augen blickten glasig ins Leere. Sie war gefangen in ihren Erinnerungen.

Mir wurde schlecht, als mir klar wurde, was sie uns da gerade erzählt hatte. Felis blickte mich nur an und nickte. Wusste er es?

Plötzlich schwang die Tür auf und Kassy stand im Türrahmen. Ihre Augen waren geweitet vor Schreck. »Kat hat sich gestern nicht mit Bran getroffen. Er sagt, er hat sie seit Schulende nicht mehr gesehen!«

KAPITEL 44

Wir alle standen da, als wären wir zu Eis erstarrt, und ich betete zu Gott, dass sich mein Verdacht nicht bestätigte. Als ich zu Mr Harries sah, war sein Mund nur ein dünner Strich, und seine Augen funkelten kalt und gefährlich. Er stürmte an uns vorbei in Richtung von Brans Zimmer. Wir alle folgten ihm.

Er klopfte energisch. Einmal, zweimal. Niemand öffnete.

»Wo ist er, Kassy?«, fragte er scharf und sah sie an, sodass sie unter seinem Blick zusammenzuckte.

»Ich ... weiß es nicht, eben war er noch da«, stotterte sie.

»Warum hast du ihn nicht mitgebracht! Dir hätte doch klar sein müssen, dass er wahrscheinlich etwas damit zu tun hat! Und wo ist Mason?«, rief er.

Meine Schwester wich einen Schritt zurück. Wahrscheinlich war dies das erste Mal, dass sie auch seine aggressive Seite erlebte. Doch ich hatte anderes im Kopf, als mir über Bran Sorgen zu machen.

»Ich gehe zu Kats Apartment«, sagte ich atemlos und machte mich auf den Weg, gefolgt von Felis, Kassy und Dylan.

Vielleicht ist sie es gar nicht. Vielleicht ist Kat unschuldig. Bitte lass Kat unschuldig sein!

Ich klopfte an ihre Tür. Natürlich öffnete sie nicht.

»Wir brauchen ihre Karte«, seufzte ich.

»Geh mal beiseite.« Kassy schubste mich beiseite und zückte eine Karte. Sie steckte sie in den Schlitz und man hörte ein *Klick*. Die Tür öffnete sich leise.

»Woher hast du die?«, fragte ich verblüfft, während sie sie wieder sicher verstaute.

»Ich habe mal eine von Mike bekommen, damit ich in sein Zimmer kann, ohne Krach zu machen. Man kann damit in alle Zimmer, das sind diese Hausmeisterkarten, und er hatte auf die Schnelle keine an…«

»Okay, schon gut. So genau will ich es nicht wissen«, würgte ich sie schnell ab und betrat den Raum.

Ich betätigte den Lichtschalter und sah mich um. Auf den ersten Blick wirkte alles recht normal. Vielleicht etwas unaufgeräumt. Zu viert schlichen wir durch den Raum, bis ich plötzlich etwas an ihrer Nachttischlampe entdeckte. Ich drehte sie etwas zur Seite, um sie genauer betrachten zu können. Und schluckte.

Die Zahl 134 war sauber in das Metall eingeritzt. Die Schrift ähnelte der auf den Leichen. Die Eins mit einem Unterstrich und das untere Ende der Vier etwas in die Länge gezogen.

»Äh, Ez«, hörte ich Kassy plötzlich.

Ich drehte mich um und blickte direkt in ihr blasses Gesicht. Sie hielt ein Buch in der Hand, auf dem die Zahl 1122 stand, und ein Glas mit der 987. Als wir uns weiter umsahen, fanden wir auf fast allen Gegenständen an einer verborgenen Stelle eine Zahl eingeritzt.

»Was ist das hier für ein Spiel?«, fragte Dylan und sah sich weitere Möbel mit Zahlen an.

»Alena hat mal Kats Zahlentick erwähnt.« Ich schob das Regal beiseite. Vielleicht waren dort auch Zahlen.

»Heißt das, sie hat die Leichen *durchgezählt*? Wie eine Sammlung?«, vernahm ich Felis' Stimme aus dem Wohnzimmer. »Glaubst du, Sam ist mit ihr gegangen? Er hat doch sicher etwas mitbekommen.«

In Sams Raum war es dunkel. Die Rollläden waren unten und es roch merkwürdig. Ich blieb stehen und lauschte.

»Was ist los?«, flüsterte Kassy hinter mir und schaltete einfach das Licht an.

Der Raum war verwüstet. Aber diesmal war es nicht nur unordentlich, sondern es sah eindeutig nach einem Kampf aus. Eine Vase lag zerbrochen am Boden. Die Stehlampe neben dem Sofa war umgeworfen worden und Federn breiteten sich über den ganzen Teppich aus. Daneben lag ein zerfetztes Kissen.

»Nein, Sam ist nicht mit ihr gegangen«, wisperte ich, als ich seinen blutigen Körper neben dem Bett entdeckte.

»O mein Gott, Sam!«

Felis und Dylan stürmten an uns vorbei und knieten sich neben ihren Kameraden.

»Nein! Bitte, Kumpel!«, rief Dylan und hielt Sams Kopf in seinen Händen, während Felis nach irgendeinem Lebenszeichen suchte.

Mir war nie bewusst gewesen, dass Dylan und Sam sich nahegestanden hatten.

»Sie hat ihn getötet«, sagte Felis schließlich so leise, dass ich es kaum verstand, und erhob sich. Er ließ Sams Arm fallen, sodass man die durchgestrichene Neun deutlich sehen konnte.

Dylan fing an zu schluchzen und vergrub sein Gesicht in Sams Haaren. Kassy legte ihrem Bodyguard sanft eine Hand auf die Schulter und murmelte etwas.

»Das hatte er nicht verdient.« Ich hörte Dylans Worte kaum, doch plötzlich hob er seinen Kopf. »Dafür wird sie büßen!« Sein Blick war voller Hass und seine braunen Augen fingen an, intensiv gelb zu leuchten.

»Dylan, mach keinen Unsinn!«, sprach Kassy ruhig auf ihn ein, aber er war bereits aufgesprungen und rannte aus dem Zimmer, meine Schwester dicht auf seinen Fersen.

Ich kämpfte selbst gegen die Tränen an. Ausgerechnet Sam! Er war noch neu gewesen und viel zu lieb, um so von uns zu gehen.

»Wahnsinn, wozu er sie getrieben hat«, murmelte Felis.

»Wer hat sie zu was getrieben?«, sagte ich. »Weißt du etwas?«

Hatte Felis etwa die ganze Zeit gewusst, dass Kat daran beteiligt war?

»Deswegen hast du in letzter Zeit so fertig ausgesehen«, sagte ich, kehrte ihm jedoch noch immer den Rücken zu. Mein Herz hämmerte mir gegen die Rippen. »Du wusstest, was Kat den Schülern antat, und hast nur friedlich dabei zugesehen?«

»So war das nicht ...«

Wer weiß, ob es Zero wirklich gut ging, oder ob das alles nur ein Ablenkungsmanöver gewesen war.

Ich schämte mich schon fast, dass ich Felis so schnell vertraut hatte. Allein zu sehen, wie er vor sich hinstammelte, bestätigte mir, dass es stimmte: Er hatte es gewusst. Ich wischte meine Tränen beiseite. Das schlechte Gewissen, das einen Kloß in meinem Hals gebildet hatte, verwandelte sich in Wut. Ich erhob mich, bereit zur Verwandlung.

KAPITEL 45

»Und ich habe dir vertraut!«, fauchte ich und drehte mich zu Felis, der einen Schritt zurückwich. »Es ist alles deine Schuld!«

Ich konnte meine Wut kaum kontrollieren. Meine Hände zu Fäusten geballt merkte ich, wie meine Flügel wuchsen und immer mehr Gefühle mir das Atmen erschwerten. Ich hielt das alles langsam nicht mehr aus. Es war einfach zu viel.

»Was meinst du?« Seine Gesichtszüge schwankten zwischen verwirrt und kalt. Er schien zu ahnen, was ich sagen wollte.

»Du wusstest es! Du hast es die ganze Zeit gewusst. War das dein Plan? Kat durchzubringen, ohne dass sie bestraft wurde? Was wolltet ihr? Mehr Macht? Oder habt ihr einfach nur Spaß am Töten?« Die Worte sprudelten nur so aus mir heraus, er hatte keine Chance, mir zu widersprechen. Ich versuchte seinen Blick zu lesen, doch seine Augen zeigten nur dasselbe tiefe Blau wie immer. Keinerlei Emotionen. Keine Angst.

Hasserfüllt sprang ich ihn an, doch bevor ich ihn auch nur berühren konnte, schlug mich eine unsichtbare Kraft beiseite. Ich knallte gegen das Bett und fiel neben Sams Leiche zu Boden.

»Wage es nie wieder, mich anzugreifen!«, rief Felis wütend und funkelte mich an. Seine Augen waren nicht länger blau, sondern hatten zu einem satten Grün gewechselt. Es sah aus wie das Gift eines gefährlichen Tranks, der einen tötet, noch bevor er den Magen erreichte. Felis war mächtiger, als ich erwartet hatte.

Ächzend rappelte ich mich auf. Heiße Tränen liefen meine Wangen hinab. Tränen der Enttäuschung und Verständnislosigkeit. »Ich habe dir vertraut, Felis!«

»Ich hatte keine Wahl!«

Nun stand ich wieder auf festen Beinen und trat vor ihn. »Also hatte ich recht. Du wusstest es.«

Ich sprach etwas ruhiger, schaffte es aber nicht, das Zittern meiner Hände zu unterdrücken.

»Ja, ich habe sie gesehen.« Seine Stimme bebte, dann sah er auf, blickte mir direkt in die Augen. »Ich habe sie gesehen, wie sie einen Jungen verführte und ihn schließlich tötete, um sein Blut zu trinken. Und sie hat mich gesehen. Ich bin geflohen, aber nach einer Weile holte sie mich ein …«

***

Der Bodyguard floh. Für einen kurzen Moment stieg Panik in mir auf. Niemand durfte es wissen. Mein Plan musste funktionieren, sonst würde Kera mich töten. Und nun hatte ich mich bei einer Nebensächlichkeit erwischen lassen!

Ich atmete kurz durch. Ich musste mich zusammenreißen. Langsam schlich ich ihm hinterher. Raus aus dem Kellergewölbe und hinauf in den Vorhof. Um die Leiche machte ich mir keine Sorgen. Die Bissspuren würden verschwunden sein, bevor sie jemand entdecken konnte.

Nach kurzer Zeit hatte ich den Bodyguard eingeholt. Ich erkannte ihn schon von Weitem. Glattes blondes Haar, geschickter Gang, elegante Art. Fast elfengleich. »Felis, bleib stehen, du hast keine Chance«, knurrte ich.

Er blieb tatsächlich stehen, drehte sich aber nicht um. »Lass mich in Ruhe, Kat. Ich habe nichts gesehen.« Seine Stimme klang ruhig, hörte man aber genauer hin, konnte man heraushören, dass sie leicht zitterte.

»Das glaube ich nicht«, widersprach ich und trat näher.

Er drehte sich um und plötzlich wurde ich nach hinten geschleudert. Ächzend stieß ich gegen eine Wand und sackte zu Boden. Er war stark. Natürlich. Dafür waren Waldhexen bekannt.

»Was willst du tun?« Ich hievte mich wieder auf die Beine.

Felis stand angespannt vor mir, die Beine fest auf dem Boden, die Hände zu Fäusten geballt und seine grünen Augen wirkten wie Nachtlichter.

»Also warst du es die ganze Zeit?«, fragte er ruhig, aber ich konnte den Zorn in seiner Stimme hören. »Und das ist der Weg, den du gewählt hast?«

Die Art und Weise, wie er diesen Satz sagte, ließ mich kurz stutzen. Es klang, als wolle er mir einen Rat geben. Ich blickte ihm fest in die Augen. »Ich habe keine Wahl«, antwortete ich.

»Warum hast du keine Wahl?«

Gerade, als ich ihm antworten wollte, spürte ich es. Eine dunkle Schattenhand, die nach meinem Verstand griff und ihn langsam in einen Schleier hüllte, bis ich kaum noch klar denken konnte.

»Sie oder du«, hörte ich eine Stimme in meinem Kopf.

Eine Träne lief mir über die Wange, aber ich hielt sie zurück und wischte mir über die Augen.

»Du wirst es doch niemandem sagen, oder?«, fragte ich Felis. Meine Stärke war schon lange mit dem kühlen Abendwind davongeweht.

»Das kann ich nicht. Eigentlich müsste ich dich auf der Stelle töten.« Felis klang ein wenig verunsichert.

»Kat! Bring es in Ordnung!«, kreischte die Stimme. Widerstandslos sprang ich vorwärts und streifte Felis mit meinem Schwertschwanz am Arm. Ich hatte keine Kontrolle mehr über mich.

Felis schrie auf, Verwirrung stand in seinen Augen. Er biss die Zähne zusammen, langte nach meinem Hals und hob mich hoch. Sein Griff war fest und ich würgte und versuchte ihn zu treten, aber er war zu stark.

»Einer von uns beiden muss sterben, das weißt du«, krächzte ich und kratzte mit meinen Nägeln über seine Hand. »Und das werde nicht ich sein.« Meine Stimme war nur noch ein Keuchen. Verzweifelt schnappte ich nach Luft, doch meine Worte ließen Felis' Griff nur noch fester werden.

»Bevor du mich auslieferst, solltest ... du noch etwas wissen«, röchelte ich. »Deine Schwester ist auch hier, nicht wahr?«

Sein Gesichtsausdruck änderte sich schlagartig, sein Griff lockerte sich ein wenig.

»Ich könnte über meine ... Gedanken Verbindung zu jemandem aufnehmen, der ihr ... nur zu gerne einen Besuch abstatten würde. Und ... deiner lieben Mutter sicher auch.«

Ich war es leid, dass mein Körper von Kera benutzt wurde. Aber ich konnte nichts dagegen tun.

Felis ließ mich fallen und ich landete unsanft auf meinen Knien, versuchte zu reden, aber kein Wort kam aus meinem Mund. Stattdessen hörte ich Keras Worte aus meinem Mund.

»Ich habe kein Problem damit, noch eine weitere Zahl einzuritzen, das weißt du. Und ich werde auch nicht vor deiner armen, kranken kleinen Schwester haltmachen!«

Felis wich einen Schritt zurück. Ich hatte ihn noch nie so angsterfüllt gesehen. Seine Blicke huschten wild hin und her, als würde er in Gedanken durchgehen, welche Optionen er hatte.

Ich nutzte die Zeit, um mich aufzurichten und in Richtung Wald zu rennen. »Deine Entscheidung«, rief ich noch, bevor ich in den Schutz der Bäume floh.

***

»Sie drohte, meine Familie umzubringen. Meine kleine Schwester. Sie ist schwer krank und wird nicht mehr lange leben. Sie sollte nicht so ihren Tod finden. Serena ist erst acht!«

Felis blickte mich mit glasigen Augen an. »Ich hatte keine Wahl, also behielt ich es für mich. Du glaubst gar nicht, wie schwer es für mich war, es niemandem zu sagen. Jeden Tag musste ich zusehen, wie andere Leute starben, nur damit meine Familie leben konnte. Aber ich musste es tun, sie sind das Einzige, was ich noch habe!«

Ich war total verwirrt. Hin- und hergerissen zwischen Wut, Mitleid und Trauer. Ich entschied mich für Ersteres. »Jeder hat eine Wahl. Und du hättest sicher einen Weg gefunden! Ich weiß, was du meinst, aber …«

Die Tür ging auf, Mr Harries stürmte herein. Sein Kopf war rot vor Wut, seine Augen leuchteten. Er beachtete uns kaum, beugte sich hinunter zu Sam. Sanft streichelte er kurz dessen Kopf, richtete sich wieder auf und sah uns an. »Bran ist verschwunden, genauso wie Kat. Kassy hat mir erzählt, was ihr hier drin gefunden habt. Wir räumen jetzt die Schule und ich bitte euch, nach Hause zu fahren. Auf dich wartet draußen eine Limousine, Ezra. Beeil dich, bevor sich auch alle anderen auf dem Hof versammeln, es wird ein ziemliches Chaos herrschen. Ich werde es in wenigen Minuten durchsagen. Felis muss dich nicht begleiten. Zero wartet draußen auf dich.«

KAPITEL 46

Zero! Er war hier!

Erleichterung durchströmte mich und ich nickte. Bevor ich das Zimmer verließ, drehte ich mich noch einmal zu Felis um und wiederholte trocken: »Jeder hat eine Wahl.«

Doch ich entschied mich, sein Geheimnis zu bewahren. Ich eilte in den Flur, die Treppe hinunter und schließlich nach draußen. Vor der Tür stand tatsächlich bereits eine Limousine und neben ihr Zero. Zuerst langsam, dann immer schneller lief ich auf ihn zu. Was sollte ich tun? Sollte ich ihn schlagen oder umarmen? Ich tat irgendwie beides. Meine Unterlippe zitterte, als ich ihm schließlich um den Hals fiel und mein Gesicht in seine Halsbeuge drückte.

»Wofür war das denn?«, fragte Zero verblüfft und meinte sicher nicht meine Arme, die sich um seinen Körper schlangen.

»Das war dafür, dass du einfach gegangen bist und mich aus deinem Leben ausgeschlossen hast«, wisperte ich. »Ich habe mir solche Sorgen gemacht und es war schrecklich! Sam ist tot.«

»Ich weiß.« Er legte sanft eine Hand an meinen Hinterkopf und drückte seine Lippen auf mein Haar.

»Was ist mit deiner Mom?« Ich spürte sein Schlucken. »Ist sie …?«

Er schüttelte den Kopf. »Nein, noch nicht. Ihr scheint es etwas besser zu gehen, aber der Arzt sagte, sie wird das Jahr trotz allem nicht überleben.«

Ich nickte und brach dann in Tränen aus. »Es tut mir so leid«, schluchzte ich und mein ganzer Körper schüttelte sich. Ich konnte mir nicht erklären, warum ich so emotional wurde, aber es war alles so viel auf einmal. Ich merkte immer mehr, wie ich mit all dem nicht länger zurechtkam.

Zero nahm mein Gesicht zwischen seine Hände und sah mich an. »Hey, was ist denn los? Du kannst doch nichts dafür. Was ist passiert?«

Meine Unterlippe zitterte noch mehr. Ich musste aussehen wie ein kleines Kind, aber ich schloss einfach nur die Augen und schmiegte mich in seine Hände.

»Es ist nichts. Ich bin nur etwas überfordert. Aber es ist gut, dass du wieder da bist.« Ich zwang mich zu einem Lächeln.

In seinen braunen Augen war deutlich die Sorge um mich zu erkennen. »Okay. Dann lass uns jetzt gehen. Wir müssen uns beeilen, bevor Mike die Durchsage ...«

In dem Moment ertönte ein Gong und Mr Harries' Stimme dröhnte aus den Lautsprechern. »Achtung, eine wichtige Durchsage: Ich bitte alle Schülerinnen und Schüler, umgehend das Gebäude zu verlassen und nach Hause zu fahren. Limousinen und Taxis zum Bahnhof werden bereitgestellt. Natürlich könnt ihr euch von euren Eltern persönlich abholen lassen, falls möglich. Dies ist kein Scherz. Bitte verlasst sofort das Gebäude!«

»Wir müssen uns beeilen«, sagte Zero und öffnete die Tür des Wagens. Es war keine große Limousine. Es war einfach ein edles, schwarzes Auto. Gerade als ich einsteigen wollte, schwang die Eingangstür der Schule auf und Kassy und Dylan liefen keuchend auf uns zu.

»Ez... Ezra. Was ist los?« Sie umarmte mich ängstlich.

»Kassy, du musst umgehend von hier abhauen! Kat und Bran sind verschwunden, man weiß nicht, wo sie sind. Bitte stell keine Fragen und fahr los!«, wies ich sie an und strich ihr übers Haar.

»Aber wo ist Mike? Ich muss ihn sehen! Ich weiß doch nicht wohin.«

»Mike ist oben, aber du kannst bei uns mit...«

»Nein, es ist okay«, unterbrach Mr Harries uns, der urplötzlich neben Dylan aufgetaucht war. »Kassy wird mit mir kommen.«

Ich funkelte ihn an. »Sie sollte mit mir gehen. Sie ist meine Schwester.«

Er lächelte kurz und antwortete schließlich freundlich: »Ich glaube kaum, dass Kassandra mit zu euren Eltern fahren möchte.«

Ich erstarrte. Wir würden zu meinen Eltern fahren? Ich dachte, wir wollten in ein Hotel oder eine Herberge. Und mir war kurz der naive Gedanke durch den Kopf geschossen, dass wir vielleicht zu Zero nach Hause fahren würden. Obwohl – wohnte er nicht im Internat? Ich drehte mich zu Zero um.

»Wir fahren zu meinen Eltern?«, fragte ich atemlos. Er nickte.

Die Türen flogen auf und eine aufgeregte Horde Schüler kam uns entgegen. Es würde nicht lange dauern, bis Panik ausbrach, denn sie waren sicher nicht dumm und konnten sich zusammenreimen, was hier vor sich ging.

Zero drängte mich in den Wagen und ich schaffte es gerade noch, meiner Schwester »Pass auf dich auf!« zuzurufen, bevor die Tür sich schloss und Zero hinter dem Steuer Platz nahm. Rasch startete er den Motor und fuhr den Kiesweg hinunter. Schon nach wenigen Minuten tummelten sich Unmengen von Schülern am Wegesrand und in diesem Moment war ich froh, dass an der Schule nicht mehr als vielleicht zweihundert Schüler waren. Bevor wir auf die Straße abbogen, sah ich noch, wie Conan sich kurz umsah und dann mit Lisa hinter der Hütte verschwand. Wahrscheinlich wollte er sein Motorrad holen. Wir hatten seit unserer Trennung nicht mehr gesprochen, das machte mich traurig.

Seufzend lehnte ich einen Ellbogen gegen das Fenster und stützte den Kopf auf meine Hand.

Ich beobachtete die schon fast kahlen Bäume, die als bunte Fläche an mir vorbeizogen.

»Müssen wir wirklich zu meinen Eltern?«, fragte ich Zero, blickte aber weiter hinaus in den Wald. Die Sonne lugte tief durch die roten und gelben Blätter hervor und kündigte ihr baldiges Verschwinden an.

»Es wird Zeit, dass du mit ihnen redest«, erwiderte Zero. »Sie haben mich mehrmals angerufen, als ich weg war. Sie machen sich Sorgen um dich und sagen, dass du nicht an dein Handy gehst. Dann haben sie mich sogar beschimpft, weil ich nicht bei dir war und sie haben sie immer wieder gefragt, wo du bist.«

Ich lachte spöttisch auf. Das klang so was von nach meinen Eltern.

»Ich hatte mein Handy nicht. Du hast doch selbst gesagt: nur am Wochenende.«

Er grinste mich im Rückspiegel an und schüttelte den Kopf. »Ich weiß genau, dass du es hattest. Ich kenn dich doch.«

Pah, du kennst mich? Wer kennt mich denn schon wirklich?

Doch er hatte recht. Ich hatte mein Handy nach dem Anruf behalten. Und langsam wurde mir bewusst, dass er mich besser kannte als jeder andere.

»Also, warum warst du so stur?«, hakte er nach.

Ich schnaubte. »Ich bin nicht stur.«

Er blickte mich im Rückspiegel an und hob die Augenbrauen.

»Na, was denkst du denn, warum ich keine Lust auf meine Eltern habe? Sie haben meine Schwester fortgegeben wie einen bissigen Hund und mich jahrelang angelogen. Glaubst du etwa, dass ich sie jetzt mit offenen Armen begrüßen werde?« Ich verschränkte die Arme vor der Brust und starrte das Spiegelbild seiner braunen Augen böse an.

»Nun, da ...«, fing er an.

»Zero, pass auf!«, schrie ich. Plötzlich war jemand auf der Straße aufgetaucht und blieb direkt vor unserem Wagen stehen. Zero riss das Lenkrad herum und konnte gerade noch rechtzeitig ausweichen, aber es war zu spät. Das Auto geriet außer Kontrolle. Ich spürte nur noch, wie wir über den Graben flogen. Dann überschlugen wir uns. Ich wusste nicht, wie oft, aber es war mehr als einmal. Die Fenster zersprangen beim Aufprall und ich hielt mir schützend die Arme vors Gesicht. Glassplitter streiften meine Haut und hinterließen tiefe Schnitte, aber ich schrie nicht. Ich konnte es nicht, die Angst erstickte meine Stimme. Irgendwann nahm ich nichts mehr um mich herum wahr, spürte nur, wie mich eine dunkle Hand in die Bewusstlosigkeit zog.

Zero ... Was ist mit ... Zero?

Rote Haare ... Ich hatte rote Haare gesehen, bevor wir vom Weg abgekommen sind. Lange rote Haare.

KAPITEL 47

Dunkelheit umhüllte mich. Ich hörte dumpfe Geräusche. Eine Stimme in meinem Kopf rief mir zu: »Steh auf, Ezra! Los, steh auf!«

Zero erschien vor meinen Augen. Er war das einzige Licht in einem endlos dunklen Raum. Er trug keinen Anzug, sondern ein eng anliegendes rotes Shirt und Jeans. Seine Haare waren zerzaust, aber als ich ihm in die Augen sah, lächelten diese. Er hielt mir eine Hand hin und sah mich aufmunternd an. Zero sah ... friedlich aus. Entspannt.

»Los, Ez, steh auf! Alles wird gut. Ich bin bei dir.«

Erleichterung durchströmte mich. Ein warmes, schönes Gefühl. Ich ergriff seine Hand und ließ mich von ihm auf die Beine ziehen.

»Und jetzt folge mir!«, hörte ich ihn sagen.

»Wo gehen wir hin?«

»An einen Ort, an dem wir nur zu zweit sind. Wo wir Frieden finden.«

Ich nickte und wollte ihm folgen. Frieden klang gut. Keine Morde, keine Angst, kein Leid. Aber dann erinnerte ich mich an Felis' Worte: »Dir wird das gezeigt, was du am meisten brauchst, aber es wird sich immer in etwas Dunkles verwandeln.«

Ich blinzelte erschrocken und entzog Zero meine Hand. Kälte durchströmte mich und er drehte sich zu mir um.

»Was ist los?«, frage er lächelnd.

Zero lächelte?

»Ich komme nicht mit. Du bist nicht echt.«

»Natürlich bin ich echt, jetzt komm!«

Ich wich einen Schritt zurück und schüttelte den Kopf.

»Du bist nicht echt.«

Zero kam auf mich zu, bis sein Gesicht dicht a n meinem war. Dann hob er eine Hand und strich mit der Rückseite über meine Wange, die verdächtig anfing zu kribbeln. »Fühlt sich das unecht an?«

Nein, das tat es nicht. Es fühlte sich realer an als alles andere. Aber die Worte kamen nicht aus seinem Mund, ich hörte sie nur in meinem Kopf. Ein Echo, das in meinen Gedanken widerhallte.

»Du bist nicht echt«, flüsterte ich immer wieder. *Du bist nicht echt. Du bist der Engel, der mich in den Tod führen soll! Du bist mein Todesengel.*

Ich fiel auf die Knie und ließ den Kopf in meine Hände sinken. Mit zusammengekniffenen Augen flüsterte ich es immer wieder: »Wach auf, Ezra! Wach auf! Du bist nicht tot. Du bist nicht tot.«

***

Langsam öffnete ich meine Augen und hob den Kopf. Meine Stirn schmerzte und meine Hüfte auch.

Wo bin ich?

Als ich mich umsah, erkannte ich nur vage Umrisse. Der Raum war groß. Eher eine Halle. Um mich herum stand Schrott. Alte Metallteile, lose Räder, Bretter, ein rostiges Auto. Wahrscheinlich war ich wieder in einer Fabrik. Eine einzige Lampe bildete einen kleinen Lichtkegel und tauchte meine Umgebung in ein schwaches Licht. Neben mir erkannte ich Zero, der an einen Stuhl gefesselt war. Sein Kopf hing schlaff auf seiner Brust, Blut quoll aus einer Kopfwunde. Ich war ebenfalls festgebunden und so sehr ich auch an den schweren Ketten rüttelte – sie klirrten, ließen sich aber nicht lösen. Ich konnte mich in dieser Position noch nicht einmal verwandeln und mein Mund war zugeklebt. Ächzend ließ ich mich zurücksinken. Mir tat alles weh. Hoffentlich war nichts gebrochen! Unsere Knochen heilten schnell und Brüche wuchsen oft falsch zusammen. Tausend Fragen schwirrten mir durch den Kopf. Was zur Hölle wollte Kat von mir? Wo war ich? Warum waren wir allein?

»Ezra …« Zero hob stöhnend den Kopf und sah mich an. »Geht es dir gut?«

Seine Stimme klang rau und schmerzverzerrt. Ich versuchte zu nicken, war aber zu schwach. Plötzlich hörte ich schnelle Schritte. Kat wurde von der Dunkelheit regelrecht ausgespuckt. Ihre roten Haare waren zu einem hohen Pferdeschwanz gebunden und sie war ganz in Schwarz gekleidet, wie eine Geheimagentin. Ihr Blick war besorgt und ich konnte schon von Weitem erkennen, dass sie leichenblass war und dunkle Ringe unter den Augen hatte.

»Ezra«, keuchte sie und kniete sich vor mich. Sie packte mich an den Schultern und musterte mich genau. Ich konnte mein Spiegelbild in ihren braunen Augen erkennen. »Alles in Ordnung? Bist du schwer verletzt?«

Ich versuchte, mich ihrem Griff zu entwinden, und hätte ihr liebend gerne ins Gesicht gespuckt. Wie konnte sie es wagen, mich zu fragen, ob es mir gut ging, wenn sie gerade einen schweren Unfall verursacht hatte, bei dem wir hätten sterben können? Ich konnte nicht reden und ich würde garantiert nicht nicken.

»Bitte antworte mir!«, flehte sie.

Als ich sie weiter ignorierte, riss sie mir mit einem Ruck das Klebeband vom Mund. Ich stöhnte auf, weil es wehtat und meine Lippen brannten. Sie sah mich weiter besorgt an.

»Was glaubst du?«, krächzte ich schließlich und funkelte sie an. »Was hast du dir nur dabei gedacht? Wieso tust du uns das an? Wie viele Leben du geopfert hast! Ich kann es nicht fassen.«

Schmerz legte sich über ihr Gesicht. Sie ließ ihre Arme langsam sinken.

»Es tut mir leid. Ich hatte keine Wahl«, sagte sie schließlich mit gesenktem Kopf.

»Ach, Unsinn, jeder hat eine Wahl!«, erwiderte ich wütend.

Sie sah mich durch ihre langen Wimpern an. »Manchmal führen beide Wege in die Dunkelheit, Ez.«

»Nenn mich nicht Ez! Das ist vorbei! Warum tust du das? Ich dachte, du wärst meine Freundin!« Am liebsten hätte ich angefangen zu weinen, aber die Wut hielt meine Tränen zurück.

»Das bin ich. Ich konnte nicht anders. Er kontrolliert mich. Und wenn ich nicht tue, was er sagt, dann ...«

»Kat.« Eine kalte Stimme schnitt ihr das Wort ab. Eine dunkle Gestalt löste sich aus den Schatten und schlenderte langsam ins Licht. Schulterlange schwarze Haare, tote Augen und ein überhebliches Grinsen.

»Kera?«, flüsterte ich. Ich merkte, wie Zeros Atem flacher wurde.

»Warum hast du ihr das Klebeband abgemacht? Ich will nicht, dass wieder die halbe Truppe umkommt. Bring sie zum Schweigen!«, herrschte er Kat an, und sie gehorchte. Mit einem entschuldigenden Blick klebte sie meinen Mund wieder zu. Angst durchströmte mich, ich hörte mich selbst leise wimmern.

Kera kam auf mich zu. Als ich seine Hand an meiner Wange spürte, begann ich zu zittern. Ich hörte, dass Zero wütend an seinen Ketten rüttelte, aber ich traute mich nicht, ihn anzusehen.

»Zu dir kommen wir später, Zero«, sagte Kera beiläufig und betrachtete mich wieder lächelnd. Was wollte er von mir?

Seine Hand wanderte zu meinem Dekolleté. *Das* wollte er? Ich verkrampfte mich.

Sein plötzliches Lachen verwirrte mich. »Keine Angst, meine Liebe, ich würde niemals Hand an dich legen. Ich stehe nicht auf Erzwungenes.« Mit einem Ruck riss er mir die Mondkette vom Hals und betrachtete sie vergnügt. »Hübsches Ding, das du da von deinem Bodyguard bekommen hast.«

»Gib sie ihr zurück!«, rief Zero und alle Blicke galten nun ihm. Kera ging gefährlich langsam auf ihn zu.

»Rieche ich da etwa ... Angst?«, spottete er und atmete einmal tief ein. »Oh ja, Angst, und warte ... Was ist das? Ist das ...?«

»Halt die Klappe!«, schrie Zero wütend. Ich konnte die Adern erkennen, die sich deutlich an seinem Hals abzeichneten.

Kera kicherte wieder beängstigend. Er wusste genau, dass er die Oberhand hatte. »Sie weiß nicht einmal, was es ist, nicht wahr?«

Was meinte er damit? Fragend sah ich meinen Bodyguard an, doch der versuchte immer noch, Kera mit seinen Blicken zu töten.

»Lass mich raten: Du hast ihr erzählt, die Kette soll sie vor Bösem schützen. Oder hast du es ihr einfach als Geschenk verkauft? Vielleicht als ein Liebesbeweis?«

Zero schnaubte.

Über Keras Lippen zog sich wieder sein widerliches Lächeln. »Diese Kette ist in Agrimonia getränkt, nicht wahr? Sie hat diesen bestimmten Glanz. Du weißt, wozu dieses Kraut gut ist, Ezra, oder?«

Es soll Flüche fernhalten.

»Man sagt, dass es vor Flüchen schützt«, sprach Kera meine Gedanken laut aus. »Aber es hält nicht nur Flüche fern, sondern es hält sie auch in Schach. Was dein werter Bodyguard eigentlich wollte, ist, dich von etwas zu befreien, von dem man nicht befreit werden kann. Es zu unterdrücken macht es früher oder später nur noch schlimmer.«

Ich hätte mich übergeben können. Der Mann genoss diesen Moment sichtlich. Aber mein Magen fühlte sich seltsam an, ich ahnte Schlimmes.

»Zero, möchtest du deiner kleinen Freundin selbst sagen, aus welchem Grund du ihr die Kette wirklich geschenkt hast? Ihrem Gesicht nach zu urteilen glaube ich nicht, dass sie es weiß.«

Zero saß dort auf seinem Stuhl, total in sich zusammengesunken, und wirkte wie ein Häufchen Elend. Seine Schultern hingen schlaff nach unten und wären seine Hände nicht hinter seinem Rücken um den Stuhl gebunden gewesen, wäre er vermutlich einfach nach vorne gesackt. Er schien mit sich zu kämpfen.

»Die Kette«, sagte er abgehackt und mit dem Blick nach unten gerichtet. »Sie sollte dich nicht beschützen.« Seine Augenlider zuckten, sein Blick huschte hin und her. »Du wurdest gebissen, Ezra.« Er sah mich an. Angewidert? Besorgt? Wütend? Oder einfach nur verzweifelt und traurig? Ich konnte es nicht deuten.

»Auf dir liegt ein Fluch. Das Kraut sollte nur unterdrücken, dass du eigentlich ... Dass du ...«

»Dass du eine von uns bist«, beendete Kera feierlich seinen Satz. »Du bist ein Blutwolf. Willkommen im Club!«

Ich fühlte, wie mir das Blut in den Adern gefror. Wurde ich etwa ohnmächtig?

KAPITEL 48

Ich? Ein … Blutwolf? Es war mit das Schlimmste, was einem Dämon passieren konnte. Man wurde von einem mächtigen Wesen zu Abschaum. Man war abhängig von Blutgier und der Dunkelheit. Hatte schlaflose Nächte und alle Gefühle, die man besaß, wurden verstärkt. Blutwölfe, die als solche geboren wurden, konnten damit leben. Sie wuchsen damit auf, sie waren reinblütige Wölfe. Gebissene verhielten sich wie kleine Hundewelpen. Es war schwer, sie zu beherrschen, sie waren noch abhängiger vom Blut als geborene Blutwölfe.

Ich schluckte mehrmals, um meine Tränen zurückzuhalten, und versuchte Kera meine Angst und den Sturm, der sich in mir zusammenbraute, nicht zu zeigen. Die Gedanken wirbelten nur so durch meinen Kopf.

Was werden meine Eltern sagen? Wie kann ich so weiterleben?

Könnte ich nicht einfach die Mondkette wieder tragen und so tun, als sei nichts passiert?

Aber eine Frage nagte besonders an mir. Ich schüttelte den Kopf, versuchte, durch das Klebeband zu reden. Kera riss es unsanft ab.

»Werde ich jetzt alle meine Fähigkeiten verlieren?«, fragte ich und ignorierte den Schmerz.

Kera ging vor mir in die Hocke. Er sah mich eindringlich an. »Hat Kat etwa ihre Fähigkeiten verloren?«

Mein Blick wanderte zu Kat, die mitten in der Halle stand und mit den Tränen kämpfte.

»Du bist auch einer?«, sagte ich leise in ihre Richtung.

Kera antwortete für sie. »Natürlich ist sie das. Was glaubst du, warum all die Schüler starben? Sie brauchte Kraft. Diese Teenager waren nur eine kleine Ablenkung von dem, was sie wirklich wollte … dich.«

»Mich?«

»Exakt, meine Liebe. Du musst mir einen kleinen Gefallen tun«, fing er an, stand auf, um vor uns auf und ab zu gehen.

»Egal, was er will, tu es nicht, Ezra!«, rief Zero von der Seite.

Kera warf ihm einen scharfen Blick zu. »Halt deinen Mund, Zero!«, fauchte er. »Du hättest sie vor all dem hier beschützen sollen. Und wo ist sie jetzt? An der Schwelle des Todes. Toll gemacht, Bodyguard.« Das letzte Wort betonte er, als wäre es etwas Verwerfliches.

Er gab Kat ein Zeichen und diese ging zögernd auf Zero zu und verwandelte sich noch im Gehen.

Fuchsrote Katzenohren schossen aus ihrem Haar. Dann schlug auch schon ein großer buschiger Katzenschwanz hinter ihr hin und her und Reißzähne lugten unter ihrer Oberlippe hervor. Sie stellte sich vor Zero und strich mit ihrem Schweif langsam über seinen Hals.

Zero begann zu schreien. Da, wo das weiche Fell seine bleiche Haut berührte, bildete sich ein Schnitt, aus dem langsam Blut auf seinen Kragen zu tropfen begann.

»Lass ihn in Ruhe!«, schrie ich. Doch Kat hörte nicht auf und tat das Gleiche auf der anderen Seite seines Halses, bis Zeros Blick nur noch glasig geradeaus gerichtet war.

»Ihr Gift verursacht schlimmste Halluzinationen, wusstest du das?«, erklärte Kera vergnügt. »Er wird nun für eine Weile Ruhe geben. Aber er wird als Erster dran glauben müssen, wenn du nicht tust, was ich von dir verlange.«

Ich hielt die Luft an. Er durfte Zero nicht wehtun!

»Was willst du? Warum hast du mich erst jetzt geholt?« Meine Stimme brach. Sie war nur noch ein Flüstern. Zu gerne hätte ich mich losgerissen und wäre Zero um den Hals gefallen. Ich wollte seine Wunden versorgen, ihn verarzten. Es zerriss mir das Herz, ihn so zu sehen.

»Ich kann es dir ganz einfach erklären. Alles hat seinen Grund, weißt du. Du hast sicher viele Fragen. Warum du? Woher weiß ich von dir? Was hat Kat damit zu tun?«

Kat hatte sich mittlerweile wieder zurückgezogen. Ich konnte sie nicht mehr sehen. Sie verbarg sich wohl wieder im Schatten.

»Zuerst die wichtigste Frage«, fuhr Kera fort.

»Warum mussten diese unschuldigen Schüler sterben? Nun, ich musste sehen, ob du es auch wirklich schaffst. Anfangs ließ ich Kat ein paar Schüler töten, um zu sehen, ob du diese Personen retten würdest. Du warst aber noch ziemlich ungeschickt und hattest keine Ahnung, welche Macht du hast. Ich habe mich ernsthaft gefragt: Hat dieses Mädchen kein Herz? Als mir langsam klar wurde, dass du keinen dieser Teenager retten würdest, brauchte ich andere Maßnahmen: Ich wählte einfach die Personen, die du liebst. Und siehe da …« Er nickte in Zeros Richtung. »Da sitzt er nun und knurrt mich von der Seite an. Von da an wusste ich, dass du es kannst. Du kannst die Toten aus der Hölle zurückholen.«

Nun konnte ich nicht mehr verhindern, dass mir Tränen über die Wangen liefen. Schluchzend versuchte ich, stark zu sein, aber meine Welt brach zusammen.

»Du hast so eine Macht, Ezra, und du weißt nichts über sie. Gar nichts! Es hat eine Weile gedauert, bis ich verstanden habe, dass du nur eine bestimmte Anzahl Leben retten kannst. Aber du kannst mehr als nur Leben retten, wusstest du das?«

Ich blinzelte ihn verwirrt durch all meine Tränen an. Was meinte er?

Er lachte wieder. »Deine Eltern haben dich nicht besonders gut aufgeklärt, was?«

»Sie wissen nicht viel über Dämonen.« Ich senkte den Kopf.

»Oh doch. Sie wissen mehr, als du denkst.«

Was wollte er mir damit sagen? Und vor allem, woher kannte er meine Eltern?

»Was ich dir sagen will, ist, dass du nicht nur Leben retten, sondern auch das Leben einer Person verlängern kannst. Es kostet dich zwar ein ganzes Seelenteil, aber das Leben des Empfängers wird dadurch um mehrere Jahrzehnte verlängert. Wenn die Person stirbt, kann sie trotzdem weiterleben, da sie noch ihre ursprüngliche Seele hat. Verrückt, oder?«

Dieser Mann machte mir Angst. Wie er sprach. Wie er sich bewegte und wie er mich ansah. Aber seine Worte fürchtete ich am meisten.

»Warum … erzählst du mir das?«, fragte ich langsam, aber ich wusste es schon. Ich wollte es aus seinem Mund hören.

»Ich will dein Leben. Deine Seele. Und zwar alles davon. Das ist das Einzige, was du für mich tun musst. Und zwar heute, jetzt.«

Ich schloss die Augen, versuchte, mich zusammenzureißen. Aber die Tränen hörten nicht auf zu fließen. Das war also der Tag, an dem ich sterben würde. Für nichts.

KAPITEL 49

Ich hatte mir meinen Tod irgendwie anders vorgestellt. Friedlicher und vor allem erst in vielen Jahren. Ich hatte mich darauf gefreut, ein langes Leben zu haben. Ein viel längeres als normale Menschen. Und jetzt wurde ich gerade mal siebzehn. Siebzehn Jahre waren zu wenig. Viel zu wenig. Ich hatte Ziele gehabt. Pläne. Und nun war ich nur noch Abschaum. Wer weiß, wie lange ich noch ich selbst bleiben würde. Ich wusste nicht recht, ob ich sauer auf Zero sein sollte oder dankbar. Hatte er etwa gedacht, ich könnte nicht damit umgehen, ein Blutwolf zu sein? Wollte er mich einfach nur beschützen? Oder wollte er sich selbst schützen? Vielleicht hatte er sogar recht. Ich wäre damit nicht klargekommen. Dann war es doch sogar besser, wenn ich sterben würde, oder etwa nicht?

Unsanft riss Kera mich aus meinen Gedanken, indem er die Ketten löste und mich vom Stuhl zerrte. »Okay«, raunte er und hielt meinen Arm fest umklammert. »Tu, was du tun musst.«

Er ließ mich abrupt los, sodass ich taumelte und beinahe zu Boden gefallen wäre. Vorsichtig sah ich mich nach einem Ausweg um, aber uns umgab Dunkelheit und in den schwarzen Schatten meinte ich, schemenhafte Gestalten zu erkennen. Nicht viele, aber sie würden genügen, um mich aufzuhalten. Außerdem konnte ich Zero nicht zurücklassen und er war ganz sicher nicht in der Lage zu laufen.

»Denk gar nicht erst daran, meine Liebe«, höhnte Kera, als hätte er meine Gedanken erraten. »Du wärst am Boden, bevor du auch nur einen Fuß vor den anderen setzen könntest.«

Ich schluckte wütend und sah ihn an.

»Also?«, fragte er und verschränkte die Arme. Er schien ungeduldig zu werden.

Ich schloss kurz die Augen, um mich zu sammeln. Es hatte keinen Zweck. Es gab keinen Ausweg und es würde sicher nichts bringen zu schreien. Erstens fehlte mir die Kraft dazu und zweitens waren wohl auch Frauen unter den schemenhaften Gestalten, also würde es nicht sonderlich viel nützen. Ich hatte mir bisher nie erklären können, warum mein Schrei nur bei Männern funktionierte.

»Ich kann nicht einfach den Zauber sprechen«, sagte ich schließlich und sah Kera mit festem Blick an. »Ich brauche eine Hexe, die mir beisteht.«

Vielleicht ist keine Hexe anwesend. Keine Hexe, kein Spruch, schoss es mir durch den Kopf, und ein kleiner Hoffnungsschimmer flammte auf. Doch er erlosch, sobald Kera den Mund öffnete. »Celeste, kommst du bitte?«, rief er gelassen, dann wandte er sich mit einem schmalen Lächeln zu mir. »Ich bin auf alles vorbereitet.«

Eine junge Frau löste sich aus den Schatten und trat zu uns. Lange blonde Haare reflektierten das Licht, ihre grünen Augen strahlten, als sie mich musterte. Sie wirkte irgendwie neutral, nicht hochmütig oder Furcht einflößend wie Kera.

»Celeste, würdest du bitte dieser jungen Da…«

»Ich habe schon verstanden. Ich bin nicht taub«, unterbrach sie ihn und kam weiter auf mich zu, bis sie direkt vor mir stehen blieb. Sie lächelte matt und streifte meinen Arm. Ich war noch immer zu verblüfft darüber, wie sie mit Kera sprach, um vor ihr zurückzuweichen. »Alles wird gut, meine Süße. Ich verspreche dir, dass es nicht wehtun wird. Du hast das schon einmal gemacht, nicht wahr?«

Ihre Stimme wirkte beruhigend und mütterlich, was mir eine Heidenangst einjagte. Warum war sie so freundlich? Ich spürte, dass ich zu zittern begann. Als Celeste meine Angst bemerkte, wandte sie sich mit einem wütenden Blick zu Kera. »Was hast du denn mit ihr gemacht? Sie zittert wie Espenlaub!« Schließlich wandte sie sich wieder zu mir und rubbelte kurz über meine Arme, als wollte sie mich wärmen.

»Du musst sie nicht erst aufheizen, Celeste. Hol einfach die Sachen, die ihr benötigt«, wies Kera sie an.

»Ach, halt die Klappe«, murmelte sie und drehte sich um.

»Wie redest du denn mit mir? Zeig etwas mehr Respekt vor deinem Bruder!«

Sie schwebte förmlich an ihm vorbei, kam nach wenigen Augenblicken wieder und stellte eine kleine Holzschale vor mich und ein paar Kerzen.

»Ich hatte noch nie Respekt vor dir, das weißt du. Ich mache das nur für Niklaus«, erwiderte sie, während sie ein kleines, aber scharfes Messer in die Schale legte und die Kerzen mit einer schnellen Handbewegung zum Brennen brachte.

Moment mal ... Bruder und Schwester? Aber das hieß ...

»Ihr seid reinblütig? So etwas gibt es noch?«, platzte es aus mir heraus und ich bereute es sofort, gefragt zu haben. Das hier war kein angenehmer Plausch über die Familie. Ich würde gleich sterben und ich verhielt mich, als wäre das hier ein netter Austausch mit ein paar Fremden.

Celeste stellte sich wieder aufrecht vor mich und lächelte. »Natürlich gibt es noch reinblütige Familien. Manche Andersweltige versuchen schließlich immer noch, die Rasse zu halten«, erklärte sie und wies ihren Bruder an, sich auf den Stuhl zu setzen, den einer seiner Verbündeten für ihn bereitgestellt hatte.

Reinblütige waren heutzutage sehr selten. Diese Dämonen hatten sich über all die Generationen mit keinem Menschen gepaart. Sie waren reine übernatürliche Wesen, mächtiger und fähiger als alle Halbdämonen. Eltern planten die Partner für ihre Kinder und achteten darauf, dass das Blut rein blieb und nicht durch das des Menschen beschmutzt wurde.

Als sie begann, mir die Ärmel hochzukrempeln, schossen mir tausend Fragen durch den Kopf. Warum war sie so nett zu mir? Warum war sie anders? Und warum machte sie das hier mit, wenn sie es doch gar nicht wollte? War es wegen diesem Niklaus?

»Darf ich Ihnen eine Frage stellen, Celeste?«, fragte ich so leise, dass nur sie es hören konnte.

»Natürlich«, erwiderte sie, hielt aber den Kopf gesenkt und machte sich an den anderen Arm.

»Warum tun Sie das hier? Sind Sie nicht viel mächtiger als ihr Bruder? Wollen Sie nicht auch ein längeres Leben?«

»Zieh dein Hemd aus!«, wies Celeste Kera plötzlich laut an, wahrscheinlich um ihn zu beschäftigen. Ich zuckte zusammen bei ihrem plötzlich harten Ton. Ich beobachtete, wie Kera sein T-Shirt über den Kopf zog und beiseite warf. Dann fixierte er uns wieder mit seinem Blick.

»Tut mir leid«, sagte sie wieder leise und nahm das Messer und die Schale. »Weißt du, er ist im Besitz von etwas, das ich liebe, und das zwingt mich dazu zu tun, was er will. Wenn das hier vorbei ist, bin ich frei. Aber solange Niklaus in seiner Gewalt ist, bin ich so gut wie machtlos. Und ich glaube nicht, dass ich davon profitieren würde, noch länger zu leben. Ich möchte lieber mit der Person alt werden, die ich liebe, als mehrere Jahrhunderte zu leben und zusehen zu müssen, wie meine Lieben von dieser Welt gehen. Es ist okay, wenn das Leben kurz ist, solange man es auskostet.« Sie lächelte in sich hinein, anscheinend versunken in Erinnerungen.

Plötzlich sah sie mich an und sprach noch leiser als zuvor: »Glaub mir, wenn ich dir helfen könnte, würde ich es tun. Es muss schrecklich sein, ein wandelndes Lebenselixier zu sein. Du kannst so viel Leben geben, aber es nicht für dich selbst nutzen. Das ist ungerecht.«

Sie hatte recht. Ich hatte noch nie darüber nachgedacht. Aber sie hatte vollkommen recht. Ich konnte Jahre verlängern und Leben geben, aber für mich konnte ich das nicht nutzen. Ich würde genauso lange leben wie andere Dämonen. Vielleicht länger, vielleicht kürzer. Ich fragte mich, was wohl passieren würde, wenn ich durch einen Messerstich starb. Würde mein letztes Seelenteil mich vor dem Licht abfangen oder würde ich beide verlieren?

»Okay. Ich ritze dir gleich in die Hand, ja? Das Blut tröpfelst du dann in diese Schale.«

»Ich weiß, wie es funktioniert«, sagte ich kleinlaut.

Sie stand auf, strich mir über den Kopf und trat ein paar Schritte zur Seite.

»Falls etwas ist – ich bin gleich hier«, sagte sie. Ihre Stimme wirkte beinahe traurig.

Ich nickte schwach und merkte, wie sich ein Kloß in meinem Hals bildete. Ich war noch nicht bereit.

Bitte, lass es nur ein Traum sein!

»Darf ich mich noch verabschieden?«, fragte ich Celeste, Kera würdigte ich keines Blickes. Er wirkte erstaunlich gelassen. Als ich zu ihm sah, atmete er ruhig, sein Kopf ruhte auf seiner Brust, seine Haare bedeckten sein Gesicht.

»Natürlich. Ich habe Kera einen Beruhigungszauber auferlegt. Er wird Schmerzen leiden, wenn du ihm deine Seele gibst, und er darf sich nicht bewegen, schließlich ist die Seelenspaltung normalerweise für Tote gedacht«, sagte Celeste und erlaubte mir mit einer kleinen Handbewegung, zu Zero zu gehen.

Kat stand wieder hinter ihm, aber sie sah uns nicht an, sondern starrte bloß ins Leere. Ich fragte mich immer noch fieberhaft, wie ich diese Situation nutzen konnte, aber mir fiel einfach nichts ein. Mein Kopf war wie leer gefegt und mit den Tränen floss auch all mein Verstand davon. Weinend ließ ich mich vor Zero nieder und nahm seine Hände in meine. Er war noch in Trance und zuckte immer wieder unkontrolliert. Ich wünschte mir so sehr, dass ich ihm helfen könnte.

Was wird wohl mit ihm passieren, wenn ich erst tot bin?

»Es tut mir leid«, flüsterte ich und meine Stimme versagte beim letzten Wort. »Es tut mir leid, dass ich nie auf dich gehört habe und dass du wegen mir gestorben bist. Es tut mir leid, dass du wegen mir deinen Freund verloren hast und dass du nun hier bist und leidest.« Ich schluchzte auf und legte meine Stirn auf unsere Hände, die übereinander in seinem Schoß lagen. »Und ... es tut mir leid, dass ich dich abgewiesen habe, als du mich geküsst hast. Dass ich jetzt weg bin und dich nie wiedersehen kann. Zero ...«

Ich sah ihn an, aber seine Augen waren halb geschlossen und ohne Leben. Ich sprach die letzten Worte nicht aus, strich ihm über die Wange und stand schließlich auf. Dann gab ich ihm noch einen letzten Kuss auf die Wange, bevor ich mich umdrehte.

Celeste betrachtete mich mitleidig und nickte, als ich vor sie trat und ihr meine Hand reichte.

»Ich bin bereit«, sagte ich und wischte meine Tränen fort. Aber ich war nicht bereit. Ich war so verdammt weit entfernt davon.

KAPITEL 50

Celeste platzierte die scharfe Klinge in meiner Handfläche und strich langsam darüber. Es brannte sofort und ich biss mir auf die Lippen. Ich hatte schon immer Angst vor Schmerzen, wahrscheinlich hatte das meine Wutausbrüche verschlimmert. Ich konnte sie nicht kontrollieren, denn sie kamen, wenn ich um mein Leben fürchtete. Erstaunlicherweise spürte ich momentan gar nichts. Mein Körper und mein Verstand hatten wohl schon aufgegeben. Und außerdem hatte ich keine Chance.

Ich ließ das herabfließende Blut in die dunkle Schale tröpfeln und Celeste reichte sie mir. Dann steckte sie das Messer ein und schob mich sanft dorthin, wo Kera immer noch zusammengesunken auf seinem Stuhl saß.

Warum brauchte er beide Leben? Wieso konnte er sich nicht mit einem Seelenteil zufriedengeben? Ich würde zwar ein Stück meines Lebens verlieren, aber wenigstens müsste ich nicht sterben. Und er hätte mit einem Teil bereits viele weitere Jahre. Aber nein, er wollte alles. Er wollte alles und mich dabei zerstören. Warum bekamen solche Personen immer das, was sie wollten?

Eine weitere Träne rann über meine Wange, während ich das Kreuz über Keras Herz zeichnete. Seine Haut war weich und kalt und meine Linien waren total verwackelt, da meine Hand zitterte. Leise murmelte ich die Worte des Zauberspruchs:

»Für die Liebe das Herz,
das Rot für die Wut.
Der Schmerz für die Qualen,
auf denen das Leben beruht.
Ein Satz und das Leben,

das einst dir geraubt,
wird wiedergegeben,
wenn meine Seele zerstaubt.
Anima mea est tibi.«

Die bekannte Übelkeit trat ein und ich fürchtete, mich auf Kera übergeben zu müssen. Mit einer Hand vor meinem Mund taumelte ich zurück und fiel zu Boden. Ich spürte es. Wie ein dunkler Dämon, der meinen Hals emporkroch.

»Ezra, beeil dich!«, hörte ich Celeste rufen, aber es klang so weit weg. Ich spürte, wie ich hochgezogen wurde und sie mich in Richtung ihres Bruders schubste.

»Der letzte Part fehlt!«

Genau, ich musste ihm meine Seele einflößen. Aber ich wollte ihn nicht berühren. Er machte mir Angst. Doch irgendwie schaffte ich es, mich auf die Stuhllehne zu stützen und mit einer Hand sein Gesicht zu meinem zu wenden. Ich umfasste sein Kinn und presste meine Lippen auf seine. Mir war so übel und ich war zu benebelt, um irgendetwas zu spüren. Aber ich hörte ein Japsen hinter mir.

»Ezra ...«, hörte ich Zero schwach rufen.

Ich ignorierte es. Ich musste mich konzentrieren. Nichts durfte schiefgehen. Langsam öffnete ich mit meinem Mund seine Lippen ein wenig – und spürte das kalte Etwas, das von meinem in Keras Körper wechselte.

Augenblicklich begann er heftig zu zittern, sein ganzer Körper bebte, sein Gesicht war vom Schmerz verzerrt. Ich ließ ihn los und fiel nach hinten. Alles schien sich zu drehen, ich wusste nicht mehr, wo ich hinsehen sollte. Es war so kalt ... Und warum fühlte ich mich so schrecklich leer?

Mir wurde schwarz vor Augen. Mein Kopf knallte auf den harten Steinboden. Ich suchte nach Zero, aber alles war verschwommen. Ich sah nur seine Umrisse, hörte, wie er an seinen Fesseln zerrte und schrie. Es war so laut. Als wäre es direkt an meinem Ohr. Dann schwand seine Stimme immer mehr.

»Ezra, bleib hier! Was machst du denn? Ezra, bitte!«

War das Celeste? Warum schrien mich denn alle an? Schließlich holte mich die Dunkelheit ein und zog mich mit sich.

***

Alles war schwarz. Schon wieder. War ich tot? Ich rappelte mich auf und sah mich um. Schwarz. Um mich herum überall tiefes Schwarz. Nur ich war in ein warmes Licht getaucht.

»Hallo?«, rief ich. Die Übelkeit war ebenso weg wie die Benommenheit.

»Ezra«, hörte ich eine piepsige Stimme aus dem Schatten. Ich kannte diese Stimme und wusste, wer es war, bevor Kat aus den Schatten trat.

»Wo bin ich?«, fragte ich. »Hat es funktioniert? Was ist passiert?«

Kat kniete sich neben mich und ich wich etwas zurück.

»Du bist ohnmächtig geworden. Ich soll dich zurückholen«, erklärte sie mit einem zaghaften Lächeln.

»Wie kannst du hier sein?«, fragte ich verblüfft.

»Celeste. Sie ist mächtiger, als man vielleicht denkt. Sie hat uns verbunden, damit ich dich zurückholen kann.«

»Verbunden?«

Kat nickte. »Nur für einen Moment«, fügte sie schnell hinzu. »Ich will dir noch einmal sagen, dass mir alles so unendlich leidtut. Du bist meine Freundin und wenn ich dir helfen könnte ...«

»Wärst du meine Freundin, hättest du mich nie hierhergebracht. Sieh mich doch an! Ich sterbe! Und jetzt bring mich hier raus, damit wir das zu Ende bringen können. Ich will mir endlich ein entspannendes Leben jenseits von hier machen können.« Ich wusste nicht mehr, ob ich weinen, lachen oder schreien sollte. Ich war einfach nur müde.

»Ezra ...«

»Nein! Hilf mir hier raus. Deswegen bist du doch in meinem Kopf, oder?«

Ich sah sie schlucken, sie erhob sich und nickte. Dann ging sie ein paar Schritte in die Dunkelheit und ich folgte ihr.

»Die andere Welt ist einfacher, als du denkst«, erklärte sie. »Es ist wie eine Zwischenwelt, bevor du das Totenreich betrittst. Es ist verwirrend, in völliger

Schwärze aufzuwachen, nicht wahr? Aber egal, wohin du läufst, du hast immer ein Schlupfloch. Du musst es nur finden. Die meisten geben auf und gehen einfach ins Licht. Schließlich stirbt man ja nicht ohne Grund.« Sie drehte sich zu mir und lächelte tatsächlich. Doch im nächsten Moment stand Entsetzen in ihrem Gesicht.

»Was ist los?«, fragte ich und folgte ihrem Blick.

Kat verwandelte sich blitzschnell. Kurze Zeit später peitschte ihr Schwanz nervös hin und her. »Etwas stimmt n…«. Als hätte sie jemand geschlagen, taumelte sie nach hinten und fiel zu Boden. Noch einmal flog ihr Kopf zur Seite, als würde ihr jemand ins Gesicht treten, danach blieb sie regungslos liegen. Ich wollte zu ihr rennen, doch etwas riss mich von den Beinen.

***

Als ich meine Augen öffnete, war erst alles verschwommen. Ich hörte Rufe und merkwürdige Schreie. Ich konnte mich nicht bewegen, meine Sicht bewegte sich von selbst, als würde ich einen Film ansehen.

»Celeste«, hörte ich mich sagen, aber ich hatte das nicht gesagt und es klang auch gar nicht wie meine Stimme. »Irgendetwas stimmt nicht. Ich wurde aus der Zwischenwelt gerissen. Was ist los?«

Mein Blickfeld wurde klar und mein Herz setzte für einen Moment aus. Vor mir lag ich selbst. Zusammengekauert auf dem Boden. Blut war in meinem Gesicht und auf meinen Kleidern und mir wurde schlagartig bewusst: Ich war in Kat. Zumindest sah ich durch ihre Augen. Was zur Hölle war passiert?

»Celeste!«, schrie Kat mit der Stimme, die aus ihrem Körper kam.

»Pass auf! Sie sind da! Verteidige dich, Kat! Sie haben bereits die Wachen ausgeschaltet«, antwortete Celeste. Sie rannte auf Kat und mich zu und gab uns Rückendeckung. Aber hier war niemand.

»Sie sind hier. Sie verstecken sich im Schatten«, flüsterte sie völlig außer Atem. »Ich weiß nicht, was passiert ist. Irgendetwas muss den Zauber durcheinandergebracht haben, als du aus der Zwischenwelt geholt wurdest. Sie muss mit dir gegangen sein. Die Verbindung ist stärker, als ich dachte. Ich kann mir nicht erklären, wie das möglich ist.«

Kat blickte sich hastig um und ich erkannte, dass Kera wieder wach war, aber zu schwach, um sich zu bewegen. Er atmete schwer und starrte zu Boden. Zero kämpfte immer noch mit seinen Fesseln und sah verzweifelt auf meinen leblosen Körper.

Ich bin nicht tot, Zero!

Mehrere Gestalten liefen auf uns zu. Ich spürte, wie Kats Herz schneller schlug, als sie ins Licht traten. Sie waren gekommen, um für uns zu kämpfen: Felis, Kassy, Alena und Mr Harries. Allesamt verwandelt und mit einem mordlüsternen Gesichtsausdruck.

KAPITEL 51

Felis' Augen waren giftgrün und seine Lippen bildeten einen dünnen Strich, genau wie Kassys, als sie gefährlich langsam auf uns zuschritten. Ihre Hände schienen zu glühen. Neben ihnen war Alena, ihre Haare waren lang und blau, ihre Augen leuchteten pink wie Drachenfrüchte. Ihre Nägel waren zu scharfen langen Klingen geworden und ihre Gesichtszüge sahen aus wie die einer Echse. Mike Harries, der vorher noch mit geballten Fäusten in Kats Richtung gelaufen war, fing plötzlich an, kleiner zu werden. Seine Augen leuchteten rot und aus seinen Händen und Füßen wurden gigantische Pranken. Sein dunkles Haar verwandelte sich zu einer Mähne, dunkles Fell spross durch seine reißende Kleidung. Mit einem lauten Brüllen verwandelte er sich in einen riesigen schwarzen Löwen, der elegant und mit peitschendem Schwanz auf und ab schritt.

Es fühlte sich an, als machte Kats Herz einen Aussetzer, doch sie hatte nicht länger Zeit, denn Kera sprang auf und stürzte sich auf Felis. Ich wäre selbst gerne geflohen, aber ich konnte nicht. Ich konnte nur hilflos dabei zusehen, wie der Kampf begann, denn Keras Angriff war wie ein Startschuss. Alle gingen aufeinander los. Aus den Gängen kamen noch mehr Wachen und griffen Kassy und Mike an. Felis kämpfte mit Kera, doch Celeste ... Sie beugte sich über meinen Körper, als wollte sie mich beschützen, und murmelte unverständliche Worte. Als wüssten meine Freunde es, griffen sie sie nicht an. Ich fragte mich, wie sie uns wohl gefunden hatten, bis mir Zeros Uhr einfiel, mit der er sicher geortet werden konnte.

Zero rüttelte an den Ketten, er rief Alena etwas zu. Schnell rannte sie zu ihm und begann mit ihren Nägeln, seine Fesseln zu durchtrennen.

»Na los, Kat!«, hörte ich Kera rufen. »Greif schon an!«

Er versuchte gerade verzweifelt, mehrere Attacken von Felis abzuwehren, der abwechselnd mit Füßen nach ihr trat und nach ihr schlug. Kera stieß einen Kampfschrei aus und katapultierte seinen Gegner mit einem mächtigen Stoß gegen die Wand. Trotz seines schwachen Zustands verfügte er noch immer über sehr viel Kraft.

Plötzlich fingen Kat und ich an, uns zu bewegen. Geradewegs auf Alena zu.

»Verzeih mir, Ezra«, flüsterte Kat mir zu. »Ich muss es tun.«

Nein! Stopp! Hör auf!

Panik stieg in mir auf. Alena hatte keine Chance gegen Kat. Was sollte eine Sirene gegen eine Höllenkatze tun? Alena war gerade dabei, die letzten Ketten durch die Stuhllehne zu ziehen, als Kat sie mit einem gewaltigen Schlag auf die Schläfe zu Fall brachte.

Ich wollte schreien, Kat zurückhalten. Aber ich war in ihr eingeschlossen, keiner würde es hören. Verdattert rappelte Alena sich auf. Als sie erkannte, wer sie geschlagen hatte, funkelte sie uns an.

»Du!«, fauchte sie. »Wie konntest du uns nur so verraten? Und Ezra! Du hast ihr das Leben genommen!«

»Sie ist noch nicht verloren!«, schrie Kat zurück.

Aber Alena war nicht aufzuhalten und erwischte mit ihrer Hand Kats Bauch. Kat schrie, aber ich spürte nichts. Keine Schmerzen, keine Angst. Als Kat an ihrem Körper herabsah, quoll Blut aus drei Rissen in ihrem Shirt. Doch bevor sie ihren Blick wieder heben konnte, erwischte sie ein Faustschlag ins Gesicht. Sie taumelte, fasste sich aber sehr schnell wieder. Ich spürte, wie sie ihre Kräfte sammelte und Alenas Angriffen geschickt auswich. Gerade als diese mit dem Fuß zu einem Tritt ausholen wollte, machte Kat einen gewaltigen Sprung, drehte sich dabei um sich selbst und streifte mit ihrem Schwanz Alenas Gesicht.

Alena schrie auf und fiel zu Boden, die Hände vors Gesicht gepresst. Einen kurzen Moment japste sie nach Luft, aber dann schallte ihr schriller Schmerzensschrei wieder durch den Raum. Es war unerträglich. Diesen Ton würde ich nie wieder aus meinem Kopf bekommen. Als sie aufsah, erkannte ich den Grund für ihre Schmerzen. Über ihre Augen zog sich ein breiter roter Strich, aus dem ununterbrochen Blut floss. Man konnte kaum noch erkennen, wo zuvor ihre Augen gewesen waren. Ihr Mund war angstverzerrt und schließlich sackte sie in sich zusammen.

»Alena!«, kreischte ich stumm.

Nein! Nein! Bitte! Hilf ihr! Alena!

Ich weinte und schrie, in dem verzweifelten Versuch, mich zu befreien, aber ich war gefangen. Ich konnte nichts tun. Als meine Freundin mich am meisten brauchte, war ich nicht da, um ihr zu helfen. Als sie ihr Leben für meines riskierte. Wer weiß, ob sie überleben würde? Das Gift war stark und verbreitete sich schnell, der Schnitt war tief. Kat hatte keine Zeit, groß nachzudenken, denn keine Minute, nachdem Alena zusammengebrochen war, erwischte sie ein Schlag an der Seite und schaltete sie aus. Und somit auch mich.

***

Als ich aufwachte, war es erheblich leiser, aber immer noch waren Kampfgeräusche zu hören. Ich schlug meine Augen auf und erkannte Celeste und Zero direkt über mir. Er schaute sich nervös um, aber ich erkannte nicht, wonach er suchte.

»Ezra, du bist wach. Gut. Schnell! Er darf nicht sehen, dass ich dir helfe. Tu es jetzt, Zero!« Es war Celeste. Ihre Augen leuchteten grün und sie zog an Zeros Arm.

Was meinte sie?

Zero nickte und beantwortete meine Frage, was plötzlich los war, indem er Celeste niederschlug. Ich presste vor Schock eine Hand vor meinen Mund und spürte augenblicklich das Brennen an der Hand und schmeckte den metallischen Geschmack meines Blutes.

Zero schob eine Hand in meinen Nacken und die andere um meine Hüfte und hob mich hoch.

»Wir müssen gehen«, sagte er und ächzte, als er mit mir aufstand. Er hatte anscheinend große Schmerzen.

»Was ist mit Celeste?«

»Sie wird klarkommen. Das ist *ihr* Plan gewesen. Indem ich sie ausgeknockt habe, wirkt es, als hätte sie keine Schuld. »Aber was ist mit den anderen?«, flüsterte ich schwach und sah in Richtung meiner Freunde.

Alena lag noch immer unbeachtet auf dem Boden. Neben ihr Kat. Ein paar Meter entfernt lagen einige Wachen. Waren sie alle bewusstlos oder tot? Ich konnte es nicht erkennen. Jetzt waren nur noch Kera, Felis und Mike übrig.

Aber wo war Kassy? Wo war meine Schwester?

Doch ich hatte nicht viel Zeit, darüber nachzudenken, denn plötzlich schnellte Keras Hand im Kampf nach vorne und keine Sekunde später hielt er Felis' Herz in der Hand. Mein Schrei zerriss die Luft, bewirkte jedoch nichts. Ich war nicht verwandelt und auch meine Kräfte waren nicht aktiviert.

Als Mike Harries Felis am Boden sah, wandte er sich von seinem eigentlichen Gegner ab und stürzte sich auf Kera, der gerade das nun wertlose Herz zu Boden fallen ließ. Seine Unachtsamkeit wurde ihm zum Verhängnis, denn so hatte er keine Chance, Mike auszuweichen oder ein Schutzschild zu bauen. Ohne zu zögern, bohrte Mike seine scharfen Tierzähne in Keras Hals und riss dessen Kehle in Stücke. Mit einem erstickenden Gurgeln floss Keras Leben dahin. Er fiel zu Boden und zuckte, bis er sich schließlich nicht mehr bewegte.

KAPITEL 52

Tränen nahmen mir die Sicht, ließen alles verschwimmen. Ich begann wie wild zu zappeln, bis Zero mich nicht mehr halten konnte und mich im letzten Moment auf die Füße stellte. »Ezra, stopp!«

Doch ich wandte mich aus seinem Griff und rannte zu Felis. Blut befleckte meine Schuhe, als ich durch die riesige Blutlache rannte, die sich neben Keras Hals ausbreitete. Ich kniete mich neben Felis' Leiche nieder. Für einen Moment wurde mir schwindelig. Ich sah zu Kera, aus dessen Wunde ein blaues Licht stieg. Wie ein leuchtender Ball schwebte es auf mich zu und direkt in mich hinein, als wüsste es, wo es hinmusste. Wärme durchströmte mich und ich fühlte mich ein wenig besser. Mein Seelenteil war aus Kera zu mir zurückgekehrt und nun wusste ich, was zu tun war.

Plötzlich trat Kassy ins Licht, blutverschmiert und außer Atem. Als Mike Harries sie sah, rannte er auf sie zu und umarmte sie.

»Kassy, alles okay? Bist du verletzt?«, rief er und streichelte über ihren Kopf. Über seine Schulter sah ich ihre weit aufgerissenen Augen, aber sie nickte. Ihr Blick richtete sich auf Felis und Tränen kullerten ihre Wangen hinab.

Ich schluckte und suchte den Boden ab, bis ich fand, was ich suchte. Felis' Herz. Es lag einige Meter neben ihm und Kera. Ich hob es auf und kniete mich wieder neben ihn.

»Mike«, sagte ich, ohne den Blick von Felis abzuwenden. »Bringen Sie mir die Schale und das Messer.«

»Ezra, ich weiß, was du vorhast, aber das wird nicht funktionieren. Sein Herz ist aus seinem Körper gerissen. Du bist zu schwach, um ihn auch noch zu heilen. Ich ...«

»Mike, bringen Sie mir das Messer!«, wiederholte ich harsch, ohne auf Zeros Ermahnung einzugehen.

Als sich keiner bewegte, stand ich auf und holte mir die Utensilien selbst. Jeder starrte mich an wie paralysiert, was mich umso wütender machte.

»Tut doch etwas!«, schrie ich schrill. »Alena liegt dort ohnmächtig auf dem Boden. Und wer weiß, wann Kat wieder aufwacht. Kümmert euch um sie und hört auf, nur dumm zu glotzen!«

Ich war völlig außer mir und fing wieder an zu weinen.

Mit zitternden Händen nahm ich Felis' Herz in meine Hände und drückte es sanft in seine Brust zurück. Das war gar nicht so leicht. Seine Rippen waren nicht mehr in ihrem alten Zustand, sodass ich ein paar Knochen beiseitedrücken musste, um durch den Brustkorb ins Innere zu gelangen. Am liebsten hätte ich weggesehen, aber ich musste so stark wie möglich bleiben. Ich war nicht kaltherzig, wie Kera sagte. Nein, nicht auch noch das.

Ich wusste nicht genau, wie ich das Herz platzieren sollte oder ob ich es hätte säubern müssen, schließlich war ich weder Arzt noch hatte ich Erfahrung mit so etwas. Aber ich hatte keine Wahl. Ich zog meine Hand aus seiner Brust und wischte das Blut an meiner Hose ab. Dann musste ich etwas mehr Kraft aufwenden, um ihn richtig zu heilen. Ich wischte mir die Tränen aus den Augen und öffnete den Schnitt an meiner Hand wieder. Schließlich malte ich das Kreuz und sagte den Spruch, doch meine Stimme war nur noch ein heiseres Flüstern.

»Anima mea est tibi«, beendete ich den Zauber und beeilte mich, meine Lippen auf seine zu pressen, bevor die Übelkeit kam und ich wieder die Kontrolle verlor. Ich umklammerte Felis' Gesicht und Tränen flossen meine Wangen hinab und fielen auf seine Haut. Mir wurde schlecht, Stimmen klangen in meinen Ohren, flüsterten mir irgendetwas zu, dass ich nicht richtig verstand. Nur ein paar Satzfetzen konnte ich herausfiltern.

»Ezra, gib auf«, sagten sie. »Lass das, was verloren sein will, verloren sein.«

Ich schluchzte auf, unterbrach aber nicht unseren Lippenkontakt. Er war nicht verloren und er hatte sicher nicht sterben wollen.

»Ezra. Kleine Fee. Du kannst nicht jeden retten.«

Mehr verstand ich nicht. Ich würgte und diesmal riss es noch stärker an mir als beim letzten Mal. Als wollte meine Seele sich mit aller Kraft dagegen wehren, sich von diesem Teil noch einmal trennen zu müssen. Ich öffnete seine Lippen mit meinen und als ich spürte, dass mir mein Seelenteil entglitt, brach ich auf seiner Brust zusammen.

Bitte ... Es muss klappen!

***

Als ich aufwachte, war ich nicht mehr in der Fabrik. Ächzend hob ich meinen Kopf. Zero saß direkt neben mir auf einem Stuhl. Er hatte seinen Kopf auf eine Hand gestützt und schien tief zu schlafen. Er trug keine zerrissenen Kleider mehr, sondern eine saubere Jogginghose und ein Shirt. Als ich an mir hinabsah, bemerkte ich, dass meine verschmutzten Sachen ebenfalls durch saubere ersetzt worden waren. Doch meine Hände waren blutverkrustet und ich fühlte mich unerträglich benommen. Ich schlug die Decke zurück und stand auf, doch sobald ich beide Beine auf dem Boden hatte, wurde mir schwindelig und ich taumelte. Blitzschnell waren Zeros Hände an meinen Hüften und fingen mich auf.

»Wow, sei vorsichtig, Ez«, hauchte er neben meinem Ohr.

Ich drehte mich zu ihm, mein Kopf lag an seiner Brust. »Kannst du mir ins Bad helfen«, fragte ich matt und klammerte mich an sein T-Shirt. Ich wollte nicht, dass er mich so sah, aber ich brauchte alle meine Kräfte alleine, um ihn überhaupt ansehen zu können.

»Natürlich.« Auch er wirkte noch müde und erschöpft. Ich konnte deutlich den Schnitt an seinem Hals sehen, aber er lächelte mich aufmunternd an und nickte. Sanft griff er nach meinen Arm und stützte mich, lief mit mir ins Bad und ließ mich auf dem Badewannenrand nieder.

»Wie geht es den anderen? Hat Felis überlebt?« Ich versuchte, das Wasser aufzudrehen, fiel dabei aber fast in die Wanne und Zero musste mich stützen.

»Ja, er liegt sicher in seinem Zimmer. Michael ist gerade bei ihm, nachdem er dich untersucht hat. Du hast dich in eine ganz schöne Gefahr begeben, aber es hat sich gelohnt ... Warte, soll ich dir helfen?«

Er wirkte etwas unsicher, als er mich das fragte, aber als er sah, wie ich verzweifelt versuchte, das einlaufende Wasser wieder abzudrehen, fasste er über mich hinweg und erledigte es für mich.

Es war mir unangenehm, mir helfen zu lassen, aber ich war zu kraftlos, um auch nur aufrecht zu sitzen.

»Kannst du mir bitte das Oberteil ausziehen?«, murmelte ich und hob meine Arme. Zögernd packte er den Saum meines Shirts und zog es mir über den Kopf. Jetzt saß ich im BH vor ihm, aber ich war zu müde, um mir darüber Sorgen zu machen. »Und die Hose bitte, es fühlt sich alles so klebrig an.«

Auch dabei half er mir und schließlich setzte ich mich in Unterwäsche in die Badewanne. Ich umschlang meine Beine und bettete meinen Kopf auf meine Knie. Das warme Wasser tat gut und es fühlte sich an, als würde ich allein durch die beruhigende Wirkung wieder ein wenig von meiner Kraft zurückerlangen. Zero begann schweigend mir das Blut von meinen Händen und Armen zu waschen und schließlich auch von meinem Gesicht. Wahrscheinlich hätte ich das auch alleine geschafft, aber ich ließ ihn machen und protestierte nicht.

Er half mir dabei, mir meine Haare zu waschen, bis all der Schmutz und das Blut verschwunden waren, und wickelte mich schließlich in ein großes flauschiges Handtuch.

»Ich muss meine Unterwäsche wechseln, aber ich denke, das schaffe ich alleine«, sagte ich schließlich mit einem zaghaften Lächeln, nachdem ich wieder auf meinem Bett saß. Zero beäugte mich nur besorgt.

»Bist du sicher? Du konntest eben kaum stehen.«

Ich nickte. »Ich bleibe dabei einfach sitzen und lege mich danach gleich hin.«

Ein Blick auf die Uhr bestätigte mir, dass es schon sehr spät war.

»Okay, ruf mich, wenn du fertig bist, ja?«

Ich nickte abermals und er ließ mich allein. Ganz langsam entledigte ich mich meiner nassen Unterhose und meines BHs und streifte ein großes T-Shirt und eine weite Jogginghose über. Schließlich kuschelte ich mich in mein Kissen. Eigentlich hatte ich Zero noch fragen wollen, was mit Alena und Kat war, aber bevor ich ihn auch nur rufen konnte, driftete ich bereits in einen tiefen Schlaf.

KAPITEL 53

»Ezra, wach auf. Michael ist da, er will dich untersuchen.«

Zero rüttelte an meiner Schulter und riss mich damit aus meinem Traum. Ich schob seine Hand von meinem Arm und öffnete meine Augen. Zero saß auf meinem Bett und betrachtete mich besorgt. Auf dem Sofa wartete Michael schon auf mich, er war gerade dabei, seine Instrumente auszubreiten.

»Guten Morgen, Ezra. Wie fühlst du dich heute?«, fragte er, ohne aufzusehen.

Ich stand langsam auf. »Mir geht es besser. Wann kann ich zu meinen Freunden? Geht es ihnen gut?«

Ich ging zu meinem Regal, wo immer ein Krug Wasser für mich bereitstand, nahm ein paar Schlucke aus meinem Glas und ließ mich schließlich neben dem Arzt nieder. »Tut mir leid, ich sehe bestimmt total verschlafen aus«, entschuldigte ich mich leicht beschämt, doch Michael lächelte nur.

»Keiner wacht auf wie ein Engel«, gluckste er nur und begann schließlich meinen Herzschlag abzuhören. »Könntest du dein T-Shirt bitte ausziehen? Zero, verlass du so lange bitte den Raum.«

Ich wollte ihm sagen, dass es okay sei, da er mich ja bereits in Unterwäsche gesehen hatte, aber dann fiel mir auf, dass ich nicht mal einen BH trug, und ich ließ ihn gehen. Ich hasste es, mich vor jemandem auszuziehen, aber ich tat, wie mir geheißen.

Michael tastete meine Brust ab und strich vorsichtig über meine Prellungen. »Tut das weh?«, fragte er und drückte mehrmals auf mein Schlüsselbein.

Ich schüttelte den Kopf und er wechselte den Verband an meiner Hand, den ich zuvor noch gar nicht wahrgenommen hatte. Der Schnitt war nicht mehr allzu groß, aber ich bemerkte, dass ich viel mehr Zeit benötigte, um zu heilen.

»Wie fühlst du dich seelisch?«, fuhr er fort, während er etwas auf ein Blatt Papier kritzelte.

»Leer. Ich fühle mich leer«, antwortete ich, ohne zu zögern. »Und etwas müde.«

»Ich hätte Schlimmeres erwartet. Du kannst dich wieder anziehen. Ich werde nur noch ein paar kleine Untersuchungen durchführen und dann sind wir fertig. Falls du im Laufe des Abends oder während der Nacht Beschwerden hast, kannst du ins Krankenzimmer gehen. Nancy wird dir helfen.«

Nachdem wir mit allem durch waren, verließ Michael das Zimmer und ich zog mich um. Zero kam wieder zurück, mit einem besorgten Blick, wie ich ihn bereits gut von ihm kannte. Aber als ich ihm zulächelte, entspannten sich seine Züge.

»Können wir gehen? Ich würde gerne zu Alena und Felis«, fragte ich und zog eine dünne Strickjacke über. Zero nickte und plötzlich zeichnete sich wieder eine große Sorgenfalte auf seiner Stirn ab.

»Was ist?«, fragte ich lächelnd, während wir in den ersten Stock liefen und vor Alenas Tür hielten. Ich sah ihn auffordernd an.

»Ich wollte es dir gestern nicht sagen, weil ich Angst hatte, dass du dich zu sehr aufregst, aber ...«

Er konnte nicht mehr zu Ende sprechen, denn schon wurde die Tür aufgerissen und Kassy stand vor uns. Sofort fiel sie mir um den Hals.

»O Ezra. Dir geht es besser! Ich habe mir solche Sorgen gemacht. Und dir geht es auch wieder gut, Zero?«

Er nickte zur Bestätigung und sie nickte ebenfalls, als wollte sie sich selbst beruhigen.

»Und was ist mit dir? Bist du in Ordnung?« Ich strich ihr über die Wange.

»Mir fehlt nichts. Nur ein paar Prellungen und Wunden, aber im Gegensatz zu Alena ... ist das nichts.« Schnell sah sie zu Boden und begann ihre Hände zu kneten.

»Was ist mit Alena?«

»Am besten kommt ihr erst einmal rein. Sie isst gerade etwas.«

Ich nickte beklommen und folgte ihr ins Zimmer. Alena saß auf ihrem Bett, ein Tablett auf ihrem Schoß, neben ihr Mirko, der ihr beim Essen half. Mein Herz machte einen Satz, als ich sie sah. Über ihren Augen lag ein dicker Verband, der sich ein paarmal um ihren Kopf wand. Mit zittrigen Händen führte sie die Suppe zum Mund und verschüttete dabei ein wenig auf das Handtuch, das sie auf ihre Beine gelegt hatte. Ihre langen blonden Haare fielen wunderschön wie immer an ihr herab, aber sie trug etwas, das ähnlich aussah wie ein Krankenhaushemdchen.

»Alena«, sagte ich und lief zu ihrem Bett, um mich neben sie zu setzen. Als sie meine Stimme hörte, ließ sie den Löffel sinken und drehte ihren Kopf in meine Richtung.

»Ez, bist du das?« Ein kleines Lächeln umspielte ihre Lippen.

Ich griff nach ihrer Hand und drückte sie. »Ja, was ist los? Es tut mir so leid, das ist alles meine Schuld! Ist es sehr schlimm? Warum heilt es nicht?«

Ihre Unterlippe begann gefährlich zu zittern und sie ließ den Kopf sinken.

»Es ist nicht deine Schuld. Es tut mir leid, ich wollte nicht mehr weinen, es ist nur gerade etwas ...« Ihre Stimme ging in ein Schluchzen über.

»Sie hat ihr Augenlicht verloren«, erklärte Mirko leise.

Ich schluckte meine Tränen hinunter, zumindest versuchte ich es. Es würde keinem helfen, wenn ich jetzt auch noch anfing zu weinen.

Ich wusste nicht, was ich sagen sollte. Also strich ich nur über ihre Hand und blickte zu Dylan, der uns vom Sofa aus beobachtete. Er trug eine Armbinde und hatte ein großes Pflaster auf seiner Wange.

»Wieso habt ihr sie nicht geschützt?«, fragte ich, plötzlich wütend. »Du bist ihr Bodyguard? Wo warst du gestern?« Ich sah zu Mirko und funkelte ihn an.

»Wir haben draußen gekämpft, damit nicht noch mehr von Keras Leuten zu euch reinkommen konnten. Und glaube mir, ich mache mir selbst mehr als genug Vorwürfe!« Er wirkte wirklich niedergeschlagen und strich ihr über den Kopf.

»Mirko?«, sagte Alena leise und wandte ihm ihr Gesicht zu. »Hilf mir, den Verband abzunehmen. Er schmerzt.«

»Ich glaube nicht, dass du das solltest«, erwiderte Mirko.

»Bitte!«

Zögernd setzte er sie in eine aufrechte Position und begann vorsichtig ihren Verband zu entknoten. Er entfernte ihn langsam und ich konnte schon nach einigen Schichten das Blut durch den weißen Stoff erkennen.

Mit etwas Mühe löste er den letzten Rest von ihren Augen. Es sah schrecklich aus. Ihre Augen waren nicht mehr zu erkennen. Die Augenpartie war zugeschwollen und blutverkrustet, dazu kam noch der tiefe Schnitt, der sich von ihrem rechten bis zu ihrem linken Ohr zog.

»Ist es besser?«, fragte ihr Bodyguard.

Sie schüttelte nur mit zusammengepressten Lippen den Kopf.

»Es ist so dunkel und tut so weh. Bitte, tu was. Ich will nicht mehr. Hilf mir bitte«, weinte sie und schlang ihre Arme um ihn.

»Ich hole Michael, er müsste noch hier sein«, sagte Dylan und verschwand.

Kurze Zeit später kam er zurück ins Zimmer, gefolgt von Michael. Ich stand auf, um ihm Platz zu machen.

»Alena, Schätzchen. Warum hast du den Verband abgenommen? Es darf kein Schmutz in deine Wunde kommen«, sprach er ruhig auf sie ein und packte unzählige Verbände, Cremes und Sprays aus.

»Es tut weh«, sagte sie nur kleinlaut und ich warf Zero einen Blick zu. Ich fühlte mich so schuldig.

»Sind meine Eltern bald da?«, hörte ich Alena fragen. Ihre Stimme klang müde und traurig.

»Ja. Sie sind unterwegs, aber du musst hierbleiben. Du kannst nicht einfach in ein normales Krankenhaus gehen.«

»Ich weiß.«

»Wir gehen jetzt besser«, warf Zero ein und schob mich sanft in Richtung Tür.

»Was? Nein! Ich muss bei ihr bleiben.« Ich riss mich los, um noch einmal nach Alenas Hand zu greifen. Sie drückte sie fest, als Michael etwas in ihr linkes Auge tröpfelte. Er öffnete es mit zwei Fingern und Alena zitterte vor Schmerzen.

»Bitte geh«, presste Alena hervor. »Ich will nicht, dass du mich so siehst.«

»Alena, es tut mir so leid«, schluchzte ich.

»Bitte.«

Ich nickte und realisierte zu spät, dass sie mich ja nicht sehen konnte. »Okay. Ich komme wieder.«

Ich warf meinen Freunden noch einen letzten Blick zu und verließ schließlich den Raum.

»Lass uns zu Felis gehen«, brachte ich schließlich hervor und steuerte auf die Treppen zu. Ich musste mich wieder fangen. Im zweiten Stock angekommen atmete ich einmal tief durch.

»Ich denke, du solltest mit ihm alleine reden«, sagte Zero. »Ich warte an den Treppen auf dich, okay?«

»Was? Warum?«

Aber er hatte sich schon abgewandt. Ich wischte mir verwirrt die Tränen weg, klopfte an Felis' Tür und wartete, bis er öffnete. Als er mich sah, wurde seine Miene hart.

»Hi«, begrüßte ich ihn leise. Gott sei Dank sah er beinahe unversehrt aus. Er trug ungewöhnlicherweise eine Jogginghose, aber er wirkte weder krank noch schwer verletzt.

»Was willst du?«, fragte er trocken.

Ich stutzte. »Ich wollte wissen, wie es dir geht.«

»Mir geht es bestens, dank dir«, erwiderte er sarkastisch.

»Was?« Jetzt war ich wirklich verwirrt.

»Warum hast du das getan?«

Ich ging an ihm vorbei in sein Apartment, sah ihn an und fragte schließlich: »Was meinst du?«

Felis fuhr sich aufgelöst durch die Haare. »Warum hast du mich gerettet?«

»Weil du mein Freund bist! So etwas tun Freunde füreinander. Ich dachte, du freust dich, dass du weiterleben kannst.« Jetzt wurde ich auch wütend.

»Ich wollte das nicht! Du solltest keines deiner Seelenteile für mich verschwenden. Und ich wollte tot sein, wie jedes normale Lebewesen, wenn es das Herz aus der Brust gerissen bekommt! Das Schicksal hat entschieden, dass ich sterben soll. Es war nicht deine Aufgabe, es auszutricksen!«

»Ich habe mein Leben für dich riskiert! Und du hast es mit deiner Freundin auch getan«, verteidigte ich mich. Allein, dass ich mich vor ihm verteidigen musste, brachte mich noch mehr auf die Palme. Ich hatte Dankbarkeit erwartet, Freude, aber nicht *das*.

»Ja, und du weißt auch, was aus ihr geworden ist.«

»Sie wurde getötet, das ist doch nicht deine Schuld.«

Felis ließ seine Schultern sinken und sagte schließlich etwas ruhiger: »Sie wurde nicht getötet. Sie hat sich umgebracht.« Er sah mir fest in die Augen und ich bemerkte, wie er seine Hände zu Fäusten ballte. »Sie hat sich umgebracht, weil sie diese Verbindung nicht mehr ertragen konnte. Ich habe mir das nie für jemanden gewünscht, weder für dich noch für mich.«

»Ich wusste das nicht. Ich wollte dich nur retten.«

»Manche wollen aber nicht gerettet werden.«

»Was hätte ich denn tun sollen? Dich vorher fragen?«

Felis lachte spöttisch.

»Ich fühle mich sowieso schon schuldig genug«, fuhr ich schließlich wütend fort. »Alena ist blind wegen mir, viele Leute sind gestorben. Was mit Celeste ist, weiß ich nicht, aber sie hatte das sicher auch nicht verdient. Du bist unglücklich, alle sind besorgt. Bran ist verschwunden. Und Kat, was ist mit Kat?« Ich hatte sie völlig vergessen.

»Sie ist in einer Psychiatrie«, erklärte Felis und ließ sich auf das Sofa sinken.

»Für Dämonen?«, hakte ich nach.

Felis schüttelte den Kopf, aber eher zu sich selbst.

»Für Menschen. Wir haben aber ein paar Andersweltige, die dort arbeiten. Sie werden sich um sie kümmern.«

Ich nickte. »Und Bran?«

»Ich weiß es nicht. Er ist verschwunden. Mason kam heute Morgen zurück. Er hat ihn nicht gefunden.« Ich atmete einmal laut aus und setzte mich neben ihn. Wenigstens weinte ich nicht schon wieder. Ich musste mich einfach mehr zusammenreißen. Beruhigend legte ich eine Hand auf sein Knie und hob sein Kinn an, sodass er mich ansehen musste. »Ich schaffe das. Vertrau mir. Wir werden eine Lösung finden. Vielleicht können wir die Verbindung ja lösen.«

»Vielleicht.«

»Und ich glaube nicht, dass die Verbindung so stark ist, dass sie irgendwelche Auswirkungen hat. Wir bekommen das hin.«

»Ezra …«

»Pst, nein«, schnitt ich ihm das Wort ab. »Ich werde jetzt erst einmal zu Mr Harries gehen und danach meine Eltern anrufen. Zero wartet draußen auf mich.«

»Okay. Ich denke, ich werde Alena mal einen Besuch abstatten.«

»Gut, wir reden später.«

Ich lächelte und winkte ihm zum Abschied.

Auf dem Flur wartete Zero auf mich und beendete sein Auf- und Abgehen, als er mich sah. »Können wir gehen?«

Ich nickte.

»Hast du es geklärt?«

»Wie soll ich das denn bitte klären? Felis hasst mich, weil ich ihm sein Leben zurückgegeben habe. Er hat Angst wegen der Verbindung. Dabei bin ich stark genug.«

»Stark genug für was?«

Ich seufzte. »Ich habe keine Ahnung.«

Zusammen machten wir uns auf den Weg zu Mike Harries' Büro.

Plötzlich spürte ich es. Je weiter ich mich von ihm entfernte. Ich fühlte es. Leere breitete sich in mir aus. Ich hoffte, dass ich mir das einbildete, aber ich konnte sie deutlich spüren.

Verdammt.

EPILOG

Mondlicht schien durch das Fenster und warf unheimliche Schatten auf die dunklen Holzdielen. Ein leichter Wind wehte Blätter durch die Eisengitter direkt in das dunkle Zimmer. Etwas tropfte zu Boden und bildete eine kleine Pfütze. Ein Auto fuhr die Einfahrt hoch und überzog das Zimmer kurz mit einem hellen Schein. Tausende von Zahlen blitzten kurz an den Wänden auf und verliehen dem Raum etwas Unheimliches. Die Farbe war noch frisch, aber eigentlich war es keine richtige Farbe.

Der Raum war verwüstet, die Gardinen waren zerrissen. Eine Matratze lag auf dem Boden. In der Mitte war ein Stuhl aufgestellt. Ein weiterer Tropfen fiel zu Boden. Es klang wie ein Takt. Der Takt des Todes. Von der massiven Deckenlampe hing ein Seil. Bei genauerem Hinsehen war zu erkennen, dass es aus Laken bestand, die miteinander verknüpft waren. Noch ein Tropfen fiel in die Pfütze. Über ihr ein baumelnder Schatten. Lange Beine, darüber zarte Arme, die schlaff nach unten hingen. Blut floss an ihnen hinab, aus den Schnitten, die sich über die Handgelenke zogen. Langes rotes Haar. Ein Mädchen, das im Griff der Laken nach Frieden suchte. Es war tot.

Die Tür wurde aufgerissen. Ein Mann betrat den Raum und schaltete das Licht an. Ihm stockte der Atem, als er die Leiche von der Decke hängen sah und er rief sofort nach einem Kollegen. Er solle die Menschen fernhalten, sagte er und machte sich dann an den Knoten zu schaffen, die die tödliche Schlinge zusammenhielten.

»Wer ist es?«, fragte jemand.

»Kat Grimms.«

ENDE von Band 1

DANKSAGUNG

Hallo, ich bin's, Jenna.
Erst einmal danke ich dir, dass du dieses Buch gekauft hast. *umarm* Dann danke ich natürlich meiner Wattpadcommunity, ohne die ich gar nicht so weit gekommen wäre. Schließlich habt ihr mich unterstützt, aufgemuntert und mich erst davon überzeugt, dieses Buch zu veröffentlichen. Besonderen Dank an alle, die so lange auf die Veröffentlichung gewartet haben. **Dobby, sorry für die Verspätung** Danke auch an meine geliebte Mom und an meine Freundin Jana Windolf, die das Buch für mich mehrmals Korrektur gelesen haben.

Tauch ein in romantische Geschichten.
Hol Dir
BITTERSÜSSE
STIMMUNG
AUF DEINEN
E-READER!
E-BOOKS VON IMPRESS HIER:
CARLSEN.DE/IMPRESS
impress IST DAS DIGITALE LABEL DES CARLSEN VERLAGS FÜR GEFÜHLVOLLE
UND MITREISSENDE GESCHICHTEN AUS DER GEHEIMNISVOLLEN WELT DER FANTASY.

Hexen will gelernt sein ...

Valentina Fast
Belle et la magie
Band 1: Hexenherz
Softcover
362 Seiten
ISBN 978-3-551-30089-8

Die 17-jährige Isabelle Monvision lebt in den Tiefen eines so geheimen Walds, dass niemand ihn betreten kann, ohne vorher in einen festen Schlaf zu verfallen. Wie alle Hexenmädchen ihres Dorfs muss sie von Kindesbeinen an nicht nur Rechtschreibung und Mathematik lernen, sondern sich auch in der Zauberei üben. Dass das nicht immer so klappt, zeigt sich, als Belle auf einer Pariser Studentenparty den gut aussehenden, aber viel zu arroganten Gaston in eine Kröte zu verwandeln versucht – was ihr nicht ganz gelingt. Doch Belle ist nicht nur irgendeine Hexe, sondern die Tochter der Hexenkönigin, und hat für ihre Fehler geradezustehen. Um den Zauber wieder rückgängig zu machen, muss sie Gaston in den Magischen Wald bringen. Worauf er nur gewartet hat ...

www.impress-books.de

Wenn du als Einzige sehen kannst, was anderen verborgen bleibt …

Anna-Sophie Caspar
Verzaubert, Band 1:
Geheimnissvolle Nachbarn
236 Seiten
Softcover
ISBN 978-3-551-30082-9

Stell dir vor, in deiner Nachbarschaft verschwindet eine Villa samt ihrer Bewohner und nur du kannst sie noch sehen. Was würdest du tun? Vor allem, wenn du dich zu einem der geheimnisvollen Nachbarn stärker hingezogen fühlst, als es gut für dich ist? Effie findet sich genau in dieser Situation wieder. Als sie Eden begegnet, spürt sie, dass sie sich lieber von ihm fernhalten sollte. Aber es gelingt ihr einfach nicht. Ihre Neugierde und ihre Gefühle sind stärker als ihr gesunder Menschenverstand. Sie will nur eins: das Geheimnis von Eden und seinen mysteriösen Freunden lüften … Und plötzlich ist Effie selbst Teil des Geheimnisses.

www.impress-books.de

im.press

Impress
Tauch ein in romantische Geschichten

Impress
Ein Imprint der CARLSEN Verlag GmbH
Oktober 2019

Lektorat: Janika Krichtel
Umschlagbild: shutterstock.com / © Irina Alexandrovna / © Sergey Nivens / © Pindyurin Vasily / © 1933bkk / © Anneka
Umschlaggestaltung: formlabor
Satz und Umsetzung: readbox publishing, Dortmund
Druck und Bindung: CPI Books GmbH, Birkach
ISBN 978-3-551-30205-2
Printed in Germany
www.carlsen.de/impress

Alle Bücher im Internet: www.carlsen.de